눈사람 속의 검은 항아리

열림원 논술 한국문학 06

눈사람 속의 검은 항아리

김소진

| 차 례 |

쥐잡기 07

자전거 도둑 49

열린 사회와 그 적들 89

눈사람 속의 검은 항아리 129

갈매나무를 찾아서 171

두 장의 사진으로 남은 아버지 211

고아떤 뺑덕어멈 239

처용단장 269

생애와 문학 역사와 운명 앞에 휘둘린 아버지의 삶 328

논술 335

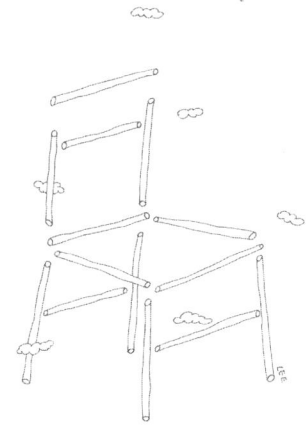

쥐잡기

자신의 가족사와 성장기 체험을 통해
비극적 현대사가 강요한 평범한 이들의
아픈 기억들을 살가운 이야기로 풀어낸 작품.

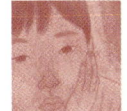

 감상의 길잡이

"모르지, 맹탕 헷것이 눈에 보였는지두"
맹랑한 흰쥐와의 한판 대결

　1991년 발표한 이 작품은 작가 김소진의 등단작입니다. 독재와 폭압의 7·80년대를 견뎌 온 많은 작가들이 작품을 통해 이데올로기의 과잉을 보이거나 그것에 대한 반성적 회고에 머무르는 경우가 많았지만, 작가 김소진은 자신의 가족사와 성장기 체험을 통해 비극적 현대사가 강요한 평범한 이들의 아픈 기억들을 살가운 이야기로 풀어냅니다.
　6·25는 우리 민족에게 가슴 아픈 역사입니다. 특히 같은 민족끼리 서로 죽고 죽이는 비극 뒤에는 원치 않은 이념의 희생자들도 많았습니다. 공산주의가 무엇인지, 자유민주주의가 무엇인지도 모른 채 가족을 잃고 목숨을 잃은 그 많은 사람들의 아픈 역사는 전쟁 이후에도 후유증으로 남아 현재 진행형으로, 후세의 짐으로 남아 있습니다. 이산가족이 되고, 전쟁포로가 되고, 불구의 몸이 되어 이쪽도 저쪽도 자신의 의지와는 상

관없이 운명에 휩쓸려 선택할 수밖에 없었던 사람들. 이 작품의 주인공 '아버지'도 그런 사람들 중 한 명입니다. 북에 처자를 두고도 결국 남을 선택하고 마는 아버지. 그래서 남과 북에 모두 처자식을 둔 아버지. 몸도 마음도 온전하지 못하여 경제적으로 늘 무능했던 아버지는 "좁다란 가게 안에서 우리의 비극적 현대사가 강요한, 그래서 당신의 삶의 속살을 깊숙이 할퀴고 간 그 흔적을 붙안고 조금씩 조금씩 닳아져"(『아버지의 미소』) 갑니다. 그렇게 무기력하게 가게를 지키는 아버지에게 어느 날 가게에 침입해 분탕질을 해놓는, 마치 게릴라 같은 쥐 한 마리가 도전을 하게 됩니다. 결국 이 맹랑한 쥐와의 대결은 무기력한 가장이 처자식에게 처음이자 마지막으로 보여주고자 한 처절한 생활과의 싸움으로 다가옵니다.

제목 아래 '아버지께 부치는 제문(祭文)'이라는 부제를 달기도 한 이 작품은 작가의 가족사를 모델로 했습니다. 언제나 무기력하게 가게를 지키고, 억센 어머니에게 부권을 빼앗긴 채 살아가는 아버지를 보고 작가는 "철없던 한때 아버지의 무능력이라는 게 일종의 재앙으로까지 여겨졌다"고 고백합니다. 그러나 "아버지가 돌아가시기 직전의 대략 2년간만 아버지 당신의 삶을 이해하고 그 상처에 숨가빠했다"는 고백을 잇습니다. 아마도 작가도 그리고 이 땅의 모든 이들이 언젠가는 아버지가, 때로는 어머니가 될 것이기 때문 아닐까요? 문학을 통한 작가와 아버지와의 화해를, 이 작품을 통해서 이해해보기 바랍니다.

거제 포로수용소

1983년 12월 20일 경상남도문화재자료 제99호로 지정되었다. 6·25전쟁의 참상을 알리는 민족역사교육 장소다. 1950년 9월 15일의 인천상륙작전으로 많은 포로가 생겨 부산·경북 등지에 분리 수용했으나 시설이 부족했다. 1950년 11월 27일 거제도 고현·수월·양정·상동·용산·해명·저산 지구를 중심으로 360만 평에 포로수용소를 설치했다.

이 시설에 인민군 15만, 중공군 2만, 여자 포로와 의용군 3천 명 등 최대 17만 3천 명을 수용했다. 그 당시 거제에는 주민 10만, 피난민 15만, 포로 17만 등 약 42만여 명이 거주했다.

수용소 안의 포로 가운데 반공포로와 공산포로 간의 반목이 극심했다. 이유는 유엔군 측이 1949년에 체결된 제네바협약의 송환 원칙을 위반하고 포로들에게 본국귀환을 포기시키려고 협박과 고문을 하자 공산포로들은 격렬하게 저항했고, 이 과정에서 수많은 사상자가 발생했다. 또한 5월 7일 아침에 수용소장 F.T. 도드 준장이 76포로수용소 시찰 중 납치 감금되는 사건이 발생했다.

후임인 찰스 콜슨이 도드의 석방을 촉구하면서 5월 9일 고현지구 민간인 1,116세대에 대해 24시간 이내에 다른 곳으로 강제소개명령을 내렸다. 명분은 납치사건 및 폭동은 민간인과 포로 간의 접촉 때문이라는 것이었다. 이 때문에 주민들은 정든 땅과 집을 버리고 3년 동안 피난 아닌 소개민으로 생활하였다.

전 세계가 주목했던 이 폭동은 도드 준장이 납치된 지 4일 만에 미국의 잔학행위를 인정하고 나서야 석방됨으로써 일단락되었다. 석방 후 그는 포로수용소장에서 해임되었을 뿐만 아니라 조사위원회에 회부되어 심사를 받았다. 그 후에도 수용소 내에 크고 작은 폭동이 계속되었으나, 1953년 6월 18일 이승만이 반공포로 27,389명을 석방시키고 7월 27일 휴전협정이 조인되자 수용소는 폐쇄되었다.

쥐잡기

입동 무렵이었다.

저녁 6시가 되기도 전이었지만 주위에서는 벌써 어둑어둑한 소리들이 꿈틀거리기 시작했다. 민홍은 언제부턴지는 모르지만 꼭뒤[1]를 지르듯 자신을 압박해오는 벽시계의 초침 소리에 신경이 몹시 쓰이는 터였다. 재깍재깍. 그것은 마치 시한폭탄처럼 시시각각 정해진 운명의 순간을 향해 한치의 오차도 없이 육박[2]해 들어가는 긴장감을 떨궈주고 있었다. 민홍은 왠지 수꿀한[3] 생각이 들어 자신도 모르게 어깻죽지 사이로 목을 움츠렸다.

초침 소리는 벽시계 옆에 매달린 틀사진 속의 아버지와 기묘한 조화

---

1) 꼭뒤 뒤통수의 한복판.
2) 육박(肉薄·肉迫) 바짝 가까이 다가감.
3) 수꿀하다 무서워서 몸이 으쓱하다.

를 이루고 있었다. 아버지가 돌아가셨을 때 막상 영정에 쓸 사진을 한 장도 구할 수 없어 몹시 당혹스러웠다. 육십하고도 세 해를 넘겨 살았던 삶이건만 아버지는 그 흔한 사진 한 장 이 땅에 남기지 않았던 것이다. 그때 민홍은 알지 못할 송구함과 억울함, 그리고 새삼 다가오는 인생의 허무함 같은 느낌에 휩싸여 한동안 우두망찰[4] 맥손을 풀었던 기억이 있었다. 그러다 문득 영수증이나 고지서 나부랭이를 담아둔 륙색[5] 안에서 아버지의 사진이 들어 있는 주민등록증을 발견해내고는 그것을 올려논 손바닥으로 앙가슴을 쓰리게 부벼대며 얼마나 울었는지 모른다. 아버지의 임종 순간에도 눈물을 비치지 않았던 민홍도 그때만큼은 도대체 한 인간에게 맺힌 한이라는 게 뭔지 사무치는 바가 있었다.

그 틀사진은 주민등록증에 붙어 있던 흑백 증명사진을 부랴사랴 확대하여 마련한지라 전체적으로 우중충한 기분을 줄 뿐 아니라 윤곽마저 희미하게 어룽거려 마치 급조된 몽타주 속의 인물을 연상시켰다. 조붓한 공간 속에 갇혀 겅성드뭇한 대머리를 인 채 움펑 꺼져 대꾼한[6] 눈자 위로 방 안을 내려다보고 있는 아버지는 무엇에 놀랐는지 잔뜩 겁에 질린 표정이었다. 어깨까지 한껏 곱송그리고[7] 있어 방금 염병[8]을 앓고 난 이 같았다.

민홍은 가빠진 숨을 다스리느라 입을 딱 벌리고 아랫배에 힘을 주었

---

[4] 우두망찰하다 갑작스러운 일로 얼떨떨하여 어찌할 바를 모르다.
[5] 륙색(rucksack) 산에 오르거나 하이킹을 할 때 식량이나 옷 따위의 필요한 물건을 넣어 등에 지는 배낭의 한 가지.
[6] 대꾼하다 지쳐서 눈이 쏙 들어가고 맥이 없어 보이다.
[7] 곱송그리다 놀라거나 겁이 나서 몸을 움츠리다.
[8] 염병(染病) 전염병(傳染病)의 준말. '장티푸스'를 흔히 이르는 말.

다. 가게 앞길에서 쫓기듯 휘달아나는 사람들의 발소리가 들렸다. 그 발소리보다 한 발 앞서 발음이 분명하지 않은 웅숭깊은 목소리가 허황기가 밴 웃음소리를 꼬리에 단 채 밀려가고 있었다.

부부싸움 잘하는 옆집 은정이네 마당에서는 짜증 섞인 설거지 소리가 들렸다. 크게 틀어놓은 수돗물 소리 때문에 확연하지는 않았지만 이따금씩 허구한 날, 술지게미가, 사내란 것이, 웬수덩어리, 어쩌구 하는 허텅지거리가 새나왔다. 민홍은 조심스레 입맛을 다셨다. 오늘도 대낮부터 불콰한 얼굴을 한 은정 아빠가 두 번씩이나 가게로 철원네를 찾아와 외상술을 청했던 거다. 혀끝을 차며 끌탕[9]을 하던 철원네가 벌건 대낮부터 무슨 놈의 낮술이냐고 지청구[10]를 주어도 은정 아빠는 한 팔로 문기둥을 꼭 그러안은 채 초점 잃은 두 눈을 껌벅이며 무슨 주문이나 외듯, "우리는 외수[11]는 없이유. 은정 에미가 오믄 거시키 다 에워줄 것잉께" 하고는 버티었다. 은정이네가 기르고 있는 누렁이 녀석은 부부싸움이 임박한 낌새를 눈치 챘는지 그 끝마당에 자신에게 닥쳐올 화풀이를 미리 앓는 듯한 간진[12] 신음 소리를 내뱉고 있었다.

철원네는 바느질집에서 맡아온 수감을 만적이고 있었다. 가끔씩 바늘을 왕청되게[13] 꽂았는지 화들짝 손을 뽑아들고는 손가락 끝에 콧김을 쐬기도 하고 또 번다스럽다[14]는 표정으로 희끗희끗 센 머리를 득득 긁

9) 끌탕 속을 태우는 걱정.
10) 지청구 꾸지람.
11) 외수(外數) 속임수.
12) 간지다 붙은 데가 가늘고 약하여 곧 끊어질 듯하다.
13) 왕청 차이가 엄청나다.
14) 번다스럽다(煩多—) 번거롭게 많은 데가 있다.

었다. 그때마다 잇새로는 괸 침을 들이마시는 소리가 쉭쉭 새나왔다. 민홍은 가슴께에 베개를 받치고 누운 자세로 내면적 사실주의를 탁월하게 구사한다는 평을 듣는 작가의 소설집을 뒤적이고 있었다. 어른이 된 주인공이 지니고 있는 고공 콤플렉스를 해명해내기 위해서 어린 시절 체험들을 하나하나 추적해가는 대목이었다. 단조로운 문체에서는 피의자의 자술서 같은 냄새가 풍겼다. 그것은 빈속에 질경질경 씹어대는 껌마냥 헛헛함을 부풀려주었다. 민홍은 담요 속에 파묻어둔 왼다리를 파들파들 떨어댔다.

"애야, 이게 무슨 소리니? 어디서 비행기 떴나 보다."

놀라움에 휘둥그레진 눈동자가 부딪쳐왔다. 민홍은 백태[15]가 낀 듯 부유스름한 철원네의 눈동자와 맞닥뜨리자 금세 자신의 눈동자로 껄끄러운 이물질이 스멀스멀 몰려들어 덩달아 시야가 부예지는 느낌을 받았다. 민홍은 눈을 씀벅거리며 고개를 바투[16] 쳐들었다. 철원네의 등 뒤를 곧이라도 덮칠 듯 기우듬하게 서 있는 허름한 진보랏빛 비키니 옷장이 눈에 들어왔다. 즉각적인 대답을 듣지 못한 철원네는 성마른[17] 표정을 지으며 마른침을 삼켰다. 칠면조처럼 쪼글쪼글 늘어진 멱살이 바르르 떨었다.

"전깃줄에 바람이 스치는 소리야."

바람에 떠밀려 길바닥을 할퀴고 지나가는 비닐봉지나 휴지나부랭이의 가르랑거리는 소리가 들려왔다. 두 귀를 곤두세우고 비죽이 오므려

---

15) 백태(白苔) 눈병의 한 가지. 눈알에 덮이는 희끄무레한 막.
16) 바투 길이가 매우 짧게.
17) 성마르다 참을성이 없고 성질이 조급하다.

붙인 입술로 쏘는 듯한 표정을 짓고 있던 철원네는 긴장이 풀리는지 하품을 늘어지게 하며 혼잣소리를 내었다.
"으응, 난 또 꼭 야폭나온 삐 이십구[18] 소리 같길래. 원 넨장할."
"아니 엄마는, 이 밤중에 난데없이 무슨 비행기야요, 비행기가. 전쟁이 벌어진 것도 아닌데요."
철원네는 실밥을 끊어내느라 앞니를 누르스름하게 드러내고는 민홍을 히뜩 쳐다보았다.
"흥, 전쟁이라고? 저렇게 모르는 소리라니. 너두 한번 생각 좀 해봐라. 전쟁통에 서로 피칠갑을 하고는 죽고 살기루다 뒤넘이를 쳤던 종자들이 대를 이어 이쪽저쪽 새끼를 치고 똬리를 틀고 독을 쓰는 형국인데, 그저 언제 어디서 무슨 일이 터질 줄 알겠니."
"시쳇말로 피는 물보다 진하다고 했잖아요."
"끌끌, 저런 아둔패기[19] 같으니라고. 머릿속이 일단 물들고 나면 고것이 피보다 더 진하다니깐 그 지경이야."
민홍은 딱히 대꾸할 말이 궁해져 책갈피로 눈길을 묻었다. 결정적인 유도신문을 성공시킨 수사관처럼 고개를 뻣뻣이 치켜세운 철원네는 어느새 그 부유스름한 백태가 걷히고 초롱초롱한 기운을 뿜어내고 있는 눈동자로 민홍을 쏘아본다.
"개 칠 몽둥이도 없는 집구석에서 무슨 넘나게스리[20] 나랏일에 간섭

---

[18] 삐 이십구(B29) 제2차 세계대전 당시 일본 본토공습의 주력기였으며 6·25전쟁 때 사용된 폭격기.
[19] 아둔패기 아둔한 사람을 낮추어 이르는 말.
[20] 넘나다 분수에 넘치는 짓을 하다.

을 하고 찢기고 한다는 건지…… 털도 없는 강아지 풍성풍성한 격이야."

아아, 저 유려한 풍자! 민홍은 고개를 외로 꼬았다. 툽툽한 된장국 냄새가 습기처럼 피어올랐다.

"엄마, 부엌에서 시래기국이 끓나 봐."

철원네는 만적이고 있던 수감을 내려놓고는 엉덩이 걸음으로 방문을 박지르며[21] 부엌으로 내려섰다. 쿵 하고 닫히는 방문의 충격으로 형광등이 움찔하는가 싶더니 우웅하는 나지막하고 건조한 소리와 함께 형광등의 양쪽 끝의 색깔이 시퍼렇게 죽어갔다. 어느 집에선가 승압기를 사용하고 있음이 틀림없었다. 그때 민홍은 귓등이 팽팽하게 당겨지는 느낌을 받았다. 축 처진 천장을 은밀하게 제겨디디며[22] 가로질러가는 발소리가 그를 긴장시킨 거였다. 이런 단매에 쳐죽일 놈이. 민홍은 하르르 떨리는 얄포름한 눈꺼풀을 간신히 진정시키며 천장을 올려다보았다. 나방의 비늘가루 같은 멀건 불빛이 하강하고 있었다. 얼른 눈꺼풀을 닫았다.

민홍은 요즘 쥐에 대한 노이로제에 걸린 성싶었다. 회색빛을 띤 물체가 눈에 어른거리기만 하면 그것은 여지없이 쥐의 형상으로 변했다가 사라지기 일쑤였다. 정확히 말하자면 일주일 전부터였다. 안경도 벗지 않은 채 읽던 책 위에 그대로 고개를 쑤셔박고는 뒤숭숭한 잠에 들어 있었다. 꿈결에 들려오는 불규칙한 쿵쾅거림 때문에 가슴을 옥죄는 듯한 협심증[23]이 끊임없이 달겨들었고 귓가에 맴도는 고르지 못한 숨소리는 관자놀이의 신경줄기를 팔딱팔딱 놀뛰게 만들었다. 등줄기로 흘러내리

---

21) 박지르다 힘껏 차거나 내질러 쓰러뜨리다.
22) 제겨디디다 발끝이나 발꿈치만 땅에 닿게 디디다.
23) 협심증(狹心症) 심장부에 갑자기 심한 아픔과 발작이 일어나는 증상.

는 찬 기운을 느끼며 눈을 뜬 민홍은 뺨 밑으로 축축하게 젖어 부풀어오른 책장을 말끄러미 바라보았다. 준비도 없이 와락 달겨드는 고적감을 처리하느라 한동안 콧등을 찡등그렸다. 천천히 고개를 치켜들자 헝클어진 머리와 옷매무새를 한 철원네의 모습이 눈에 들어왔다. 철원네는 한 손에 연탄집게를 들고 가겟방으로 통하는 장지 문턱에 한 발을 올려논 자세로 민홍을 내려다보고 있었다. 민홍은 자신의 얼굴에 쏟아지는 암팡진[24] 표정을 절망적으로 받아들였다. 그렇다면 우리는 또 그 추악한 전쟁에 말려들었단 말인가! 가게 천장 한구석에 시커멓게 입을 벌리고 있는 구멍을 보자 민홍은 머지않아 가게 안을 휘주물러놓을 게릴라 같은 존재를 의식하고는 하릴없는 나락에 떨어지는 듯한 충격을 받은 것이다.

그깟 쥐 한 마리 상대하는 것을 가지고 추악한 전쟁 운운하는 데는 어폐가[25] 있을는지도 모른다. 그러나 민홍은 일년 전 이맘때 홀로 힘겨운 싸움을 해나가던 아버지를 떠올릴 때마다 그 표현에는 하등의 부풀림이 없다는 생각뿐이었다. 그 싸움이 끝나자마자 느닷없이 엄습해온 겨울의 막바지에 불현듯 세상을 등진 아버지를 생각하매 더욱 그러했다. 아버지의 병명은 폐암이었다. 그러나 민홍은 자꾸만 아버지의 가슴에 자랐던 그 암덩어리가 풀리지 않은 응어리일지도 모른다는 부질없는 생각을 먹어보기도 했다.

아버지는 잘 싸우는 축이 결코 못 되었다. 민홍이 보기에는 도무지 무력하기 짝이 없는 병사에 지나지 않았다. 벌써 나흘째 가게 안을 야금야

---

[24] 암팡지다 몸은 작아도 당차고 강단이 있다.
[25] 어폐(語弊) 적절하지 않은 용어를 씀으로써 일어나는 오해나 폐해(弊害).

금 좀먹고 있는 생쥐 한 마리에 속수무책으로 애만 끓고 있는 게 고작이었다. 어지간하면 집안 식구와 몇 마디 상의함직도 했지만 아버지라는 사람은 얼굴이 표나게 축이 지면서도 애오라지[26] 당신의 문제로만 치부하려는 고집스러움을 보여주었다. 그 고집스러움은 무엇보다도 말 없음으로 드러났다. 아버지는 실어증[27]에 걸린 사람마냥 입을 한일자로 굳게 다물어버렸고 민홍은 그 완강함에 밀려 멀찌감치 겉돌고 있었다.

그렇다고 해서 아버지가 전혀 손을 쓰지 않은 것은 아니었다.

한번은 아버지가 골방으로 찾아왔다. 민홍의 뒤로 다가선 아버지는 한참 뜸을 들이고 나서야 맨송맨송한 손을 들어 어깨 위에 올려놓았다. 민홍은 아버지의 무르춤한[28] 태도에 몹시 부아[29]가 나 있었기 때문에 의자에 엉덩이를 바짝 붙이고 앉은 채 뒤돌아보지도 않았다. 손길이 스쳐간 어깨 부위에는 한동안 군시러움[30]이 올라붙어 오글오글한 잔소름을 돋우어냈다. 손길이 한 번 더 머문 뒤에야 민홍은 아버지와 눈길을 맞추었다. 바람에 찢긴 새털구름처럼 금세라도 날아가버릴 듯한 눈썹 아래 동공이 유난히 커진 아버지의 눈동자에는 누설되어서는 안 될 비밀을 뚱겨주는 사람의 음험함 같은 게 엿보였다.

아버지는 불룩한 잠바 주머니 속으로 손을 집어넣더니 뭔가를 꺼내 책상 위에 차곡차곡 늘어놓았다. 밀크 캬라멜, 빠다볼 사탕, 해태 껌, 쫀

---

26) 애오라지 겨우나 오로지를 강조하는 말.
27) 실어증(失語症) 뇌의 부분적 장애로 말미암아 언어활동이 불완전해지는 병.
28) 무르춤하다 무엇에 놀라거나 무안하여 갑자기 움직임을 멈추고 뒤로 물러서려는 자세를 취하다.
29) 부아 분한 마음.
30) 군시럽다 몸이 가려운 느낌이 있다.

드기, 세숫비누, 나하나 초코렛, 삼립 팥빵…… 그것들은 하나같이 쥐이빨에 가차없이 물어뜯긴 흔적을 안고 있었다. 민홍이 말리지만 않았더라면 아마 아버지의 손은 하루 온종일이라도 그 일을 해낼 성싶었다. 민홍은 북받치는 감정을 억누르며 아버지의 손목을 부여잡았다. 이 세상 어느 집구석이 쥐새끼 한 마리에 이토록 유린을 당할 수 있단 말인가. 아버지도 아버지였지만 자기 자신의 무기력함도 뼈저리게 느끼기 시작했다. 고개를 들어 자신 앞에 껑더리[31]처럼 우두커니 서 있는 아버지를 보매 더욱 사무치는 기분이 들었다.

"아, 아버지……."

그러자 아버지는 손가락을 입술로 가져가대며 조용히 하라는 시늉을 해보였다. 옆방에서 칼국수 반죽을 밀고 있을 철원네를 다분히 의식한 눈초리로 조심스레 주위를 둘러보는 거였다. 하긴 이런 사실이 철원네의 귀에 들어가면 다시 한 번 난리가 날 판이었다. 아버지로부터 다지름[32]을 받는 순간 민홍은 며칠 전 쥐약에 쌀을 섞고 물방울을 떨구며 주저주저 개고 있던 아버지의 등 뒤를 향해 저녁밥을 푸다 말고 밥주걱을 세차게 흔들어대던 철원네의 새청맞은 목소리가 다시금 귓전을 때리는 것 같았다.

―흥, 내 그럴 줄 알았어. 그렇게 재수없는 날을 고르고 고르더니만 뭐이가 제대로 되는 일이 있겠어 응? 이제 와서 쥐약을 놓겠다고? 그것도 가겟방에? 고런 약아빠진 쌩쥐가 무슨 열고[33]가 났다고 진수성찬을

31) 껑더리되다 고생이나 병 따위로 몸이 몹시 피곤하고 뼈가 앙상하게 드러나다의 센말.
32) 다지르다 다짐받기 위하여 다지다.
33) 열고나다 열이 나서 급하게 서두르다.

눈앞에 두고 그 밍밍한 쥐약을 줏어 처먹을 거야. 염병하다 거꾸러질. 설령 먹었다고 쳐봐. 그눔이 어느 구석에 나자빠져 쉬를 슬고[34] 있을지 알게 뭐야? 구질구질하게시리. 그래서 예부터 장사꾼의 무덤엔 슬기가 없다는 거지.

아버지는 천천히 손을 들어 책상과 벽 틈바구니에 먼지를 뽀얗게 쓰고 서 있는 기타를 가리켰다. 정확히 말하자면 한쪽 끝이 끊겨 도르르 말린 6번 줄을 손가락으로 찍은 것이다. 민홍은 영문을 몰라 다시 한 번 아버지의 얼굴을 쳐다보았다.

민홍은 그 기타를 그해 오월 이후로 손끝 하나 까딱하지 않고 내버려 두었다. 삼 년 전 누나가 시집을 가면서 한창 코드 익히기에 맛을 들이던 민홍에게 물려준 거여서 좀 낡기는 했지만 그런 대로 주인의 손길을 때맞춰 타던 물건이었다. 그러던 것이 이제는 눈길이 닿기만 하면 등골이 오싹해지는 애물단지로 둔갑을 했다. 그것은 민홍이 학교에서 교문을 사이에 두고 벌어진 투석전에서 왼쪽 다리에 2도 화상을 입고 한 달간 병원 신세를 진 사건 때문이었다.

그때만 떠올리면 지금도 머릿속이 아찔해지는 느낌이다. 교문이 좀체 뚫리지 않자 별동대로 조직된 화염병 투척조에 민홍은 끼어 있었다. 허벅지에 최루탄을 직격으로 맞고 피투성이가 되어 누군가에게 업혀 나가던 후배 극채 녀석이 지르는 비명 소리 때문에 민홍의 머릿속에서는 뭔가 뜨거운 불길이 치받아올랐다. 어느새 민홍은 잘룩한 병허리를 거머쥔 채 잠바 자락을 휘날리며 어떤 낡은 단화의 뒤꿈치를 쫓아 마침 체육

---

[34] 쉬를 슬다 파리가 쉬를 깔겨 놓다〔쉬: 파리의 알〕.

관 공사 때문에 쌓아둔 골재로 둔덕35)이 진 교문의 측면으로 나아갔다. 그 후로 기억에 남는 것이라고는 벼락치듯 들리던 최루탄 발사음과 멀찍한 아우성을 찾아 뱀의 혀를 날름거리던 불꽃, 그리고 가슴팍을 종이 한 장의 두께로 깎아내리던 아픔뿐이었다. 둔덕에서 되돌아나올 때 갑자기 바짓가랑이를 붙잡고 늘어지던 불꽃을 정지 화면처럼 뇌리에 아로새기며 민홍은 깊은 허방다리36)로 무너져내렸다. 나중에 병원 침상에서 정신을 차렸을 때 민홍은 당시 상황을 곰곰이 기억해보려 애썼지만 허사였다. 다만 추측건대 옆쪽을 파고든 별동대의 집중적 화염병 세례에 맞서 그들 또한 화력집중을 퍼부었을 거고 그 와중에서 황급한 동작을 하던 누군가의 손아귀에서 땀으로 질척이던 병이 미끄덩 빠져나왔으리란 막연한 짐작을 해보았을 뿐이었다. 그리고는 곧바로 머리를 흔들어 그런 생각을 털어버렸다.

"왜 그 자리에서 혀를 빼물고 뒈지질 못하고 이 꼴을 하고 자빠져 있냐! 이 에밀 못 잡아먹어 환장한 눔아. 오오냐 장하다, 장해. 이 민들레씨같이 곤곤히 퍼진 집안에서 하마터면 만고충신37)이 하나 나올 뻔했구나그래!"

기타 줄은 그 어름에 잘린 것이었다. 평소 기타로 튕겨지던 몇몇 노래들이 철원네의 기대에 반하는 조짐으로 여겨졌으리란 걸 어렵지 않게 짐작할 수 있었다.

흥분한 철원네는 민홍의 소식을 듣자마자 부엌에서 식칼을 들고 나와

---

35) 둔덕 두둑하게 언덕진 곳.
36) 허방다리 함정.
37) 만고충신 오랜 세월 충성을 다하는 신하.

기타를 공격했다. 기타에 쌓인 먼지를 한꺼풀만 벗겨내면 여기저기 어지럽게 팬 칼자국을 선연하게 찾아볼 수 있는 터였다. 그 기타의 끊긴 줄을 도대체 아버지는 어디다 쓰고자 하는 것일까.

아버지의 의도를 알고 난 민홍은 정신분열 증세일지도 모른다는 생각이 퍼뜩 들었다. 기타 줄은 올가미로 사용될 것이었다. 배설물 흔적으로 보아 통행로로 이용되고 있음이 분명한 영업용 냉장고 뒤에 그 기타 줄로 된 올가미를 놓은 다음 쌀가게 백씨 아저씨네서 앙칼진 얼룩고양이를 하룻밤 빌려와 풀어놓겠다는 게 아버지의 대체적 전술이었다. 민홍은 벌어진 턱을 한 손으로 간신히 밀어붙였다. 짐승 사냥이라도 하자는 것인가!

―두고 보라우. 기눔의 고양이에게 낚아채이든지 아니면 지레 들뛰다 올가미에 먹아지를 졸리우든지 둘 중의 하나는 틀림없으니까니.

아버지의 단호한 표정은 무언중에 이렇게 말하고 있었다. 그러나 다음날 아침 가게문을 열어보던 아버지의 일그러진 얼굴을 민홍은 차마 바라볼 수가 없었다. 아버지의 가랑이 사이로 입술을 훔치며 날렵히 빠져나간 고양이에 의해 가게 안은 사탕 쪼가리 하나 제대로 성한 것이 없을 정도로 분탕질[38]이 돼 있었던 것이다. 어진혼[39] 나간 얼굴로 도움을 청하듯 민홍을 돌아다보는 아버지에게 철원네의 악다구니가 퍼부어졌다.

―이 씨를 말릴 함경도 종자들아.

특히 '종자'를 발음할 때 철원네의 입놀림은 기묘했다. 비곗덩어리 같은 것을 입 안에 넣고 자근자근 짓씹는 모양이었는데 그 특이함으로

---

38) 분탕질(焚蕩―) 몹시 시끄럽거나 야단스럽게 구는 일.
39) 어진혼 어질고 착한 사람의 죽은 넋.

인해 듣는 사람으로 하여금 완벽한 시청각적 효과를 거두게 해주었다. 어려서부터 따라다니던 이 말 속에는 민홍이 자신 암질러[40] 그 함경도 종자의 한 사람으로 싸잡혀 있음이 분명했다. 어린 생각에도 그것은 적잖은 억울함으로 다가왔었다.

    내가 도대체 함경도랑 무슨 상관이 있단 말인가. 나는 함경도에서 태어나지도 않았으며 더군다나 그곳에 가보았다거나 심지어는 그곳에 대한 사진 한 장 제대로 들여다본 적이 없는 일 아닌가. 물론 나는 함경도 아버지의 아들임이 분명하다. 하지만 보라, 내 말투에 '북에서 왔수다'에 나오는 배우의 억센 사투리가 조금이라도 섞여 있는가를. 내가 '인민군'이라는 별명으로 불리게 된 것도 그렇다. 그 골치 아픈 육성회비 때문에 하루도 빠지지 않고 불려가 벌을 서곤 했던 교무실의 복도 맞은켠 게시판 '비교해봅시다' 속에 남루한 옷차림으로 삽자루를 움켜쥔 채 시름에 젖은 북쪽 아이들처럼 뻐드렁니에다 드문드문 기계총[41] 자리가 난 이부가리 머리를 하고 있어 서로 무척이나 닮아 보인다는 사실이 그런 별명을 갖다붙이도록 한몫 거들었음을 잘 알고 있다. 하지만 정작 그런 별명의 결정적 빌미는 엄마가 만들어준 옷에서 나왔다는 사실은 세상이 다 아는 일이다. 반공생활에 나오는 따발총의 임자가 입은 옷처럼 누런 헝겊 쪼가리를 대고 왔다리갔다리 누빈 솜옷을 늘 입고 다녔던 것이다.

    아무튼 그런 참담한 실패가 있은 며칠 뒤였다.

---

[40] **암지르다** 주된 것에 몰아붙여서 하나가 되게 하다.
[41] **기계총** 두부백선(頭部白癬). 머리의 피부 군데군데에 생기는 백선. 그 부분의 머리털은 윤기가 없고 쉬이 빠짐.

"하이고 원, 저 성깔머리 좀 봐. 질깃질깃하게도 못돼먹은 종자하곤."

불을 끄고 이부자리 속에 든 지 벌써 두어 시간이 넘었지만 아버지는 낮은 신음 소리를 내며 몸을 뒤척였다. 이를 참다 못한 철원네가 형광등 스위치를 딸깍 올리며 버럭 소리를 질렀다.

"그래, 잡아. 암, 꼭 잡아치워. 온 동네를 발칵 뒤집어놓더라도 그놈의 영감탱이가 지금이라도 당장 숨이 끊어질 듯 저렇게 사람에게 민주를 대니, 어디 한번 가불간[42]에 결판을 내."

아버지가 이렇다 할 말 한마디 못 하고 시르죽는[43] 데는 나름대로의 까닭이 있었다. 일진[44]을 잘못 짚은 소치[45]였다. 어찌된 경위인가 하니.

산동네 집 치고는 마당도 제법이고 길차게 자란 나무도 몇 그루 착실하게 갖춘 빨간 기와집의 차동철 씨가 이사를 가고 난 뒤 들어온 할머니는 조쌀해[46] 뵈는 보살이었다. 곧 집 안에서 목탁 소리가 울리는 걸로 봐서 법당이 마련된 모양이었다. 그러나 거무칙칙한 페인트로 새 치장을 한 철대문은 용무가 있는 사람들 말고는 출입을 일절 허용하지 않았다. 처음엔 동네 사람들의 호기심을 어지간히 끌던 그 집도 서서히 사람들의 머리 한구석으로 밀려났다. 그와는 달리 이웃으로 남은 계집이 있었다. 이름이 정순이라고 했다. 워낙 혀 짧은 소리를 해서 처음에 잘 알아듣지 못했다.

"덩쥰이여, 덩쥰이."

---

[42] 가불간 가부간(可否間)의 잘못된 표현. 옳건 그르건. 찬성이건 반대건. 좌우간. 하여간.
[43] 시르죽다 맥이 쑥 풀리거나 풀이 죽다.
[44] 일진(日辰) 날의 간지(干支).
[45] 소치(所致) 무슨 까닭으로 빚어진 일.
[46] 조쌀하다 늙은이의 얼굴이 깨끗하고 조촐하다.

민홍이네 가게에 곧잘 주전부리[47]를 하러 왔다.
"듕 아저씨두 한 사람 이쪄예."
정순이는 보살 할머니가 업어다 기른 업둥이[48]였다. 절간의 내막은 정순이의 입을 통해서 다문다문 흘러나왔다. 보살 할머니에게는 오래 전에 헤어진 할아버지가 있는데 가끔 연락이 되며, 지독한 골초인 할머니는 꽤 두툼한 담배쌈지를 끌어안고 산다는 거였다. 그리고 법당에는 진짜 금동불상이 봉안[49]돼 있다는 사실도 정순이가 흘려준 거였다. 그러던 어느 날 저녁 헐레벌떡 뛰어온 정순이가 넘어질 듯 가게 문턱을 넘어섰다.
"아즈므이 아즈므이, 아프예, 막 아프예."
"이런 수떨판이[50] 같으니라구. 여자가 종아리를 시퍼렇게 내놓고설랑 어딜 들뛰어다니는 거야."
정순이는 보살 할머니가 급체에 걸렸다는 사실을 전했다. 절집과는 반대 방향에서 뛰어온 것으로 보아 아마 야미로 주사를 놔주는 간호사 출신 박씨 아줌마한테 우선 들렀다가 만나질 못하고 철원네에게 뛰어든 모양이었다. 가끔 절집을 찾아오는 사람들이 가게에서 초나 향, 그리고 음료수 등을 쏠쏠히[51] 사가기 때문이기도 했지만 철원네가 일진이나 토정비결은 물론 당사주[52] 등에 일견식[53]이 있음을 알아본 보살 할머니는 평소 동지팥죽이며 떡 부스러기, 또 새로 나온 달력서껀 빠짐없이 건

47) 주전부리 군것질.
48) 업둥이 자기 집 앞에 버려지거나 우연히 얻어 기르는 아이.
49) 봉안 안치(安置)를 높이는 말.
50) 수떨판이 수선스럽고 떠들썩한 사람.
51) 쏠쏠하다 장사나 거래의 이문이 썩 좋다.
52) 당사주(唐四柱) 당사주책으로 보는 사주점.
53) 일견식 뛰어난 식견.

네주었기 때문에 철원네는 그냥 지나칠 수만은 없는 처지라 얼른 활명수 한 병을 거머쥐고는 치달아 올라갔다. 얼마 동안 있다 돌아온 철원네는 정순이 못지않은 호들갑을 떨었다.

"아유, 가보니 벌써 손발이 굳어서 얼음장같이 차가운데 명치 뒤 등뼈를 요렇게 누르는 시늉만 하여도 그냥 자지러지지 뭐야. 워낙에 늙은 양반에다 눈만 조금 흘겨도 뒤로 넘어갈 것 같은 체격이니 겁이 더럭 날 수밖에. 거기다 떡허니 눈을 들여다보니 눈자위가 희끗희끗하게 돌아가. 안 되겠다 싶어 그 이불 호칭 시치는 바늘을 찾아다간 팔을 두어 번 쓸어내린 뒤 엄지손가락 매디를 사정없이 찔러댔어. 아, 그랬더니 시커멓게 죽은피가 샘처럼 솟구치잖아. 그러고 나서야 할머니의 눈동자가 제대로 돌아오고 명치에 괸 트림이 터졌겠지. 정순이 그년은……."

아버지는 딴청을 피우고 있었다. 철원네가 정순이를 따라나간 직후 찾아온 잡화상이 오르기 전 가격으로 드리겠다고 능치는 말에 솔깃해진 아버지는 민홍이 보기에도 약간 지나친 양의 잡화를 쟁여놓았다. 참으로 오랜만에 당반54)을 가득 채운 잡화 때문에 야트막한 천장까지 물건이 자라자 아버지는 잘 쓰지 않던 먼지떨이로 구석구석 혼뎅거리고 있던 거미줄이나 먼지답쌔기를 떨어내는 시늉을 하고 있었다. 그 모습을 본 철원네의 눈초리가 치솟아오르더니 갑자기 음색이 확 째어졌다.

"아유, 그래서 사람이 늘그막에 혼자가 되면…… 아니, 이 영감탱이가 망령이 들었나 하필이면 오늘 같은 날 무슨 천만금을 쥐어보겠다고 이 지랄을 했어 응? 이 지랄을."

---

54) 당반 선반을 이르는 북한 말.

그날은 고초일이었다. 달력에는 빨간 사인펜으로 동그라미가 쳐진 날짜 밑에 역시 빨간 글씨로 '고'라는 표시가 되어 있었다. 그렇다면 철원네가 저렇게 입에 버캐[55]를 물고 달겨드는 것도 무리가 아니라는 생각이 들었다. 고초일이라면 단성일, 장성일, 화일과 더불어 철원네가 집안의 4대 기일로 정해둔 바가 있었다. 달력만 수도승처럼 하릴없이 바라보는 아버지의 축 처진 입초리 역시 그런 사실을 수긍하는 듯했다. 뒤돌아선 아버지의 잔등은 가뭄에 우는 까마귀 소리처럼 쏟아지는 철원네의 악의에 찬 저주를 송두리째 견뎌내야만 했다.

"메일무우욱 사아려. 찹싸알떠억."

잠이 휙 달아나 서름한 낯으로 서로 흥뚱항뚱 바라만 보고 있던 차에 특유의 구성진 목소리로 다가오는 메밀묵 장수의 외침이 여간 반갑지 않았다.

"내 좀 보라우. 거 메밀묵 장수 양반."

"어이쿠, 발목이야. 이 영감이 눈이 삐었나 왜 발목은 밟고설랑……."

"히힝, 보니까니 작년 이맘때 기 양반이구만. 긴데 아직은 철이 좀 이르우다."

"예에, 영감님. 시험 삼아 한번 받아갖고 나왔주. 지금 영감님이 마수걸이[56] 하는 셈이지유."

"기래? 기럼 인심 좀 푹 쓰라우 허허. 여보 여게, 아니 민홍아 주발[57] 좀 개져오라."

---

[55] 버캐 간장이나 오줌 따위의 액체 속에 섞여 있던 소금기가 엉기어서 뭉쳐진 찌끼.
[56] 마수걸이 첫 번째로 물건 파는 일. 개시.
[57] 주발(周鉢) 놋쇠로 만든 밥그릇. 아래보다 위가 좀 벌어지고 뚜껑이 있음. 식기(食器).

깊어가는 초겨울의 밤이다. 아버지와 아들이 양념장을 두른 메밀묵을 도마 위에 놓고 내의 차림으로 마주 앉았다. 뭔가 그럴싸한 얘기가 우러나올 듯한 분위기였다. 그러나 반나마 먹을 때까지 아무도 입을 열지는 않았다. 몇 쪽 남지 않은 메밀묵을 집으려는 젓가락질이 여의치 않자 손집게를 만들어 집어올리던 아버지는 입 속으로 알아들을 수 없는 말을 중얼거리고 나서는 마치 혼잣소리를 내듯 이야기를 시작하는 거였다. 한번 이야기의 두서를 잡은 아버지는 선걸음에 고향길을 밟는 사람처럼 달뜬 기분을 내었다. 반가부좌를 틀고 앉아서는 윗몸을 양옆으로 슬렁슬렁 흔들어 대기도 하고 시합을 앞둔 선수마냥 어깨와 목덜미를 이리저리 움츠렸다 풀며 긴장을 조절하는 모습이었다. 눈빛은 이미 먼 과거의 한 부분을 떠돌고 있는지 오련하게[58] 바뀌는 중이었다.

아버지는 전쟁포로로 나온 사람이었다. 아버지는 전쟁포로라는 말 대신 피 떠블유라는 말을 즐겨 사용했는데 말끝마다 우리가 뭐 앞에 총이 민지나 알았겠니 하며 계면쩍은 미소를 짓곤 했다. 두 손을 바짝 쳐든 덕에 죽지 않고 포로가 되었다. 부산에서 조사를 받다가 상륙정에 실려 간 곳이 거제도란 데였다. 가보니깐 허허벌판 논바닥에 엉성하게 천막을 쳐놓고는 가마때기 몇 장을 깔아논 곳이 포로수용소였다. 가시철망 너머로 불어오는 벌바람[59]이 사람을 그지없이 스산하게 만들었다.

생각해보라우. 기때 내 나이 스물하구두 야들이었어. 고향산천 기리고 부모 처자식 모다 두고 이녘에 피 떠블유로 나왔으니 을매나 엉이없고 속이 뒤집어지갔는지를.

[58] 오련하다 기억 따위가 또렷하지 아니하다.
[59] 벌바람 벌판에서 부는 바람.

사람 목숨이 파리 목숨과 진배없던[60] 시절이라 살아남기 위해선 침묵으로 일관해야 했다. 수용소 안에서의 좌우충돌로 양쪽에서 무수한 사람들이 쥐도 새도 모르게 사라지는 걸 목격한 아버지로서는 당연한 처신으로만 여겨졌다. 사상이 다른 사람들을 한울타리 안에 모아놨으니 온전할 리가 없다는 것이 아버지의 생각이었다. 그런 속사정을 알 턱이 없는 미군들은 미우나 고우나 같은 민족끼리 수용소 안에서까지 티격태격한다고 고개를 갸우뚱거렸다. 아버지는 딴것은 몰라도 그것만은 미군 애들이 일리가 있다는 생각을 하였다.

아버지는 오히려 바깥보다 상대적으로 풍족함을 누렸던 기억을 특별히 간직하고 있었다.

그 아낙에서야 물자야 풍부했다. 미군 애덜이 관장을 허니까니 담요니 피복이니 거저 달라는 대로 집어주는 거야. 기걸 모아두었다간 몰래 바깥으로 빼돌려 그 아낙에 있으면서 장사까지 벌였다니까. 밖에선 부황[61]이 들 판국인데두 외레 수용소 아낙에서는 고기 간스메(통조림)국이 끓어 넘치고 시레이숑 박스가 굴러다니는 판국이었으니 기런 요지경 속이 세상 어딜 가믄 또 있갔니?

그 안에서 아버지는 우연히 흰쥐 한 마리를 길들이게 되었다. 하루는 베고 있던 륙색이 좀 이상하길래 퍼뜩 열어보니 웬 흰쥐가 들어 있었는데 어디선가 된통 물어뜯겨 피범벅이 되어 있었다. 어느 집단에서건 별쭝난[62] 건 환영을 못 받는 거라는 생각이 들자 불쌍한 마음이 들어 음식

---

[60] 진배없다 못할 것이 없다. 다를 것이 없다.
[61] 부황(浮黃) 오래 굶어서 살가죽이 누렇게 부어오르는 병.
[62] 별쭝나다 언동이 매우 별스럽다. 별쭝맞다.

부스러기를 주근주근 던져주자 맛을 들였는지 겁도 없이 찾아와서는 재롱까지 떨곤 했다. 그런데 그 흰쥐는 거제도 폭동의 와중에서 아버지를 죽음의 고비에서 구해준 당사자가 되었다.

기러니까니 내레 있던 칠삼에서두 좌익 애덜이 들먹들먹하던 때이지. 어디 잠 한번 발 뻗고 제대로 잘 수가 있나. 거저 워카를 신은 채 노루잠63)을 자는 게지. 자다 보니 누가 워카 위를 슬슬 갉아먹고 있잖겠니. 기눔이었어. 픽 웃곤 다시 자려니깐 일어난 김에 소피나 보고 와야겠다는 생각이 들어서리 밖으로 나왔지. 아, 그러니깐 저쪽에선 벌써 좌익 애덜이 악악거리는 소리가 아수쿠러하게64) 들려오지 않겠니? 낭중에 숨어 있다가 막사로 되돌아와보니 아, 이만 한 돌덩이가 내 자리에 날아와 뚝 떨어져 있지 뭐겠니. 내 양옆의 사람들은, 기러니깐 하는 일 없이 우익으루다 소문이 난 사람들인데 날아온 돌에 치여 머리가 처참하게······.

아비지는 목딜미를 가볍게 쓸어내리며 고개를 천천히 내저었다.

휴전협상이 한창 진행되던 어느 날 아침식사 뒤 열외 한 명 없이 모두 콘세트 안에 대기하고 있으라는 명령이 떨어졌다. 그날 아침따라 유별나게 어린아이 주먹만한 고깃덩이들이 걸려서는 모두들 포식을 한 다음 담벼락 밑에 옹기종기 모여 해바라기를 하며 담배를 한 대씩 돌려 피고 나서야 콘세트 안으로 들어갔다. 당시 수용소 안에서는 술이니 담배니 할 것 없이 다 뒷거래가 되고 있었다.

내려온 명령의 내용을 듣고는 모두들 기가 턱 막혔다. 이쪽에 그대로

63) 노루잠 깊이 들지 못하고 자주 깨는 잠.
64) 아수쿠러하다 어슴푸레하다의 방언.

남을 사람, 저쪽으로 되돌아갈 사람을 가르는데 호각 소리 하나로 판가름을 한다는 것이었다. 호각 소리에 따라 복도 하나 사이에 두고 이북 갈 사람은 저쪽에 앉고 이남에 남을 사람은 이쪽에 앉으라는 소리였다.

물론 최종적으루야 빽코잽이 애덜이 내린 것이지 뭐. 국방군이야 기 때 뭐 힘을 썼갔나. 창문 밖에서는 리건이라는 백인 싸즌 하나가 싯누런 이빠디를 드러낸 채 빙글빙글 웃고 있었지. 갸네들은 우리네 속사정을 잘 모르니까니 기따우 발상이 나왔을 거야. 바로 기거야. 기거이 바로 미군 애덜이 두루 써먹는 사고 방식이지. 속셈을 튕겨보다가 안 되겠걸랑 거저 일도양단[65]식으로 적당히 가르는 거야. 좌우익을 한데 모아노니까니 제네바협정이니 뭐니 자꾸 말썽이 생겨서리 여론이 안 좋거들랑. 기거이 메야? 저쪽으로 가갔다는 사람이 꼭 사상이 벌개서인가 아니믄 이쪽에 남갔다는 사람이 꼭 사상이 허예서인가 말이다. 기거이 아니었단 말이디 내 말은.

벌게진 아버지의 입에서는 깨물다 만 우둘두둘한 메밀묵 덩어리가 민홍의 얼굴로 퉁겨나왔다. 그러나 민홍은 손을 들어 닦아낼 생각을 먹지 못했다.

무거운 침묵이 흐르는 가운데 문앞의 감찰완장들 중 한 명이 앞으로 한 걸음 내달리며 퉁명스럽게 내뱉었다. 딱 십 분을 주갔으니 잘 생각들 해서 정하우. 뒷짐에서 풀려나 천천히 입으로 올라가는 손가락 사이에는 태[66]를 먹어 금방이라도 산산이 부서져내릴 듯한 허연 호루라기

---

[65] 일도양단(一刀兩斷) 한 칼로 두 동강이를 낸다는 뜻. 머뭇거리지 않고 과감히 처리함을 이르는 말.
[66] 태 질그릇이나 놋그릇의 깨진 금.

가 들려 있었다. 앙칼지게 불어제치는 호각 소리에 모두들 가슴이 철렁 내려앉았다. 처음엔 이것이 무슨 꿍꿍이속인가 싶어 숨들을 죽이고 있었는데 한 오 분쯤 지나자 몇 사람이 후다닥 양쪽으로 오고 갔다. 그러자 서로 기다렸다는 듯 이쪽저쪽으로 뒤죽박죽 오가는데 정신을 차릴 수 없었다.

아버지가 처음 앉았던 자리는 북으로 가는 자리였다. 머릿속이 휑뎅그렁하게[67] 비어버려 망창히[68] 앉아 있던 아버지에게는 창문으로 쏟아져들어오는 햇살이 그저 너무 좋다는 생각만 한심하게 다가왔다. 고개를 돌려보니 수용소 안에서 가까이 지내던 사람들이 모두 이남 자리로 넘어가서는 아버지보고 그쪽에 남으면 죽으니 날래 넘어오라구 난리를 쳤다. 갑자기 겁이 더럭 올라붙은 아버지는 시적시적[69] 이남 자리로 옮겨갔다. 그러나 개인적 안위를 걱정할 때가 아니라는 생각이 스쳤다. 잔뼈가 굵은 고향이 있었고 거기에 살고 있을 부모 처자―아버지는 이미 전쟁 전에 장가를 들었다―모습이 눈앞에 밟혔던 것이다. 그래서 이번에는 후둘거리는 다리를 끌고 이북 자리로 넘어갔다. 그러나 자리에 앉고 보니 불현듯 물밑 쪽 같은 신세 이제 고향에 돌아가믄 뭘 하겠나 하는 생각이 들었다. 뭐가 뭔지 알 수가 없었다.

그만 하는 소리와 함께 호각이 삑 울렸다. 아버지는 둔기로 뒷머리를 얻어맞은 사람처럼 온몸이 굳어져왔다. 저 복도는 이미 단순한 복도가 아니라 삼팔선 바로 그것이었다. 아, 이를 어쩐단 말이냐. 그때 아버지

---

[67] 휑뎅그렁하다 속이 비고 넓기만 하여 매우 허전하다.
[68] 망창하다(茫蒼―) 별안간 큰일을 당하여 생각이 아득하다.
[69] 시적시적 마음이 내키지 않는 것을 억지로 참아 가며 느릿느릿 말하거나 행동하는 모양.

는 자신의 두 눈을 의심했다. 차오르는 숨을 가누지 못해 고개를 쳐든 아버지의 눈동자에는 콘세트 들보 위를 살금살금 걸어가는 희끄무레한 물체가 들어왔다. 폭동의 와중에서 우연히 아버지를 깨우는 바람에 목숨을 건지게 해준 그 흰쥐가 꼬랑지를 살랑살랑 흔들며 이남 쪽으로 걸음을 떼고 있었다. 아버지의 눈에 힘이 들어갔다. 복도 사이로는 감찰완장들이 저벅저벅 걸어들어오는 판국이었다. 아버지는 얼른 복도로 내려섰다. 너무 서두르는 통에 발목을 접질려 비틀거리자 지나가던 감찰완장 하나가 이눔이 하며 엉덩이를 걷어찼다.

내이가 왜 그랬겠니? 여기 한번 나와 있으니까니 못 가갔드란 말이야. 어딜 간들 하는 생각 때문에 도루 못 가갔드란 말이야. 기거이 바로 사람이야. 웬 쥐였냐고? 글쎄 모르지. 기러다보니 맹탕[70] 헷것이 눈에 끼었는지두. 언젠간 돌아가갔지 하며 살다보니…… 암만 생각해봐두 꿈 같기두 하구…… 기리고 이젠 모르갔어…… 정짜루다 돌아가구 싶은 겐지 그럴 맘이 없는 겐지…… 늙으니까니 암만해두.

짓물러진 눈자위를 손가락으로 지긋이 누르고 있는 아버지의 어깨가 가늘게 떨렸다. 민홍은 뱃속에서 울컥하는 감정덩어리가 솟구침을 느꼈다. 비껴 앉은 아버지의 야윈 잔등을 보면서 민홍은 박물관에서 본 적이 있는 고생대의 한 화석을 떠올렸다. 그 화석에 대한 일차적 기억은 앙상함이었고, 그리고 가슴 답답한 세월의 무게였다. 그 누구도 자유롭지 못한.

그 다음 날이었다.

"흐흥, 새벽녘에 기러케 몸태질을 하드이만 이러케 출두를 하셨어."

---

70) 맹탕 무턱대고. 그냥.

사람이 다가서도 움쭉달쭉 못 하고 겁먹은 눈동자만 굴리는 쥐를 바라보며 아버지는 코 먹은 소리를 냈다. 입가엔 득의만만한 미소가 번졌다. 아버지는 녀석의 약점을 진작에 간파해내고 있었다. 녀석이 꾸준히 입질을 하던 쫀드기 과자에 소금물까지 묻혀 먹여놨으니 제아무리 발악을 한다 해도 물을 못 먹곤 앞으로 이틀을 버티지 못하리라는 게 아버지의 계산이었다. 아버지는 날이 추워지자 철원네가 가게 진열장 밑에 들여놓은 선인장 화분을 주목했다. 그 선인장은 쥐가 허겁지겁 쏠아 먹은 흉측한 밑동을 지니고 있었다. 선인장을 치우고 난 자리에 육교 위에서 구입한 끈끈한 아교[71]를 두텁게 바른 곽딱지를 놓고 그 한가운데다 물을 넉넉히 축인 빵죽을 떨궈놓았다.

녀석은 그 덫에 여지없이 걸려든 것이다. 아교 주변에는 회색털이 너저분하게 흩어져 있어 간밤의 소리 없던 필사적 몸부림을 짐작케 해줬다.

"이걸 어드러케 처치하믄 화끈하게 쥑이겠나 이걸."

마당 한가운데로 녀석을 곽딱지째로 들고 간 아버지는 뒤를 헬끔 돌아보며 숫접[72]은 미소를 지어 보였다. 도저히 화끈하게 죽일 만한 인상이 아니었다. 민홍은 쪼그려 앉은 아버지의 두터운 동내의 위로 불거져 나온 등뼈줄기를 지켜보았다.

"야 민홍아, 저 아궁지에다 연탄집게를 괄게 달궈서리 이리루 개져와 보라우."

살 타는 냄새가 자글자글 피어올랐다. 역한 누린내가 콧속을 간지르며 스며들었다. 아버지의 코밑에서는 묽은 콧물이 질펀하게 번져났고

---

[71] 아교(阿膠) 쇠가죽을 진하게 고아 굳힌 것. 끓여 접착제로 씀. 갖풀.
[72] 숫접다 순박하고 수줍어 하는 티가 있다.

주름잡힌 발그대대한 목덜미엔 잔소름이 막 돋아오르는 중이었다.
"에유, 죽일 양이면 거저 죽일 일이지 그게 무슨 짓이우."
양동이에 물을 차란차란 퍼담아오던 철원네가 이맛살을 찌푸리며 말했다. 전날 밤의 악다구니는 간데없는 다소곳한 말투였다.
"기럼 니눔이 가믄 어딜 가갔다는 게야. 도대체 어딜 가갔다는 게야."

"애야, 이건 또 무슨 소리니?"
설거지를 마치고 들어오던 철원네는 눈을 화등잔[73]만하게 떴다. 문짝이 떨어져나가는 듯한 굉음이 들린 거다. 민홍은 은정이네 부부싸움이 시작됐음을 단박에 알아챘다.
"어떤 놈이랑 붙어 놀아났는지 그것만 불란 말이야. 아직은 내가 두 눈을 시퍼렇게 뜨고 있응게."
"야근을 헜다 왜? 몰라서 묻는겨? 그렇게 마누라가 못 미더우면 사내가 나가서 밥벌이를 해야 여편네가 새끼를 차고 집구석에 들어앉아 살림을 하든지 말든지 헐 것 아니냐고? 나두 지발 덕분에 그래 보는 게 소원이여. 어이쿠 이 웬수야, 죽여라 죽여."
갑자기 소리를 키운 연속극의 한 대목인 양 카랑카랑한 목소리가 고막을 따갑게 파고들었다. 곧이어 터진 은정이의 울음소리가 사이렌 소리처럼 머릿속을 한바탕 휘저어놓았다. 그사이로 퍽퍽 북어 두들기는 소리가 나고 찢어져내리는 비명 소리에 섞여 새어나오던 이를 응등그려[74]문 여인의 저주는 점점 잦아들었다. 철원네가 혀를 끌끌 차며 입을 열었다.

[73] 화등잔 몹시 놀라거나 앓아서 퀭한 눈.
[74] 응등그리다 굳어지면서 뒤틀리다.

"에휴, 대낮부텀 술을 그리 욱여넣더니만 앰헌 계집만 잡는구나. 여편네에 얹혀사니 눈에 꼬투리가 톡 씌울 수밖에. 은정 엄마가 외상술을 줬다고 내 원망을 또 을매나 헐 것이여. 허지만 외상술을 또 안 줘봐. 못 주게 했다고 들볶을 판이니 그나저나 사내를 갈아치기 전에는 은정 엄마야 매복이 터진 거지 머. 에구, 아예 사람을 잡는구먼. 내가 여하튼 술을 내준 죄가 있으니 가서 말리는 척이라도 해야지."

철원네가 끼어들고 나서도 싸움은 한동안 수그러들 줄 몰랐다. 민홍은 철원네가 열고 나간 가게문을 닫기 위해 무심코 한 발을 방문턱에 올리는 순간 흠칫 몸이 굳어졌다. 그놈, 바로 철원네가 입버릇처럼 뇌던 그놈이 아주 느릿느릿한 동작으로 가게 문턱을 향해 기어가고 있었다. 철원네가 말한 용모파기[75]와 일치했다.

―에유, 어찌된 애가 응, 기름병을 들고 불구뎅이 속으로까지 뛰어들었다는 애가 그래, 그깟 쥐 한 마리를 못 잡는대서야 말이 되니? 기가 맥혀서. 이제 그놈이 새끼까지 치고 아예 눌러앉으려는지 배가 이리 불룩하고 이만하게 늙은 놈이 등허리는 비루[76]가 먹었는지 털이 홀떡 벗겨져서…….

민홍은 입을 조금 벌렸다. 기름병을 들고 불구뎅이 속으로 뛰어들었다는 애가. 정수리 끝까지 뻗쳐오른 기운 때문에 미세한 오한에 휩싸였다. 녀석은 민홍을 슬쩍 쳐다보았으나 느린 동작에는 변함이 없었다. 저 정도면 잡을 수 있다. 녀석에게서 눈길을 떼지 않은 채 손을 가만히 내려 냉장고 옆에 세워둔 연탄집게를 들어올렸다. 이거면 족하다. 민홍은

---

75) 용모파기 어떤 사람을 체포하기 위해 그의 용모와 특징을 기록.
76) 비루 개나 말 나귀 등의 짐승의 피부가 헐고 털이 빠지는 병.

손아귀에 힘을 주었다. 사정거리권 안으로 다가서는 민홍의 손아귀에서는 찐득한 땀이 배어나왔다. 녀석이 버거운 뱃구레[77]를 추스르며 문턱에 오르는 순간을 일격의 시기로 잡았다. 그래, 서두를 건 없어. 민홍은 손아귀에서 힘을 빼고는 일부러 딴 데를 쳐다보는 여유를 부렸다.
"그래, 죽여라 죽여. 이러고 더 살믄 뭐 하니? 너 죽고 나 죽자."
민홍의 눈이 빛나는 순간이었다.
아아, 나의 어리석음이여!
민홍은 낮은 신음을 흘리며 황급히 뒤쫓아 나갔지만 허사였다. 녀석의 굼뜬 동작은 괜히 상대방을 자만하게 만들기 위한 위장술이 틀림없어 보였다. 그것은 등허리의 털이 벗겨질 만큼 오랫동안 목숨을 부지하면서 터득한 경험과 새끼를 밴 암컷의 빈틈없고 대담한 산술이었으리라. 녀석은 문턱에 오르는가 싶더니 어느새 다람쥐보다 더 민첩한 동작으로 사라지고 말았다. 민홍이 맨발로 뛰쳐나갔을 때는 골목의 어둠 속으로 유유히 빨려들어가는 꼬리만 설핏 눈에 들어왔을 뿐이었다. 민홍은 그 자리에 망부석처럼 우두망찰[78] 서서 소리없이 웃고 있는 어둠 속을 노려보았다.
—모르지, 맹탕 헛것이 눈에 보였는지두.
아버지의 늘쩡한[79] 목소리가 귓전에 와 달라붙었다. 민홍은 찬찬히 고개를 가로저었다. 골목 저편에서 비닐봉지와 함께 다가온 바람이 이마 위로 흘러내린 머리칼을 달싹이고 갔다. 민홍은 입을 굳게 다물어보

[77] **뱃구레** 사람이나 짐승의 배의 통.
[78] **우두망찰하다** 갑작스러운 일로 얼떨떨하여 어찌할 바를 모르다.
[79] **늘쩡하다** 쉬엄쉬엄 느리게 행동하다.

앉다. 그냥 그렇게 서 있고 싶었다. 불끈 쥐어본 주먹에는 연탄집게가 알맞춤하게 들어 있었다. 왠지 느꺼운[80] 감정이 밀려오면서 저만치서 채 시작되지도 않은 겨울의 출구가 보이는 듯했다. 그쪽은 맨발이었다.

[80] 느껍다 어떠한 느낌이 북받쳐서 마음에 겹다.

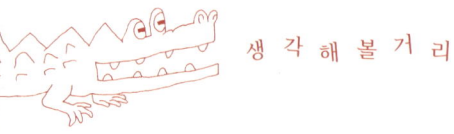

생각해 볼거리

1 이 작품에 등장하는 세 인물(아버지, 철원네, 민홍)에 대해서 정리해봅시다.

아버지 6·25로 인해 북에 있는 처자식을 두고 월남하게 된 인물입니다. 포로수용소에서 자신의 의지와 무관하게 흰쥐에게 이끌려 남한을 선택하게 되고 철원네와 재혼하게 됩니다. 역사의 그늘 밑에서 무기력하고 왜소하게 구멍가게를 지키는 초라한 아버지의 모습을 보여줍니다.

철이네 민홍의 어머니. 한 개인이 역사에 끼어들려는 행위는 주제넘은 것으로 생각하며(무기력한 아버지와 화염병 투척조로 "기름병을 들고 불구뎅이 속으로 뛰어든" 민홍에 대한 철원네의 반응을 미루어보아) 악착스럽게 살아가는 것만이 의미 있는 것임을 말하는 강인한 생활인의 모습을 보여줍니다.

민홍 무기력한 아버지에 대해 처음에는 거부감도 갖고 있었으나 아버지의 쥐잡기를 이해하면서 아버지에 대한 연민과 그리움을 갖게 됩니다. 민홍도 아버지처럼 가게에 침입한 쥐를 잡으려 하나 오히려 똑똑한 쥐에게 망신만 당하고 놓치고 맙니다.

2 이 작품에서 '민홍'은 아버지를 '아버지'라고 부르지만, 어머니는 '철원네'라고 부르고 있습니다. 대상을 대하는 민홍의 태도를 바탕으로 그 이유를 생각해봅시다.

민홍에게 철원네는 무기력한 아버지와는 반대로 강인한 생활력을 가진 어머니입니다. 철원네는 우리가 일반적으로 갖게 되는 '어머니' 하면 떠올리는 그리움의 대상이라기보다는 무기력한 아버지를 대신하는 역할로 다가옵니다. 민홍은 어머니의 기대에 반하는 행동을 하며 따가운 꾸중을 들을수록 어머니라고 하는 그리움(이상)과 한편으로는 지옥(현실)을 경험하게 될 것입니다. 이러한 어머니에 대한 심정적 거리가 '철원네'라는 거리감 있는 어휘로 표현된 것입니다.

3 이 작품에 나오는 다음 세 가지 이야기를 정리해봅시다.

전쟁 중 아버지의 이야기 아버지는 전쟁포로로 거제도에 수용됩니다. 그곳 포로수용소 안에서도 같은 민족끼리 이념적 대결이 이어지고 살육이 벌어지고 있었습니다. 아버지는 침묵으로 처신하던 중에 우연히 흰쥐를 한 마리 발견하게 되고 길들이게 됩니다. 그러던 중 흰쥐로 인해 우연히 죽음의 순간을 모면하기도 합니다. 그리고 결국 남과 북으로 포로 송환이 이루어지게 되고 선택의 순간이 찾아옵니다. 아버지는 처음에는 기다릴 처자식을 생각하며 북쪽을 선택했었으나 갑자기 나타난 흰쥐로 인해 자신도 모르게 극적으로 남한을 선택하게 됩니다.

아버지의 쥐잡기 생쥐 한 마리가 며칠째 나타나 가게 안을 야금야금 좀먹습니다. 무기력하게 가게를 지키던 아버지는 그 생쥐와의 전쟁을 선포하고 여러 가지 작전을 세워 잡으려 하나 오히려 생쥐의 분탕질만 더 심해집니다. 그래서 오히려 철원네에게 매일 싫은 소리만 듣게 되고 그럴수록 아버지는 쥐잡기에 더욱 혈안이 됩니다. 그리고 어느 날 소금물과 아교를 이용해 그 생쥐를 잡고야 맙니다. 그리고 그 일이 있고 얼마 후 아버지는 갑자기 폐암으로 세상을 등지고 맙니다.

민홍의 쥐잡기 집에서 소일을 하던 민홍에게 철원네는 가게에 나타난 쥐를 잡으라고 합니다. 며칠 동안 잡을 엄두를 못 내던 민홍에게 철원네가 말하던 그 쥐가 바로 앞에 나타납니다. 민홍은 큰마음을 먹고 그 쥐를 잡으려고 했으나 오히려 쥐의 약은 행동에 속아 놓치고 맙니다.

4 3번의 세 가지 이야기에는 모두 '쥐'가 등장합니다. 각각의 '쥐'가 의미하는 바는 무엇일지 작품 내용을 바탕으로 친구들과 이야기해보고 함께 정리해봅시다.

소제목	'쥐'와 관련된 사건	'쥐(잡기)'의 의미
포로수용소에서의 흰쥐	—흰쥐 때문에 목숨을 구함 —흰쥐 때문에 남한을 선택하게 됨	아버지의 선택을 도운 흰쥐는 아버지가 선택한 '이념'일 수도 있습니다. 하지만 그것은 '맹탕 헛것' 즉 '헛것'에 불과한 것이며, 아버지의 삶은 '헛것'과도 같은 운명의 거대한 힘에 휘둘리게 됩니다.
아버지가 잡으려던 쥐	—가게에 침입하여 분탕질 침 —아버지는 쥐를 잡지만 그 일이 있고 얼마 후 세상을 뜨게 됨	아버지의 쥐잡기는 구멍가게 안의 삶에 갇힌 한 무기력한 가장이 벌이는 생활과의 싸움입니다. 평생 헛것 같은 운명에 휩쓸려 살던 아버지에게 쥐잡기는 처음이자 마지막이 되어버린 현실과의 싸움이라고 볼 수 있습니다.
민홍이 잡으려던 쥐	—가게에 침입하여 분탕질 침 —영악한 행동으로 민홍을 속이고 도망침	민홍은 거의 죽어가는 형상으로 위장한 늙은 쥐에게 속고 맙니다. 민홍은 현실의 이토록 대담함과 간교함을 볼 눈이 아직 없었기 때문에 간악한 쥐를 놓치고 만 것입니다.

5 다음은 본문의 내용 중 일부입니다. 다음을 읽고 아버지가 '쥐'를 따라 가족이 남아 있을 북쪽이 아닌 남쪽을 선택한 이유를 밑줄 친 '맹탕 헷것'이라는 말과 연관지어 생각해봅시다.

> 내이가 왜 그랬겠니? 여기 한번 나와 있으니까 못 가갔드란 말이야. 어딜 간들 하는 생각 때문에 도루 못 가갔드란 말이야. 기거이 바로 사람이야. 웬 쥐였냐고? 글쎄 모르지. 기러다 보니 맹탕 헷것이 눈에 끼었는지두.

아버지는 포로수용소에서 남이냐 북이냐를 선택해야 하는 시점에서 엉뚱하게도 남쪽 방향으로 가는 흰쥐를 보고 마치 '헷것'에 썬 듯 남한을 선택합니다. 흰 쥐에 의한 선택은 '이념의 선택'일 수도 있지만, 그것은 결국 '맹탕 헷것'에 불과합니다. 그리고 결국 '기거이 바로 사람이다'라고 말하는 아버지의 말처럼 아버지의 삶은 결국 거대한 운명의 힘에 따라 북의 처자식을 버려두고 남한에서 구멍가게 주인으로의 삶을 살게 됩니다.

6 이 작품에는 지금 우리가 잘 사용하지 않는 순우리말들이 많이 사용되고 있습니다. 소설 읽기에서 이러한 순우리말 사용이 주는 효과는 무엇인지 생각해봅시다.

　작가 김소진은 『새우리말큰사전』(신기철·신용철 공저)을 독파하며 우리말 어휘·어구·속담 등을 대학 노트에 기록·정리하였다고 합니다. 또한 자라면서 어머니 곁에서 들어야 했던 입심이 합쳐져 소설 문체의 중요한 밑거름이 되었다고 합니다. 그래서 「쥐잡기」를 읽다 보면 우리가 현재 잘 사용하고 있지 않은 순우리말들이 많이 등장함을 알 수 있습니다. 이러한 소설 읽기에서의 순우리말은 제일 먼저 생생함을 느끼게 합니다. 특히 이 작품에 등장하는 북쪽 사투리는 생동감이 그대로 전해지는 듯한 느낌을 받게 합니다. 또한 이러한 순우리말을 찾아 쓰게 됨으로써 독자들이 생경했던 소중한 우리말을 알게 되고 그로 인해 우리말에 대한 관심을 불러일으키는 효과를 얻게 될 것입니다.

깊이 생각해보기

아래는 어느 가수의 노래 가사 중 일부입니다. 노래에 나오는 아버지의 모습을 본문의 아버지의 모습과 비교해서 설명해봅시다.

> 너무 앞만 보며 살아오셨네.
> 어느새 자식들 머리 커서 말도 안 듣네.
> 한평생 제 자식 밥그릇에 청춘 걸고
> 새끼들 사진 보며 한 푼이라도 더 벌고
> 눈물 먹고, 목숨 걸고 / 힘들어도 털고 일어나
> 이러다 쓰러지면 어쩌나
> 아빠는 슈퍼맨이야 애들아 걱정마.
> 위에서 짓눌러도 티낼 수도 없고
> 아래에서 치고 올라와도 피할 수 없네
> 무섭네. 세상, 도망가고 싶네. / 젠장 그래도 참고 있네.
> 맨날 아무것도 모른 채 / 오로지 내 품에서 뒹굴거리는
> 새끼들의 장난 때문에 나는 산다.
> 힘들어도 여보, 애들아, 아빠 출근한다.
> 아버지 이제야 깨달아요. 어찌 그렇게 사셨나요.
> 더 이상 쓸쓸해하지 마요. 이제 나와 같이 가요.
>
> ―〈아버지〉 중 (노래: 싸이)

노래 가사 속에 나오는 아버지의 모습은 가족을 위해 헌신적으로 희생하는 모습입니다. 무서운 경쟁 사회 속에서 두려움도 느끼지만 오로지 자식들을 위해서 힘들어도 참고 일어나는 아버지의 모습입니다. 그리고 홀로 그 무게를 지고 가는 아버지의 모습이 쓸쓸하게 나타납니다.

그러나 본문에 나오는 아버지의 모습은 그렇지 않습니다. 신체적으로나 경제적으로 무기력하고 그저 구멍가게를 힘없이 지키는 모습뿐입니다. 하지만 그러한 무기력은 아버지의 성품이나 성격 때문이 아닙니다. 바로 6·25라는 우리 현대사가 아버지에게 강요한 결과일 뿐입니다. 그리고 아버지는 마지막으로 아버지로서 생활력 있는 모습을 보여줍니다. 그것은 바로 가게에 침입한 '쥐'를 잡는 것입니다. 아버지의 '쥐잡기'는 아버지에게 휘몰아쳤던 운명과 그 속에 무기력했던 당신의 모습을 조금이나마 극복해보려는 생활인으로서의, 그리고 가장으로서의 처절한 몸부림이었을 것입니다.

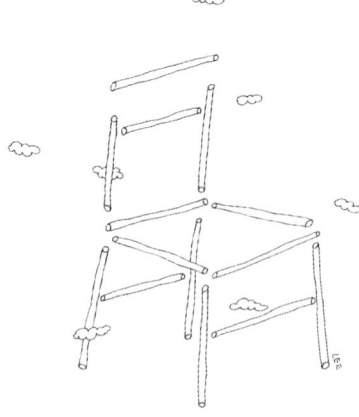

자전거 도둑

'나'와 '서미혜'의 지난 과거의 삶을
이탈리아의 거장 비토리아 데 시카 감독의 〈자전거 도둑〉이라는
영화 속 등장인물인 '안토니오(아버지)'와 '브루노(아들)',
'간질 걸린 도둑 청년'의 모습과 연결시키면서
상처를 치유해가는 과정을 그린 독특한 구조의 작품.

 감상의 길잡이

"야! 간나야, 니 다시는 이런 민한 짓이래, 하겠니, 안 하겠니?"
'아버지 되기'를 거부하고 '자전거 도둑'이 되는 것

'아버지' 하면 언제나 든든하고, 권위 있고, 힘도 있고, 어떤 문제라도 해결해 줄 수 있는 슈퍼맨과 같은 존재를 떠올리는 경우가 많습니다. 그러나 세상의 모든 아버지들이 슈퍼맨 같은 존재가 될 수는 없습니다. 단지 가족을 생각하면서 힘을 내시는 것일 뿐입니다. 그러나 이 작품에 나오는 아버지는 슈퍼맨과는 거리가 너무나 먼 모습입니다. 주인공의 아버지는 무기력하게 가게를 지키고, 초라한 모습으로 아들을 앞세워 혹부리 영감에게 굽실거리며 물건을 떼어오고, 이전 거래에서 모자란 소주 두 병을 훔치다 혹부리 영감에게 걸리게 되자 아들에게 구원 요청을 하기도 합니다. 그리고 결국 혹부리 영감 앞에서 죄 없는 아들의 뺨을 호되게 때리고 마는 인물입니다. 그래서 "차라리 죽는 한이 있더라도 애비라는 존재는 되지 말자"라는 다짐을 아들의 가슴에 새기게 하는 너무도 무력한 아버지입니다. 그런데 아들(나)에게 이런 초라한 아버지의 모습은 〈자전거 도둑〉이라는 영화의 주인공 아버지의 모습과 겹쳐지게 됩니다. 자전거를 도둑맞고, 다른 자전거를 훔치다가 망신을 당하는 아버지와 모든 과정을 지켜보는 아들 브루노의 모습이 어린 시절 아버지와 자신의 모습과 일치함을 느끼게 됩니다. 그리고 그 영화를 계속 되돌려 보면서, '나'는 그렇게 무기력하고 힘없게 살아갈 수밖에 없었던 아버지의 상처를 확인하게 됩니다. 그리고 자신과 아버지의 상처를 서서히 치유 받게 됩니다.

그러나 '나'는 '나'의 이런 상처보다 더 아픈 상처를 가진 '서미혜'를 만나게 됩니다. '나'의 자전거를 훔쳐 타던 '자전거 도둑' 서미혜의 상처 역시 영화 〈자전거 도둑〉의 내용과 연관성을 가집니다. 바로 영화에서 아버지의 자전거를 훔친 도둑, 즉 간질에 걸린 청년처럼 서미혜의 오빠도 간질을 앓았고, 그로 인해 세상을 일찍 떠나게 되고, 그 과정에서 자신이 죽음의 원인을 제공했다는 상처를 안고 살아갑니다. 그래서 서미혜는 영화 속 청년처럼 매일같이 자전거를 몰래 훔쳐 타는 것으로 오빠에 대한 죄의식을 달래고 있습니다.

이 작품은 이렇게 아픈 상처를 가지고 있는 '나'와 '서미혜'의 지난 과거의 삶을 이탈리아의 거장 비토리아 데 시카 감독의 〈자전거 도둑〉이라는 영화 속 등장인물인 '안토니오(아버지)'와 '브루노(아들)', 그리고 '간질병 걸린 도둑 청년'의 모습과 연결시키면서 상처를 치유해가는 과정을 그린 독특한 구조의 작품입니다.

'트라우마(trauma)'라는 심리학적 용어가 있습니다. 이 용어는 '정신적 외상'이라는 뜻인데, 어린 시절 큰 충격을 받고 그로 인해 정신적 행동장애가 일어나는 경우를 뜻합니다. 어린 시절 잊혀지지 않았던 정신적 충격을 받은 '나'와 '서미혜'가 '아버지 되기'를 거부하고 '자전거 도둑'이 되는 것. 어쩌면 우리의 삶에도 우리가 알지 못하는 트라우마가 존재하고 있지는 않을까요?

영화 〈자전거 도둑〉

'생은 결코 아름답지만은 않다, 그러나 그 가치는 있다'라는 명제를 잔잔하게 전하는 비토리아 데 시카 감독의 대표작이다. 제2차 세계대전 후의 피폐한 로마 거리에서 벌어진 작은 사건을 통해, 당시 이탈리아 사회에 만연한 실업 문제를 다루었다.

어느 날, 실업자 안토니오 리치(마조라니)는 포스터 붙이는 일을 하게 된다. 일을 위해 돈을 빌려 자전거를 구하고, 아들 브루노(스타졸라)는 이런 아버지를 따라나선다. 그러나 이내 자전거를 잃어버린다. 우여곡절 끝에 자전거 도둑으로 보이는 젊은이의 집을 찾아내지만 절망한다. 그 젊은이는 자기만큼 가난하며, 간질 환자에, 또 그 자전거에 대한 확실한 증거도 없기 때문이다.

그러던 중 브루노가 사라지고 어린아이가 강에 빠졌다는 소리도 들린다. 그러나 주위에 자전거가 즐비한 경기장 계단에서 브루노를 찾는다. 안토니오는 브루노에게 먼저 집으로 가라고 하고, 자전거를 한 대 훔쳐 달아나다 주인에게 붙잡힌다. 풀려난 안토니오는 허탈한 모습으로 석양의 거리를 걷고 그 뒤를 브루노가 따른다.

이 영화는 네오레알리스모 영화의 10대 걸작의 하나로 평가된다. 스튜디오가 아닌 실제 거리에서 모든 것을 촬영하여 사실적인 배경을 화면에 포착하였다. 배우 또한 무명의 공장 노동자와 거리를 쏘다니던 부랑아를 발탁하여 리얼리티를 더했다. 마지막에 안토니오의 손을 잡는 브루노의 클로즈업되는 손은 사랑과 이해의 상징으로서 부자간의 정을 나타내는 전형이다. 1950년 골든글로브 최우수외국영화상을 수상하였다.

자전거 도둑

자전거에 도둑이 생겼다. 정확히 표현하자면 나 몰래 훔쳐 타는 얌체족이었다. 내 골반뼈 높이에 맞춰놓은 자전거 안장이 엉덩이 밑선으로 밀려가 있었고, 바퀴 틈새에는 방금 묻어난 것 같은 황토물이 군데군데 배어 있곤 하는 게 바로 그 증거였다.

누군지는 몰라도 현관문 밖의 도시가스 연결 파이프에 쇠줄로 붙들어 매놓은 자전거의 자물쇠를 풀어 몰고 다닌 다음 내가 퇴근해 돌아오기 전에 얌전히 제자리에 갖다놓곤 하는 모양이었다. 신문사 일이라는 게 저녁 늦게 끝나기가 일쑤인데다 퇴근 후 술자리를 워낙 좋아하는 나로서는 낮에 무슨 일이 일어나는지 알 도리가 없었다.

가만히 생각해보니 자전거를 산 지 얼마 되지 않아 자전거를 고정시킬 쇠줄의 열쇠 하나를 잃어버렸다. 하지만 살 때부터 열쇠를 세 개씩이나 받아뒀기에 이내 그 사실을 잊어버리고 지냈다.

나는 내 자전거를 훔쳐 타는 범인으로 일찌감치 이웃집 아이인 봉근이를 찍고 있었다. 맞벌이 부부인 그 집 부모는 하루 종일 집을 비우기 일쑤였다. 봉근이 아버지는 공치는 날이 더 많은 도배공이었고, 엄마는 봉제공[1]이었다. 둘이서 벌어들이는 수입이 여간 쏠쏠치 않을 텐데 어찌나 무섭게들 움켜쥐는지 외아들인 봉근이가 그토록 졸라대는 눈치건만 헌 자전거 한 대 마련해주질 않았다. 자존심까지 구겨가며 다른 또래 아이들 자전거를 빌려 타거나 자기보다 힘이 약한 아이 같으면 종주먹[2]을 들이대는 시늉을 해 뺏아 타는 그 애의 모습을 몇 번 본 적이 있었다.
　새 도시에서는 자전거가 몹시 요긴했다. 곳곳에 자전거 전용도로가 잘 닦여 있어 운동기구로도 쓰임새가 좋을뿐더러, 은행이나 할인판매점 같은 편의시설들이 걷기도, 차 타기도 어정쩡해 자전거가 없으면 허드레 다리품을 팔 일이 잦은 곳이 바로 새 도시였다.
　처음에는 새로 뺀 자동차 못지않게 걸레질도 가끔씩 해가며 사뭇 귀염을 받던 자전거였다. 그러나 몇 달이 지나자 어느덧 그 자전거는 소박맞은[3] 이처럼 문 옆에서 다소곳이 먼지답쎄기[4]를 뽀얗게 뒤집어쓴 채 서 있어야만 했다. 그러다가 출퇴근 때마다 후다닥 곁을 스치고 지나가는 나의 시큰둥한 눈길에 밟히는 처지가 되고 말았다.
　저전거를 건드리는 손은 봉근이가 아니었다. 어느 날 몸이 아파 신문사에 조퇴보고를 하고 돌아온 날 그 의문은 우연찮게 풀렸다. 약방까지 자전거를 타고 갈까 싶었는데 이미 누군가 쇠줄을 풀고 한 발 앞서 자전

[1] 봉제공　봉제 일에 종사하는 사람.
[2] 종주먹　상대편을 위협하는 뜻으로 쥐어 보이는 주먹.
[3] 소박맞다　남편의 박대를 받다. 남편에게 내쫓기다.
[4] 답쎄기　잘게 부스러진 짚 따위의 찌꺼기.

거를 끌고 나가버린 거였다. 나는 경의선과 나란히 뻗은 자전거 전용도로 쪽으로 나가보았다.

　텔레비전 광고에 나오는 모델의 방금 샴푸한 것처럼 하늘하늘한 머리채와 몸에 착 달라붙는 하얀 옷자락을 휘날리며 유유자적하게 자전거를 모는 사람이 눈에 띄었다. 누굴까? 나는 먼 거리에서도 그 자전거가 새로 장만한 내 자전거임을 알 수 있었다.

　내 자전거 위에 허락도 없이 올라탄 사람은 뜻밖에도 젊은 여자였다. 까만 타이즈 바지 차림에 흰 남방셔츠를 입고 있어 늘씬한 몸매가 훤히 드러났다. 자전거 페달을 밟는 엉덩이와 허벅지의 굴곡에 탄력이 붙어 보였다.

　멀찍이 서긴 했지만 난 내 앞을 바람처럼 스쳐 지나가는 그 아가씨의 얼굴이 낯설지 않다는 생각이 들었다. 이사 온 지 얼마 되지 않아 아파트 관리업체 지정 변경에 관한 결의를 한다고 해서 불려나간 반상회 자리였을 것이다. 나중에 아주머니들이 수군거리는 말을 얼핏 귀동냥하니 문촌마을 스포츠센터에서 에어로빅 강사를 한다는 거였다. 바로 내 위인 꼭대기층에 산다고 들었다. 어쩐지 이따금씩 거실에서 에어로빅 연습을 하는지 콩콩거리는 소리가 규칙적으로 울리곤 했다.

　흐흠, 자전거 도둑이라!

　그날 저녁 난 묘한 흥분감에 사로잡혔다. 손깍지로 머리를 감싸고 거실 바닥을 뒹굴던 나는 불현듯 2차 세계대전 종전 뒤에 유럽을 휩쓸었던 네오리얼리즘[5] 운동의 대표적 영화로 꼽히는 이탈리아 비토리오 데

---

[5] 네오리얼리즘(neo-realism) 1930년 이탈리아에서 발생한 문화유파. 신사실주의.

시카 감독의 〈자전거 도둑〉에 나오는 장면들을 떠올렸다. 그러다가 상체를 벌떡 일으켰다. 오늘 밤도 그 비디오를 한 번 더 볼까? 나는 테이프를 손가락으로 콕콕 찍으며 잠시 망설였다. 그러다가 어느새 반나마 남은 발렌타인 17년짜리 병목을 휘어잡았다. 잔 속에서 빛나고 있는 육면체의 투명한 얼음 조각들 위로 40도의 뜨거운 원액을 끼얹고는 허겁지겁 빈속으로 쏟아부었다. 젠장, 난 이 영화 앞에서 왜 이리 갈피를 못 잡는 걸까. 위잉…… 철커덕.

…… 2차대전이 끝나고 폐허로 변한 로마. 오랫동안 직업을 구하지 못해 헤매다니던 안토니오 리치는 어느 날 일자리를 구하게 된다. 길거리에 포스터를 붙이는 일이다. 그 일에는 자전거가 필수적이다. 오랜만에 일자리를 구하게 돼 당당히 아내 마리아 앞에 선 안토니오는 그녀를 설득해 몇 안 되는 헌 옷가지를 전당포에 맡기고 드디어 자전거를 구한다. 어린 아들 브루노는 출근하는 아버지를 따라나선다.

그러나 어느 모퉁이에서 잠시 자리를 비운 사이 누가 자전거를 훔쳐 타고 달아난다. 안토니오는 쫓아가다 실패하고 경찰에 신고하지만 경찰은 그런 하찮은 일에 신경 쓸 겨를이 어디 있냐는 듯 시큰둥한 반응을 보인다. 허탈해진 안토니오는 자전거포를 뒤지다 어느 젊은이가 자기 자전거를 타고 달리는 것을 목격한다. 기를 쓰고 쫓아가지만 또 허사이다. …… 우여곡절 끝에 자신의 자전거를 훔친 젊은이의 집을 기어코 찾고야 만다. 하지만 안토니오는 빈민가에 있는 그 젊은이의 허름한 집을 보고 절망에 빠진다. 자신처럼 가난한데다 젊은이는 그를 보자 충격을 받았는지 간질을 일으키며 길가에 나뒹굴어 버둥거린다. 경찰이 왔으나 딱 부러지는 증거도 없다. 안토니오의 우유부단한 태도에 실망한 아들이 그와 다투다 없어진다. 안토니오는 강가에서 어린애가 빠졌다는 얘기를 듣고 불길한 예감에 사로잡혀 황급히 아들을 찾아 나선다. 그러나 아들은 다친 데 없이 다시 그의 앞에 나타난다.

…… 스쳐 지나가려는데 경기장에서는 축구경기가 한창 무르익고 있다. 안토니오의 눈에는 경기장 밖에 즐비하게 세워놓은 자전거들이 한 가득 클로즈업돼 들어온다. 아들 브루노에게 먼저 집에 가 있으라고 이르고는 자전거 한 대를 잽싸게 훔쳐 달아나지만 곧 주인에게 붙잡힌다. 어디선가 경찰이 온다. 아들의 면전에서 봉변을 당하는 안토니오의 처지를 가련하게 여긴 자전거 주인이 선처[6]를 베푸는 바람에 안토니오는 철창 신세를 면하고 풀려난다. 긴 그림자가 드리워지는 석양의 거리를 아들은 뒤따르고 안토니오는 어깨가 축 늘어진 허탈한 모습으로 하염없이 걸어간다…….

이 영화를 볼 때마다 난 무엇보다 외로움을 느꼈다. 아들이 지켜보는 앞에서 아버지의 권위를 깡그리 무시당한 안토니오의 무너진 등이 견딜 수 없어 콧등이 시큰해졌고, 그보다는 무너져내리는 아버지의 뒷모습을 목격해야 하는, 그럼으로써 평생 씻을 수 없는 내면의 상처를 끌어안고 살아갈 어린 아들 브루노 때문에 나는 혀를 깨물어야 했다.

왜? 왜냐고? 그건…… 빌어먹을, 내가 바로 또 다른 브루노였으니깐…….

---

[6] 선처(善處) 어떤 문제를 형편에 따라 잘 처리함.

이 망할 놈의 기억, 저 비디오테이프를 찢어버려야 하는 건데…… 나는 다시 거칠게 발렌타인의 병목을 잡아챘다.

한 평도 채 안 되는 구멍가게는 중풍으로 쓰러져 정상적 건강 상태가 아니었던 아버지의 유일한 수입원이자 생존 이유였다. 때문에 그 구멍가게에 대한 아버지의 몰두와 자존심은 각별했다.
한번은 내가 아버지가 가게를 잠깐 비운 사이에 겉에 허연 인공 설탕가루를 묻힌 '미키대장군'이라는 캐러멜을 하나 아무 생각 없이 널름 집어먹은 적이 있었다. 하나에 2원, 다섯 개에 10원이었다. 잠시 뒤에 돌아온 아버지는 단박에 그 사실을 알아채고는 불같이 화를 내며 내 목덜미에 당수[7]를 한 대 세게 내려꽂는 것이었다. 그 캐러멜갑 안에 미키대장군이 몇 개 들어 있는지조차 훤히 꿰차고 있는 아버지였다.
"이런 민한 종간나래! 얌생이처럼 기러케 쏠라닥질[8]을 허자면 이 가게 안에 뭐이가 하나 제대로 남아나겠니, 응"
그러고 나서는 좀 머쓱했는지 입이 한 발쯤 튀어나와 뽀로통해서 서 있는 내게 미키대장군 4개를 집어 내미는 거였다. 어차피 짝이 맞아야 파니까, 하면서 억지로 내 손아귀에 쥐어주었다. 나는 그 무허가 불량식품인 캐러멜 네 개가 끈끈하게 녹아내릴 때까지 먹지 않고 쥔 채 서 있었다.
"닐큼 털어넣지 못하겠니, 으잉?"
목덜미에 아버지의 가벼운 당수를 한 대 더 얹은 다음에야 한입에 털

---
7) 당수(唐手) 가라테의 한자음 표기.
8) 쏠라닥질 물건을 조금씩 빼먹는 일.

어넣고 돌아서 나왔다. 아버지도 가게일을 수월하게 보려면 잔심부름꾼인 나를 무시하고는 아쉬울 때가 많을 터였다. 워낙 짧은 밑천으로 가게를 꾸려가자니 아버지는 물건 구색을 맞추느라 하루에도 많을 때는 세 번까지 시장통 도매상으로 정부미[9] 포대를 거머쥐고 종종걸음을 쳐야 했고, 막내인 나는 번번이 아버지의 뒤로 팔을 늘어뜨린 채 졸졸 따를 수밖에 없었다.

그땐 그게 죽도록 싫었다. 하마 시장통에서 야구 글러브를 끼거나 조립용 신형무기 장난감 상자를 든 반 친구를 만나거나, 심지어 과외나 주산학원을 가는 여자아이들을 만나는 날에는 정말 그 자리에서 혀를 빼물고 죽고 싶은 생각뿐이었다. 더군다나 아버지가 주로 물건을 떼오곤 하는 수도상회 혹부리 영감의 손녀는 2학년인가, 3학년 땐가 우리 반 부반장을 지냈던 나미라는 여자아이여서 서로 안면이 없지도 않았다. 어쩌다 그 애가 헐렁한 동냥자루 같은 포대를 손아귀에 틀어쥐고 멀뚱히 계산대 옆에 서 있는 내 앞으로 모른 체하며 스쳐 지나갈 때면 나는 사팔뜨기인 양 뒤틀어진 눈을 아래로 깔아야 했다.

그러잖아도 머리통만 몸집에 비해 컸다 뿐이지 선병질적인데다 깡마른 내가 엄마가 군데군데 왕바늘로 기워줄 만큼 낡은 정부미 포대에 잡동사니 같은 물건들을 쓸어담아 어깨에 늘어뜨린 채 동화 속의 당나귀처럼 혀를 빼물고 헉헉거리며 가파른 산동네 길을 오르는 정경을 떠올릴 때면 지금도 처연한 감정을 모면할 길이 없다.

어느 날이었다. 아버지와 나는 앞서거니 뒤서거니 하면서 그 정부미

[9] 정부미(政府米) 쌀값 조절 및 군수용이나 구호용에 충당하기 위하여 정부가 사들여 보유하고 있는 쌀. 정부 보유미.

자루를 날라왔다. 그런데 집에 도착해 한숨을 돌린 뒤 자루를 풀고 물건을 정리해보니 20병이 와야 할 진로소주가 두 병이 모자란 채 18병만 온 것이었다.

아버지의 얼굴은 맞보기가 민망할 정도로 금세 하얗게 질렸다. 왜냐하면 그 덜 온 두 병을 빼고 나면 나머지 것들을 몽땅 팔아봤자 결국 본전치기일 뿐이었기 때문이다. 아버지는 내 등을 떼밀어 물건을 받아온 수도상회의 혹부리 영감한테 내려보냈다. 아버지는 말주변도 말주변이었지만 중풍 후유증 때문에 약간의 언어장애가 있어 일부러 나를 보냈던 것이다.

"뭐 하러 왔네?"

가게 안에 북적거리는 손님들에게 셈을 치러주느라 몇 번이고 주판알을 고르는 데 바쁜 혹부리 영감의 눈길을 잡아두는 데 성공한 나는 더듬더듬 자초지종을 말했다. 그러나 귓등에 연필을 꽂은 채 심술이 덕지덕지 모여 이뤄진 듯한 왼쪽 이마빡의 눈깔사탕만 한 혹을 어루만지며 듣던 혹부리 영감은 풍기 때문에 왼쪽으로 힐끗 돌아간 두터운 입술을 떠들쳐 굵은 침방울을 내 얼굴에 마구 튀겼다. 애초 자기 눈앞에서 까보이지 않은 것은 인정할 수 없다며 막무가내였다. 나중엔 아버지까지 함께 내려가서 하소연을 해봤지만 돌아온 대답은 정 그렇게 우기면 거래를 끊겠다는 협박성 경고뿐이었다. 거래가 끊긴다면 아버지한테는 큰 타격이 아닐 수 없었다.

혹부리 영감은 아버지한테 무슨 큰 특혜를 내려주듯이 거래를 터준다고 허락을 놓았다. 같은 함경도 동향이기 때문이라는 말을 덧붙이면서. 하긴 혹부리 영감한테는 매번 소주 열 병 안짝에다 새우깡 열 봉지,

껌 대여섯 개, 빵 예닐곱 개 등 일반 소매가격 구매자보다 더 많은 물건을 떼어가지도 않으면서 부득부득 도매값으로 해달라고 통사정을 해쌓는 아버지 같은 사람 하나쯤 거래를 끊어도 장부상 거의 표가 나지 않을 것이었다.

결국 아버지는 자신의 과오를 인정하지 않을 수 없었다. 당신의 자그마한 구멍가게로 돌아와 나머지 18병의 진로소주를 넋 나간 사람처럼 쓰다듬던 아버지는 기어코 아들인 내 앞에서 눈물을 보이고 말았다. 아! 아버지…….

한 닷새쯤 지났을까, 아버지와 나는 다시 그 수도상회로 물건을 떼러 갔다. 아버지는 또 고만고만한 물건들로 구색을 맞춰 골랐고 혹부리 영감은 일일이 헤아린 다음 우리 부자가 가져온 정부미 자루에 집어넣으라고 손짓을 했다. 아버지와 나는 허겁지겁 물건들을 자루에 휩쓸어 담았다. 평소와 달리 아버지의 손은 약간 떨려서 헛손질을 많이 해 일부러 나한테 훼방질을 놓는 사람 같았다.

내가 그 이유를 모를 리가 있겠는가. 아버지는 그 혹부리 영감의 눈을 속여 미리 진로소주 두 병을 은밀히 자루에 더 넣어두었던 것이다. 셈을 치르고 문턱을 가까스로 나서려는 순간, 이게 무슨 운명의 조화런가, 혹부리 영감이 우리를 불러세우는 것이었다.

"거 영감, 이보우다. 그 포대 좀 풀어 다시 한 번 헤아려봅세. 계산이 래 안 맞아."

나는 그때 겁에 질린 송아지처럼 눈에 흰자위가 유난히 많아진 아버지의 눈동자를 지금도 똑똑히 기억한다. 아버지는 어린 아들인 내가 무슨 구세주라도 돼주었으면 하는 간절한 눈으로 내 얼굴을 쳐다봤던 것 같았다. 그러나 난들 달리 뾰족한 수가 있을 턱이 없지 않은가.
 결국 혹부리 영감은 두 병이 더 들어간 것을 밝혀냈고 아버지에게 해명을 요구했다. 나는 내가 희생양이 돼야 함을 느꼈다.
 "예, 맞아요. 그건 말예요, 제가 영감님 몰래 넣은 건데요…… 왜냐하면 접때접때 우리집에서 사실 두 병을 빠뜨리고 갔기 때문에 응, 쌤쌤이어서요……."
 나는 이상하게도 맘이 편하고 당당했다. 나도 모르게 입가로 번져 나온 미소를 단속하느라 손바닥으로 입을 몇 번인가 틀어막기도 했다. 혹부리 영감은 얼굴에 별다른 표정을 짓지 않고는 고개를 끄덕거렸다. 일단 직접적 책임을 모면한 아버지는 헤설픈 표정으로 날 쳐다볼 뿐이었다.
 그러나 한편으로는 그 혹부리 영감이 당신과는 이제 거래 끝이야 하고 선언할까 봐 전전긍긍하는 얼굴이었다. 아버지처럼 이북 출신인 그 영감은 시장통에서 신용 하나는 보증수표나 다름없었지만 성질이 불 같고 매몰차기로 소문이 자자한 위인이었기에 그런 상황은 쉽게 상상해볼 수 있었다.
 "내레 이까짓 걸루다 당신하고 거래를 끊지는 않잦어. 다 물정 모르는 아이들이 저지른 짓인데 으잉?"
 "아유, 고맙습네다 영감님. 그저 어떻게 헤헤…… 우리 아이가 평소에는 그렇게 민한 애가 아닌데 어쩌다……."
 "단……."
 혹부리 영감이 아버지의 말끝을 가로챘다.
 "내 앞에서 저 아이를 호되게 가르치는 꼴을 뵈주라우. 내가 그깟 술 두 병이 아까워서 기러는 게 아니야. 하지만 기렇게 따끔하게 가르치는 건 바로 자식에게 말이야, 부모된 도리를 다하는 것 아니갔슴매? 내 이 자리서 이녁[10]이 하는 깜냥[11]을 두고보고서리 까짓것 그 술 두 병은 거저라두 주갔어. 내 이제껏 남한테 콩알 반쪼가리도 거저 준 적은 없지만서두, 이건 경우가 다르다우 아암."

"호되게라믄…… 어떠케?"

"쯔쯧, 이녁도 함경도 아바이 출신이믄 부랄값도 못 하는 자식이 잘못을 저질렀을 때 어드러케 다루는지는 알 만하잖소? 그걸 왜 내게 묻소 으잉? 아, 안 그렇소?"

"야! 간나야, 니 다시는 이런 민한 짓이래, 하겠니, 안 하겠니? 어서 말 좀 해보라우."

짐짓 호령을 하는 아버지의 손이 부들부들 떨며 허공 높이 허우적거렸다. 단 한 대에 내 뺨은 무섭게 부풀어오르며 감각을 잃어 갔다.

"길티…… 기게 바로 진짜 교육이야."

혹부리 영감의 격려를 받은 아버지는 고개를 돌려 그에게 굽신거린 다음 또 한차례 내 뺨을 기세 좋게 올려붙였다. 그러나 이 지독한 연극을 지켜보면서 나는 아픔을 거의 느끼지 못했던 것 같다. 머릿속에서 뭔가가 맑아지는 느낌뿐이었다. 그리곤 투시해버리고 말았다. 어린 나이에도 아버지의 눈 속에 흐르지도 못하고 괴어 있는 눈물을. 차라리 죽는 한이 있어도 애비라는 존재는 되지 말자. 아마도 나는 그때 그런 끔찍한 다짐을 했는지도 모른다.

---

[10] **이녁** 상대편을 홀대하여 부르는 말.
[11] **깜냥** 스스로 일을 헤아리거나 헤아릴 수 있는 능력.

"저, 혹시 위층 1204호에 사시지 않으세요?"

경의선 서울역발 막차를 타고 오던 나는 능곡역을 지날 때쯤 읽고 있던 신문을 주섬주섬 챙긴 다음 앞에 앉은 아가씨에게 조심스레 말을 걸었다. 바로 그 에어로빅 강사를 한다는 여자였다. 퇴근길인 모양이었다. 창가 쪽에서 눈길을 거둔 그녀가 씨익 웃어 보였다.

"예, 저도 뵌 적이 있어요. 인사가 늦었네요."

"헤헤, 그렇죠 뭐, 다들 바쁘니깐…… 어딜 다녀오세요?"

"주부들 좀 가르치는데, 여기 말고 신촌에서도 저녁에 한 타임 뛰고 있어요."

"요즘도 에어로빅 많이들 허긴 허죠……."

나는 갑자기 목이 컬컬해졌다. 백마역에서 내려 고개를 숙인 채 또박또박 마을버스 쪽으로 걸어가는 그녀에게 다가섰다.

"저, 어떠세요? 실례가 아니라면, 간단하게 목이나 축이며 인사나 나누죠?"

역 광장 둘레로 불을 환히 밝힌 포장마차가 서너 군데 눈에 띄었다. 여자가 느닷없이 킥 하며 웃음을 참는 시늉을 하는 바람에 난 긴장이 확 풀리고 말았다.

"그러시죠, 뭐."

"여기 우선 맥주 두 병부터 주시고요, 골뱅이 하나 무쳐주세요."

"맵지 않았으면 좋겠어요, 아주머니."

"정식 인사도 드리기 전인데, 이런 말씀 드려도 어떨는지 모르겠네요."

"……?"

"다름이 아니고, 자전거를 아주 잘 타신다고요, 헤헤."

여자가 얼른 손으로 입가를 가리며 웃었다. 벌어진 손가락 틈새로 가지런한 잇바디[12]가 비쳤다.

"호호, 고맙네요. 인사가 늦었어요. 자전거 도둑 서미헵니다."

"아, 서미혜 씨요? 아무튼 이거 반갑습니다. 전 김승호라고 합니다."

"범인이 뜻밖이라서 놀라셨겠다? 제가 오후에 강습을 나가느라고 빈 시간대에 잠깐잠깐 허락도 맡지 않고 그동안 실례를 했어요. 언짢으셨다면 늦었지만 용서를 구할게요."

"아유, 용서라뇨? 천만에요. 이거 너무 기분이 좋더라고요. 이런 미인이 제 자전거를 길들이고 계실 줄이야. 제가 참, 자전거가 못 된 게 그렇게 유감이더라구요."

"어머, 보기보담 유머를 잘하시네요. 기자시라며요?"

"제가 써붙이고 다녔나요?"

"말투를 들어보니 그런 것 같고…… 또 아파트 사람들이 다 알고 있던데요 뭐."

"말투가 어때서요?"

"왜 그런 것 있잖아요? 말꼬리가 왠지…… 암튼, 자전거가 맘에 쏙 들었는데 당분간 제가 좀더 길들여도 되겠죠?"

나는 그녀의 호감을 느낄 수 있었다.

"암요. 감히 바라던 바죠. 전 자전거 도둑을 좋아하거든요, 원래. 내가 좋아하는 비디오 중에 자전거 도둑이라는 제목이 있어요. 아마 언제 한번 보시면 재밌을 거예요."

---

12) 잇바디 이가 죽 박힌 줄의 생김새. 치열.

나는 순간 그녀가 얼굴 한구석에서 낯빛을 고쳐잡는 걸 놓치지 않았다.
"이거 자전거 도둑이 된 제 입장에선 아주 흥미로운 제목인데요. 꼭 보여주실 거죠?"
"물론입니다. 그리고 제 것은 새 자전거니깐 길을 아주 순하게 잘 들여주세요."
"첨엔 아주 늙수그레한 아저씬 줄 알았어요. 맨날 허겁지겁 역으로 뛰어나 다니고."
"이것 땜에요?"
나는 벗겨진 내 이마를 장난스레 손바닥으로 훑어내렸다.
"하지만 내가 딴 사람보다 머리숱이 적은 게 아니라구요. 보시다시피 머리 면적이 넓다 보니 밀도가 떨어져서 듬성듬성해 보일 뿐이거든요. 그렇게 이해하시는 편이 훨씬 쉽고 논리적일걸요?"
여자의 하얗고 고른 잇바디가 또 드러났다.

"〈자전거 도둑〉 나왔나요?"
현관 바닥에 떨어진 메모가 뒤늦게 눈에 띄었다. 나는 메모지를 주워 읽은 다음 손아귀에서 구깃구깃 둥그렇게 뭉쳐 휴지통에 던져넣었다. 대충 씻고 나온 다음 라면이라도 끓여먹으려고 냄비 따위를 덜그럭거리던 참이었다. 거실 한가운데 바지 주머니에 두 손을 쑤셔넣은 채 입맛을 쩍쩍 다시며 우두커니 서 있다가 후다닥 운동화를 꿰찼다.
"딩동, 딩동디잉."
초인종을 눌렀는데도 한 십여 초간 응답이 없었다.
"사람을 불러놓고 어딜 갔나?"

나는 뒤돌아서서 백마역 쪽으로 서서히 진입을 하는 경의선 막차의 불빛을 바라보았다. 그냥 갈까? 마침 안에서 슬리퍼를 찍찍 끄는 소리가 들렸다. 신발 끄는 소리가 그쳤다. 아마 올빼미 눈처럼 뚫린 외부 감시구멍으로 보는 모양이었다. 나는 일부러 그 구멍 앞에서 양 볼에 바람을 잔뜩 넣고 눈동자를 부릅뜬 장난스런 표정을 지어 보였다. 안에서 킥 하고 웃음을 터뜨리는 소리가 들렸다.

"어머, 오셨어요? 아유, 내 정신 좀 봐. 손님을 초대해놓곤 집 안이 이렇게 엉망이어서……."

"이거 참…… 다음에 다시 올까요?"

"아뇨! 잠깐만 기다리…… 아니 일단 들어오셔요."

서미혜는 연습 중이었는지 몸에 착 달라붙는 에어로빅 옷차림에다 수건으로 머리를 감싸고 있었다.

"식사는 어떻게……?"

"아 예, 대충 그럭저럭……."

"아직 안 드셨을 것 같아, 제가 생태찌개를 끓여놨는데."

"아 뭐, 그렇다면야 염치불구하고……."

나는 뒤통수를 긁적긁적하며 계면쩍다[13]는 표정을 지었다.

"와우, 거울 한번 되게 크네요?"

공기밥을 비우고 난 뒤 거실 벽 한 면을 차지한 유리 앞에 다가서며 내가 탄성을 지르자,

"밑에서 좀 콩콩거리는 소리가 들려 신경 쓰이시죠? 제가 집에서 가

---

13) 계면쩍다 겸연쩍다의 변한 말. 몹시 미안하여 낯이 화끈거리는 느낌이 있다.

끔 연습을 하거든요."

"괜찮아요. 수면제 삼아 들으니까요, 뭐."

"어머, 무덤덤하신 성격인가봐. 술도 한잔 하실래요?"

"한잔? 좋죠. 와우, 발렌타인 17년짜리네요, 쩝쩝. 내가 제일 좋아하는 건데 이거."

"접대용이에요. 근데 그건 뭐죠?"

"아, 이거요? 저번에 얘기한 〈자전거 도둑〉 비디오테이프요. 관심이 많은 것 같아서 빼드리려고요."

"아, 드디어 빌리셨군요."

"빌린 건 아니고…… 얼음 많이 넣지 마세요. 밍밍한 칵테일은 질색이거든요. 이런저런 이유로 제가 하나 장만한 거예요. 세계 영화사의 10대 명화 중 하나로 꼽히거든요."

"어느 나라 거죠?"

"전후 이탈리아의 네오리얼리즘이라고……."

"네오리얼리즘? 러브 스토린가 보죠?"

"그런 건 아니구요. 뭐랄까? 사회성이 짙은 고발주의 영화라고나 할까요."

"고발주의요? 에이, 따분하겠네요. 하지만 승호씨가 골랐다니 한번 봐야지요. 예의상으로라도 말예요. 커튼 칠까요?"

"좋을 대로요."

비디오를 보기 전부터 난 얼근한 기분을 느끼고 있었다. 특히 목덜미. 〈자전거 도둑〉을 한두 번 본 것도 아닌데 내가 왜 이리 처음 보는 영화처럼 설레고 있을까? 내가 테이프를 비디오 안에 밀어넣고 화면을 처음으로 돌려놓는 사이에 미혜는 옷을 갈아입고 나오겠다며 얼른 안방으로 들어갔다. 거실 한구석에 멀쑥하게 서 있는 스탠드 등에 볼그족족한 불이 들어왔다. 안방에서 나오는 미혜는 피에로처럼 두리벙한 옷차림이었다. 나는 내 곁으로 다가오는 그녀를 향해 도발적인 눈길을 던졌다.

"이상해요?"

"뭘……?"

"아니, 그냥. 그럼…… 됐어요."

소파에 비스듬히 몸을 누이고 발렌타인 17년짜리 황금빛 원액이 그득히 담긴 칵테일 잔을 기울이다 말고 입술을 뗀 나는 들릴락말락한 짧은 신음을 떠뜨렸다. 카학.

미혜는 과일을 담은 큰 쟁반을 들고 다가와서는 내 옆에 나란히 다소곳이 앉았다. 나는 물어보지도 않은 채 리모컨의 플레이 스위치를 힘주어 눌렀다. 흑백 화면이 돌아가기 시작했다. 그러나 내 머릿속은 내내 혼란스러웠다. 무슨 함정이 있는 건 아닐까? 나는 눈동자를 이리저리 돌려 방 구석을 둘러봤지만 걸리는 게 없었다. 스탠드와 비디오 겸용 텔레비전 한 대, 그리고 2인용 소파가 전부였다. 미혜가 졸린 듯한 자세로 옆 이마를 가만히 내 어깨 위로 포개왔다. 누군가가 떨고 있었다. 내 어깨가 아니면 그녀의 관자놀이인 듯했다. 화면에서는 도둑맞은 자전거를 뒤쫓던 안토니오가 범인으로 찍은 빈민가의 젊은이가 길가에 쓰러져 몸을 비틀고 있었다.

"재미없죠?"

미혜는 대답 없이 고개를 빤히 쳐들고 내 눈을 바라본 다음 빙긋이 웃었다.

"재미없죠?"

나는 또 뜸을 들이다가 건성으로 물어봤다. 왜냐하면 그건 너도 다 본 것이잖아. 이 말이 목젖까지 치솟았지만 발렌타인 원액을 따라 식도를 타고 흘러 내려갔다. 나는 갈수록 차분해지는 기분이었다. 왜냐하면 난 화면을 보면서 딴생각에 몰두할 수 있었기 때문이다. 딴생각이란…….

혹부리 영감에겐 도무지 어울리지 않는 그의 손녀딸 나미가 떠올랐다. 피부가 투명하리만큼 희고, 티 한 점 없이 깨끗한 얼굴.

내가 아버지와 함께 혹부리 영감한테서 그 된경을 치르는 사이에 그 애는 마당으로 난 쪽문을 열고 나와서 힐끗 아버지와 날 번갈아 쳐다본 다음 고개를 홱 돌리고는 진열장에서 초콜릿인가 캐러멜인가를 집어들고는 다시 그 쪽문을 통해 다람쥐처럼 뛰어 들어갔다. 그렇게 빨리 사라져준 것이 그때는 얼마나 고마웠는지…….

'죽이고 말겠어!'

나는 혹부리 영감에 대해 그렇게 이를 갈았다. 그리고 그의 죽음을 재촉하는 데 일조를 하고 말았다.

"재밌군요."

이번엔 미혜가 코맹맹이 소리로 물어왔다. 나는 그녀의 어깨에 팔을 걸쳤다. 의외로 맞춤하게 품안에 들어왔다.

"난 저 영화를 보면서 꼭 누구를 생각하거든."

나는 어느새 미혜에게 말을 놓고 있었다. 그녀도 그것을 자연스럽게 받아들였다.

"헤어진 애인이라도 있으세요?"
"이런, 저기 무슨 여자들이 나온다고 그래?"
"그럼요?"
"내가 어렸을 적에 죽음으로 몰아넣은 사람이 있었지. 혹부리 영감이라고."
"예에?"
나는 일부러 장난기를 얹어 말했을 뿐인데 그녀는 몸을 후드득 떨며 깜짝 놀라는 시늉을 했다. 그 바람에 그녀의 어깨 위에 얹힌 내 팔에 순간적으로 힘이 들어갔다. 감촉이 좋았다.
"왜죠?"
"왜, 내가 사람을 죽였다니깐 무서워져?"
"그게 아니라요…… 왠지 궁금하잖아요. 그럴 것 같지 않아 보이는 사람인데……."
"사람 죽이긴, 생각하기 나름인데……."
나는 피곤한 듯이 엄지와 검지로 두 눈두덩을 지그시 누르고 있었다.

 내가 그 혹부리 영감에게 복수를 하는 방법은 딱 한 가지가 있을 뿐이었다. 그 영감탱이가 그토록 애지중지하는 수도상회를 분탕질내는 수밖에는 없는 것이었다.
 그러나 의심 많은 혹부리 영감은 가게로 들어가는 모든 출입문에는 자물쇠를 두세 개씩 걸어놓았다. 더군다나 그 수도상회는 바로 파출소 앞에 있어서 한밤중이라고 해서 함부로 문짝을 뜯거나 해서 들어갈 수가 없었다. 여차직하면 파출소에서 순경들이 빠따 방망이를 들고 뛰어나올 판이었다.

 그러나 나는 수도상회의 급소를 알고 있었다. 혹부리 영감이 번개탄이며 목탄 창고를 짓느라고 원래 가게의 처마 밑으로 자그마하게 의지간[14]을 한 칸 들여놓았다. 그 밑으로 바로 하수도 맨홀이 지나가고 있었다. 학교 앞 도랑물이 인수천으로 흘러들도록 연결된 맨홀이었다. 그 입구는 물론 학교 뒷문 문방구점 앞에 있었다. 그 길이는 장장 사오십 보는 족히 되었다. 그러나 그걸 마다할 내가 아니었다. 하수구 통과에 관한 한 몸집 작고 참을성 많은 나는 챔피언 감이었다. 아직도 동네에서 나보다 더 깊숙이 하수구 안으로 들어갔다 나온 아이는 전체 학년을 통틀어도 없었다.

 그리고 얼마나 많은 연습을 했던가! 나는 라면상자 같은 협소한 공간에 들어가 어떨 땐 반나절씩 꼼짝 않고 참는 연습을 되풀이했다. 심지어는 내 허리에도 오지 않는 빈 항아리에 뚜껑을 덮고 들어앉아 잠을 자기까지 했다. 그 안에서 호흡을 참는 연습도 했다. 왠지 하수구 안은 공기가 부족할 것 같아서였다.

 그리고 어느 날 나는 칠흑처럼 어두운 밤 팬티만 남기고 옷을 홀라당 벗어 봉지에 넣은 다음 문을 닫은 문방구집 대문 쓰레기통 옆에 놓았다. 그리고는 머리 위로 비닐 정부미 포대를 뒤집어쓰고 으슥한 밤을 택해 아가리를 잔뜩 벌리고 있는 학교 뒷문 쪽 하수구 속으로 기어들어갔다. 기어들자마자 거미줄이 얼굴을 덮치는 바람에 등짝으로 소름이 쫙 훑고 지나갔다.

14) 의지간(倚支間) 원채의 처마 밑에 잇대어 지은 조그만 집.

고개를 두 무릎 사이로 한껏 쑤셔박고 오리걸음으로 한 발짝씩 떼었다. 악취가 코를 찔렀고 바닥은 생각보다 미끄덩거렸다. 하지만 내 입가에는 야릇한 미소가 떠나지 않았다. 급히 꺾이는 길목인 것으로 보아 천우약국 앞쯤으로 짐작되는 곳에는 쓰레기하고 토사물들이 두텁게 쌓여 있어 직접 손으로 헤쳐내고 엉금엉금 기어나가야 했다.

술 취한 몇 사람인가가 비틀거리는 발걸음으로 머리 위를 저벅저벅 밟고 지나갔다. 답답했다. 속이 차츰 메스꺼워지면서 이마가 어지러워졌다. 어쩌면 이 안에서 죽을지도 모른다는 생각이 퍼뜩 머리를 스쳤다. 그러자 그동안 자신만만하던 복수심 대신에 시커멓고 덩치 큰 공포심이 밀려들었다. 몇 번이고 본능적으로 머리를 쳐들다가 둔중한 시멘트 맨홀에 머리를 찧었다. 아버지와 함께 그 숯탄 창고에 드나들 때 보니 그곳을 지나는 대여섯 개의 시멘트 맨홀 중 하나가 두터운 합판과 비닐장판으로 뒤덮여 있는 걸 보았다. 나는 손을 머리 위로 쳐들고 자꾸 휘저어보았다. 드디어 딱딱한 시멘트 대신 몰캉한 판때기가 감촉됐다. 나는 자신도 모르게 벌떡 일어섰다.

수도상회 안에 가득 쟁여 있는 물건들이 무방비 상태로 가지런히 놓인 채 나를 기다리고 있었다. 나는 속에서 뭔가가 지글지글 끓어오르는 것을 느꼈다. 그러나 시간이 그리 많지 않을 터였다. 나는 내가 생각해 봐도 믿어지지 않을 만큼 차분하고 침착했다. 조금만 무슨 일이 닥쳐도 얼굴이 빨개지고 가슴이 두근두근하는 새가슴이었지만 웬일인지 가슴조차 평온한 맥박을 유지하고 있었다.

나는 혹부리 영감이 허구한 날 깔고 앉는 얄팍한 꽃무늬 방석을 집어 올렸다. 그리고는 방석을 덮어씌운 채 병따개를 이용해 진로소주는 물론이고 이상하게 생긴 양주병 마개들을 소리나지 않게 따거나 비튼 다음 진열장 위아래 가릴 것 없이 부어댔다. 그렇게 한 10분간 소리나지 않게 돌아다닌 것으로 수도상회 물건의 대부분이 절단이 났다. 이제는 다시 도망쳐야 할 시간이 되었다는 생각이 들었다.

그러나 왠지 성이 차지 않았다. 아랫배에서는 꾸르륵거리는 소리가 연달아 났다. 나는 진열대에 발을 올려놓고 대들보에 매달려 있는 '수도상회'라고 씌어진 한글 간판을 끄집어내렸다. 그 간판은 혹부리 영감이 월남을 하기 전에 자신의 고향에서 역시 대물림으로 벌이던 잡화점을 꾸릴 때 쓰던 전통 있는 간판이라는 말을 들은 바가 있었기 때문이다. 아무튼 영감탱이가 애지중지하는 물건은 다 작살을 내야만 했다. 나는 떼어낸 간판을 하수구 안으로 깊숙이 내던졌다. 생각 같아서는 그 자리에서 뽀개버리고 싶었지만 그러자면 그 소리 때문에 영감탱이네 식구가 잠을 깰지도 몰랐다.

막 돌아서려는 내 눈에 혹부리 영감이 만날 보물단지처럼 끌어안고 사는 시커먼 돈궤가 들어왔다. 물론 당일 벌어들인 그 안의 돈들은 이미 영감이 다 계산을 마치고 나서 텅텅 비어 있었다. 나는 꾸르륵거리는 아랫배를 움켜쥐고 그 궤 쪽으로 다가섰다. 그리고는 한동안 참았던 굵직한 대변을 그 위에 질펀하게 싸질렀다. 하수구 냄새 때문에 잠깐 감각을 잃었던 내 코였지만 어린애답지 않게 굵게 늘어진 똥줄기에서는 몹시 구린 냄새가 진동했다.

하수구를 되짚어 나와 학교 뒷문 개구멍을 통해 수위 아저씨들이 가끔씩 사용하는 비품창고 안으로 들어간 나는 세면대에서 몸을 대충 씻었다. 집에 돌아와서도 수돗가에서 계속 비누칠을 해대며 살갗을 수세

미로 빡빡 문질렀다. 혹시나 남아 있을 하수구 냄새를 걱정해서였다.

아버지가 내 등멱 소리에 선잠이 달아났는지 부엌 앞 나무 의자에 나와 앉아 담배를 빼물었다.

"더위를 먹었니?"

"……!"

"중복 되기 전에 인절미라도 해먹였어야 하는데…… 후유."

"주무세요, 아부지."

"내일 비라도 오려나…… 하수구 냄새가 솔솔 코끝을 스치니……."

"……!"

그 다음 날부터 시장통이 한바탕 난리를 겪은 것은 말할 것도 없었다. 사람들은 모였다 하면 수도상회가 절단난 얘기를 주고받았다. 평소 주위 사람들에게 곰살궂게[15] 대하지 못해서 그런지 혹부리 영감이 당한 것에 대해 고소해하는 사람들도 꽤 되었다.

"물건엔 손을 하나도 대지 않았다는대두. 글쎄 어떤 놈 성깔인지 똥이 한 바가지였대 낄낄."

"뭔 조홧속이런가 잉?"

"그 영감 얼굴이 충격깨나 받았는지 축이 가서 말이 아니더라구. 한편으로 그 고린 영감 잘코사니[16]라고, 쾌재[17]도 나지만 당하고 나니까 안쓰럽데 거……."

---

15) 곰살궂다 성질이 싹싹하고 다정하다.
16) 잘코사니 고소하게 여겨지는 일. 얄미운 사람이 불행을 당하거나 봉변당하는 것을 고소하게 여길 때 하는 말.
17) 쾌재(快哉) 통쾌한 일.

열흘 남짓 문을 닫고 있던 수도상회가 다시 문을 열었지만 그 걸걸한 혹부리 영감의 목소리가 들리지 않아서 그런지 가게에 활기가 돌아 보이질 않았다. 마침 펌프장 돌아 교회 올라가는 모퉁이에 슈퍼마켓인가 하는 커다란 가게가 새로 생겨 플라스틱 바가지며 비누통을 공짜로 사람들에게 나눠주고, 값도 허턱 싸게 매겨버리는 바람에 더욱 그러했는지도 몰랐다.
 장사에 뜻이 없어 놀고먹는 아들한테 맡긴 가게가 시원찮게 돌아가자 얼마 만에 혹부리 영감이 다시 가게에 나오긴 했지만 예전보다 입이 더 돌아가고 눈에 총기도 사라지고 가끔씩 계산도 틀리게 한다는 소문이 들리더니 한 해를 넘기지 못하고 혹부리 영감이 며칠 자리보전을 하다 돌아간 이후 아예 문을 닫고 말았다.

 "정말이에요? 정말…… 차암, 재밌다, 그치?"
 여자는 그렇게 말하면서 눈물을 글썽이고 있었다. 화면은 꺼져 있었다.
 "……!"
 나는 갑자기 눈물을 흘리는 여자의 얼굴을 보고 있자니 걷잡을 수 없는 기분이 돼버렸다. 술기운이 일시에 목덜미로 뻣뻣하게 밀려들고 있었다. 그때 내 손아귀 안으로 도톰한 살덩이가 한가득 미끄러져 들어왔다. 나는 짧은 숨을 토하며 고개를 천천히 옆으로 돌렸다.
 "무슨 생각을 하지?"
 나는 땀 기운이 솟은 등을 지고 돌아누운 자세로 물어보았다.
 "승호 씨, 그 청년 생각나?"
 "누구……?"

"그 꼬마의 아버지가 뒤쫓아갔을 때 길가에서 간질병으로 나뒹굴던 창백한 청년······."
"으응, 자전거 도둑? 그런데?"
"많이 닮았다······ 울 오빠······."
"오빠를······?"
그녀의 목소리가 축축이 젖어가고 있었다.
"오래 전에 죽었어요. 아니 죽였지, 내가."
"······?"
미혜는 자신의 오빠에 대해서 내가 듣든 말든 주저리주저리 엮어 갔다.

······ 손이 귀한 집안이라서 오빠가 태어나자 온 집안이 경사 났다고 법석을 떨었다고 하더군요. 사진 봤죠? 민석오빠 사진. 아직도 내 수첩 속에 소중히 들어 있는 거. 귀엽고 눈빛이 초롱한 아이였는데, 학교 들어가서 얼마 안 돼 간질이 도쳤대요 그만······ 집안엔 그런 내력이 없는데 옥수수 튀긴 강냉이를 잘못 집어먹고 그랬다는 말도 있고, 유전이라는 말도 있고······ 그때부터 집안에는 내내 음울한 기운이 떠나질 않았어요.
오빤 어릴 적부터 아버지 자전거를 무척이나 잘 탔어요. 짐칸 달린 묵직한 자전거 있죠? 어린 날 태우고도 잘 달렸으니까. 한번은 안장을 두 손으로 붙잡고 자전거 뒤에 매달려 가는데 오빠가 자꾸 부들거리면서 이상해지는 거예요. 고개를 뒤로 깔딱 젖혀 마치 나를 보려고 하는 듯하다가도 술 먹은 사람처럼 비틀거리며 페달을 밟고. 그게 간질발작 징후인지는 나중에 알았죠. 오빤 갑자기 자전거 핸들을 놓쳤고 나는 길가에 나둥그러졌어요. 사람들이 몰려들고 입에 버글버글 게거품을 문 오빠는 사지를 죽어가는 개구락지처럼 비틀고, 아주 끔찍했거든요. 나는 어쩔 줄 몰라 구경꾼처럼 서 있기만 했어요. 팔꿈치하고 무릎이 다 까졌지만 난 아픈 줄도 몰랐어요. 누군가 오빠의 입에다 손수건을 갖다 물리더군요. 혀 깨물지 말라고.

그게 발작의 시초였고, 이후로 어머닌 남부끄럽다며 오빠를 다락 속에 몰아넣고 키웠어요. 자라면서 가위를 많이 눌렸어요. 벽장 속에서 온몸에 털 난 짐승이 기어나와 내 목을 조르는 꿈이었거든요. 물론 그 짐승은 민석오빠였죠. 아마 무의식에 그렇게 자리잡았을 거예요. 학교 다니면서 반 친구 아이들을 집에 데리고 온 적이 없어요. 뒤뜰이 넓어 여름철에 평상을 나무 그늘 속에 갖다놓고 둘러앉아 얘기하면 정말 좋은 곳인데…….

밤중에 벽지를 사그락사그락 긁는 소리 있죠? 아버진 그 소리에 신경이 닿아 끊어져 술을 가까이 하시다 결국 오래 못 사셨어요. 그 다락 속의 오빠는 콜라만 보면 기가 넘어가도록 환장을 했어요. 콜라는 바깥세상의 맛을 다 뭉쳐놓은 것 같았나 봐요. 톡 쏘는 그 맛 때문이었을 거예요. 엄마는 기가 승해지면 더 발작을 해 안 된다고, 반찬에다 자극적 양념을 일절 쓰지 않은 상을 봐서 하루에 두 끼씩 굶어 죽지 않을 만큼의 양만 올려보냈지요. 오빤 밥도 콜라에 말아먹고 어쩔 땐 며칠씩 콜라만 비운 채 상을 벽장 밖으로 물리곤 하더라구요.

스무 살이 넘었지만 성장을 멈춘 것 같은 민석오빠는 웅크리고 앉으면 꼭 어린애 같았어요. 하루에 한 번씩 휠체어를 타고 뒤뜰을 천천히 돌면서 햇빛 구경을 하거든요. 어쩔 땐 그 휠체어의 뒤를 내가 밀었어요. 뒤뜰에 있는 우물을 그냥 지나치려면 난리를 떨었어요. 우물 앞에서 고개를 숙여 한동안 우묵한 속을 들여다보곤 했죠. 질질 새는 침이 우물 속으로 빠지는 모습을 지켜보자면 그냥 휠체어를 우물 속으로 밀어넣고 싶은 충동을 느낄 때가 한두 번이 아니었어요.
　…… 나이에 따른 몸의 호르몬 작용은 속일 수 없었나 봐요. 이성에 대한 그리움 같은 감정도 없진 않았을 테고…… 아마 다락 틈새로 눈을 박고…… 그랬을 거예요. 그날은 학교에서 돌아온 내가 체력장 때문에 너무 피곤해서 가방을 방에 내던진 채 그대로 잠이 들었나 봐요. 꿈결인지 어쩐지 자꾸 숨이 가빠져서…….
　눈을 떠보니 그 오빠의 일그러진 얼굴이 바로 내 코앞에서 떠오르는 거예요. 깜짝 놀라 와락 밀치고 일어나보니 내 몸에는 벌써 실오라기 하나 얹혀 있지 않았거든요. 그때의 그 수치심이란…… 나는 내 발가벗은 몸뚱어리를 훑어보며 몸을 비비 꼬고 있던 민석오빠에게 물건을 닥치는 대로 집어던지며 소리를 고래고래 질렀어요. 오빠도 그제서야 제정신이 돌아왔는지 얼굴이 빨개져 허겁지겁 다락으로 기어올라가려 했지만 번번이 미끄러지면서 버둥거리는 거예요. 마침 내 비명 소리를 듣고 달려온 엄마가 함께 죽고 말자며 휘둘러대는 다듬이 방망이질에 녹신하게 얻어맞고 며칠간은 곡기마저 끊고[18] 지냈어요.
　하루는 엄마가 친정일로 고향에 가시면서 오빠 밥을 잘 차려주라고 신신당부를 했어요. 무서우면 친구들을 데리고 와서 자라고 하더군요. 다락문을 잠그는 자물쇠와 열쇠를 건네주면서, 밥을 줄 때를 빼고는 절대 열어주지 말라고 했어요. 나는 밥때뿐만 아니라 한 번도 다락문을 열어주지 않았어요. 왜냐하면 친구를 불러 와서 잔 게 아니라 내가 아예

---

[18] **곡기를 끊다** 낟알기를 먹지 못하거나 먹지 아니하다.

친구네 집에 가서 일주일을 보냈거든요. 민석오빠는 하루에 한 번쯤은 마당에 나가 햇볕을 쬐야지만 살 수가 있는데…….

일주일 뒤에 돌아온 엄마가 다락문을 열어보니 걸레처럼 축 늘어진 민석오빠가 뒹굴어져 나왔어요. 아직 숨이 끊어지진 않았지만 며칠 못 갔어요. 내가 죽인 거나 다름이 없죠 뭐. 다락 벽지 안쪽이 손톱에 긁혀 남김없이 거덜나 있었어요.

그 이후로 난 그 집이 견딜 수가 없었어요. 그래서 가출을 시작했죠…….

"듣고 있어요?"
"으응."
"졸린가 봐……."
"아냐…… 나 가볼게. 내일 아침까지 넘겨야 할 기사가 있어서. 미안해."

도망치듯 서둘러 빠져나온 뒤론 거진 달포[19]쯤 그녀를 만나지 못했다. 사건이 많이 터져 신문사 일에도 바빴고, 왠지 그녀를 찾고 싶은 마음이 생기질 않았다. 그때 들은 오빠 얘기 때문인지, 자꾸만 그녀가 나에게 함정을 파고 있을 것 같다는 생각이 들었다. 그러다가 어느 일요일 아침 내 자전거 안장에 손가락을 한번 그어보았더니 먼지 덩어리가 새까맣게 묻어나는 거였다. 나는 새까매진 손가락 끝을 입김으로 몇 번 분 다음 바짓가랑이에 쓱쓱 문질렀다. 자전거 길들이기가 끝났나? 철로변 자전거 전용도로 쪽으로 눈길을 줬다. 나는 눈을 크게 떴다.

---

19) 달포 한 달이 조금 넘는 기간.

마침 그녀가 그 긴 머리칼을 휘날리며 페달을 힘차게 밟는 모습이 눈에 들어온 것이다. 나는 발끝으로 바닥을 톡톡 쪼며 바지춤을 한껏 추슬러 올렸다.

나는 자전거 전용도로의 경계석 위에 엉덩이를 걸치고 앉았다가 그녀가 나타나는 순간 몸을 일으켰다. 바지 주머니에 손을 찔러넣은 채, 그녀가 가까이 오면 손을 흔들며 인사말을 건넬 요량이었다.

"미혜, 오랜만이야."

아냐! 너무 싱거워. 좀 야하게 할까.

"섹시한 아침이군! 낄낄."

그런데 그녀가 날 발견하지 못한 걸까? 아니, 그럴 리가 없지. 갑자기 청맹과니[20]라도 됐다면 몰라도 내가 분명히 손까지 번쩍 들었는데…….

그녀는 분명 나를 봤지만 아주 차가운 눈길로, 아니 차갑다기보다는 낯선 사람을 대하는 눈길로 스쳐갔다. 실수였을까?

그러나 난 그녀가 타고 스쳐간 자전거에 물끄러미 눈길이 닿는 순간 퍼뜩 깨달았다. 나는 호주머니에서 나와 그녀를 향해 움직이려다 중동무이[21]로 멈춰버린 내 오른손 바닥을 뒤집어 맥없이 바라봤다. 자꾸 헛웃음이 나오려 했다. 아하! 그렇구나. 그녀에게 또 다른 자전거가 생겼구나. 그렇지! 다른 자전거를 훔치는 도중이군. 내가 그걸 왜 몰랐을까.

나는 서둘러 허둥지둥 자전거 전용도로를 벗어나 달아나기 시작했다.

---

20) 청맹과니 보기에는 눈이 멀쩡하나 못 보는 눈. 또, 그런 사람.
21) 중동무이(中—) 하던 일이나 말을 끝마치지 못하고 중간에서 흐지부지 그만둠.

생각해 볼 거리

1 '나'는 자전거 도둑이 '서미혜'라는 사실을 알게 되었으면서도 화를 내지 않고 오히려 관심을 보입니다. 그 이유는 무엇일까요?

　나는 자전거를 아예 훔치는 것도 아닌 잠시 훔쳐 타는 '자전거 도둑'에 대한 호기심이 있었습니다. 또한, 전혀 예상치 못하게 알게 된 범인이 평소 귀동냥으로 듣던, 매력적인 위층의 젊은 여자라는 사실 때문에 더욱 관심을 보이게 됩니다.

2 이 작품의 중요한 소재가 되는 비토리오 데 시카 감독의 영화 〈자전거 도둑〉의 내용을 정리해봅시다. (사회·문화적 배경을 참고하세요)

　2차대전 직후 폐허가 된 로마. 안토니오 리치는 오랫동안 직업을 갖지 못하던 중 포스터 붙이는 일을 얻게 되고, 이 일을 위해 어려운 가정형편에도 자전거를 한 대 구입해 아들 브루노와 첫 출근을 합니다. 그러나 잠시 자리를 비운 사이 자전거를 도둑 맞습니다. 우여곡절 끝에 자전거 도둑을 잡게 되지만, 허름한 도둑 청년의 집 앞에서 청년이 간질 발작을 일으키는 바람에 자전거를 되찾지 못합니다. 실망한 아들은 아버지와 다툽니다. 축구장 앞으로 지나며 안토니오는 경기장 밖의 자전거를 훔치지만, 주인에게 곧 붙잡혀 아들 앞에서 봉변을 당합니다. 긴 그림자가 드리워지는 석양의 거리를 뒤따르는 아들과 안토니오는 어깨가 축 늘어진 허탈한 모습으로 하염없이 걸어갑니다.

3 '나'는 영화 〈자전거 도둑〉을 보면서 자신과 영화의 주인공 '브루노'를 동일시합니다. 이 사건을 정리해보고, 동일시하게 된 이유도 생각해봅시다.

나의 어린 시절. 나는 불편한 몸으로 구멍가게에 몰두하던 아버지와 함께 도매상인 혹부리 영감 가게에 물건을 떼러 종종 갑니다. 하루는 집에 와서 물건들을 헤아려보니 소주 두 병이 모자란 사실을 알고 아버지 대신 내가 혹부리 영감 집에 찾아가 사정을 이야기하지만 오히려 거래를 끊어버리겠다는 협박만 듣고 돌아옵니다. 며칠 후 물건을 떼러 가서 아버지는 소주 두 병을 몰래 자루에 넣다가 혹부리 영감에게 들키게 됩니다. 나는 아버지 대신 죄를 뒤집어쓰며 혹부리 영감의 요구로 아버지에게 호되게 뺨을 맞게 되고 아버지 눈 속에 괴어 있는 눈물을 보게 됩니다. 결국 나는 혹부리 영감에게 복수하기 위해 야밤을 틈타 영감의 가게에 들어가 분탕질을 하게 되고, 그 사건 후 혹부리 영감은 한 해를 넘기지 못하고 세상을 떠납니다.
이러한 어린 시절 기억을 가지고 있는 나는 〈자전거 도둑〉의 '브루노'처럼 가난 때문에 아들 앞에서 무력하게 무너져 내리는 아버지의 뒷모습을 목격하게 된다는 점에서 그와 동일시하게 됩니다.

4 '서미혜'는 어렸을 적 '오빠'에 대한 기억을 영화 〈자전거 도둑〉과 연관짓고 있습니다. 그 공통점은 무엇일까요?

서미혜에게는 간질 발작으로 다락 속에 갇혀 살던, 자전거 타기를 좋아하던 오빠가 있었습니다. 그 불쌍한 오빠는 그녀에게 성적 수치심을 느끼게 하는 일을 저지르게 됩니다. 그로 인해 서미혜는 어머니가 집을 비운 며칠 동안 다락에 갇힌 오빠에게 밥을 주지 않은 채 방치하고, 그 일이 있고 얼마 후 오빠는 죽게 됩니다. 서미혜는 영화 〈자전거 도둑〉의 간질병 걸린 '자전거 도둑' 청년을 보며 자전거 타기를 좋아했던 간질병 걸린 오빠를 떠올리게 되고 오빠에 대한 죄책감에 '자전거 도둑'이 됩니다.

5 '나'와 '서미혜'는 〈자전거 도둑〉이라는 영화를 통해 과거의 상처를 떠올립니다. 둘 사이의 공통점과 차이점을 생각해봅시다.

공통점 '안토니오'와 아버지, '도둑 청년'과 오빠의 연관성으로 과거의 상처를 떠올리게 된다는 점과 '혹부리 영감'이나 '오빠'에게 가해를 함으로써 죄책감을 가지고 살게 된다는 점에서 공통점을 찾을 수 있습니다.

차이점 '나'는 아버지에게 상처를 준 가해자인 혹부리 영감에게 복수를 했다는 점에서 가해자가 되었지만, 서미혜는 간질로 고통을 안고 살던 오빠에게 상처를 주어 가해자가 되었다는 점에서 '나'보다 더 회복하기 힘든 마음의 상처를 가졌다고 할 수 있습니다.

6 '나'는 혹부리 영감 때문에 아버지에게 뺨을 맞고 "애비라는 존재는 되지 말자"고 다짐합니다. 그 이유는 무엇일까요?

겁에 질려 아들에게 구원을 요청하는 무력하고 권위를 잃은 아버지의 초라한 모습이 너무나도 비참하고 싫었기 때문입니다.

7 작품 끝에서 '서미혜'는 더 이상 내 자전거를 훔쳐 타지 않고 다른 자전거를 훔쳐 타게 됩니다. 그 이유는 무엇일까요?

서미혜는 스스로 '자전거 도둑'이 됨으로써 어릴 적 오빠에 대한 죄책감을 위로받습니다. 하지만 '나'의 자전거를 더 이상 몰래 훔쳐 탈 수 없기 때문에 '자전거 도둑'이 불가능해집니다. 따라서 이제 '나'의 자전거가 아닌 다른 자전거를 훔쳐 타게 되는 것입니다.

📖 깊이 생각해보기

작가는 자신의 산문집에서 아래와 같은 고백을 합니다. 아래의 고백을 읽고 이 작품의 주인공 '나'와 관련하여 밑줄 친 "문학을 통해서나마 화해하기 위함이다"의 의미를 파악해봅시다.

> 나는 아버지 살아생전에 별로 효도라는 걸 해보지 못했다. 효도는커녕 난 도무지 아버지라는 존재를 승복할 수가 없었다. 철없던 한때는 아버지의 무능력이라는 게 일종의 재앙으로까지 여겨졌다. 그런 분위기가 대학 초기 때까지 이어졌으니, 나는 겨우 아버지가 돌아가시기 직전의 대략 2년간만 아버지 당신의 삶을 이해하고 그 상처에 숨가빠했던(아니, 하려고 했던) 것이다.
> 때문에 나의 문학의 첫발은 아버지와 문학을 통해서나마 화해하기 위함이다. 나는 내 데뷔작을 두고 소설이기에 앞서 애틋했던 아버지께 부치는 제문(祭文)이라고 밝혀놓았는데, 적어도 그건 예쁘게 꾸민 말이 아니라 솔직한 심정에서 우러난 말이다.
>
> ─ 김소진 산문집 『아버지의 미소』 중에서

김소진은 위의 고백처럼 아버지의 무능력을 이해할 수 없었습니다. 그래서 어쩌면 본문에서와 같은 "애비라는 존재는 되지 말자"라는 고백을 했었는지도 모르겠습니다. 그렇지만 아버지가 돌아가시기 직전부터 아버지의 삶을 이해하기 시작합니다. 굴곡 많은 아버지의 삶을 조금씩 이해하기 시작하면서 아버지와의 화해가 필요했고, 결국 그 방법으로 '글쓰기-문학'을 선택한 것입니다. 본문의 '나' 또한 이러한 작가의 분신임을 이 고백을 통해 확신할 수 있을 것 같습니다. 결국 '나' 또한 이제 곧 '아버지'가 될 나이 때가 되면서 지난 아버지의 삶을 이해하게 됩니다. 그리고 그러한 아버지와의 화해의 매개체는 바로 자신의 어린 삶과 너무나도 닮아 있던 〈자전거 도둑〉이라는 영화를 통해서 가능하기 시작합니다.

열린 사회와 그 적들

겉으로는 열린 사회를 외치면서
속으로는 소외된 이들을 향해
꼭꼭 문을 닫아버리려는 이중적인 태도를 비판하는 작품.

📖 **감상의 길잡이**

"뭐가 진정한 사회란 거요?"
밥풀떼기들과 열린 사회의 이상

　이 작품이 발표된 1991년은, 어수선해진 시국과 함께 시위 도중 공권력에 의한 강경대 씨 타살 사건이 벌어진 해입니다. 그리고 그 이후 많은 대학생들이 목숨을 걸고 비민주적인 공권력에 저항하던 때입니다. 이 작품은 그러한 시대적 상황 속에서 목숨을 잃은 김귀정 열사의 시신이 안치되었던 병원 영안실에서 벌어진 일련의 에피소드 형식의 이야기입니다. 여기서 중심적 인물들로 부각되는 '밥풀떼기들'은 밑바닥 인생을 살아온 존재들로서, 그들이 살아온 삶의 연장에서 본능적으로 이끌리는 바에 따라 투쟁의 현장에 참여하기에 이르게 됩니다. 그렇지만 이들의 자연발생적인 투쟁열기가 폭력성을 띠게 되면서 그것이 오히려 상황을 통제하기 어렵게 만들게 되고, 결국에는 함께 공권력과 대치하고 있던 대책위 지도부들과 갈등을 야기하게 됩니다.

작가 김소진은 어린 시절을 달동네라고 불리던 미아리 산등성이에서 보냈습니다. 그곳은 거짓말, 좀도둑질, 쌍소리, 깡다구 부리기, 술주정, 마누라 두들겨 패기 등이 일상으로 존재하는 곳입니다. 그러나 어린 시절 그곳에서 만난 동네 아저씨, 형, 누나들, 그리고 또래 아이들은 더없이 자신을 따뜻하게 대해주었던 사람들이었습니다. 한마디로, 가난 때문에 변두리로 밀려나 험한 삶을 살지만 인간적인 정이 살아 숨쉬는 그런 사람들이었던 것입니다. 그리고 작가는 "'밥풀떼기'라는 말이 신문과 방송에서 그리고 사람들의 입에 게거품을 물리며 떠돌 때 그 호칭이 어릴 적의 바로 그 사람들을 가리키는 말임을 단박에 깨닫게"(『아버지의 미소』)되고 그런 그들에 대한 부채 의식을 갖지 않을 수 없었다고 고백합니다.

이 작품에서는 이상적 사회, 완전한 사회에 대한 질문을 던집니다. 아마도 작품에 등장하는 대책위 사람들은 이상적인 사회를 칼 포퍼가 말하는 '열린 사회'라고 생각하는 것 같습니다. 칼 포퍼는 "열린 사회란 사회 구성원들의 자유로운 토론과 비판을 통해 점진적으로 구체적인 문제들을 각각 해결해 나가면서 이루어진다"고 열린 사회와 그 적들이라는 이 작품과 동일한 제목의 글에서 주장하고 있습니다. 그리고 대책위 사람들은 칼 포퍼의 말을 인용하여, 점진적 발전이 이루어진다면 우리가 바라는 개개인이 사회의 진정한 주인으로 더 많은 자유와 물질적 풍요, 평등을 이루게 될 것이라고 말하면서 오히려 이성적이지 못한 '밥풀떼기'들을 '열린 사회의 적'으로 규정합니다. 그렇지만 과연 대책위 사람들이 말하는 열린 사회가 온다고 해서 '밥풀떼기'들이 사라질까요? 아니 그 반대로 '밥풀떼기'들이 깨끗이 사라져버린다고 이 땅에 진정한 열린 사회, 이상적인 세상이 올까요? 그러나 이 질문에 대해 작가는 부정적입니다. 우리가 선진국이라고 하는 나라들에도 여전히 '밥풀떼기'와 같은 소외되고 삶의 변두리로 밀려난 자들은 존재하고 있다는 사실이 그 증거가 아닐까요? 작가는 오히려 우리 마음속에 숨겨진 이중적인 태도, 즉 겉으로는 열린 사회를 외치면서 속으로는 소외된 이들을 향해 꼭꼭 문을 닫아버리려는 태도를 '열린 사회의 적'이라 말하려고 한 것입니다.

작가는 자신의 산문집에서 이렇게 밝혀두고 있습니다. "「열린 사회와 그 적들」은 이런 바탕 위에서 밥풀떼기들의 삶의 무늬를 희미하게나마 더듬어봐야 한다는 부채 의식에서 출발한 작품이었다. 그들은 배척한다고 해서 없어질 그런 존재가 결코 아니며, 그들을 함께 끌어안고 가는 노력이 우러나는 사회의 진정한 가치를 더불어 상기시키고자 한 서툰 시도였다."

작가의 창작 의도를 되새기며 작품을 감상해보기 바랍니다.

칼 포퍼의 『열린 사회와 그 적들』

1945년 영국에서 출판된 사회철학서이다. K.포퍼는 오스트리아 출신 유대인으로 뉴질랜드 망명시절인 1938년 A.히틀러(Adolf Hitler)가 오스트리아를 침공했다는 소식을 듣고 집필하기 시작해 5년 뒤인 1943년 집필을 마치고 1945년에 출판했다. 1950년 네덜란드어로 번역된 이래 세계 각국에서 번역되어 널리 읽히고 있으며, 한국에서는 1982년 번역 출판되었다. 제1권「기원과 운명의 신화」「플라톤의 기술적(記述的) 사회학」「플라톤의 정치강

령」「열린 사회에 대한 플라톤의 공격의 배경」, 제2권「예언적 철학의 등장」「마르크스의 방법」「마르크스의 예언」「마르크스의 윤리」「그 여파들」「결론」등의 내용으로 구성되어 있다.

이 책에서 저자는 '열린 사회'야말로 인류가 살아남을 수 있는 유일한 사회라고 주장하고, 자신이 말하는 열린 사회를 전체주의의 대립개념인 개인주의 사회이자 부분적인 개혁을 시도하는 점진주의적 사회라고 정의하였다. 또 역사주의로 불리는 전체론, 역사적 법칙론, 유토피아주의를 열린 사회의 최대의 적으로 규정하고 플라톤(Platon), G.헤겔(Georg Hegel), K.마르크스(Karl Marx) 등을 '닫힌 사회'로 이끈 '열린 사회의 적들'이라고 혹독하게 비판하였다. 그는 혁명을 통해 단번에 이루어지는 완전한 사회란 있을 수 없으며 이 세상을 더 나은 사회로 이끌기 위한 대안으로서 '점진적 사회공학'이라는 개념을 내세웠다. 즉 폭력과 유혈을 동반하는 혁명은 자유를 파괴할 뿐 결코 문제를 해결할 수 없으며, 자유로운 토론과 비판을 통한 점진적 개선만이 인간답게 살 수 있는 유일한 사회를 만들 수 있는 길이라는 것이다.

이 책은 한때 마르크스주의자로서 사회주의운동에 참여했던 저자가 나치즘과 파시즘, 러시아혁명 등을 목격한 뒤 전체주의 이데올로기의 비인간성에 환멸을 느끼고 자유주의 이데올로기의 대변자로 변화하면서 내놓은 결과물로서, 저자가 20세기 철학사에서 비판적 합리주의의 대표로서 자리 잡는 데 큰 역할을 한 명저로 평가받고 있다.

열린 사회와 그 적들

"아따, 목젖이 따땃해짐시러 가슴이 후끈허고 붕알 밑까지 다 노글노글헌게 이제사 내 몸띠이가 오붓이 내 거 같네그려."

담벼락에 바투 지펴올린 화톳불 가로 다가선 브루스 박이 엉거주춤 자세를 잡으며 너스레를 떨었지만 아무도 돌아보거나 대꾸를 하는 사람이 없다. 불가에 에둘러 앉은 사람들의 얼굴에 월렁월렁 끼얹어지는 불기운 때문에 눈동자에는 이글이글한 눈부처[1]가 섰다가 사라지기를 되풀이하고 있다. 씻지 않고 말린 대낮의 땀자국이 번들거려 무표정한 사람들의 얼굴은 마치 가면을 둘러쓴 양 질겨 보인다.

"코피는 역시 목젖이 확 뒤집어번지도록 따끈할 때 빨아뿌는 게 제맛이어라우."

---

[1] 눈부처 눈동자에 비쳐 나타난 사람의 형상. 동인(瞳人). 동자부처.

브루스 박은 종이컵에 담긴 커피가 뜨거운지 한 손씩 번갈아 들며 귓불로 손을 갖다댄다. 그는 자칭 '색소폰의 명수'로 밤무대 악사로 뛰는 사내다. 옷차림에서부터 이미 딴따라[2] 냄새가 풍긴다. 한때는 초원의 집 무대에서도 반주를 넣었다고 은근히 자랑 삼아 떠벌리곤 했는데 그 말을 믿는 사람은 아무도 없었다. 백구두에 흰 나팔바지, 그리고 가슴팍에 요란한 꽃술 장식이 돼 있는 분홍색 블라우스가 왠지 주변 분위기에 잘 어울리지 않는다. 반죽이 좋아서[3] 아무 사람들하고나 잘 어울린다. 사수대[4] 학생들, 일반 시민들, 대책위 관계자들, 백병원 환자들, 심지어는 낮에 한가로울 시간이면 대치 중인 전경[5]들한테도 접근해 엉너리[6]를 쏟아내며 어느덧 구면[7]지기처럼 시시덕거리는 품을 여러 번 보였다. 종이컵에 얻어온 커피도 학생 사수대가 직접 끓인 걸 받아온 게 틀림없을 성싶다. 어쩔 땐 그의 속없는 너울가지[8]가 역겨울 때도 있었지만 그것을 버르집고[9] 나오는 사람은 별로 없었다.

　새벽 1시를 넘은 시각이지만 병원 앞마당은 구석구석 서린 팽팽한 긴장감으로 초롱초롱하기만 하다. 규찰대에게 경찰의 동태를 묻는 소리, 삼삼오오 앞으로의 진행 사항을 숙의하는 모습, 간간이 터지는 구호와 졸음을 쫓는 듯한 노랫소리. 여러 가지 정황으로 봐서 오늘 새벽 경찰이

---

2) 딴따라　연예인을 얕잡아 이르는 말.
3) 반죽이 좋다　성미가 언죽번죽하여 노염이나 부끄럼을 타는 일이 없다.
4) 사수대　시위대의 제일 앞에서 무력으로 전경들과 맞서는 무리.
5) 전경(戰警)　전투 경찰대의 준말.
6) 엉너리　남의 환심을 사려고 어벌쩡하게 서두르는 짓.
7) 구면(舊面)　이전부터 안면이 있는 사람.
8) 너울가지　남과 잘 사귀는 솜씨.
9) 버르집다　숨은 일을 들추어내다. 작은 일을 크게 떠벌리다.

전격적 행동을 취할 낌새는 보이지 않는다. 병원 앞 도로 양쪽에 쌓아둔 바리케이드[10]를 지키는 학생들이 교대를 하기 위해서 정문을 들어서는 모습이 보인다.

"우리 땜에 저그 밖에서 밤새는 갱찰은 모다 몇이나 될꼬?"

표천식 씨가 혼잣소리로 묻는다.

"글씨 한 천오백쯤 될끄나?"

"그럼 여긴 학생이고 으른이고 다 따져설랑 삼백도 채 안 되고 말이야. 근디 왜 당최 쳐들어오지를 못한디야?"

"웬 봉창 뚜딜기는 소린. 아, 열사[11]가 있응게 그렇제."

"그려, 그런가 부지. 열사 한나가 천군만마를 당해내는겨."

"그렇지도 않은 거 같구먼. 먼젓번에 안양 거시기 병원에서는 거기두 박 머시기라는 열사가, 아무래도 배 만드는 노동자라구는 해쌓는디, 거긴 여기부덤 나긋나긋한 학생두 아니구 툽툽한 노동자들이 몇백 명씩 떼루다 지켰는데두 모다 성한 데 없이 얻어터지고 열사 몸뗑이두 뺏겨 갈갈이 찢겼다는디. 건 뭐가 되는겨. 워찌된 일인지 갈피를 잡기 에려워설랑."

화톳불을 둘러싸고 있던 사람들은 옹송그린[12] 자세로 얼굴을 구우려는 듯 불가로 바짝 고개를 들이밀었다. 커피를 다 마시고 난 빈 종이컵을 화톳불 위로 내던진 브루스 박은 어느새 왼손목이 잘려 외팔이로 불리는 강종천 씨 뒤에 깔린 스티로폼 위에 몸을 모로 뉘고 팔베개를 한

---

10) **바리케이트** 흙이나 통, 철망 따위로 길 위에 임시로 쌓은 방어 시설.
11) **열사(烈士)** 나라를 위하여 절의를 굳게 지켜 죽은 사람.
12) **옹송그리다** 춥거나 두려워 몸을 궁상맞게 몹시 옹그리다.

채 풋코를 곤다.

"재복이, 뭘 혼자 그렇게 맛있게 먹나그래 응."

표천식 씨가 가슴에 고개를 쑤셔박고 있다가 입맛을 쩍쩍 다시며 눈을 뜨는 정재복을 보며 농지거리[13]를 지른다.

"먹긴 무얼 먹었다구 그 야단이구만. 아저씨두 참, 도시긴 엄연히 돌았나 봐유. 아, 오늘 낮부텀 여그 사람들 달라진 눈빛을 아저씨두 뻔히 보시믄서 그런 말로 각통을 지르고 그래유? 민주불량배구 거리시위꾼이구 어찌된 건지 끄나풀[14]이라구들 난리를 치드만. 얻어먹을 건덕지가 무에 있다구설랑."

"그럼 영각[15]쓰는 암소처럼 그렇게 되새김질하듯 입아구 좀 놀리지 말라구. 그렇잖아두 속에서 회[16]가 끓는지 헛헛한 게 생침이 솟구치는구만. 그리구 난 도둑은 절대 아녀. 그게 워치크롬 도둑질이여. 난 말이여......"

표씨의 아래턱이 불쑥 튀어나오며 입이 흘끗 옆으로 돌아간다.

"으이구, 징혀 저 인간. 또 그 씨나락 까묵는 소리여 잉? 저승사자는 도대체 뭘 허는 건지. 직무유기[17]야 직무유기."

강종헌 씨는 혀를 끌끌 차며 자리를 박차고 일어나 병원 현관 앞으로 왜죽왜죽[18] 걸어간다. 표씨는 어깨를 짓누르는 밤기운을 흠칫 밀려오는

---

13) 농지거리(弄—) 점잖지 못하게 마구 하는 농담.
14) 끄나풀 '남의 앞잡이 노릇을 하는 사람'을 얕잡아 이르는 말.
15) 영각 암소를 찾는 황소의 긴 울음소리.
16) 회(蛔) 회충(蛔蟲)의 준말.
17) 직무유기 정당한 이유 없이 직무 수행을 거부하거나 게을리 함.
18) 왜죽왜죽 팔을 홰홰 내저으며 빠른 걸음걸이로 걷는 모양.

몸서리로 털어내며 가늘게 찢은 눈을 들어 뿌연 밤하늘을 바라본다. 구멍 난 구름 사이로 미끄럼을 탄 달빛이 담장 밖 가로등 어깨 위로 새벽 안개처럼 축축하게 쏟아진다.

끙이야 깡이야.

표천식 씨는 달빛을 받으며 묏자리의 굿을 꾸리던 그날 일이 생각났다. 그는 밤늦게 운구[19]가 돼 하관[20]시를 놓친 무덤을 헤설픈 달구질[21]로 다지고 있었다. 엎친 데 덮친 격으로 운구 행렬이 도중에 교통사고를 당해 예정된 시간이 턱없이 넘어버려 밤을 도와 서둘러 하관 작업에 임했던 거다. 웬만하면 달구질 때 치는 선수리를 빠뜨리는 법이 없건만 시간이 시간인지라 대충대충 생략하고 넘어갔다. 산등성이까지 송판으로 짜인 관을 목도로 옮기는 바람에 처진 어깨를 추스르느라 들이부은 막걸리 기운 때문에 속이 활활 달아올랐다. 그 와중에서도 관을 털었을 때 망자의 옆구리에 꿰인 귀금속 두루주머니가 눈앞에 어른거렸다. 손끝에 스친 염낭[22] 쌈지는 묵중했다. 아, 이것이 그대로 땅에 묻혀 녹이 슬고 만단 말인가. 그는 명치 끝에 괴어 있는 묵은 한숨을 빨아들였다.

"훙훙, 여보 노랑털이 벗겨지지 않은 황소의 누린내 나는 뒷다리 사골을 푹푹 고아 먹으면 살 것만 같아요."

부황[23]이 들어 천장만 멀뚱멀뚱 쳐다보며 나자빠져 있는 마누라의 노랑꽃 핀 얼굴 위로 검은 흙덩이가 쏟아졌다.

19) 운구(運柩) 시체를 넣은 관을 운반함.
20) 하관 시체를 묻을 때에 관을 광중에 내림.
21) 달구질 달구로 집터나 무덤 등의 땅을 다지는 일.
22) 염낭 두루주머니. 허리에 차는 주머니의 한 가지.
23) 부황(浮黃) 오래 굶어서 살가죽이 누렇게 부어오르는 병.

그는 그날 새벽 아직 떼도 입히지 못한 그 묏등을 찾아 허위단심[24] 산등성이를 밟았다. 땀이 밴 고무신 안에선 늑노는[25] 발바닥 때문에 마치 밤새 내린 첫눈을 밟는 듯한 소리가 새나왔다. 어느덧 하늘은 맑게 개 있었고 이곳저곳에서 살별[26]이 부싯돌 불똥 모양 떨어졌다. 땀이 흘러 눈 속으로 들어가는 바람에 시야가 자꾸 흐려졌다. 망자의 엉덩이 살을 한 삽 찍어내고 나서야 염낭 주머니를 찾아냈다. 그리고는 삽을 그 자리에 버려둔 채 된비알[27]을 어빡자빡[28] 내달렸다. 그이 입에서 꾸역꾸역 새나온 기다란 신음이 발목에 자꾸 되감겨왔다.

'나는 도둑이 아니라고 했지만 무서운 순사 아저씨들은 내 말을 믿으려 하지 않았어. 그렇게 경[29]을 치는 분들은 아마 머리나 가슴 어느 한 구석이 무쇠일지도 몰라. 숙직실에서 곡괭이 자루가 두 개나 부러져나가고 나서야 난 내가 어쩜 도둑놈일지도 모른다는 생각이 들었어. 그 무서운 아저씨들이 하자는 대로 다 했는걸 암. 내 삽날에 찍혀 걸레처럼 해진 너덜너덜한 살덩이가 눈앞에 팔랑거리고 정말 사람 미치겠더라구.'

"당신들 밥풀떼기들 때문에 민주화시위가 일반 시민들한테 얼마나 욕을 먹는 줄이나 아쇼? 당신들 도대체 누구, 아니 어느 기관의 조종을 받고 이런 망나니짓을 하는 거요?"

병원 현관 쪽에서 볼멘소리가 들렸다. 외팔이 강종천 씨가 웬 사내와

---

24) 허위단심 허우적거리며 무척 애를 씀.
25) 늑놀다 능놀다의 잘못. 일을 자꾸 미루어 나가다. 천천히 쉬어 가며 일하다.
26) 살별 꼬리별. 혜성.
27) 된비알 매우 험한 비탈.
28) 어빡자빡 되는대로 마구 포개져 있거나 넘어져 있는 모양.
29) 경 몹시 호된 꾸지람. 지난날, 도둑을 다스리던 호된 형벌의 한 가지.

드잡이[30]를 하고 있었다. 병원 마당의 모든 시선이 그리로 쏠렸다.
 "그래, 우리는 밥풀떼기다. 근데 당신이 뭐 보태준 거 있냐고 쌩."
 "당신들이 뭔데 초대되지도 않은 곳에 끼어들어서 감 놔라 배 놔라 판 깨는 짓거리를 하난 말이오."
 서로 단단히 멱살을 거세게 틀어쥐는 바람에 단추 두엇이 바닥에 떨어지며 곧이라도 종주먹을 들이댈 기세였다. 강씨의 멱살을 거머쥔 사내는 뜯어말리는 주변 사람들에게 서부투자금융 홍보실 대리라는 신분증을 제시했다.
 "아, 그러잖아도 병원 관계자들로부터 강력한 항의를 받아 조심조심하는 판국에 왜 갑자기 병원을 향해 돌을 던지고 침을 뱉는 행위를 하느냔 말이죠 난. 이건 분명 우리 학생들과 대책위의 위상을 떨어뜨리려는 저의가 있는 고의적 행동임이 틀림없다 이겁니다. 이제는 우리 시민들이 나서서 저런 밥풀떼기에 대해 분명한 선을 긋고 마침 검찰에서도 수사 의지를 밝힌 만큼 적극 수사에 협조해서라도 정화를 하든지 해야지 여론도 계속 우리 쪽으로 끌어들일 수 있는 거 아닙니까?"
 흰 와이셔츠의 팔소매를 걷어붙인 사내는 허릿장을 지른 채 버티고 서서는 연설조의 푸념을 털어놨다. 학생들과 주변 사람들에게 밀려 화톳불 가로 떠밀리다시피 다가온 강종찬 씨는 바닥에 마른침을 세게 뱉으며 뇌까렸다.
 "니기미 씨펄, 그래 시민, 시민 해쌓는데 느그덜 판이 을매나 오래 갈는지 두고보자고."

---

[30] 드잡이 머리를 꺼두르거나 멱살을 잡아 휘두르며 싸우는 짓.

"어따 웬일이여. 가뜩이나 우리덜얼 바라보는 눈길들이 점점 사나워지는디 쌈박질까지 하고 나서면 워쩌자는겨?"

"얼룩이 성님은, 말이라두 고로케 창알머리 없게 허믄 내가 섭하지라. 조것들 말하는 뽄새 좀 보고도 그라요? 같이 민주화투쟁 하며 기껏 고생함시러도 시상에 밥풀떼기가 뭐라요, 얼통 터지게. 사람이 입성[31]이 누추하고 행동이 거칠다고 그렇게 깔보는 경우가 제대로 된 경우라요? 아, 우리가 뭐 기생충이라? 싸가지 없는 것들 같으니라구. 민주화투쟁 허기 전에 저런 고상짜들하고 먼저 와장창 한판 붙어야지라."

얼룩이 성님이라고 불린 전을룡 씨는 은평구 일대에서 고물 줍기를 하는 사람이었다. 비슷한 처지의 거랭뱅이 두엇과 함께 천막생활을 하는데 오른쪽 눈가에서 뺨자위까지 시커먼 기미로 뒤덮여 별명이 얼룩이었다.

"애초에 왜 병원에다 대고 돌을 던진감? 이 안동답답이야."

"그건 제가 잘못했지라. 근디 저그 오줌 좀 싸려고 백인제 선생이가 뭔가 하는 동상 앞을 지나려는데 현관 벽에 뭔 동판이 붙어 있어서 보니, 거시기 '산업재해보상보험 지정 의료기관'이라는 글이 써 있더라구요. 그게 눈에 띄는 순간 가슴에서 불꽃이 파바박 일어납디다."

흰자위가 많아진 강씨의 눈에서는 수은등 불빛이 퍼렇게 되비쳐 나왔다.

그의 표현을 빌리자면 '프레스[32] 밥'이 된 왼쪽 손목을 멋도 모르고 회사 관리직원의 사탕발림과 은근한 협박에 녹아 알지도 못하는 종이짝에 오른손 엄지를 꽉 눌러주곤 돈 5백만 원에 팔아먹었다. 그 통에 산업

---

[31] 입성 옷을 속되게 이르는 말.
[32] 프레스(press) 재료에 힘을 가하여 소성(塑性) 변형시켜 가공하는 기계.

재해 지정을 받지도 못했고 받은 돈은 치료비 빼고 나니 기껏 길거리 완구노점상 차릴 밑천만 달랑 남았다. 그나마 시작한 지 일년도 되지 않아 일제 단속 정책 때문에 밑천마저 홀랑 날렸다. 그때 강씨가 노점 손수레에 쇠사슬로 목을 연결하고는 처연하게 버티는 사진이 몇몇 신문에 나기도 했지만 허사였다. 자연히 술로 보내는 시간이 많아졌고 삶의 의지를 잃은 그를 두고 아직 애도 없고 혼인신고도 생략한 채 동거를 하던 마누라가 밤봇짐을 쌌다.

'거 이상하더라고요. 손이 없어지고 나서는 마누라랑 그 짓을 하려고 해도 꽝이더라고. 물건이 말을 안 듣는 거야, 좆도. 나는 열심히 마누라의 속살을 쓰다듬어주고 있다고 생각하고 있는데 문득 보니 뭉턱 잘린 왼손이 허공을 긁고 있는 거야. 그러고 보면 그년의 자궁은 용접한 철제 금고처럼 잠기고 몽땡이에는 오동잎 지는 찬바람이 일고 그렇더라구. 그러니 그런 놈팽일랑 어떻게 뭐 빨 게 있다고 따르겠냐고. 더구나 원체 색이 센 여자라놔서 밤마다 등허리를 활등처럼 휘어뜨리고는 도지개를 트는데33) 미치겠더라구. 그런데두 정작 도망질을 치니깐 눈깔이 뒤집어지더라구. 언 년이 그러는데 그 화상이 이 백병원에서 부엌데기로 일하고 있는 걸 봤다구 찔러주드만. 그 길로 댓바람에 달려왔지만서두 그런 년은 없다구 허더구만. 정은순이란 년은 들도 보도 못했다잖아.'

"쟤 숨소리가 왜 저리 거칠다냐? 여 재복아, 상선이 좀 깨워 봐."

상선은 브루스 박의 본명이었다. 그는 스티로폼 위에 새우처럼 허리

---

33) **도지개를 틀다** 얌전히 있지 못하고 공연히 몸을 비비 꼬며 움직이다.

를 돌돌 말고는 사레가 든 사람처럼 불규칙한 숨을 토해내고 있었다. 재복은 쭈볏쭈볏 일어나 다가가서는 잠자는 사람의 발뒤꿈치를 툭툭 찼다. 그러자 브루스 박은 고개를 슬그머니 쳐들고는 거슴츠레한 눈으로 무슨 일이냐는 표정을 지어 보였다.

"상선형, 죽은 거유, 산 거유? 낮에는 그렇게 타잔 뺨치게 팔팔 뛰며 다니더니 서리 맞은 가을 살무사 모양 뭔 꼬라지유."

"괜찮여, 증말로 난 괜찮여. 아무 걱정 말라구들 혀. 잠깐 졸려서 그런 것뿐이여."

브루스 박은 고개를 힘없이 늘어뜨리면서도 허공에 대고 손사래를 치며 다시 잠을 청하려는 듯 사추리[34] 사이로 두 손을 깊숙이 찔러넣고는 끙 하는 신음을 깨문다. 그러나 곧 가슴을 쥐어뜯듯 쓸어안고는 고통스런 기침을 한 바가지 쏟아놓는다. 재복은 자신이 입고 있던 카키색 작업복을 벗어서는 상선의 상체를 덮어준다. 기침을 참고 있는지 상선의 어깨가 몹시 들썩거린다. 윤곽이 뚜렷이 드러난 엉덩이께에는 벌써 며칠째 뭉개고 지낸 때문인지 흐릿한 얼룩이 묻어났다.

재복은 호주머니를 뒤져 구깃구깃한 휴지를 꺼내 들고는 물코를 요란하게 풀었다. 그리고는 휴지에 묻어 있는 최루탄 가루에 코끝이 매워져 억지로 재채기를 서너 번 해댔다.

재복은 날품팔이 인력시장에서 만난 상선을 떠올린다. 특이한 복장으로 항상 모인 사람들의 이목을 끌었다. 그는 즉석 투전판을 벌여놓고는 가끔씩 날품팔이들의 얄팍한 호주머니를 터는 모양이었다. 그러면서

---

[34] 사추리 샅, 사타구니의 옛말.

도 상선은 자신이 비록 인력시장을 떠도는 신세지만 막일꾼들하고는 차원이 다른 예술인이라고 흰소리[35]를 쳐댔다. 그러나 재복뿐 아니라 모든 사람들은 그의 말을 믿지 않았다. 그가 어쨌거나 정말로 악기를 켜며 밥그릇을 뽑아내는 사람이라면 그를 청계천 6가 동화시장 뒤나 남대문의 북창동 어귀에서 만날 까닭이 없는 거다. 그가 악사 자리를 구하려면 낙원상가 2층에서 오후 4~6시에 볼 수 있어야 한다. 동화시장은 봉제 기능공 시장이고 북창동 어귀는 중국집 주방장이나 배달원 또는 요리사들이 자신의 노동력을 파는 곳이 아니던가. 그가 만능 기능인이 아닌 바에야 그는 기껏해야 하바리[36] 시다[37]나 잡역부, 짐꾼에 불과할 거다. 재복이 토요일이나 공휴일께 가끔 새벽시장에서 허탕을 쳐 이삿짐센터 짐꾼으로나 하루를 죽일까 싶어 남대문시장 퇴계로 어귀께로 가보면 어김없이 거기서 짤짤이판을 벌이고 죽때리고[38] 있는 상선을 만날 수 있었다. 그는 어디서나 눈에 잘 띄었고 반죽이 좋아서 그런지 잘 떠들어준 대가로 생면부지[39]의 사람들한테도 심심찮게 순두부나 사발면을 얻어먹곤 했다. 재복도 그에게 몇 번인가 말품을 팔아준 대가로 김이 모락모락 나는 순두부를 사준 적이 있었다. 그러나 그가 어딘가로 팔려가는 걸 본 적은 아직 한번도 없었다. 혹 재복이 조건이 맞은 사람의 봉고차를 타고 갈작시면 상선은 한없이 부러운 눈길로 입가에 떨떠름한 미소를 베어문 채 우두커니 바라보거나 손가락을 까댁이며 인사를 하곤 했다.

35) 흰소리 터무니 없이 자랑으로 떠벌리는 말.
36) 하바리 품위나 지위가 낮은 사람을 낮잡아 이르는 말.
37) 시다 보조해주는 사람이라는 뜻의 일본말.
38) 죽때리다 한 곳에 오래 머무르다, 항상 머무르다라는 뜻의 비속어.
39) 생면부지(生面不知) 이전에 만나 본 일이 없어 전혀 모르는 사람, 또는 그런 관계.

한번은 너무 안됐다 싶어 재복이 자신을 데리고 가던 털수세[40]이 건축 현장 오야붕에게 저기 전봇대에 기대선 남자도 같이 데리고 가면 안 되겠냐고 은근히 근중을 떠봤더니 시동을 건 채 창문으로 고개를 빼고 상선 쪽을 힐끗 바라본 다음 킁킁 코웃음을 쳤다.

'하하, 저 양반은 안 되겠시다. 여기가 뭐 딴따라 시장도 아니고 말이우다. 데려다 놔도 어디 지대로 품삯을 치러내겠습디까?'

재복은 흔들리는 봉고차 안에서 어디 가서 짱이라도 박혀야지 드러워서 다시는 이 날품팔이 인간시장을 기웃거리나 봐라 하는 오기를 어금니 위에 올려놓고 지그시 깨물었다.

영안실에서 나온 몇 사람이 화톳불 가로 걸어오는 게 보였다. 걸어오면서 학생들에게 이런저런 지시도 내리고 고개를 끄덕이며 학생들의 말을 경청하는 걸로 봐서 대책위의 간부로 보였다.

"안녕하세요. 뭐 불편한 점은 없는지요. 제가 대책위 집행위원으로 있는 현대영입니다."

삼십을 갓 넘었을 듯한 얼굴의 사내는 한 표를 부탁하는 선거철 입후보자처럼 깍듯이 인사말을 건넸다. 이목구비가 뚜렷하고 눈썹이 유독 진한 얼굴이었는데 두터운 입술에다 사모턱[41]이 져서 그런지 뚝심깨나 있어 보였다. 멀쑥한 덩치에 사수대 티셔츠를 입은 학생 하나가 자꾸만 흘러내리는 뿔테 안경을 치켜올리며 그의 곁을 지키고 있었다. 현대영 씨는 야자수 그림이 그려진 사파리 남방 윗주머니에서 88라이트 담배를 꺼내 한 개비씩 두루 정중히 권했다. 담배는 빠른 속도로 뽑혀나갔다.

[40] **털수세** 털이 많이 나서 보기에 험상궂은 수염을 이르는 말.
[41] **사모턱** 이을 나무의 끝에 네모지게 파낸 턱. 네모진 턱.

"대책위 간부님이라니까니 한 말씀 올리겄는디 오늘 낮 같은 경우는 지가 세상 살아가며 어처구니없는 일일랑 한두 번 당한 게 아니지만서두 개중 기가 막히고 복장⁴²⁾ 터질 일이지라."

전을룡 씨가 두런두런한 말투로 입을 열었다. 그러나 그 말꼬리는 사뭇 떨려 나왔다. 현대영 씨는 두 손으로 감싼 라이터를 전씨의 입가로 들이대며 그저 고개를 끄덕였다. 라이터 불 때문에 전씨의 얼굴이 순간적으로 발그스레 달아올랐다가 시퍼런 낯빛으로 돌아왔다.

"야, 저기 숨겨둔 두 살짜리 두꺼비 하나 모셔 내오라구. 그래두 이렇게 손수 오셨는데 뭔 변변한 대접은 아니라두 쓴 쐬주 한잔은 디려야지 헐헐. 아니, 아니 그렇지. 그 화단 덤불 뒤 시멘트 종이에 싼 거, 그렇지."

"원래 이 병원 마당에서는 질서유지를 위해서 화톳불이나 음주는 금지돼 있습니다만. 경건한 분위기 때문이기도 하지만 워낙 병원 입원 환자들의 항의가 엄중할 뿐 아니라 여론도 그걸 파고들면서 대책위를 곤란하게 만들어놔서요. 여러분들 이미지에도 별로 안 좋을 듯싶습니다만. 그리고 전 가톨릭 신자여서 되도록이면 술을 삼가고 있죠."

"그럼 댁은 신부라도 되려는 거요? 보니깐 술 담배 골초인 신부도 내 억수로 봤시다. 난 종교에 대해선 개뿔도 모르지만 뭐 전생 따지고 후생 따지고 썰 풀라치면 아예 때려치우쇼. 씨도 안 먹힐 테니. 우린 그저 이 소주 한 모금이면 전생이고 후생이고 나란히 목구멍을 타고 뻐근히 녹아드는데, 안 그렇소 형님?"

강종천 씨가 이빨 사이로 소주 뚜껑을 뱉어내고는 그대로 병을 쳐들

---

42) 복장(腹臟) 가슴 한복판.

고 하늘을 보며 깡소주 나발을 불어제친 뒤 전을룡 씨에게 건네주었다. 현대영 씨의 짙은 눈썹이 꿈틀거리며 이맛살에 깊은 주름이 스쳤지만 곧 사라졌다.

"오늘 지녁에, 누가 쓰기 시작한 말인지는 모르지만 소위 밥풀떼기라고 불리는 우리 같은 축들을 학생인지 아니믄 대책위 사람들인지가 손가락 끝으로 백골단[43]에 찍어주는 바람에 달려갔시다. 그래도 뭔가 같이 이뤄보자고 싸우던 사람덜인데 그래도 되는 것인지 모르겠구만요. 듣자니 대책위 쪽에서 백병원과 시위 현장에서 민주 시민을 가장한 폭력배들이 온갖 행패를 부리며 폭력을 선동하는 등 대책위의 입장을 곤란하게 하고 있는데 규찰대를 조직해 이를 막고 배후를 밝히겠다는 성명을 냈다고도 허는데 정말 몸 둘 바를 모르겠디다."

"우선 그런 일이 일어난 데 대해 유감스럽게 생각하고 있습니다. 하지만 대책위에서 알아본 바에 따르면 누구누구를 찍어준다거나 하는 일은 논의된 바도 지시한 바도 없음을 확인했습니다. 전혀 우발적[44]인 사건이라고 봅니다만, 어디까지나……."

관자놀이[45]께에 힘줄이 불끈 솟구쳐오른 강씨가 결기[46] 때문에 잠겨버린 목소리로 외쳤다.

"쓰레기통의 고등어 대가리같이 썩고 무능한 정권 아래서는 인간적인 생활을 할 수 없다고 생각돼 몇년 전부터 야당이 개최하는 집회를 쫓

---

43) 백골단 시위 진압을 전문으로 하는 경찰 조직.
44) 우발적(偶發的) 어떤 일이 전혀 예기치 않게 일어나는 것.
45) 관자놀이(貫子—) 귀와 눈 사이의 맥박이 뛰는 곳.
46) 결기 못마땅한 것을 참지 못하고 성을 내거나 왈칵 행동하는 성미.

아다녔수다. 그러나 야당 사람들도 우리 편이 아니라는 것을 깨닫고 학생들의 시위로 옮겨왔는데 우리들이 학생들과 달리 움직인다고 해서 기층[47] 민중인 우리를 이렇게 대접할 수 있는가, 이 말이우다."

"그러게 첨부터 눈 먹는 퇴끼 얼음 먹는 퇴끼 따루 있다 이거 아닙니까."

현대영 씨는 몹시 곤혹스러운 표정을 지었다.

"처음에는 대책위의 얼굴에 먹칠을 하기 위해 정보기관에서 꾸미는 공작이 아닌가 하는 의혹도 생겼지만 그렇지 않다고 결론지었습니다. 또한 솔직히 말씀드리자면 우리 대책위는 검·경으로부터 아마도 여러분들을 일컫는 말인 듯한데, 과거 폭력 시위를 일삼는 이른바 밥풀떼기들의 수사에 협조해달라는 제안을 정식으로 받았습니다. 그러나 우리는 경찰에 여러분들도 김귀정 열사의 죽음을 애도하는 조문객임이 분명하므로 연행에 협조하는 것은 도리에 맞지 않는다는 공식 입장을 밝힌 바 있습니다."

"그럼 공식 입장 따루 안으로 꼬불쳐둔 입장 따루 이렇게 따루국밥집이라고 차려서 그렇게 허나사나 같이 투쟁하는 동지들 등에다 칼을 꽂는답디까?"

재복은 가슴팍을 펑펑 두들기며 울부짖었다.

"같이 애써주시는 건 충심으로 고맙게 여기고 있지만 어디까지나 하나의 조직이 꾸려진 이상 그에 걸맞는 규칙과 체계가 있는 법이지요."

"누구한테서 고마움 사려고 투쟁을 했던 건 아니니까요, 공치사는 허실 필요 없시다. 어떤 사람들은 좀 빼뚤하게 행동한 게 사실이쥬. 뭐 대

---

[47] 기층(基層) 사물의 밑바닥에 깔려 있듯이 존재하면서 그것을 떠받치고 있는 것.

가나 바라고 싸우는 듯이 음식을 달라 어쩌라 하는 얼빠진 치들도 있었고, 아무 허락도 맡지 않고 병원 사무실이나 빈 입원실에 몰래 들어가 떼잠도 잤으니깐 영락없이 꼴사나운 부랑아 행티를 낸 거죠. 지들도 잘 알아요."

바닥에 펼쳐놓은 신문지 쪼가리를 간신히 더듬던 표천식 씨가 실성실성한 목소리로 끼어들었다.

"헌디 꼬르비초빠가 당최 뭐하는 치가? 이크, 요 입초사.[48] 사진 봄시러 먼젓번 대통령 아닌감?"

"천식이 형님은 좀 국으로 가만히 있으시소 마. 절대루다 개안심더."

"그래 말이다이. 그분이 그래도 명관이었지. 끽소리 없이 해치우는 게 보통 수완이가?"

"그런 것들이 사소한 문제 같지만 그렇지가 않습니다. 오늘만 해도 옷차림 보니깐 저기 누워 계신 분인 듯싶은데 저 명동성당 앞 공중전화 박스를 깨뜨리고 그 유리조각으로 자해[49] 소동을 벌이고 하면 모두가 정말 난처해집니다. 어제 검사들과 부검 의사들이 병원 구내로 들어왔을 때 일부 사람들이 거친 행동을 보여서 언론에는 봉변[50] 운운하는 기사가 나갔지만 생각해보십시오. 그것은 그들이 진짜 부검을 하기 위해서 들어온 게 아니고 차후 병력 투입을 합리화하기 위한 명분축적용이었습니다. 이렇게 볼 때 그 사람들 대충 혼내주는 건 단순한 화풀이 이상의 아무것도 아니며 오히려 그들의 의도에 말려드는 결과를 낳습니

---

48) 입초사 입길의 사투리. 〔입길: 남을 흉보는 입의 놀림〕.
49) 자해(自害) 스스로 자기 몸을 해침. 자상(自傷).
50) 봉변(逢變) 남에게 욕을 당함. 뜻밖의 화를 입음.

다. 민주화운동 세력은 일반 국민이나 시민들과, 말하자면 물고기와 물의 관계를 맺고 있습니다. 물고기가 물을 떠나서 살 수 없듯 우리 민족 민주 세력은 대중의 지지 없이는 존립할 수 없죠. 그런데 자신과 의견이 맞지 않는다고 아무한테나 심한 욕설을 퍼부어서 토론 분위기를 망치거나 국민대회가 다 끝났는데도 계속 지나가는 차량에 돌을 던지며 시민들의 일상생활에 불편을 주는 것, 그리고 같이 죽자는 말로 공포 분위기를 부추기는 일이 솔직히 많지 않았습니까? 심지어 어떤 분은 한국은행을 불태우러 가자는 얼토당토않은 발언도 하시더군요."

"낮에 핏방울 튄 런닝구 입구 댕기다가 주의를 받은 친구가 바로 저기 누워 있는 상선이가 맞기는 허지만 자해헌 거는 아뉴. 최루탄 파편이 살 속을 파고든 거라니까유. 아, 남은 거라곤 몸뗑이밖에 없는 사람들이 워치케 지 손으로 몸을 상허게 허겄슈."

자신을 가리키는 손가락 끝을 의식했는지 상선은 가는 한숨 소리를 길게 내쉬다 말고 잠꼬대를 몇 마디 주절댔다.

"나두 델고 가······ 더두 말구 이만 원······ 응 좋다구."

"은행을 불싸지르러 가자는 말은 지가 했구만요."

강종천 씨는 사위어가는 화톳불을 쏘삭거리며 느릭느릭 입을 뗐다.

"까놓고 야그하자면 지가 뭐 은행에 알토란처럼 묻어둔 통장이 있남요 아니믄 새록새록 붓는 적금이나 주택부금이 있는감요. 거미줄 한 올 같은 인연도 없어라. 한여름 더위를 먹다 못해 은행에 들어가보면 괜히 은행강도 취급을 하는지 청원경찰들이 폐쇄회로 켤라 두 눈 부라리며 사납게 눈치 주는 턱에 괜히 캥기는 신세다 보니······."

"아, 지금 비난을 하기 위해서 그런 말을 꺼낸 건 아닙니다. 다만 그런 과격하고 충동적인 발언은 지금 우리의 투쟁에 아무런 도움을 주지 못한다는 점입니다. 우리 사회에는 두 가지 측면이 있습니다. 긍정적이고 부정적인 것 이렇게 말이죠. 폭압적인 반민주적 통치기구, 고질적 악법과 불평등한 제도 등이 그것입니다. 그런 것들은 의당[51] 철폐돼야 하지만 예를 들어 은행 같은 제도는 그것과 다르다 이 말씀입니다. 그것은 시민사회의 고유한 제도요 핵심적 현상이기 때문이죠. 파출소를 기습하는 것과는 또 다른 의미입니다."

"어려운 말 허지 마슈. 내가 보시다시피 외팔이 빙신이다보니 겨우내 일자리도 못 찾고 세종대왕님이 그리워 껄떡거릴 때도 은행 창고에는 돈이 썩어났시다. 그게 억울하다는 말이 아니라, 그러면서 은행이 배고픈 사람 구제하는 건 고사하구 재벌들 돈 대줘서 땅투기나 허게 하고 알 만한 사람에게 떡고물 잔치나 베푸는 데루다 밑구멍 틀어막는, 그따우 마름[52] 노릇밖에 헌 게 뭐가 있었냐 이 말이우. 그리구 막말루다 우리 사회가 돈으루다 돌아가는 자본주의사회 아니유? 그렇다믄 문제는 돈이지. 독재도 칼자루 쥔 놈들끼리 잘 먹고 잘살려고 허는 거고, 민주화투쟁은 그와는 다른 맘에서 잘 먹고 살려는 건데 그 와중에서 돈줄을 거머쥔 은행을 호령할 수가 없다믄 되레 없애는 게 뭔가 시상이 변하는 데 보탬이 될 거란 밑천 짧은 생각을 먹어봤던 거우."

"아무튼 저희가 입수한 정보에 따르면 경찰이 여러분들이 삐삐에다 일당 운운하는 걸로 봐서 조직적 배후가 있다고 몰아치며 시경 특수대까지 낀 전담반을 편성해 전원 검거할 계획이라니깐 나름대로 신변 안

---

51) 의당(宜當) 마땅히. 으레.
52) 마름 지주를 대신하여 소작권을 관리하는 사람.

전에 각별히 신경 쓰셔야 할 줄로 압니다."
 "허허, 삐삐요? 애 덕길아, 천식이 허리에 있는 그 고장난 삐삐 좀 보여드려라. 시위 현장에서 주운 건데 망가져서 먹통이야요. 저 천식이란 사람이 실성기가 좀 있어서 아마 장난으로 가지고 놀기는 했어도…… 그리고 아 누가 일당 받고 이런 짓거릴 허겠수? 그거야말로 유서를 대신 써줬다는 괴상망측한 억지하고 수법이 똑같은 건데 왜들 그러는지…… 날품팔이들이야 어디든 모이면 일당 얘기 아니냐구요. 아, 이바구53)를 어디서 듣겠남? 이 시위가 언제 끝날지 모르는데 제까닥 밥그릇 찰 수 있도록 짬짬이 일거리 잡도리54)를 해놔야죠."
 "근디 집행위원의 말씸이 쪼까 요상시럽네요 잉. 갱찰에서 우리덜얼 때래잡으려고 작정을 오지게 해뻐졌으니깐 더이상 대책위 쪽도 신변안전을 보장헐 수 없으니 알아서들 토껴라 이것이어라? 그것이 갱찰을 풀어서 손 안 대고 코 좀 풀어보겠다는 심산이 아니고 무엇이어라?"
 "그래, 그렇게 계속 억지를 부려들 보쇼."
 현대영 씨는 짐짓 화가 난 표정으로 자리를 박차고 일어났다. 그 서슬에 꾸벅꾸벅 턱방아를 찧으며 졸던 표천식 씨가 눈을 휘둥그레 뜨고는 갑자기 영문도 모른 채 현대영 씨의 발아래 무릎을 꿇고는 읍소55)를 시작했다.
 "애고 행님, 그저 목심만 살려줍쇼. 이렇게 손이 발이 되도록 빌겠심더. 하모 제가 훔쳤제라. 그거 한나도 빼쓰지 않고 여기 있제라. 어어, 분명히 여기 있었는데 이게 어디로 갔지. 애고, 나는 이제 영락없이 황

53) 이바구 이야기의 사투리.
54) 잡도리 잘못되지 않도록 단단히 주의하여 다룸.
55) 읍소 눈물을 흘리며 간절히 하소연 함.

천길[56]이다. 사잣밥을 덜미에 짊어졌네 응."

표씨는 양짓녘에서 서캐[57]를 뒤지는 동냥아치[58]처럼 자신의 허리춤을 이리저리 까발리면서 끊임없이 구두덜댔다.[59] 거기에 화답이라도 하는지 브루스 박 상선도 암만 몸을 흔들어대도 질기디질긴 잠꼬대를 푸닥지게 쏟아냈다.

"저놈 잡아라…… 적이다 적…… 난 시민이야…… 문 좀 열어달라고…… 나 좀…… 헉헉……내게도 열어줘……아으……."

"제발 그만둬, 이 바보 멍충이야. 열리긴 뭐가 열렸다는 거야. 다 닫혔어, 다 닫혔다구."

재복은 갑자기 머리를 두 손으로 감싸고 쥐어뜯으며 고래고래 소리를 질렀다. 때맞춰 정문을 들어서는 구급차의 전조등이 무대 조명처럼 들이닥쳐 그를 어둠 속에서 파내갔다.

전날 오후 백병원 구내에서는 시국 대토론회가 열리고 있었다. 둥그렇게 모여앉은 오륙백 명의 시민 학생들은 발언권이 주어지는 대로 한 가운데로 나와 핸드 마이크를 받아 쥐었다. 새벽에 있었던 경찰의 바리케이드 기습 철거 사건 때문인지 핸드 마이크를 타는 목소리들은 자못 격앙된 음조를 띠고 있었다.

"민주화투쟁을 반대하는 건 아닙니다만 우리 입원 환자 일동은 나름대로의 쾌적하게, 아니 쾌적하지는 않을망정 시달리지 않으면서 치료를

---

56) 황천길(黃泉―) 죽음의 길.
57) 서캐 이의 알.
58) 동냥아치 동냥하러 다니는 사람.
59) 구두덜거리다 못마땅하여 혼자서 자꾸 군소리를 하다.

받을 권리도 존중되어야 하며 이는 생존을 위한 최소한의 권리 주장으로서 마땅히 그리고 즉각적으로 관철돼야 한다는 주장을 하는 바입니다. 이것은 우리 사회가 건전한 시민사회이냐 아니냐, 또한 민주화운동이 건전한 방향으로 가고 있느냐 그렇지 않느냐를 판단하는 중대한 지표로서 간주되리라 확신합니다. 지금 각종 신경 계통 질환을 겪는 환자들도 그렇지만 더욱 우려되는 것은 이 백병원 이층 정신병동의 오십여 정신 질환자들이 곧이라도 소음 발작을 일으킬 것 같다는 담당 과장의 소견이 이미 나와 있다는 것입니다. 모쪼록 잘 헤아려주시기 바랍니다."

입원 환자를 대표해서 나온 듯 오른 다리에 석고 붕대를 한 스포츠형 머리의 40대 남자는 차분하게 마무리를 한 뒤 핸드 마이크를 사회자에게 넘기고는 목발을 추스르며 빠져나왔고 잔잔한 박수가 그의 뒤를 따랐다. 시국 대토론회는 거의 정리 단계에 들어선 듯했다. 사회자는 더이상 발언해줄 사람이 있는가를 찾는 눈치더니 "자, 그럼 오늘 이 자리에서 나왔던 얘기들을 하나하나 정리해보도록 하겠습니다" 하면서 분위기를 가다듬기 시작했다.

"애국 시민이 아니면 꽃을 보낼 자격이 없다니깐."

영안실 쪽에서 왁자한 고함이 터져나오며 돌연 시골 난장[60]이라도 선 듯 왜자해졌다.[61] 몇몇 사람이 큼직한 화환을 땅바닥에 태질[62]을 치고는 그 위로 작신작신[63] 짓뭉개느라 널을 뛰는 게 보였다. 서너 사람이 곁에서 그들을 말리느라 진땀을 빼는 모습이었다. 뭐야, 뭐 하면서 사람

---

60) 난장(一場) 한데에 난전을 벌여 놓고 물건을 사고파는 장.
61) 왜자하다 소문이 퍼져서 떠들썩하다.
62) 태질 되게 메어치거나 넘어뜨리는 것.
63) 작신작신 자그시 힘을 주어 자꾸 누르는 모양.

들이 순식간에 그리로 답쌓여들었다.

"삼당야합의 장본인이며 현 시국 불안의 주범 가운데 한 사람인 변절 정치인의 화환이 어떻게 무자비한 공권력에 무참히 숨진 우리의 순결한 동생 귀정이의 영안실에 버젓이 세워질 수 있겠습니까? 안 그렇습니까, 여러분?"

"밥풀떼기들이잖아."

둘러선 사람들 속에서 누군가 속삭이듯 뇌까렸다.

"그 말에 반대를 하고 싶지는 않지만 그래도 그러한 행동은 너무 과격이오. 우리는 어디까지나 평화적으로 우리의 의사를 표현하기로 이미 의견을 모은즉슨 앞으로는 그러한 감정적 행위를 삼가주기 바랍니다."

머리에 희끗희끗한 새치가 섞인 50대 가량의 사내가 점잖게 오금[64]을 박고 나왔다. 그러자 여기저기서 동조하는 말들이 간간이 터져나왔다.

"지금은 열사의 주검을 지키는 일이 급선무인데 그런 쓸데없는 일로 저들의 감정을 자극하고 여론에 빌미만 제공해서는 안 되지 않습니까?"

사수대 셔츠를 입은 대학생이 한마디로 간추려 대답을 했다.

"무슨 소리야. 가장 앞장서서 싸워야 할 대학생들이 시신 사수에만 정신이 팔린 나머지 시위를 해서 싸울 생각은 안 하니 그게 바로 문제가 아니고 뭐란 말이야. 싸우기가 겁나는 놈들은 당장 이 자리를 뜨라구."

"아무렴, 백골단이 귀정이를 죽였으니 너희들도 의당 백골단을 죽여야 아퀴[65]가 맞아떨어지지 않냐 이거야. 아, 안 그래? 내 말이 틀렸냐구?"

그러나 그 목소리는 별다른 반향을 얻지 못했다. 화환을 짓밟았던 사

---

64) 오금 무릎이 구부러지는, 다리의 뒤쪽 부분. 뒷무릎.
65) 아퀴 어수선한 일의 갈피를 잡아 마무르는 끝매듭.

열린 사회와 그 적들 115

내들을 중심으로 사람들은 한 발짝씩 더 죄어들었다.

"여기에 모인 사람들은 그 어느 누구도 그러한 단세포적 복수 심리를 갖고 모이진 않았소. 우리는 또다시 누구의 피를 보자고 그러는 게 아니란 말이오. 분명히 말해두지만, 우리는 다만 자유와 평등 그리고 평화를 위해서 싸우려 할 뿐이란 말이오."

"아, 그러니깐 그런 걸 위해서라도 열심히 싸워야 한다는 거 아뇨? 아무도 용감하게 나서서 싸우지도 않는데 누가 거저 나서서 그런 자유와 평화를 선떡 돌리듯 집어준답디까? 이마빡이 터지도록 허벌나게 싸워도 될까 말까 한데……."

"그렇게 책임성 없는 말이 어디 있소? 모든 걸 적대시하고 파괴하려고만 하는 건 기회주의자의 또 다른 측면일 뿐이오. 민주화시위도 이제는 마구잡이식으로 하는 게 아니고, 그렇다고 딱히 이렇다 할 규칙이 있는 건 아니지만, 아무튼 어느 정도 룰을 지켜야 하는 경기나 마찬가지란 말이오."

"뭐요? 그러면 이게 무슨 심심풀이 고스톱판이오 아니면 섰다판이란 말이오 잉? 목심을 걸고 뛰어든 판인데. 그러면 내 말 좀 들소. 저쪽은 항상 단풍잎 두 장짜리 장땡 들고 판쓸이를 헐려고 대들 판국인데 그깟 룰인지 뭔지 지켜감시롱 시위는 애당초 혀서 뭣 헐라까나 잉? 아, 안 그렇소? 지 말이 틀렸으면 으디가 틀렸는지 꼬잡아 좀 주소."

메기처럼 커다란 입을 가진 사내는 답답한지 그 자리에서 쿵쿵 발을 구르며 한 발짝 성큼 사람들 앞으로 다가섰다.

"세계가 돌아가는 것을 봐도 그렇고 그간 우리가 쌓아온 경제, 사회적인 역량을 보더라도 우리 사회가 열린 사회의 구조로 접근해가고 있는 것은 아무도 부인할 수 없는 흐름이잖소. 이제 그 흐름의 물꼬를 정치 쪽으로 돌리려는 과도기적 진통을 지금 겪는 것으로 보면 될 것이오."

"무슨 비 맞은 중의 염불 소리런가 잉. 사회가 무슨 대문짝이어라? 열리고 닫히게?"

"여기서 열린 사회라는 건 계급이나 종족 그리고 이데올로기라는 신화가 더 이상 개인에게 굴레가 되지 않고 개개인이 사회의 진정한 주인으로서 질적으로 더 많은 자유와 민주주의, 물질적 풍요와 평등을 이룰 수 있는 마당이며, 소수에 의한 지배가 아니라 이성적으로 눈뜬 다수에 의한 착실하고도 양심적인 사회 운영이 기본 원리로 받아들여지는 사회를 가리키는 것이오."

"당신네들 지금 자꾸 어려운 말을 씀시롱 머릿속을 헷갈리게 하는데 한번 물어나 봅시다. 우리, 우리 하는데 도대체 거기에 낄 수 있는 축은 누가 되는 거요? 이데올로기의 신화니 이성적 원리니 하며 거창하게 빚어내는 사회라면 우리 같은 못 배우고 빽줄 없는 떨거지들은 여전히 찬밥 신세를 면치 못할 게 불 보듯 뻔한데 뭐가 진정한 사회란 거요?"

"그건 기회의 문제인데 그 기회의 범주는 갈수록 넓어……."

"필요 없다. 기회를 따지는 놈들이야말로 바로 기회주의다. 우리에게 토론은 더 이상 필요 없어. 당장 청와대로 가자."

밥풀떼기로 불린 사내들은 들고 있던 각목으로 시멘트 바닥을 두들기며 구호를 외치기 시작했다.

"살인자들을 타도하자!"

"도둑놈들을 몰아내자!"

그러자 그들을 둘러싼 사람들은 험상궂은 표정을 지으며 포위망을 압축시켜왔다. 기세가 등등해서 구호를 외치던 사내들은 분위기가 심상찮게 돌아가는 듯싶자 머쓱한 표정을 지었다.
"그만들 두지 못해! 이게 뭐하는 짓거리야. 더 이상 두고볼 수가 없다구. 이따위로 나오면 우리는 당신들을 적으로 규정할 수밖에 없어. 어서 그 각목을 바닥에 놓고서 순순히 물러서라구. 아니면 이후로 당신들이 어떻게 되든 우리 책임이 아냐."
긴 침묵의 대치 끝에 시멘트 바닥에 네댓 개의 각목이 나뒹굴었다. 사람들이 물러가자 한 사내가 넋이 나간 듯한 표정으로 바닥에 주저앉아 멍하니 푸른 하늘 한구석빼기만 후벼파고 있었다.

화톳불이 사윈 지는 오래되었다. 가끔씩 밤바람에 소스라쳐올랐던 숯덩이들이 서로의 몸뚱이를 부비는 소리만 푸시식 귓가를 스칠 뿐이었다. 초여름이긴 했지만 옹송그린 채 밤바람을 고스란히 맞기에는 몸 한구석 어디쯤에 이미 은절을 먹어 체온이 휘딱휘딱 가신 사내들의 기력이 너무도 부쳤다. 사내들은 화톳불이 사그러져가는 정도에 비례해서 더욱 작은 원을 그리며 서로에게 바짝 다가들었다. 벌써 밑바닥까지 바싹 말라버린 소주병을 누군가가 쪽쪽 소리를 내며 빨았다.
"깼니? 뭐 하간?"
"별 세."
'미친놈.'
"재복아, 여긴 별로 안 보이는구나."
재복은 상선에게 힐끗 일별[66]을 던지고는 다시 고개를 돌렸다.

---

66) 일별(一瞥) 한 번 홀낏 봄.

"재건대 마을엔 어릴 적 별두 많았는데. 별이 빛나는 밤이라구 했지. 후후, 웃기지 마. 관할서 백경장이 붙였어. 우리 동네엔 옥살이를 한 사람이 많아서 그런지 그치는 동네 순찰을 나오기만 하면 이러는 거야."
'아, 요 다 합쳐봐야 열댓두 안 되는 게딱지 동네에서 땅별이 백 개는 뜨는구나. 하니 밤중에 댕겨도 뭔 후라시가 필요허겄어? 별이 빛나는 밤의 마을이라. 멋져, 완전히 한 편의 시야 시.'
"어쩌다 일제 단속 때는 심심찮게 사람 사냥이 벌어지는 동네였어. 툭하면 백차를 앞세우고 경찰을 잔뜩 태운 트럭이 들이닥쳐서 거기서 뛰어내린 푸른 제복들이 동네를 에워싸고는 곤봉을 꼬나잡았어. 동네의 어지간한 남정네들은 모두 가을철 메뚜기 뛰듯 뒷산으로 파고들었지. 나두 무서우니깐 엉겁결에 이리저리 뛰는 거지. 벌집 쑤신 듯한 아우성, 애와 아낙이 뒤엉켜 울부짖는 소리, 짤막짤막 끊어지는 무전기 소리 속에서…… 헉헉, 왜 이렇게 가슴이 답답하지. 큰 은빛 잎사귀 두 장이 올라붙은 견장을 떠받치고 있던 색안경은 사냥감이 어느 정도 엮어지면 이렇게 무전을 날리지."
'토끼 몰이는 성공적이다. 독수리들은 퇴로를 열어주고 돌아와 산토끼들의 가죽을 벗겨라, 오버.'
"사람들은 경찰이 물러간 뒤에도 밤이 이슥토록 산을 내려오지 않았어. 풀벌레 울음소리가 커지면 산마루에서 동네를 내려다보는데 그러면 하나둘씩 등불이 켜지지. 그 등불이 그땐 얼마나 그립고 포근하게 느껴지던지…… 우리는 먼 길에서 막 돌아온 길손 같고……."
아무도 상선의 말에 귀를 기울이는 사람은 없었다. 모두들 막막한 자신의 앞날을 부여안고 어떻게 하면 날이 새기 전에 병원을 빠져나갈까를 궁리하는 표정들이었다.

'천막에 웬 놈들이 들어와 자리 차지나 하고 있는지 모르겠구만. 터가 기운이 다 됐어. 옮길 데가 마땅찮은데 큰일이로고.'

'이 드런 화냥년을 어딜 가믄 찾을꼬냐. 공사판 함바집이나 한번 사그리 훑어볼까. 지년두 어지간히 박복한 신세 그저 단념할끄나 어쩔끄나.'

'피곤하다. 우선 어디 쩔쩔 끓는 구들장이라도 지고 등짝이 물러지도록 지지면서 잠이나 늘어지게 자봤으면.'

'육덕 좋은 그 송탄댁에서 그저 불목하니 노릇이나 꺽실히 잘헐걸. 나 겉은 허랑한 눔을 또 누가 받아주려고.'

'드러운 세상. 이젠 떠돌면서는 못 살겠네. 붙박이로 살려면 전공을 정해야겠는데 뭘로 한다? 봉제공? 보일러공? 주방장? 한번 비계공[67]으로 나서볼까. 오야붕을 하나 잡아서 말이야. 여의찮으면 내가 오야붕으로 나서지 뭐. 그쪽이라면 이미 어느 정도 판수가 익은 터니. 일산이나 분당 쪽은 사람이 달려서 아우성이라는데.'

그 다음날 이른 아침 ㄷ일보 경찰 기자가 백병원 경비실의 전화를 붙들고 악을 써가며 두 줄짜리 기사를 부르고 있었다.

"예, 중부서의 김승일이라구요. 예, 변사입니다. 타살이냐구요. 그냥 실족사로 보입니다. 지금까지 확인된 바에 따르면 무직자인 것 같은데, 저 백병원 근처에서 노숙을 하던 밥풀떼기인 것으로 보입니다. 예, 그럼 ······. 31일 새벽 3시 30분께 서울시 중구 저동 백병원 앞의 저동 건물

---

67) 비계 높은 곳에서 일을 할 수 있도록 긴 나무나 쇠 파이프 등으로 가로세로 얽어서 만든 시설.

신축공사장에서 박상선 씨, 괄호 열고, 28 무직 주거 부정, 괄호 닫고, 가 이 건물 지하 4층 바닥에 떨어져 이마 등에 피를 흘리고 숨져 있는 채 발견됐다. 줄 바꾸고, 경찰은 이날 새벽까지 근처에서 시민, 학생 등 30여 명이 모닥불을 피우고 밤을 새우고 있었다는 목격자의 진술에 따라 함께 있던 박씨가 땔감을 구하기 위해 공사장 담을 넘다가 지름 3미터의 환기통에 발을 헛디뎌 미끄러지는 바람에 실족사한 것으로 보고 박씨를 처음 발견한 성균관대생 설경훈 군, 괄호 열고, 22 유교학과 3년, 괄호 닫고, 을 불러 정확한 사인을 조사 중이다. 예, 이상입니다."

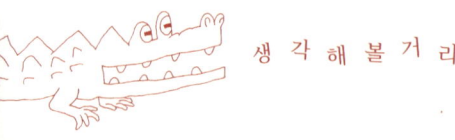 생각해볼거리

1 이 작품에 등장하는 아래의 인물들을 다음과 같이 정리해봅시다.

박상선, 전경, 표천식, 사수대 학생들, 정재복, 강종헌, 서부투자금융 홍보실 대리, 전을룡, 현대영, 백골단

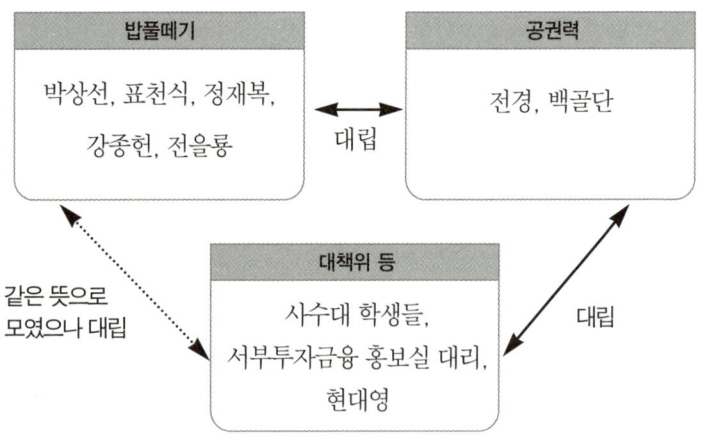

2 일명 '밥풀떼기'라고 불리는 이들이 사건 현장(김귀정 열사의 시신을 지키고 있는 병원)에 와 있는 이유를 본문에서 찾아 정리해봅시다.

   '무능한 정권 아래서는 인간적인 생활을 할 수 없다고 생각' 되어서 학생들 시위에 함께했고, 이번 일도 역시 그러한 민주화운동을 위해 죽은 열사의 시신을 지키는 일에 동참하기 위해 이곳에 와 있다고 말하고 있습니다.

3 '밥풀떼기'들이 살아온 삶의 모습들을 정리해보고, 그들이 이 투쟁의 현장에서 원했던 것은 진정 무엇이었을지 미루어 생각해봅시다.

   브루스 박(박상선) 자칭 '색소폰의 명수'로 밤무대 악사로 일함.
   표천식 남의 무덤을 파 염낭 주머니를 훔친 범죄자.
   전을룡 은평구 일대에서 고물 줍기를 하는 사람.
   강종헌 한 손을 '프레스 밥'으로 내어준 대가로 받은 보상금을 노점상 일제 단속에 쓸어 넣고, 아내는 도망간 상태.

   '밥풀떼기'라고 불리는 이들에게도 그들이 감당해야 할 나름대로의 역사가 있고 삶이 있습니다. 그들이 추모 투쟁에서 원했던 것은 '자유와 민주주의, 물질적 풍요와 평등'이 아니라, 도망간 아내를 찾는 일, 하룻밤 편히 등을 붙이고 따뜻한 한 끼의 밥을 먹는 것, 그럴듯한 직장을 구하는 것이었을 뿐입니다. 이렇듯 한스럽기만한 밥풀떼기들의 역사는 구호와 주장이 아니라 내면의 목소리를 통해서 전달되기 때문에 투쟁의 현장에서 더욱 애질하게 들립니다.

4 '밥풀떼기'들과 대책위 집행위원들 사이에서 말다툼의 원인은 무엇인가요?

양쪽 모두 민주화운동으로 인해 죽은 열사의 시신을 경찰에 강제로 뺏기지 않기 위해 영안실을 지키고 있습니다. 그러나 대책위 집행위원들은 병원 환자들의 고충과 여론 등을 의식하여 과격한 행동을 삼가고 있는 반면, '밥풀떼기'들은 기층 민중으로 평소 가지고 있던 자신들의 개인적인 울분과 억울함을 과격한 행동으로 드러내며 대책위의 지침을 따르지 않고 행동하고 있기 때문에 말다툼이 생기게 되었습니다.

5 '밥풀떼기'들의 행동에 문제점이 있다면 무엇일까요?

집단 안에서의 질서는 규칙을 지키는 데서 비롯됩니다. 개인적인 울분이나 감정으로 그 규칙에 어긋나는 행동을 한다면 한 개인에 의해 집단의 질서가 흔들릴 수 있습니다. '밥풀떼기'들의 행동들은 그들의 울분의 표현이지만, 그 자리를 함께 지키고 있는 집단 전체의 행동 지침에는 어긋나는 행동이기 때문에 집단에게 심각한 피해를 줄 수 있었을 것입니다. 또한 개인의 울분을 즉각적인 감정의 폭발과 과격한 폭력으로 해소하려고 했다는 점에서도 이성적이지 못한 해결 방법이었음을 알 수 있습니다.

6 '밥풀떼기들'과 '대책위 사람들'을 중심으로 다음 표를 완성해봅시다.

	밥풀떼기들	대책위 사람들
직업 또는 계층	밤무대 악사, 범죄자, 고물상, 잡역부 등	대학생, 은행원, 지식인 계층
사용하는 어휘	사투리, 거칠고 상스러운 어휘	관념적이고 철학적인 어휘
행동 방식	과격함, 개인적 울분을 직접적으로 토로	관념적, 이성적
제목과의 연관성	대책위 사람들에 의해 적으로 규정됨	열린 사회를 지향함

깊이 생각해보기

만약 여러분이 '대책위' 대표였다면, '밥풀떼기'들과의 문제를 어떻게 해결했을까요? 어떠한 해결 방법이 최선일지 자신의 생각을 구체적으로 적어봅시다.

    일단 '밥풀떼기'라고 구분 짓는 말부터 바꿔야 하겠습니다. 그리고 그들을 결코 구분된 존재로 보지 않고, 부정한 공권력에 대항하는 같은 뜻을 가진 시위대로 인정해주는 일이 필요할 것 같습니다. 즉, '적'이 아닌 '동지'로 받아들여야 할 것입니다. 그러기 위해서는 그들의 부족한 부분을 이해하고 채워주려는 노력이 필요할 것이며, 가장 우선적으로 배려해주는 노력이 필요할 것입니다. 그렇지만 그런 것들보다 가장 우선되어야 할 것은 그들을 '우리'로 편입시키는 일입니다. 결코 이질적인 집단으로 구분해서는 함께 할 수 없기 때문입니다. (각자의 생각을 위한 길잡이입니다. 학생들은 구체적인 방법을 생각해봅시다.)

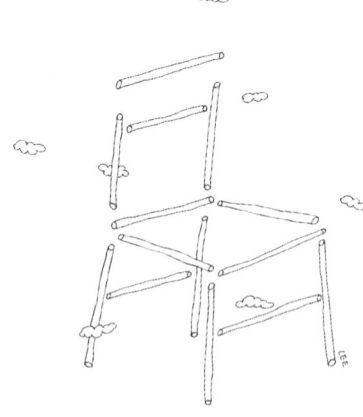

눈사람 속의 검은 항아리

유년의 세계가 포크레인의 날카로운 이빨에 부서지고
재개발되어 '실재 세계'가 되어버리는 당혹감과
그 낯섦에 대한 안타까움을 섬세하게 드러낸 작품.

📖 감상의 길잡이

"뭘 잘했다고 소리 없이 눈물을 꼭꼭 짜니?"
깨진 항아리를 눈사람 속에 파묻기

　우리나라는 1960~70년대 들어 전쟁의 상처를 극복하고 빠르게 산업화, 도시화되어 갑니다. 이농현상도 심해져서 많은 농민들이 고향의 땅을 버리고 서울로 올라와 도시 노동자가 됩니다. 그러나 일자리는 한정되고 노동력은 많아지다 보니, 임금은 적게 받고 일자리도 불안정하여, 가난만 깊어가는 악순환이 발생합니다. 그러다 보니 많은 도시 노동자들은 변두리 빈민으로 전락하고 맙니다. 그렇게 변두리로 밀려난 사람들이 모여 사는 곳이 일명 '달동네', '산동네'라고 불리는 곳입니다. 그곳은 못 배우고, 못 가지고, 못 사는 사람들이 모여 살다 보니 조용한 날이 없는 곳이기도 합니다. 싸움이 잦고, 좀도둑이 들끓으며, 욕지거리가 난무하고, 술주정이 끊이지 않는 곳입니다. 그러나 그곳에는 소외된 이들이 함께 살아가야 한다는 공동체적인 인간미가 넘치는 곳이기도 합니다. 작가 김소진은 어린 시절을 이 달동네로 불리는 미아리 산등성이에서 보냈습니다. 그리고 그 어린 시절의 따뜻했던 기억들을 떠올리며 소설로 풀어내고 있습니다. 따라서 이 작품의 주인공 '민홍'은 작가 자신의 분신이라고 해도 무관하지 않습니다.

민홍은 아버지의 사진도 찾을 겸 어머니의 심부름을 자청해서, 재개발 승인이 떨어져 이제 곧 철거가 시작될 미아리 산동네를 찾아갑니다. 그러나 사실 그가 그곳에 가고자 했던 이유는 단지 아버지의 사진을 찾고 어머니의 심부름을 하기 위한 것만은 아닙니다. 바로 어린 시절을 보냈던 장석조네 집에 대한 기억을 더듬어보고 싶었기 때문입니다. 재개발 승인이 떨어져 이제 곧 사라져버릴 운명에 처한 추억의 산동네를 찾아가 보고 싶었던 것입니다.

그는 미아리 셋집을 찾아가면서 옛 추억을 떠올립니다. 그 기억은 바로 어린 시절, 눈 내린 새벽 변소에 갔다가 우연히 밟은 '빠루' 때문에 욕쟁이 할머니의 항아리를 깬 사건이 있던 날의 기억입니다. 어린 민홍은 그 사건을 은폐하기 위해 깨진 항아리를 눈사람으로 만들어 감춰버리고 혼날 것이 두려워 하루 종일 바깥으로 돌아다니다가 저녁에야 집으로 돌아갑니다. 단단히 혼이 날 것을 각오하고 들어왔지만, 오히려 아무도 새벽의 사건에 대해 자신에게 신경을 쓰거나 관심을 보이지 않는다는 사실을 깨닫게 되고는 오히려 눈물을 흘리고 맙니다.

성년이 된 민홍은 이제 다시 어린 시절 추억이 있는 미아리 산동네를 찾아갑니다. 그러나 산동네는 이제 곧 재개발로 인하여 그 옛 모습을 감추어버릴 것입니다. "여태껏 나를 지탱해왔던 기억, 그 기억을 지탱해온 육체인 이 산동네가 사라진다는 것"은 바로 민홍의 어린 시절 그 당혹감의 연장선에 놓이게 됩니다. 즉 자신의 어린 시절을 담고 있는, 그래서 가끔 추억의 사진처럼 꺼내 볼 수 있었던 세계—'내가 짐작하고 또 생각하는 세계'가 사라지고, 소중한 옛 기억의 현장이 포크레인의 날카로운 이빨에 부서지고 재개발 되어 '실재 세계'가 되어버리는 당혹감과 그 낯설음을 민홍은 안타까워하고 가슴 아파합니다. 그래서 결국 민홍은 그곳에 자신의 '똥'을 흔적으로 남기고 떠나게 됩니다. 그것은 포크레인에 의하여 깎여 사라질 지난 시절을 기억하며 마지막으로 치르는 축복의 의례와도 같은 것입니다.

그 많던 산동네는 다 어디로 갔을까?

오늘날 우리가 산동네라고 할 때, 그것은 특이한 주거공간이라는 뜻을 담고 있다. 좀더 정확히 말해서 그것은 도시빈민이 집단적으로 거주하는 불량주택지구를 가리키는 부정적인 용어로 사용된다. 성북동이나 평창동도 분명히 산동네이지만, 우리는 이런 동네를 산동네라고 부르지 않는다. 산동네는 도시빈민의 불량주택지구로 서울의 남루한 외관이며, 이 사회의 불평등 구조를 노골적으로 드러내는 공간이며, 따라서 없애거나 '정비'해야만 하는 대상이다.

1990년대 이후 서울에서는 참으로 많은 산동네들이 사라졌다. 그리고 지금도 산동네를 없애는 작업은 서울의 곳곳에서 빠르게 진행되고 있다. 정의론의 견지에서 보자면, 이와 함께 도시빈민도 없어져야 할 것이다. 그러나 산동네는 없어져도 도시빈민은 좀처럼 없어지지 않는다. 나는 자문(自問)하지 않을 수 없다. 그 많은 산동네는 어디로 갔을까? 아니, 그 많은 도시빈민은 어디로 갔을까?

〈중략〉

삼양동 산동네는 지난해 여름 정릉길에서 삼양동으로 빠지는 산길을 넘다가 만나게 되었다. 서경대 뒤쪽에 자리한 이 지역에서는 지금 대규모 아파트 공사가 한창 진행 중이다. 북악산에서 미아리로 이어지는 능선의 정릉 쪽 산동네는 거의 모두 파괴되었으나, 삼양동 쪽 산동네는 상당 부분이 아직 파괴되지 않은 채로 남아 있다. 능선 마루에서 보노라면, 오른쪽으로는 한창 들어서고 있는 초고층 고밀도 아파트들 위로 거대한 타워 크레인들이 시야를 어지럽히고, 왼쪽으로는 남루하기 이를 데 없는 산동네의 집들이 고단한 도시빈민의 삶을 적나라하게 보여준다. 참으로 기괴한 광경이다. 그것은 빈익빈 부익부 사회의 실상이 얼마나 참담한 것인가를 보여주는 듯하다.

— 『서울에서 서울을 찾는다』(2004, 홍성태, 궁리) 中에서

눈사람 속의 검은 항아리

　내가 겸사겸사 미아리 셋집엘 한번 다녀오겠다는 말을 꺼내자 이번에는 어머니가 펄쩍 뛰었다. 그깟 돈 3만 원 은행 온라인으로 부쳐버리면 그만 아니냐는 거였다.
　"그 집 남자가 요즘은 문짝 새시 달러 다니는 모양이더라. 낮에 가봤자 코빼기도 구경하기 어려워서. 그 예전에 요한네 집에 세 살던 오종종한[1] 해자 엄마 있지? 웃음이 헤퍼서 남자한테 그저 얻어맞고 살던 그 여자 얼굴을 꼭 닮은 그 집 여편네도 뭘 하러 쏘다니는지 갈 때마다 아이들만 둘이서 집을 지키고 있더라구."
　"그 집 전화번호 있어요?"
　"저기 가방 찾아보면 나오긴 나올 텐데. 늙은이 혼자 있는 듯하니깐

---

[1] 오종종하다 얼굴이 작고 옹졸스럽다.

아주 만만히 보고 능갈²⁾을 치는 데 이골³⁾이 났더라구. 두 젊은 양주⁴⁾가 안팎으로 말이야. 여깄다, 구일, 사에…… 아유 침침해."

3만 원은 입동 무렵에 연탄에서 기름형으로 바꿔 설치한 셋집 보일러가 기습 한파에 얼었다며 손을 보려 하니 보내달라고 셋집 사내가 기별한 것이었다.

"이 추위에 보일러가 아예 서버렸대요?"

"그런 건 아니고 온수통이 얼어서 따신 물을 못 받아서 쓴다는데 원. 지 입으로도 그러더구먼. 보일러 놓을 때 보니 그 온수통께가 허전해서 온 사람들한테 뭘로 좀 덮어야 하는 거 아니냐구 했다는 거야. 근데 요즘 같은 세상에 일 더하기 좋아하는 이가 어딨니? 그러니깐 그 사람들이 아이구 그냥 괜찮다고 그러면서 쓱싹 바르고 시부저기 가더니 그 동티⁵⁾가 났다는 거지 뭐. 자기도 남의 집 문짝서껀 주무르러 다니는 사람이면 눈썰미가 있어서 그런 것쯤 기술자들이 안 해줘도 스스로 알아서 재활용도 안 되는 그 흔한 누더기 짜배기라도 덮어놔야지 그게 뭐야. 자기 집 아니라고 데면데면⁶⁾하고서는 그것 얼어붙어 따신 물 안 나온다고 돈타령이야, 돈타령을? 내가 자기한테 한 달에 기껏 돈 십만 원 셋값 받아서 어느 구녕에 처바르는지 다 알면서 말이야. 지난달엔 재개발됩네 하니깐 이젠 관에서도 달라붙어서 토지세 내라 무슨 세 내라 하

---

²⁾ 능갈 얄밉도록 몹시 능청을 떪.
³⁾ 이골 어떤 방면에 아주 길이 들어서, 그것에 익숙해진 상태.
⁴⁾ 양주(兩主) 부부(夫婦)를 남이 대접하여 일컫는 말.
⁵⁾ 동티 건드리지 말아야 할 것을 잘못 건드려서 생긴 걱정이나 불행.
⁶⁾ 데면데면 꼼꼼함이나 알뜰한 정성이 모자라 조심스럽지 않은 모양. 대하는 태도가 친숙성이 없고 덤덤한 모양.

면서 거진 돈 삼백이 다 깨지게 생겼는데 말이야. 아주 낯이 맨질맨질한 사람들이야 생각할수록."

2년 반 전에 성남 근처에서 일년 계약으로 살던 신혼살림을 접어서 신도시에 들어갈 때 미아리 집에서 혼자 살던 어머니를 모셔왔다. 말이 모셔온 거지 집사람이 다시 직장에 나가기 위해선 아이를 봐줄 사람이 절실했다. 그 때문에 어머니는 뭔가 서운한 일이 있으면 동냥자루 타령을 하였다. 몸도 시원찮은데 애를 보자니 차라리 밥을 빌어먹는 한이 있더라도 혼자 나가서 사시겠다고 까탈 아닌 까탈을 부리곤 하였다. 어머니가 그렇게 큰소리를 낼 수 있는 배경에는 물론 그 세내준 미아리 집이 있었다. 우리가 아니래도 당신 몸 하나 거처시킬 공간은 있다고 은근히 내비치는 태였다.

"더군다나 그 보일러가 완전 새것으로 해단 건데 왜 그리 고장이 쉬 난단 말이야. 얼마나 시덥잖게 다루며 썼으면 몇 달도 채 안 돼 그 지경이 됐을라구."

처음에 셋집에서 겨울을 날 기름보일러를 달아달라는 연락이 왔을 때 어머니는 중고품을 하나 헐값에 달 요량[7]이었다. 재개발을 앞둔 그 동네도 길어야 1년 안에 철거가 시작될 기세여서 1년 쓰고 버릴 것을 굳이 돈 더 얹어주며 새것으로 할 게 뭐 있냐는 생각이었다. 그래서 셋집 여자한테 알아서 중고를 하나 골라보라고 했더니 40만 원 견적이 나왔다고 알려왔다. 그러자 아버지 살아 계실 적부터 친하게 지내온 석유집의 임씨 아저씨한테 전화를 걸어 시세를 알아본 어머니는 혀를 내둘렀다.

---

7) 요량(料量) 앞일에 대하여 잘 헤아려 생각함. 또는 그 생각.

"새것으로 해도 사십오만 원이면 뒤집어쓰고 남는다는데 뭔 말라빠진 중고가 사십만 원씩이야 응? 이놈의 집이 아주 작정을 해도 단단히 한 모양이야. 구 경계선인 한길 너머 미아동 쪽으로는 거진 철거가 끝나서 집집마다 헌 보일러가 남아돌아 너도나도 갖다 쓰라고 난리들이라고 그러더구먼."

"품삯이 많이 들잖을까요?"

"삯이 들어도 그렇지, 그놈의 집이 자기네한테 먼 인척이 되어 잘 아는 물역8) 가게에서 들여놓겠다 그러는데 그게 바로 아삼륙9)으로 붙어 먹으려는 깜깜한 심보지 뭐야. 그래서 내가 임씨 영감한테 부탁을 해서 아예 새걸루다 달아달라고 했어. 괜히 중고로 달면 뭐가 어쨌네 저쨌네 뒷말이 많이 나올 집구석이고 그러면 내가 이 시큰시큰한 종짓굽10)을 이끌고 그때마다 어떻게 달려가겠니? 생각 같아서는 다시 벼룩시장에다 한 줄 싣고 싶지만 또다시 몇 번 발걸음하고 도배해줄 생각을 하니 입맛이 써서 원."

"기왕 말 나온 김에 제가 한번 다녀와본다니까요."

"거긴 뭐 하러?"

"창이형 만나서 이런저런 얘기도 들어두면 좋잖아요. 그리고 셋집 연탄광 쪽에 달아낸 작은방에서 가져올 것도 있구요."

"뭘?"

"영정으로 썼던 아버지 사진틀도 솜이불 보따리 틈새에 아직 박혀 있

---

8) 물역(物役) 집을 짓는 데 쓰이는 벽돌이나 돌·기와·모래·흙 따위를 통틀어 이르는 말.
9) 아삼륙 서로 잘 맞는 짝, 단짝을 비유하여 이르는 말.
10) 종짓굽 종지뼈가 있는 언저리.

을 텐데……."

"그 생각은 잊고 꿈에도 하지 마라. 그 뱀의 허물 뒤집어쓴 것처럼 아물아물한 사진은 가져다 어디다 두려고? 애어멈이 그 형상을 보면 얼씨구나 하겠구나!"

말은 그렇게 했지만 어머니도 짐짓 내가 한번 재개발을 앞둔 그 동네를 후딱 살피고 왔으면 하는 눈치였다. 서너 달 전에 본격적으로 재개발 승인이 떨어지자 그곳 분위기가 급격히 달라졌다. 심지어는 현대부동산인가 하는 데서 어머니 앞으로도 딱지를 넘길 의향이 없느냐는 제안이 들어와 '넉 장'을 받고 매매를 하기로 전화로 약속까지 했다가 내가 말리는 바람에 취소한 적도 있었다. 마침 임씨 아저씨 아들인 창이형이 재개발조합에서 간사 자리를 꿰차고 있다는 말을 들은 어머니는, 내가 평소 가까이 지내온 창이형을 만나면 그곳 분위기나 시세에 대한 정확한 정보를 얻어듣고 오지 않을까 내심 짐작하는 모양이었다.

경의선 기차를 타고 나와 신촌에서 미아리행 버스에 몸을 실었다. 광화문 네거리를 지나면서 차창 밖으로 펼쳐지는 풍경이 익숙해지면 질수록 내 머릿속에는 그날 새벽의 모습이 좀더 선명히 어른거리기 시작했다. 혹시 그 종이처럼 얇은 기억이 나를 이렇게 사라져가려는 동네로 밀고 가는 것이 아닐까? 정말 그런지도 모를 일이었다. 창이형을 만나 재개발 정보를 듣거나, 아버지 영정을 다시 꺼내오거나, 잇속 바른 셋집 사내를 만나 3만 원을 직접 건네주며 다독거려주려고 나선다는 것은 어쩌면 허울뿐이지 않을까. 나는 머리통에 난 혹을 더듬는 기분으로 손끝으로 옆머리를 짚으며 기억의 끈질김에 대해 새삼 진저리치지 않을 수 없었다. 따져보니 20년도 더 바랜 기억이었다. 물론 지금 내가 가고자 하는 미아리 셋집에 대한 기억이 아니라 그 전에 국민학교 시절을 보낸 한 지붕 아홉 가구의 장석조네 집에 대한 기억이었다.

아마 설을 쉰 지 며칠 지나지 않은 때였을 것이다. 양말을 신은 채 부뚜막에 올라서 까치발을 하고 찬장 위에 얹어진 소쿠리 안을 휘저으면 아직도 빳빳하게 굳긴 했지만 부침개 쪼가리나 쉰 두부전 같은 게 손끝에 걸리곤 했다. 내가 태어나자 큰외숙모가 엄마의 산후조리를 봐주기 위해 마른 미역을 담아 갖고 올 때 쓴 것이라고 하니, 이미 10년은 지난 그 소쿠리는 낡을 대로 낡아 테두리가 반쯤은 빠져나갔고 군데군데 풀어진 댓개비[11]들이 날카롭게 비어져나와 자칫 맘이 급해 서둘다간 손톱 밑을 파고들거나 손등에 생채기를 내기 일쑤였다.

그 소쿠리를 더듬다가 찔린 가운데 손톱 밑의 감각이 아직 얼얼한 데다 몇 해 전에 뇌졸중[12]으로 쓰러지기까지 한 아버지가 그동안 입에 대지 않던 쇠고기 한 점을 배즙과 함께 삼켰다가 며칠째 자리보전[13]을 하던 중이었으니 기껏해야 설에서 사나흘 이상은 벗어나지 않았을 것이다. 어머니는 시큰한 나박김치 국물을 많이 먹으면 육식 때문에 덧이 난 아버지의 고혈압이 풀린다는 말을 어디서 듣고 왔는지 저녁이면 멕기칠[14]이 벗겨진 양푼[15]에 살얼음이 버석버석한 김칫국물을 담아 내왔다. 덕택에 며칠 간 기름 음식에 질린 내게 그 등골이 오싹하고 인중[16]

11) **댓개비** 대를 쪼개어서 잘게 다듬은 개비.
12) **뇌졸중(腦卒中)** 뇌에 혈액 공급이 제대로 되지 않아 손발의 마비나 언어 장애를 일으키는 증상.
13) **자리보전** 병이 들어 자리를 깔고 누워서 지냄.
14) **멕기칠** 멕기는 도금(鍍金)의 일본어. 도금칠.
15) **양푼** 음식물을 담거나 데우는 데 쓰는 놋그릇.
16) **인중(人中)** 코와 윗입술 사이에 우묵하게 골이 진 부분.

이 고무줄처럼 늘어나도록 차가운 나박김치 국물에 국수를 한 그릇 말아먹는 맛은 별미 중의 별미였다.

그런데 밤새 장을 빠져나와 오줌보로 슬금슬금 고여든 김치 국물이 탈이었다. 평소 같으면 한밤중이나 새벽녘이나 가리지 않고 머리맡에 놓인 사기 요강에다 볼일을 보고 따순 공기가 다 빠져나가기 전에 다람쥐처럼 이부자리 속으로 되돌아오면 그만이었을 터였다. 하지만 설부터 정월 대보름까지 보름 동안은 요강을 쓸 수가 없었다. 어머니가 금했기 때문이었다. 어머니는 자신이 시집올 때 가져온 그 난초 무늬 사기 요강에 대해 엄청난 터부[17] 의식을 갖고 있었다. 그것이 깨지거나 혹은 금이라도 가는 날이면 감당할 수 없는 커다란 동티가 생겨서 끔찍한 경우를 당할 것이라고 굳게 믿었다.

어머니가 전하는 얘기에 따르면 어렸을 적에 외할머니가 요강에 금이 간 것을 보고 걱정하시던 날 밤 소 장사를 하시던 외할아버지가 실제로 뿔이 위아래로 어긋나게 솟은 검둥이 수소를 감쪽같이 도둑맞았다. 어머니의 외가 쪽으로 촌수를 따질 수 없을 만큼 멀어 그저 사돈이라고 부르는 한 집안에서는 평소 새살맞던 며느리가 정초에 요강을 부시러 나왔다가 깬 뒤로 배냇병신[18]을 낳고 결국 집안도 몇 년 안에 풍비박산[19]이 되었다는 것이다. 그런 요강이기에 특히나 정초부터 대보름까지는 각별히 조심하는 게 제일이고 그러자니 아예 화선지로 덮어싸서 부엌

[17] 터부(taboo) 폴리네시아의 미개 사회에서, 신성한 것으로 여겨 함부로 손대거나 사용하는 것이 금지된 사물이나 행위·언어 따위, 또는 그것에 대한 종교적 금기(禁忌). (일반적으로) 금기.
[18] 배냇병신(—病身) 선천성 기형을 일상적으로 이르는 말.
[19] 풍비박산(風飛雹散) 사방으로 날아 흩어짐.

한구석에 모셔두고 쓰지 않는 게 상책[20]이라고 엄마는 일러주었다.
　나박김치 국물 때문에 눈을 떠보니, 아니 고개를 이불 밖으로 빼 창호지로 막은 봉창[21]을 보니 아직 어스레한 새벽이었다. 사실은 진작에 깨서 이불 안에서 새우등을 한 채 꼼지락거리고 있었다. 어머니조차 깨어나지 않은 걸로 봐서 어지간히 이른 새벽이라는 걸 알고 있었다. 나는 겁이 많았다. 형을 깨울까 생각해봤지만 새벽잠에 유달리 약한 형이 순순히 내 부탁을 들어줄 리 만무했다. 그렇다고 누나를 깨우자니 알량한[22] 자존심이 허락을 하지 않아 진땀을 흘리며 사타구니를 꽈배기처럼 꼬고 등뼈가 부러져라 구부러뜨렸다. 오줌이 몇 방울 질금거려 허벅지를 따땃하게 적실 때쯤 해서 나는 욕을 바가지로 얻어먹으며 어머니를 깨울 것인가, 아니면 용감하게 혼자서 아홉 가구가 딸린 기찻집의 제일 끝자락에 서 있는 변소로 갈 것인가 결정해야 했다. 나는 홀가분하게 후자를 택했다.
　"어디 가니 ……."
　"아, 아니요……."
　"근데 우와기(윗도리의 일본말)는 왜 껴입고…… 부뚜막 옆 밥통에 미지근한 숭냉(숭늉) 있다."
　문간 쪽에서 모로 누워 자던 엄마가 고개를 빼 뒤로 제치며 한마디 던지고는 이불을 끌어당겼다. 엄마의 입에서 하얀 입김이 뿜어져나왔다. 아마 내가 목이 말라서 일어난 줄 아는 거였다. 이불깃 위로 대머리 진

---

20) 상책(上策) 제일 좋은 꾀.
21) 봉창(封窓) 벽에 구멍을 내어 종이를 바른 창.
22) 알량하다 시시하고 보잘것없다.

이마만 보이는 아버지가 밭은기침을 쏟았다. 또다시 따스했다가 이내 척척해진 오줌 방울이 허벅지를 타고 흘렀다.

"예에……."

뒤꿈치가 헤진 아버지의 낡은 털신을 끌고 사개[23]가 잘 맞지 않아 삐그덕거리는 부엌문을 열며 한 발짝 덜퍽 내딛자 차가운 눈가루가 신발 등 위를 덮쳤다. 간밤에 내린 눈이 기찻집의 기다란 마당을 곱게 덮어버린 것이었다. 눈빛 때문에 사위는 생각보다 희부윰했다. 오줌보를 미어뜨릴 듯하던 팽만감도 조금 너누룩해졌다.[24]

나는 낡은 털신 밑에서 뽀드득거리는 소리가 나도록 성큼성큼 무릎을 들어 발걸음을 옮겼다. 그리고 아홉 가구가 함께 쓰는 변소 문을 열고 문턱에 올라 두 번씩이나 푸드덕푸드덕 몸서리를 치며 오줌을 갈겼다. 이빨을 위아래로 서너 번 맞부딪치며 뿜아내는 오줌줄기가 원뿔형으로 딱딱하게 굳은 언 똥에 둔탁하게 달라붙는 소리가 들렸다. 곧이어 따스한 오줌 세례를 받은 언 똥이 물컹물컹하게 녹아내리는 소리를 눈을 지그시 감고 듣다가 김이 되어 무럭무럭 콧속을 파고드는 지린내에 코를 쫑긋거리며 돌아나온 것까지는 좋았다.

바지춤을 추스르며 김장독을 가지런히 묻어둔 곁을 어정어정 걸어 나오다가 발끝으로 눈 덮인 가마니때기 밑에서 뭔가 묵직한 것을 밟았다. 가마니때기 속에 발을 담근 채 눈을 푹 뒤집어쓰고 벽에 기대 있던 그

---

[23] **사개** 상자 따위의 네 귀퉁이가 꼭 물리도록 가로나무와 세로나무의 끝을 들쭉날쭉하게 파낸 부분, 또는 그런 짜임새. 건축에서, 도리나 장여를 박기 위해 기둥머리를 네 갈래로 오려 낸 부분, 또는 그 짜임새.
[24] **너누룩하다** 떠들썩하던 것이 잠시 조용하다. 심하던 병세가 잠시 가라앉아 있다.

기다란 물체는 고개를 발딱 젖히는가 싶더니 옆으로 풀썩 쓰러졌다. 눈이 털려나간 그 물체는 공사판에서 쓰는 빠루라는 연장이었다. 어른 엄지보다도 굵은 그 기다란 쇠뭉치는 지렛대로 쓰였는데 끝이 물음표처럼 생겼고 또 갈래가 져서 대못 같은 것을 빼는 데 아주 쓸모가 있었다. 그런데 그 빠루가 넘어지면서 하필이면 땅속에 묻지 않고 그냥 바깥에 놔둔 조그마한 짠지[25] 단지를 스치자 뚜껑은 두 동강이 나 떨어졌고 몸통에는 왕금이 좌악 그어졌다. 금은 갔지만 그 짠지 단지가 당장 두 쪽으로 갈라질 것 같진 않았다. 하지만 그 갈라진 틈새에서는 시금털털한 김치 냄새를 풍기는 국물이 찔끔찔끔 새어나오고 있었다.

사태는 명백하고도 돌이킬 수가 없었다. 일어나서는 안 되는 일을 저지른 것이었다. 나는 삭풍[26]이 부는 황량한 벌판으로 변한 마당 가에 서서 힘이 쭈욱 빠져나간 두 어깨를 거느리며 고개를 젖혀 하늘을 바라보았다. 오오, 하느님 지금 무슨 일이 벌어진 것입니까! 그러나 무거운 눈을 밤새 다 털어버린 새벽 하늘은 너무 높이 올라가 있어 내 혼잣소리가 도저히 닿을 수 없었다. 고개를 숙였다. 나는 시치미를 떼고 누워 있는 그 시커먼 빠루가 마치 마녀의 주문을 받아 밤새 뿌린 눈송이를 덮고 위장한 채 기다리다가 내 발길을 일부러 잡아채지나 않았는가 하는 엉뚱한 의심이 들 정도였다.

나는 어린애답지 않게 몹시 피로하다는 생각이 들었던 듯하다. 그것은 내가 그 순간 헐떡이고 있었던 이유를 적절하게 해명해줄 수 있었다. 피로하다는 것, 이루 말할 수 없는 피로감…… 하긴 어찌 피로하지

---

[25] 짠지: 무나 오이 따위를 소금에 짜게 절여서 담근 김치.
[26] 삭풍(朔風): 겨울철에 북쪽에서 불어오는 찬 바람. 북풍(北風).

도 않고 감쪽같이 기절할 수 있겠는가. 바로 그때 내가 피로해야 하는 목적은 두말할 나위 없이 기절하는 것이었다. 기절이라도 하고 나면 이 세상에 뭔가가 달라져 있겠지, 혹은 최소한 모면의 여지는 남겠지 하는 맹렬한 위안이 달라붙었다. 동시에 그 피로감은 어쨌든 세상에 대한 것이라는 게 명백해졌다. 변소에서 오줌보를 비우고 돌아서기까지 나는 너무나 생생했고, 빠루를 밟고 나서 갑자기 피로감을 느끼기까지 불과 십여 초가 흐르는 동안 나는 아무 일도 하지 않았다. 따라서 그 피로감이란 육체적 고단함에서 비롯된 게 아니라 정신적 흔들림에서 우러난 것이 분명했다. 그런 의미에서 그 피로감은 어른에게나 해당하는 피로였다.

한편으로는 그 피로감은 몹시 물리치기 어려운 불길함을 품고 있었다. 몇 해 전 길게 뺀 혓바닥 위에 거꾸로 올려놓은 박탄-D 병의 밑바닥을 손으로 탁탁 두들겨가며 쥐어짠 두어 방울의 알싸한[27] 액체로는 도저히 풀 수 없을 것이라는 확신마저 어렸다. 그리고 무엇보다도 앞으로도 오랫동안 그 피로감을 떨쳐낼 수 없을 것이라는 지루한 예감이 그날 어슴푸레한 새벽에 덮친 절망감의 핵심이었다. 문간통에서 두 번째 집 구석에 사는 술주정뱅이 고물장수 순심이 아부지의 노상 흐느적거리는 두 팔과 술 때문에 항상 짓물러져 있는 눈자위가 눈앞에 어른거렸다. 아저씨도 나처럼 피로해서 그랬을까? 돌산 밑에서 개를 끄실리다가 덴 손가락에 약국에서 사온 가제를 칭칭 감고 소독을 한답시며 두 홉들이 소주를 다 따른 스뎅[28] 주발 안에 질벅질벅 담그다가 홧김에 그 소주 주발

[27] 알싸하다 매운맛이나 냄새 때문에 혀나 콧속이 알알하다.
[28] 스뎅 스테인리스(stainless)의 일본식 발음. '스테인리스강'을 일상적으로 이르는 말.

을 잡아채 박탄-D처럼 벌컥벌컥 들이켜던 순심이 아부지도 되게 피로해서 그랬을까.

그런데 그토록 피로한 사람이 왜 뒤늦게 사팔뜨기 여자는 단칸방으로 불러들여 국민학교도 다니지 못하고 실밥 따는 공장에 다니던 순심이를 말이 기숙사지 공장의 골방으로 내보내고, 배추 장수가 꿈이던 상준이를 이미 개가29)한 전처 집으로 억지로 떠맡겨 보내 세상살이의 피로감을 되레 가중시켰는지 모를 일이었다. 그렇게 새로 낸 살림이 채 1년도 가지 못해 계집이 달아나 깨지고, 오도 가도 못하게 된 순심이 아부지가 하필 겨울이 닥쳐 일도 안 나가고 전세 보증금을 야금야금 까먹다 또 종무소식30)이 된 걸 두고, 엄마는 새로 온 여자가 수돗가에서 스뎅 요강을 부시다 내리쳐 찌그러뜨렸기 때문이라며 끌탕31)을 했다.

엄마가 남의 딱한 사정에 어거지 비슷하게 푸념을 하며 동정의 여지를 누르는 이유는 사실 딴 데 있었다. 순심이 아부지한테 작정을 하고 거금 7백 원을 들여 산 중고 석유 곤로가 보름도 채 가지 않아 결딴이 났다. 제일 밑에 있는 연료통 바닥이 샜던 것이다. 순심이 아부지는 자기가 넘길 때는 아무런 이상이 없었다고 모르쇠32)를 딱 잡아뗐지만 엄마는 그렇게 생각하지 않았다. 습기 때문에 너덜너덜 부식33)한 밑바닥에 난 구멍을 임시방편으로 뻬빠질해서 때운 흔적이 있다는 거였다. 그

---

29) **개가(改嫁)** 시집갔던 여자가, 남편이 죽거나 남편과 이혼하거나 하여 다른 남자에게 다시 시집가는 일. 재가. 후가(後嫁). 후살이.
30) **종무소식(終無消息)** 끝끝내 아무런 소식이 없음.
31) **끌탕** 속을 태우는 걱정.
32) **모르쇠** 아는 것이나 모르는 것이나 다 모른다고 잡아떼는 일.
33) **부식(腐蝕)** 썩어 문드러짐. 또는 금속 따위의 표면을 약품의 작용으로 변화시키는 일.

일 때문에 순심이 아부지에 대한 엄마의 감정이 되돌이킬 수 없을 만큼 상해 있었다. 엄마는 새로 끼워넣은 하얀 심지를 꺼내 말렸고 됫병에 종이 깔때기를 꽂고 석유곤로에 남은 기름을 부어넣고 병 입에 신문지를 박박이 쑤셔넣었다. 그리고 고철값 2백 원을 쳐서 줄 테니 자신한테 넘기라는 순심이 아부지의 말을 귓등으로 듣고 내게 누런 울릉도 호박엿으로 바꿔 먹도록 뜻밖의 승낙을 했었다.

아버지가 중풍으로 쓰러진 다음 날 아침 제일 처음 들렀다가 한의원으로 가라는, 사실상의 진료 거부를 당한 신풍의원 맞은편의 동사무소 옆 골목길을 타고 꾸역구역 올라가다보니 길음초등학교 담벼락을 끼고서 마을버스 종점인 콘크리트 물탱크 밑 차부[34]까지 올라갔다. 구 경계선인 한길을 따라 걸어내려 가려니까 왼쪽으로는 임마누엘교회 하나와 구멍가게 한 채를 빼놓고는 이미 철거가 다 끝난 폐허의 등성이뿐이었다. 미처 챙겨가지 못한 망가진 가재도구들이 제멋대로 누워 있는 벽돌 무더기 사이로 사람들이 자근자근 밟고 다녔을 골목길들이 호젓한 산길처럼 구불구불 뻗어나 서로 얽히고설켜 있었다. 무너져 방구들이 내려앉은 집들은 터무니없이 작아 보였다. 사방 서너 발짝쯤이나 될까 한 장방형[35] 방 안에서 살을 맞부빈 식구들이 최소한 넷 아니면 우리처럼 여섯쯤일 수도 있었을 것이다. 이제 막 재개발이 결정된 셋집이 있는 오른편 기슭은 겉으론 아직 옛 모습 그대로인 듯했지만, 이상하게도 인적이 끊긴 듯 적조한 분위기를 풍겼다. 어쩌면 벌써 방을 빼 나간 집주인도 있을지 모를 일이었다.

34) 차부(車部) 자동차의 시발점이나 종착점에 마련된 주차장을 흔히 이르는 말.
35) 장방형(長方形) 직사각형.

"어머닌 건강하시냐, 어때?"

한길가에서 구멍가게를 겸하고 있는 임씨 아저씨 집 앞을 지나는데 가게 반대쪽 터에서 귀에 익은 목소리가 들려왔다. 나는 반코트 호주머니에서 손을 빼 공손히 고개를 숙였다.

"예에…… 안녕하세요?"

머리가 허옇게 센 임씨 아저씨와 대충 얼굴은 알 만한 술꾼들 네댓이 가게 앞 철거된 집터에서 자그마하게 모닥불을 피우고 모여 앉아 있었다. 그 위에 걸친 프라이팬에서 삼겹살을 굽는 연기가 피어올랐다. 대충 짐작컨대 예전의 88이발관 자리였다. 다들 불콰한 얼굴이었다. 철거하고 남은 터라 그런지 부서진 장롱, 의자 다리, 문설주 등등 모닥불에 넣을 나무 쪼가리 지천[36]이어서 그저 안줏거리만 있으면 술추렴[37]을 해서 한낮 거나하게 흔전만전[38] 보내기 맞춤인 나날이었다.

"어딜 바쁘게 가?"

"아유, 아닙니다. 바쁘긴요. 그냥 한번 들렀습니다."

"그렇지. 이젠 들를 때가 되긴 됐지."

임씨는 고개를 무던하게 끄덕이다 프라이팬에서 올라온 연기에 눈가를 구기며 고기를 한 점 집어 깨소금 종지 안에 휘저었다. 옆에서는 고깃점을 양념빛이 좋은 김치에 싸서 길게 뺀 혓바닥 위에 실었다.

"형은 아랫집에 있죠?"

"지금 개 데리고 돌산에 똥 뉘러 갔을 게야. 보다시피 아래루다 말짱 바

---

[36] 지천(至賤) 매우 흔함.
[37] 술추렴 여러 사람이 술값을 나누어 내는 추렴. 차례로 돌아가며 술을 내어 먹는 일.
[38] 흔전만전 아주 흔하고 넉넉한 모양.

쉬놨으니깐 아무데서나 누이라고 해도 운동 삼아 간다니 뭐. 곧 올 게야. 그건 그렇고 정 바쁘지 않다고 했으니 이리 와서 술이나 한잔해라 너!"

"아, 예……."

방울 달린 벙거지를 쓴 사내가 엉덩이를 들었다 놓으며 모닥불 앞으로 끼어들 틈새를 열어주는 시늉을 했다. 나는 곱은 손을 숯잉걸[39] 앞으로 들이밀었다.

"너 우리 창이 만난 지 꽤나 된 모양이구나. 그치?"

"아, 예. 그동안 제가……."

"쩝, 이따 만나서 얘기 좀 나누면 되겠지."

흔적 없이 무너져내린 집터에서 벽돌을 엉덩이 밑에 깔거나 듬성듬성 속이 터진 비닐 소파에 뭉개고 앉아 벽돌 위에 프라이팬을 걸고 낮술을 마시는 광경이 전혀 어색하지 않고 오히려 잘 어울릴 지경이었다. 폐허와 술! 그 광경을 보지 못한 사람은 아마 어떤 허무적인 정조를 떠올릴지 모르나 그것은 야릇하게도 정반대의 느낌을 띠었다. 묘한 활력이라고나 할까. 기름기가 자글자글 흐르는 육질 안주 때문인지 술 한잔에 목을 빼고 걸근거리던 꾀죄죄한 술꾼들의 얼굴이 이미 아니었다. 그들의 얼굴에 궁기[40]라고는 찾아볼 수 없었다. 앞으로 한 해, 아니 길게 잡으면 두 해쯤은 재개발 경기의 훈풍이 그들의 버즘[41]꽃 핀 얼굴에 개기름이나마 번드르르하게 발라줄 수 있을지 모른다.

---

[39] 숯잉걸 불이 이글이글 핀 숯덩이.
[40] 궁기(窮氣) 궁한 기색.
[41] 버즘 버짐의 잘못된 표기. 백선균(白癬菌)에 의하여 일어나는 피부병을 통틀어 이르는 말. 특히 얼굴의 백선을 이르며, 마른버짐·진버짐 등이 있음.

"없어, 남은 거 없어······."
　내가 귀기울이지 않는 사이에 누군가 입을 쩝쩝거리며 푸념했다. 딱지 거래 얘긴가 싶어 고개를 돌렸더니 빈 소주병을 잡고 흔들었다.
"이번엔 당신이 한 두어 병 사. 이참에 나 술장사 좀 하게."
　임씨 아저씨가 농을 던지자 기다렸다는 듯 막 이발을 했는지 자를 대고 그은 듯 곧바르게 가르마를 탄 머리에 기름기가 번들거리는 사내가 호주머니에서 구깃구깃한 천 원짜리를 두어 장 꺼내 던졌다. 임씨 아저씨가 아무렇지도 않은 표정으로 챙겨 넣고는 가게로 가 소주병을 들고 돌아오며 가르마 탄 사내에게 물었다.
"웬 찍다 남은 벼루를 그렇게 많이 두고 갔어? 어제 그저께까지만 해도 애들이 벽돌 틈새를 안 뒤지나 난리들이었어."
"그럼 뭘 해? 그깟 세멘또 덩어리 짐만 되지."
　그제야 나는 그 가르마 탄 사내가 88이발소 옆 담벼락 밑에 지붕이 푹 빠진 자그미한 가내 벼루 공장 사내임을 알아보았다. 불과 며칠 전에 집을 허물고 딴 곳으로 옮긴 눈치였다.
"편지가 아직 여기 허물어진 집주소로 오는감?"
"에이구, 딴 건 필요 없구······ 오늘니얄 중으로 거시키 받을 게 있어서 이렇게 자리를 지키는 거여, 커어."
　그만 일어나야겠다고 생각하는데 마침 개를 끌고 내려오는 창이형이 멀찍감치 보였다.
"민홍이 왔구나!"
　나는 엉거주춤한 자세로 한 손을 높이 들었다.
"형 얼굴이 많이 좋아 보이는데요. 근데 이놈 그새 많이도 늙었네요."

"이젠 눈독 들이는 사람도 없어."

"무슨 눈독이요? 종자 더 못 쳐요?"

그 개는 온 동네 암캐한테 흘레[42]를 붙여주는 종자 개였다.

"그것도 그렇고 요즘 여기 개가 흔해서 사람들이 심심찮게 개를 꼬실려 먹거든."

"아무래도 경기가 좋아지니까 그간 입에 못 대던 개고기가 날개 돋친 듯하나요?"

"그게 아니고 저 동네 집 다 부수고 나서 임자 잃은 개도 많고 하니깐 먼저 보고 때려잡는 놈이 장땡이지. 저건 뭔 거 같니?"

"그럼 저게……."

"헤에, 아침녘에 발발이 하나 잘못 걸려들어서 바로 매달았지. 냄새 맡아보면 알 텐데."

"멍멍이 고기도 돼지고기처럼 구워 먹어요?"

"그게 또 별미래. 이놈 빨리 집 안으로 들여서 묶어놔야겠어. 같은 종족 살점 굽는 냄새 맡으니깐 흰자위가 돌아가고 뒷다리에 바들바들 힘주고 성질 부리려 드는데. 참, 어머니께서 집 내놓으셨다 도로 거둬들이셨데?"

"아, 그거요? 그런 모양이던데 전 잘 몰라요. 어머니 명의로 돼 있잖아요."

"그거 잘하셨어. 파시더라도 내년까지 최고로 오를 때까지 기달려야지. 너랑 같이 사시니깐 당장 뭐 큰돈 필요한 건 없으시지?"

---

42) 흘레 교미.

"아, 예…… 그것도 그렇구요, 전 그 셋집 아저씨가 보일러 고쳤다고 어쩌구 구시렁대기도 하고 또 아버지 영정 사진도 아직 거기 골방 구석에 처박혀 있고 그래서요…… 겸사겸사."

"아암, 아무튼 좋아."

그동안 형은 몸이 골골한데다 직장 없이 가끔씩 아버지 가게에서 석유나 연탄 배달을 해주며 개나 벗 삼고 지내온지라 낼모레 마흔 줄을 앞두고도 장가를 들지 못했다. 나는 그런 창이형한테서 예전과 달리 풍기는 활력의 정체를 형이 따로 방을 내서 사는 데를 가보고서야 알았다. 올봄에 내가 들렀던 사랑방교회 위의 허름한 방이 아니었다. 형은 한길을 좀더 타고 내려가다 정육점과 슈퍼 비디오점, 미장원이 모인 거리에 있는 연립주택의 반지하방으로 나를 이끌었다.

"형, 방 옮겼어요?"

"응, 너 점심이라도 먹고 가야지."

창이형은 성실징육점에 늘러 돼지고기 한 근을 썰어달라고 했다.

"형은 네 발 달린 고기 잘 안 먹는 등 푸른 생선파잖아요?"

"식성이란 변하게 마련 아냐. 부쩍 근력이 달려서 요즘 육질을 입에 많이 대는 편이지. 사람 입이 간사해서 자꾸 먹어보니깐 또 먹을 만해져."

형의 뒤를 따라 현관문을 들어서는 순간 으레 코를 찌르던 쉬어터진 홀아비 냄새가 풍기지 않았다. 그것보다 반짝반짝 빛나는 휴지통을 필두로 내 눈앞에 펼쳐진 규모 있는 살림집의 모습이 나를 잠시 당혹스럽게 만들었다. 부쩍 근력이 달린다는 형의 말이 무슨 뜻인지 알 듯했다.

"이 사람이 밥 먹고 또 자는 모양이지?"

"예에…… 아니, 형 그럼 혹시……."

"올 여름에 그냥 도둑장가[43] 들어버렸지 뭐. 헤헤."

"왜 연락을······."

"식은 안 올리고······."

나는 놀라움보다 반가움이 앞서서 입을 쩍 벌리며 뒤에서 형의 두 어깨를 끌어안았다. 그때 방문이 열리면서 아직 잠기가 가시지 않은 눈매를 한 여자가 부스스한 파머 뒷머리를 긁으며 원피스 잠옷 차림으로 나왔다. 나도 제법 안면이 있는 여자였다.

"형수님, 안녕하세요? 인사 올립니다."

"어머나 챙피, 이를 어째! 오늘 아침따라 얼굴에 물칠도 못 하고······ 아, 누군가 했더니 저기 가겟집 할머니 막내아들 아녜요?"

"왜 아닙니까, 하하. 늦었지만 두 분께 진심으로 축하드립니다."

나는 한껏 너스레를 떨었다.

"이거 목살 썰어온 거예요. 그냥 소금구이로 해주실래요?"

깍듯한 존댓말을 붙이는 형의 얼굴에 어린애처럼 마냥 천진난만한 미소가 잠시 어렸다. 여자의 파머머리를 단발머리로 바꾸어 머릿속에 그려보자 비로소 이름이 떠올랐다. 국희일 것이다. 미아리 셋집 옆의 구둣집 문간방에 살던 효상이 엄마의 동생. 어머니가 국희라고 대뜸 이름으로 불렀던 그 단발머리 아가씨는 처음엔 재봉사였다.

우리집 뒤의 마당 넓은 집이 한때 바느질집을 할 때 효상이 엄마가 자신의 동생을 소개해서 효상이네 다락방에서 자면서 그 집 대문으로 한동안 들락거렸다. 땅딸막한 몸매에 얼굴도 오막오막하게 생겼지만 목덜

---

[43] 도둑장가 남에게 알리지 않고 몰래 드는 장가.

미에 잔털이 비치도록 귀밑까지 바짝 깎아올린 단발머리가 인상적이었다. 당시 나는 대학생이었다. 이따금 엄마의 구멍가게에 와서 새참으로 단팥빵이나 알밤케이크를 나한테 돈을 주고 사서 선 자리에서 눈만 깜짝깜짝거리며 먹곤 돌아갔다. 실밥이 잔뜩 묻은 헐렁한 면바지의 무릎은 풍덩 빠져 있었고, 굵은 허리까지 내려온 옷의 밑단추가 가끔 하나씩 풀려 있었지만, 빵을 잔뜩 베 문 뽀얀 양 볼따구니 밑으로는 파란 거머리 같은 실핏줄이 해맑게 비쳤다. 나는 그 볼따구니를 흘깃흘깃 훔쳐보느라 요구르트 하나 값을 계산에서 빠뜨릴 적이 많았다.

내가 미국 레이건 대통령 방한 반대 가두시위 중 종로 3가에서 연행돼 구류를 살고 나온 동안 그 처제는 어디론가 가고 없었다. 엄마는 내가 들을세라 말세라 어쩐지 그 입술 시퍼런 게 사내깨나 후리게 생겼더라 어쩌구 하면서 구시렁거렸다. 며칠간 동네를 세게 휘젓고 간 사건이 벌어진 모양이었다. 형부와 처제가 붙어먹었다는 내용이었다 그 가공할 풍문 덕택에 내가 데모를 하다 나흘간 유치장에 있다 나온 사건은 동네에서 흔적도 없이 휩쓸려갔다. 나중엔 결국 정식으로 이혼을 했지만 그때 죽네 못 사네 하던 효상이네 부부도 겨우내 별거를 하더니 이듬해 봄에 다시 합방을 했다. 그 뒤로 효상이 엄마는 자기 동생이 원래 품행이 방정치 못하다고 동네방네 입에 욕을 달고 다녔다.

몇 년 뒤 내가 방위생활을 할 때 단발머리는 돌아왔다. 아니, 긴 머리가 돼 있었다. 그리고 내가 유격훈련을 받느라고 도시락도 싸가지고 다니지 않던 여름철이었다.

"방우 학생, 히힛!"

그녀가 후줄근한 모습으로 부대에서 돌아오던 날 밤 날 불렀다. 알전구 빛이 쨍쨍하게 내비치는 호남상회 앞 나무 평상 위에 다리를 꼬고 걸터앉은 모습이었다. 석계역 앞 포장마차에서 동기들과 5백 원 빵으로 소주를 한 병쯤 걸친 취기 때문인지 그날따라 심하게 받은 피티 체조 때문인지, 아무튼 오르막에 코를 박고 오르는 호흡이 거칠었다. 신경이 곤두서 있던 나는 땅바닥에 침을 퉤 뱉는 시늉을 하며 스스럼없이 다가서서 감자와 양파가 반쯤 담긴 라면 박스를 밀치고 평상에 엉덩이를 걸쳤다. 동네에서 오며가며 얼굴 마주칠 기회는 많았지만 서로 인사를 할 만한 숫기도 또 그럴 필요도 없었다. 그녀가 내 코앞으로 방금 딴 차가운 코카콜라 한 병을 내밀었다. 갑자기 목젖을 우그러뜨린 갈증이 나도 모르게 그 병의 잘록한 허리를 덥석 잡게 만들었던 것 같다.

"고생이 많은가 봐요."

한번 반말이면 끝까지 갈 것이지 웬 또 경어람! 그녀가 여러 남정네들을 요정[44]냈다는 소문은 이미 듣고 있었다. 요즘 말로 하자면 꽃뱀이었다. 유부남과 붙어놓고는 돈을 뜯었다는 것이다. 나는 대꾸 없이 병을 입속에 꽂고 난 뒤 사레가 들려 기침을 자지러지게 했다. 사실 콜라를 병째로 마시려고 시도한 건 그때가 처음이었다. 고통스런 기침이었지만 마음은 편했다. 그녀는 내 등을 시원스레 두들겨주지도 못하고 두 손을 마주 쥔 채 어쩔 줄 몰라했다. 나는 뭔지 모르지만 재미난 기분이었다. 그녀한테 질펀한 농지거리라도 하고 싶은 심정이었다. 만약 그때 어깨 위에 간신히 달라붙은 줄에 매달린 얇은 윗옷을 거추장스러운 듯 걸치고 있는 두 봉긋한 젖가슴이 벌름벌름 숨을 쉬고 있지 않았고, 그래서 내 아

---

[44] 요정(了定) 무엇을 결판냄. 끝을 냄.

랫도리가 불끈 천막을 치지만 않았더래도 말이다. 나는 바지 주머니에서 동전 2백 원을 꺼내 평상에 내려놓고 일어섰다. 뒤에서 욕이 튀었다.

"쌍새끼!"

욕과 동시에 동전 하나가 뒤통수를 알딸딸하게 파고들었다. 나는 입술을 종그렸다.

"쐐년!"

그러나 뒤돌아보진 않았다. 슬그머니 맥이 풀어졌기 때문이다.

창이형이 그런 사실을 모를 리가 없었다. 내가 알고 있는 것은 벌써 형이 다 알고 있는 사실일 터이고, 형이 이미 알고 있다면 그건 어떻게 달리 부를 말이 없지 않을까. 운명이라고 할밖에는. 창이형과 나는 소금구이에 맥주를 퍼마시고, 또 놀러 오라는 형수의 말을 뒤로 하고 나왔다. 형은 파출소 건너편에 있는 재개발조합 사무실로 가기 위해 마을버스 돌산 종점으로 올라가는 길이었다.

"형, 늦은 신혼 재미가 어때요? 좋죠?"

순전히 술김이었다. 나는 돼지기름 때문에 더부룩한 배를 쓰다듬으며 물었다.

"헹, 좋냐구? 너도 알다시피 내가 개를 오래 길러봐서 아는데 사실은 사람도 짐승하고 크게 다르지 않을걸. 목숨이 끊어지지 않는 한 야만이면 야만인 대로…… 그런데 사람한테는 어쩔 수 없이 미운 정도 있고 고운 정도 있는 거니깐 그거 한 가지 다르다고나 할까……."

나는 으스스 끝에 몰려온 현훈[45] 때문에 눈앞이 캄캄해졌다. 그 캄캄

---

[45] 현훈(眩暈) 정신이 어찔어찔 어지러움. 비슷한 말 현기(眩氣).

함 속에서 오래 전에 내가 깬 짠지 단지가 두둥실 떠올라주었다. 나는 아직 다 쓰러지지 않은 길가의 전봇대에 시린 이마를 대며 중얼거렸다.
가자……!
그 한마디에 동화 속 같던 온 세상이 한 순간에 흰빛 절망감의 구렁텅이로 변하던 장석조네 집 마당에서 어쩔 줄 모르던 소년의 모습이 환하게 떠올랐다.
나는 깨진 단지를 눈으로 찬찬히 확인하는 순간 입술을 파르르 떨었다. 어찌 떨지 않을 수 있었을까. 그 단지의 임자가 욕쟁이 함경도 할머니임에 틀림없음에랴! 이 벼락 맞아 뒈질 놈의 아새낄 봤나, 하는 욕설이 귀에 쟁쟁해지자 등 뒤에서 올라온 뜨뜻한 열기가 목덜미와 정수리께를 휩싸며 치솟아올라 추운 줄도 몰랐다. 눈을 비비고 또 비볐지만 이미 벌어진 현실이 눈앞에서 사라져줄 리는 만무했다.
집 안팎에서 귀청이 떨어져라 퍼부어질 지청구와 매타작을 감수하는 게 상수인 듯싶었다. 아무도 밟지 않은 첫길이라고 일부러 발끝에 힘을 주어 제겨딛고 가느라 우리집 앞에서 변소 앞까지 뚜렷이 파인 눈 위의 내 발자국은 요즘 말로 도주 및 증거 인멸의 가능성을 일찌감치 봉쇄하고 있는 터였다. 이미 아홉 가구의 어느 방 안에서인지 잠에서 깨어난 사람들이 내 행동을 처음부터 끝까지 지켜보기라도 한 양 두런거리는 목소리들이 들려왔다. 나는 울기 전에 최후의 시도를 하기로 맘먹었다.
우랑바리나바롱나르비못다라까따라마까뿌라냐…….
손오공이 부리는 조화를 기대하며 입 속으로 주문을 반복해서 외었다. 그리고는 고개를 홱 돌려 깨진 단지를 내려보았다. 주문이 헛되지 않았는지 내 입가에 기쁨의 미소가 어렸다. 깨진 단지는 그 모양 그대로

였지만 어떤 기발한 생각이 별똥별처럼 머릿속을 스치고 지나갔기 때문이었다. 그렇다 눈사람이다! 나는 가슴이 터질 듯 기뻐 하늘을 향해 두 팔을 쫙 벌렸다. 일단 이 아침만큼은 별일 없이 맞이할 수 있겠지. 나는 장갑도 끼지 않은 손으로 서둘러 주위의 눈을 긁어모으기 시작했다. 마침 찰기가 좋은 눈이어서 손이 한 번 닿을 때마다 흙알갱이가 알알이 박인 눈덩이들이 붙어올라왔다. 나는 우선 항아리 주변에 눈사람의 아랫부분을 뭉쳐놓았다. 그리고는 조금 작은 눈덩이를 서둘러 올려놓았다. 그렇게 해서 깨진 단지를 감쪽같이 눈사람 속에 집어넣을 수가 있었던 것이다.

"너 벌써부터 나와 노는구나. 부지런하구나."

바로 이웃방에 사는 현정이 아빠가 담배를 꼬나물고 변소에 가려고 내복 바람으로 나왔다.

"방학 숙제로 낼 일기를 쓰는데요, 눈사람 굴리기라도 해서 적어넣으려구요. 앞으론 날이 따듯해서 눈사람을 만들려 해도 그러지 못할 거예요. 이것도 금세 녹을걸요."

나는 빨리 집으로 들어가지 않고 내 앞에서 밍기적거려 자꾸 거짓말을 하게 만드는 그가 얄미워졌다. 그 감정을 눙친다[46]고 하는 게 느닷없이 그가 보는 앞에서 눈사람의 귀때기를 조금 떼어내 입에 넣는 행위로 표출되었다. 찝찔한 것 같기도 하고 맹숭한 것 같기도 한 눈 녹은 물을 뱉으려 하자 혀 아래에 흙알갱이들이 서너 개 걸치적거렸다. 벌써 쉰 줄에 들어선 그가 몇 해 전에 면도사 하는 젊은 마누라를 새로 후려왔을

---

[46] 눙치다 좋은 말로 풀어서 마음이 누그러지게 하다.

때 주변에서는 어떻게 다루려느냐는 시샘 어린 걱정이 많았다. 하지만 베니어판을 사이에 두고 그의 옆방에 살던 꼬마인 나는 한밤중에 자신을 불현듯 깨우곤 하는 숨죽인 앓는 소리의 정체를 알고 있었다. 변소가 떠나갈 듯이 소피를 보고 나온 그는 내가 세운 눈사람을 힐끗 보더니 두터운 입술 새에서 담배를 꺼내 눈사람의 입가에 꽂으며 호탕하게 웃었다. 나도 따라 웃었다. 그러자 기다렸다는 듯이 부엌문들이 차례로 열리기 시작했다.

그 현장을 더 이상 지킬 수 없었던 나는 그날 하루 동안의 가출을 감행하지 않을 수 없었다. 왜냐하면 눈사람 속에 감춰진 비밀이란 영원할 수가 없어서 반나절만 지나면 오후의 찬란한 햇빛 아래 만천하에 드러나게 마련이기 때문이었다. 비밀이란 햇볕을 피해 곰팡이가 피도록 묻혀 있어야 제격인데, 기껏 푸석푸석한 눈덩이에 휩싸인 비밀이란 애초 성립하기 어려운 것이었다.

그 하루 동안 나는 주로 더러운 곳만 골라서 돌아다녔다. 개똥 천지인 돌산길을 돌아나와, 눈이 녹아 질척거리는 시장거리, 연탄재가 어지럽게 뒹구는 인수교회 뒤쪽의 좁은 골목들을 혼자 떠돌다 딱총용 화약이 숭숭 박힌 종이를 두 장 사서 차돌로 터뜨린 다음, 콧방울을 벌름벌름하며 한껏 화약내를 맡았다. 가끔 아버지의 아티반[47]을 사러 가는 불란서 약국 뒤의 연탄가스 냄새가 눈을 찌르는 어두운 단골 만화가게에서 호주머니를 탈탈 털어 성인만화를 보며 지금쯤 녹아내렸을 눈사람에 대해 서너 번 생각했다. 마지막 만화책을 처음부터 세 번이나 되풀이해 보고

---

47) 아티반 신경안정제.

덮고 나올 때 연탄난로 위에 끓고 있는 떡볶이를 보며 후회했다.

그 길로 처음 볼 땐 한복집인 줄 잘못 알았던 길음천변의 음산한 텍사스 거리를 겁 없이 걸어다녔다. 그런 용기를 준 것은 허기진 배와 눈사람 속에 묻힌 짠지 단지다. 텍사스 거리의 한쪽 끝에 있는 튀김집 거리를 지날 때는 싸구려 기름 냄새 때문에 배 속의 내장들이 요동을 치다 못해 밖으로 꾸역꾸역 튀쳐나올 듯했다. 하지만 설에도 집에 가지 못한 손톱이 긴 매춘부들이 건네주는 오징어 튀김의 유혹에 굴복하진 않았다. 나중에 떨어질 매와 꾸지람을 이겨내기 위해서라도 다른 것은 다 더럽혀져도 자존심만큼은 더럽힐 수 없었다.

그리곤 어느덧 해질녘…… 이미 비밀이 다 까발려졌을 아홉 가구 집으로 돌아갔다. 대문간 앞에서 나는 심호흡을 몇 번이고 했다. 엄마한테 연탄집게로 맞으면 안 되는데, 싶은 생각뿐이었다. 하지만 내가 대문간 앞을 흐르는 시궁창을 가로지르는 돌다리를 건너갔지만 아무도 나를 보고 아는 체하는 사람이 없었다. 내게 일체히 안 됐다는 시선을 던지며 몰려들었어야 할 사람들이 평소와 다름없이 냄비를 들고 왔다갔다 했고, 문짝에 기대 입을 가리고 웃었으며, 수돗가에 몰려나와 쌀을 일며 화기애애하게 얘기를 나누고 있었다. 심지어 수돗가에서 시래기를 다듬다 마주친 엄마도 너 점심 굶고 어디 갔다 왔니, 하는 지청구조차 내리지 않았다. 나는 무척 혼돈스러웠다. 사람들이 나를 더 곤혹스럽게 만들기 위해 일부러 짜고 그러는 것도 같았다. 나는 얼른 눈사람을 천연덕스럽게 세워두었던 변소통 쪽을 돌아다보았다. 거기엔 아무것도 없었다. 눈사람은 깨끗이 치워져 있었다. 물론 흉칙한 몰골을 드러내고 있어야 할 짠지 단지도 눈에 띄지 않았다. 도대체 무슨 일이 일어난 것일까?

나는 나를 둘러싼 세계가 너무도 낯설게 느껴졌다. 내가 짐작하고 또 생각하는 세계하고 실제 세계 사이에는 이렇듯 머나먼 거리가 놓여 있었던 것이다. 그 거리감은 사실 이 세계는 나와 상관없이 돌아간다는 깨달음, 그러므로 나는 결코 주변으로 둘러싸인 중심이 아니라는 아슴푸레한 깨달음에 속한 것이었다. 더 이상 나를 상대하지도 혼내지도 않는 세계가 너무나 괴물스럽고 슬퍼서 싱거운 눈물이라도 흘려야 직성이 풀릴 듯했다. 하긴 눈물 서너 방울쯤 짜내는 것은 일도 아니었으니까. 난 시래기 줄기가 매달린 처마 밑에 서서 몇 방울 떨구며 소리 없이 울었다. 차라리 그 깨진 단지라도 제자리를 지키고 있었다면 혼은 나더라도 나는 혼돈스럽지도 불안해하지도 않았을 것 아닌가.

"뭘 잘했다고 소리 없이 눈물을 꼭꼭 짜니? 정초부터 에밀 못 잡아먹어서 그러니? 넉살 좋게 단지를 깨뜨려 눈사람 속에 파묻을 생각은 어찌했담."

엄마가 물에 젖은 손으로 내 볼따구니를 야무지게 잡아 비틀며 어이가 없다는 듯 픽 웃음을 지었다. 그 얼얼함이 내 균형감각을 바로잡아주었다. 아주머니들의 웃음소리 사이에서 나는 울음을 딱 그쳤다. 그리고는 어른처럼 땅을 쿵쾅거리며 뛰쳐나와 이 골목 저 골목을 헤집으며 어딘가를 향해 가슴이 터져라고 마구 달리고 또 달렸다. 그렇게 컸다.

"그래, 딴 데는 안 들르고?"
"오다가 저기 전에 살던 기찻집이라고 있어요. 옛날 침례교회 밑에 말예요."
"으응, 있었지."
"거기 뭐 좀 볼 게 있어서 들어가려다 개조심이라고 씌어 있어서 제대로 보지도 못하고 나왔어요. 보니깐 너무 바뀌었어요. 지붕도 기와에서 슬래브[48]로 바뀌고 마당 쪽까지 집을 새로 지어서 반지하까지 치면 이층이나 다름없데요."

형이 고개를 건성으로 주억거렸다.

"형, 조합일 보면 보수는 좀 나와요?"

"돈?"

"예."

"정식으로 받는 급료는 한푼도 없지. 하지만 나야 큰돈은 못 만지지만 청탁이 큰 이권사업이 물렸으니 잘만 하면 떡고물깨나 묻힐 수 있는 자리지, 그 자리가. 근데 너 참 아버님 틀사진 가지러 왔다며 아랫집엔 안 들를 거니?"

"그만둘까 봐요. 대낮부터 벌겋게 술도 마시고…… 또 불쑥 찾아간다는 게 좀 그렇잖아요. 돈 삼만 원 건네주는 건데 엄마가 말한 대로 온리인 이용하는 게 낫죠 뭐."

"그건 또 그래. 그럼 나랑 같이 마을버스 타고 내려갈래? 지하철 타려면. 아니면, 나랑 조합 사무실에 들러서 커피나 마시며 이곳 돌아가는 얘기나 좀 듣고 가든지."

"듣긴요 뭘. 형이 어련히 잘 알아서 해줄까."

"내가 해주긴 뭘. 네가 딱지를 팔고 싶다든지 아니면 그냥 입주를 하겠다든지 가부간에 결정을 내리면 내가 아무튼 최고 시세로 되도록 다리는 놔줄 순 있겠지. 내 생각엔 니가 어머니를 모시고 있으니까 당장

---

[48] 슬래브(slab) 철근 콘크리트로 만든 바닥이나 지붕 따위의 판판한 구조물.

현찰이 필요한 게 아니라면 이리저리 굴려서 분양받을 때까지 기다렸다가 처분하는 게 장땡49)인데."
"예…… 엄마가 결정을 할 거예요. 전 심부름이나 몇 번 하면 되겠죠 뭐."
아무래도 마을버스 종점까지 가기는 그른 모양이었다. 거기까지 간다고 해서 변소가 어서 옵쇼, 하고 대령하고 있으라는 법도 없지 않은가. 나는 똥이 마려웠던 것이다. 아랫배가 이렇게 딱딱한 걸 보니 모르긴 몰라도 애들 팔뚝만한 걸로 한 자쯤은 뽑아낼 수 있을 듯했다.
"형 먼저 가세요. 전 다음에 또 올게요."
"왜? 버스 안 타?"
"예, 뭐가 갑자기 생각나서요."
나는 미주알50)에 힘을 잔뜩 주고는 형의 등을 떼밀어 마침 출발하려고 하는 마을버스 안으로 밀어넣었다. 그리고는 폐허 사이로 난 내리막 길을 내달렸다. 반쯤 부서진 집들이 몇 채 보이자 나는 그리로 뛰어들었다. 아무리 사람이 버리고 간 집이지만 똥 눌 곳이 마땅치 않았다. 얼마 전만 해도 밥 먹고 잠자던 부엌이나 방이라고 생각하니 선뜻 바지춤을 까내릴 수가 없었다.
잠시 주춤거리는 새에 마침 세로로 절반쯤 깨진 큼직한 항아리가 눈에 띄었다. 그 안에는 아마 그 항아리의 반을 깨고 들어왔을 한 뼘짜리 벽돌이 들어 있었다. 크기로 봐서는 한 열 명쯤 되는 식구는 좋이 먹여 살렸을 장독 같았다. 나는 누렇게 마른 소금기 자국이 얼비치는 옹색한

49) 장땡 제일 · 최고 또는 상책(上策)의 뜻을 나타내는 속된 말.
50) 미주알 똥구멍을 이루고 있는 창자의 끝 부분. 밑살.

항아리 안으로 엉덩이를 비집고 들어가 벽돌과 깨진 장독 쪼가리를 디디고 서서 허리띠를 풀었다. 귀밑이 달아오르도록 용을 쓰느라 기침이 터졌다. 기침이 끝나자 나는 서러운 아이처럼 입초리가 비죽비죽 치켜져 올라가는 걸 알았다. 울고 싶은 모양이었다. 나는 구린내가 나는 두 가랑이 사이로 고개를 바짝 쑤셔박고 굵은 김이 무럭무럭 오르는 굵은 황금빛 똥을 쳐다보았다. 왠지 모르게 뿌듯했다.

그런데 나는 왜 구린내가 진동하는 깨진 항아리 속에서 똥을 누는데 울고 싶어졌을까? 늙은 어머니와 아내, 그리고 이제 막 초콜릿 맛을 안 네 살배기 아이, 이렇게 세 사람의 식솔을 거느린 가장이 비록 속눈썹이나마 이렇게 주책없이 적셔서야 되겠는가, 아아. 하지만 여태껏 나를 지탱해왔던 기억, 그 기억을 지탱해온 육체인 이 산동네가 사라진다는 것이 아니겠는가, 나를 이렇게 감상적으로 만드는 게. 이 동네가 포크레인의 날카로운 삽질에 깎여가면 내 허약한 기억도 송두리째 퍼내어질 것이다. 그런데 나는 기껏 똥을 눌 뿐인데…… 그것밖에 할 일이 없는데…….

똥을 다 누고 난 나는 빈집을 나와 모래주머니를 발목에서 풀어낸 달리기 선수처럼 가뿐하게 폐허 사이로 뚜벅뚜벅 걸어 들어갔다. 뒤를 돌아다보니 냄새를 맡은 누렁이 한 마리가 내가 나온 집으로 코를 쑤셔박고 들어가는 모습이 보였다. 나는 입술을 굳게 다물었다. 그리고는 뭔가를 잃어버린 사람처럼 주위를 계속해서 두리번거리며 걷기 시작했다.

생각해볼거리

1 이 작품에 나오는 나(민홍)의 과거 이야기와 현재 이야기를 정리해봅시다.

과거 이야기 겨울밤 나박김치 국물에 국수를 말아 먹었다가 새벽에 오줌이 마려워 눈을 뜨게 된 민홍은 변소에 가다가 '빠루'를 잘못 밟아 욕쟁이 할머니의 항아리를 깨뜨립니다. 혼이 날 것에 겁이 난 민홍은 눈사람을 만들어 깨진 항아리를 감추고 하루 종일 바깥을 쏘다니다 저녁이 되어 집에 돌아옵니다. 혼날 각오를 하고 두려운 마음으로 집에 돌아오지만 자신의 예상과 달리 집에서는 새벽의 사건과 민홍에 대해 아무도 관심을 갖지 않습니다. 민홍은 당혹감에 눈물을 흘리고 맙니다.

현재 이야기 민홍은 어머니의 심부름도 하고 아버지 사진도 찾아올 겸 자신의 어린 시절을 보낸 미아리 산동네를 찾아갑니다. 그곳에서 옛 기억들을 더듬어 보기도 하고, 창이형을 만나 그와 그의 아내에 대한 기억을 떠올리기도 합니다. 그리고 이제 곧 재개발될 폐허가 된 산동네를 되돌아보다가 문득 허름한 집을 찾아 그곳에 '똥'을 누고 산동네를 떠납니다.

2 '나'가 욕쟁이 할머니네 항아리를 깨고 가출을 한 후 돌아왔을 때, 예상과 달리 어머니는 나를 혼내지 않습니다. 그 때문에 '나'는 눈물을 흘리고 피로감을 느낀 것 같다고 합니다. 그 이유는 무엇일까요?

정초부터 항아리를 깬 사건은 동티가 날 일로 어머니에게 혼날 것이 너무도 명백한 일이었습니다. 그래서 항아리도 숨기고 하루 종일 집 밖을 쏘다니다 혼이 날 것이라는 두려움을 안고 집으로 돌아옵니다. 그러나 오히려 예상과 달리 아무도 그 일과 자신에 대해 신경을 쏟지 않습니다. 이는 '내가 생각했던 세계'와 '실재 세계' 사이가 일치하지 않았음을 의미합니다. 그리고 이 거리감이 오히려 내게 당혹스러움과 정신적 혼란감을 줍니다. 그래서 결국 이러한 당혹감은 어린 '나'에게 눈물을 흘리게 하고 정신적 피로감을 느끼게 한 것입니다.

3 결말 부분에 '나'는 폐허가 된 옛 동네에 마지막으로 '똥'을 누고 떠납니다. '똥'을 누고 떠나는 행위가 가지는 의미는 무엇일까요?

'똥'을 누고 떠나는 행위는 포크레인에 의해 깎여 사라질 지난 시절을 기억하며 마지막으로 치르는 축복의 의례와도 같은 것입니다. 미아리 산동네는 민홍에게 가난과 욕망, 상처가 있는 곳이지만, 생생하게 꿈틀거리는 생명의 움직임도 있는 곳입니다. 그러한 곳이 재개발로 인해 사라지고 없어질 현실에 놓여 있는 것입니다. 결국 '나'가 할 수 있는 것은 이곳에 마지막으로 나의 흔적을 남기고 떠나는 것밖에 없었을 것이고, 그것은 결국 '똥'을 누는 행위로 이어지게 되는 것입니다.

4 1번에서처럼 이 작품은 현재 이야기 속에서 과거를 회상합니다. 두 이야기에서 공통적으로 이야기하고자 하는 바는 무엇일까요?

두 이야기에서 말하고자 한 것은 결국 '내가 짐작하고 생각했던 세계'와 '실재 세계'의 거리감입니다. 세상은 우리가 짐작하고 생각하는 것처럼 돌아가지 않습니다. 그 세상과의 거리감이 크면 클수록 당혹감과 낯섦은 커지기 마련입니다. 어린 시절, 혼나고 말 것이라는 짐작과 달리 아무 일 없이 끝나버린 새벽 사건이 가져다 준 당혹감은 어린 민홍을 눈물짓게 했습니다. 그리고 지금 그 소중한 기억들이 살아 있는 옛 추억의 장석조네 집과 미아리 산동네가 계속 존재하리라 생각하고 싶지만, 이제 곧 철거되고 재개발될 것이라는 실재 세계가 주는 거리감과 그 당혹감 앞에서 결국 나는 아무것도 할 수 없이 '똥'을 누고 또다시 눈물을 흘리고 맙니다.

깊이 생각해보기

아래 시를 읽어보고, 아래 시의 '비둘기'가 무엇을 의미하는지 이 작품과 연관 지어 생각해봅시다.

성북동 비둘기

김광섭

성북동 산에 번지가 새로 생기면서
본래 살던 성북동 비둘기만이 번지가 없어졌다.
새벽부터 돌 깨는 산울림에 떨다가
가슴에 금이 갔다.
그래도 성북동 비둘기는
하느님의 광장 같은 새파란 아침 하늘에
성북동 주민에게 축복의 메시지나 전하듯
성북동 하늘을 한 바퀴 휙 돈다.

성북동 메마른 골짜기에는
조용히 앉아 콩알 하나 찍어 먹을
널찍한 마당은커녕 가는 데마다
채석장 포성이 메아리쳐서
피난하듯 지붕에 올라앉아
아침 구공탄 굴뚝 연기에서 향수를 느끼다가
산1번지 채석장에 도로 가서
금방 따낸 돌 온기에 입을 닦는다.
예전에는 사람을 성자(聖者)처럼 보고

사람 가까이
사람과 같이 사랑하고
사람과 같이 평화를 즐기던
사랑과 평화의 새 비둘기는
이제 산도 잃고 사람도 잃고
사랑과 평화의 사상까지
낳지 못하는 쫓기는 새가 되었다.

이 시는 60년대 이후 몰아닥친 산업화의 부정적 측면을 부각시킨 시입니다. 이 시는 서울 성북동의 변화를 비둘기의 눈으로 보여주고 있는데 물질문명으로 인한 사회 변화의 측면을 겉모습의 변화만이 아닌 내적인 면까지 확대시키고 있습니다. 결국 이 시는 '성북동 비둘기'를 빌린 바로 성북동 사람들, 즉 개발이라는 이름으로 또다시 변두리로 밀려나는 소외된 이들의 이야기라고 볼 수 있습니다. 다시 말해 비둘기처럼 쫓기는 새가 된 서민의 얘기를 하고 있는 것입니다.

기계문명에 의해 점점 살벌하고 비인간화되어 가는 현실 속에서, 가슴에 금이 가서 이제는 사랑과 평화의 사상까지 낳지 못하는 쫓기는 새 같은 신세가 되어버린 인간들, 의지할 곳 없는 그들이 금방 따낸 돌 온기에 입을 닦으며 인간적인 진실에 향수를 느끼는 정경을 이 시는 안타깝게 그리고 있습니다.

「눈사람 속의 검은 항아리」도 이런 맥락에서 통하는 면이 있습니다. 비록 가난하고 소외된 변두리 인생들이지만 모여 살며 느꼈던 인간적인 진실에 대한 향수를 주인공 '민홍'은 다시 찾은 미아리 산동네에서 느끼게 됩니다. 그리고 회복될 수 없이 사라져버릴 미아리 산동네의 겉모습과 함께 이제는 그 추억도 함께 사라질지 모른다는 사실에 당혹감에 휩싸여버립니다. 마치 '이제 산도 잃고 사람도 잃고 / 사랑과 평화의 사상까지 / 낳지 못하는 쫓기는 새' 처럼 말입니다.

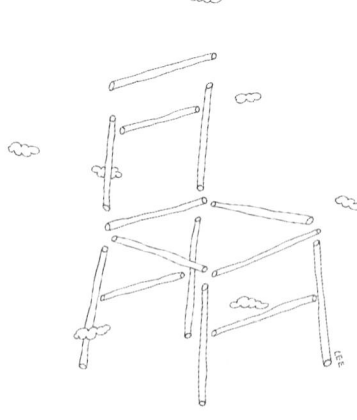

갈매나무를 찾아서

지옥 같은 아픔과 상처가 존재하는 곳일지라도
꿋꿋하게 아름다운 세상을 꿈꾸며 살아가는 이의 이야기.

📖 **감상의 길잡이**

"그 꿈은 뭘까요?"
지옥 같은 아픔과 맞서며 갈매나무처럼 살아가는 것

어린 시절 예쁜 장미를 꺾다가 가시에 찔린 기억이 있는 사람들은 '아! 아름다운 것에 저런 무시무시한 가시가 숨어 있다니……' 라고 생각하며 아파한 적이 있을 것입니다. 그런데 우리 삶이 꼭 가시를 숨긴 장미와도 비슷한 것 같습니다. 우리가 꿈꾸고 바라는 세상은 아름다운 장미처럼 화려하고 천국 같아야만 할 것 같지만, 사실 우리가 세상을 알면 알수록 부딪치는 모든 순간순간이 지옥 같고 무시무시할 때가 많이 있습니다. 그렇다고 불행한 날만 이어지는 것은 아니지만 행복한 날만 이어지는 것은 더욱 아니니 참 신기한 세상입니다. 만약 여러분들은, 행복하고, 사랑스럽고, 천국 같은 삶을 꿈꾸지만 실재 마주하고 있는 세상이 그 반대라면 어떻게 살아가겠습니까?

이 작품은 1996년에 『월간에세이』에 발표되고 『서른 살의 강』이라는 테마소설집에 개작하여 실린 소설입니다. 작품 속 주인공 두현은 문득 떠오른 '갈매나무'의 실체를 찾기 위해 이혼한 윤정과 즐거운 한때를 보냈던 '아름다운 지옥'이라는 역설적인 이름의 카페를 홀로 찾아갑니다. 그곳에서 술집 여주인과 술을 주고받으며 갈매나무와 함께 했던 어린 시절 할머니와의 추억에서부터 윤정과의 만남, 그리고 헤어짐을 떠올립니다. 그리고 자기의 삶 속에서 갈매나무의 의미를 떠올리게 됩니다. 갈매나무는 열매와 함께 독한 가시를 지닌 나무입니다. 그래서 '아름다운 지옥'이라는 카페의 이름처럼 갈매나무 또한 역설적인 존재입니다. 그것은 곧 두현의 삶과 일치합니다. 갈매나무와 카페 '아름다운 지옥' 사랑의 기쁨과 이별의 고통을 간직한 기억의 나무이고 추억의 장소이기 때문입니다. 사랑하던 윤정과 이혼하고 찾아온 이 '아름다운 지옥' 카페에서 술로 거나해진 두현은 갈매나무를 생각합니다. 마치 백석이 「남신의주 유동 박시봉방」에서 가난과 추위의 떠돌이 생활 속에 문득 갈매나무를 떠올리듯, 두현도 수칼매나무를 떠올리며 자신이 어떻게 살아야 할 것인가를 다짐합니다. 이혼당한 상처를 앓는 손자에게 갈매나무처럼 변함없는 사랑과 위로를 보여준 할머니를 생각하면서, 추운 계절을 꿋꿋이 견디며 힘차게 수액을 뽑아 올리는 수칼매나무가 되는 꿈을 꾸면서 말입니다. 그리고 세상의 독한 가시를 이기는 단서를 찾아내게 됩니다. 그 단서는 아마도 지금 여기, 이 지옥 같은 아픔과 상처가 존재하는 곳이라도 세상과 꿋꿋하게 맞서며 지지고 볶고 살면서 아름다운 세상을 만들기 위해 꿈꾸며 사는 것—바로 갈매나무처럼 살아가는 것이 아닐까요? 'There is no rose without a thorn.(가시 없는 장미는 없다)'라는 서양 속담이 있습니다. 가시 없는 장미가 없듯, 세상에는 완전한 행복은 없는 것 같습니다. 그 행복은 바로 현실과 꿋꿋하게 마주하고 견뎌내는 순간 찾아오는 것일 것입니다.

갈매나무

한자로 서리(鼠李)라고도 한다. 골짜기와 냇가에서 자란다. 높이는 5m 정도이며, 가지 끝이 변하여 된 가시가 있다. 잎은 마주나고 거꾸로 선 달걀 모양 또는 긴 타원형으로 끝이 뾰족하며 잎맥에 털이 있다. 잎 뒷면은 회록색이고 가장자리에 톱니가 있다.
잎자루는 6~25mm이고 턱잎은 가늘며 빨리 떨어진다. 꽃은 단성화(單性花)로 가지 밑쪽의 잎겨드랑이에 한두 개씩 달리고, 수술에 퇴화된 암술이 있으며, 암꽃에는 꽃밥이 없는 수술이 있다. 꽃받침은 달걀 모양이다. 5~6월에 청록색의 꽃이 핀다. 열매는 둥글고 9~10월에 검은색으로 익으며 지름이 7mm 정도의 원형이며 두 개의 씨가 들어 있다. 가을에 열매를 채취하여 밖에 묻어 두었다가 봄에 파종한다.
재목은 공예재로 쓰이고, 한방에서 열매를 서리자(鼠李子), 나무껍질과 뿌리를 각각 서리피, 서리근이라 하여 해열, 이뇨, 소종(消腫)의 효능이 있어 이뇨제 · 완하제(緩下劑)로 사용한다. 민간요법으로는 설사와 변비에도 효과가 있다. 열매와 나무껍질은 황색 염료로 쓰였다. 한국 · 중국 동북부 · 아무르 · 우수리 등지에 분포한다.

갈매나무를 찾아서

    는개비[1]가 부슬부슬 바람에 흩뿌리는 게 보였다. 두현은 진흙투성이 발자국이 바닥에 어지럽게 찍힌 역사를 빠져나와 갈 곳 잃은 사람처럼 잠시 우두커니 서 있었다. 고개를 아래로 꺾은 채 발짝을 떼기 시작했다. 그러다 문득 생각났다는 듯 왼쪽 어깨 너머로 자신을 싣고 온 기차가 굴러간 철로 위로 물끄러미 눈길을 던졌다. 기차 바퀴에 닿아 은회색으로 빛나는 레일 표면이 빗물에 젖어 차갑게 누워 있었다. 그는 어깨에 메고 있던 사진기 가방의 멜빵을 추스려 겨드랑이 사이에 단단히 끼워 넣었다. 사진을 찍기에는 별로 좋지 않은 날이었다.
    철로 오른쪽 위의 높은 둔덕을 따라 왔던 길을 되돌아가던 두현은 곧 둔덕 밑으로 내려서서 철로변에 깔린 돌맹이들을 소리내 밟으며 걸어갔

---

[1] 는개비 안개보다는 조금 굵고, 이슬비보다는 가는 비.

다. 등산할 때 가끔 쓰는 둥근 챙모자를 바짝 눌러썼지만 그 밑으로 잘 디잔 빗방울이 자꾸만 안경에 와 달라붙어 시야가 흐려지곤 했다. 입에서 하얀 입김이 뿜어져나오기 시작할 무렵 차단기가 공중으로 높이 솟은 무인 건널목이 나왔고, 그는 폐유를 머금어 시커매진 침목[2]을 밟고 철로 반대편으로 가로질렀다. 길이 보였다. 그 포장되지 않은 길은 들판을 향해 구불구불 뻗어나갔다. 길 앞에 서는 순간 왠지 장딴지에서 맥이 풀리는 것을 느꼈다.

아, 그 아름다운 지옥이 지금도 남아 있을까?

그는 목에 걸친 수건으로 안경을 벗어 닦고 얼굴을 훔치며 입속말로 짧게 읊조렸다. 그렇다. 그는 지금 아름다운 지옥을 찾아가는 길이었다. 5년 전에 붉게 타올랐던 그곳을. 아름다운 지옥은 서울의 시끌벅적함에 지친 연인들이 경의선을 타고 가다 내려서 찾아드는 호젓한 카페의 이름이었다. 5년 전만 해도 두현은 그 카페의 단골손님 중의 하나였다. 아니 둘이었다. 윤정이가 곁에 있었으니까.

두현은 입속으로 아름다운 지옥을 읊조리면서 갑자기 요의(尿意)를 느낀 듯 가볍게 으스스를 쳤다. 그러나 요의는 곧 사라지고 말았다. 어쩌면 오한[3]이거나 5년 만에야 이 길을 걸어보면서 새삼 느끼게 되는 진저리인지도 몰랐다. 아, 그 5년 동안 나는 얼마나 달라지고, 늙고, 또 닳다 못해 상처의 심연[4] 속에서 비틀거리고 있는 것일까!

아름다운 지옥 근처로 서서히 다가가면서 사뭇 달라진 주위 지형 속

---

2) 침목 철도의 선로 밑에 까는 목재나 콘크리트로 된 토막.
3) 오한(惡寒) 갑자기 몸에 열이 나면서 오슬오슬 추운 증세.
4) 심연(深淵) 헤어나기 어려운 깊은 구렁을 비유하여 이르는 말.

에서도 눈에 익은 광경이 언뜻언뜻 비치자 두현은 느꺼운 가슴을 쓰다듬어내렸다. 아파트 개발 바람의 여파인지 군데군데 농사를 그만둔 땅은 묵정밭[5]이 되어 있었고 곳곳에 파인 웅덩이를 따라 가슴팍까지 닿을 것 같은 잡풀들이 긴 목으로 서성거리고 있었다.

어제 우연히 책 정리를 하다 보니 낯익은 배경을 두르고 윤정이의 어깨에 팔을 걸뜨린 채 다정스레 찍은 사진이 발등에 떨어졌다. 둘은 너무나도 환히 웃고 있었다. 특히 이마가 초가집 지붕 선처럼 푸근하고 서늘했던 그녀. 우리에게도 이렇게 환한 웃음이 깃들인 적이 있었던가. 그는 갑자기 콧마루가 시큰해져왔다. 둘 뒤에 이파리 무성한 갈매나무가 눈에 띄었던 것이다. 그 갈매나무만 아니었다면 두현이 불현듯 출판사에 지독한 몸살이라는 전화를 넣고 이렇듯 아름다운 지옥을 향해 실성한 사내처럼 마음만 급해 허둥지둥 비바람 부는 들판을 가로질러 가고 있진 않았을 것이다.

갈매나무는 두현의 기억이 미칠 수 있는 어린 시절부터 내면에 자리잡아온 움직일 수 없는 한 풍경이었다. 어릴 적 한때 할머니 손에서 자란 두현이도 그 갈매나무와 더불어 컸다. 할머니집 안마당에 어른 키의 갑절만큼 자라 있던 그 늙은 나무는 노년 들어 홀로 대청마루[6]에 나앉는 일이 잦았던 할머니에게는 무언의 친구이기도 했을 터였다.

가지 끝에 뾰족뾰족한 가시를 달고 있는 그 갈매나무는 두현에겐 지옥이자 천당이었다. 갈매나무 아래서 윤정이와 사진을 찍고 난 다음 그녀와 가진 첫 입맞춤이 천당에 대한 기억에 해당한다면, 아내가 됐던 윤

---

5) 묵정밭 오래 묵혀 거칠어진 밭. 휴경지(休耕地).
6) 대청마루 대청(大廳). 집채의 방과 방 사이에 있는 큰 마루.

정이와 2년이 채 안 돼 헤어지기로 동의한 다음 이혼서류에 마지막으로 도장을 찍고 내려가 찾아뵌 할머니집 앞의 갈매나무는 바로 캄캄한 지옥이었다.

"현아 니 맴이 많이 아프제……."

두현은 두렵고 송구스런 마음 때문에 엎드려 드린 큰절을 차마 일으키지 못하고 등짝을 들썩거리며 흐느꼈다. 그 격정의 잔등을 삭정이[7]처럼 야윈 할머니의 손길이 잔잔히 더듬고 지나갔다.

"할머니…… 이 매욱한[8] 손자가 세상에 다시없는 불효를 저지르고 이렇게 찾아뵈었으니 이 일을 어쩌면 좋습니까? 호되게 꾸짖어주세요, 부디!"

"꾸짖긴 눌로(누구를)? 어림도 없지러. 니가 아프면 낼로(나를) 찾아와야지 그럼 눌로 찾아…… 옹냐, 잘 왔네라. 에구, 불쌍한 내 새끼야, 니 맴 할미가 알제 하모하모……."

부엌 문짝에 옆이마를 기대어 집게손가락으로 눈가를 꼭꼭 찍어 누르고 섰던 작은숙모한테 더운 밥을 지어 내오도록 한 할머니는 그가 물에만 밥그릇을 앞에 두고 천근만근으로 무거워진 깔깔한 밥술을 놀리는 걸 지켜보다가 숙모의 부축을 받아 갈매나무 아래 평상에 나앉으셨다. 그리고는 등을 돌린 채 눈물을 지으셨다. 두현은 밥이 아니라 눈물을 떠 넣고 씹었다.

"지집한테 찔리운 까시는 오래 가는 뻡인디……."

---

[7] 삭정이 산 나무에 붙은 채 말라죽은 가지.
[8] 매욱하다 하는 짓이 어리석고 둔하다.

할머니가 갈매나무 우듬지[9]께를 망연자실한 눈길로 쳐다보시며 중얼거렸다. 그러자 그도 어릴 적 겁도 없이 갈매나무에 오르려다 가시에 찔려 떨어졌던 기억이 났던 것이다. 아마 할머니도 그때 기억 때문에 더 북받치시는 것일지도 모를 일이었다. 눈물이 그렁그렁한 어린 손자의 손바닥에 깊숙이 박힌 가시를 입김을 몇 번이고 호호 불어가면서 빼주실 때 해주던 할머니의 말씀이 새삼 엊그제 일인 양 생생할 뿐이었다.

"까시 아프제? 앞으로두 세상의 숱해 많은 까시가 널 괴롭힐지도 모르제. 그래도 사내니깐 울지는 말그래이. 그럴수록 더 독한 까시를 가슴속에 품어야 하니라. 알긋제?"

"야아…… 할무이."

세상의 독한 가시를 이기라는 그 말씀은 3년 전 늦깎이 시인으로 등단한 그가 여태껏 시의 화두로 삼아온 것이었다. 그러나 윤정이와 헤어지고 난 여섯 달 뒤 할머니는 세상의 육신을 훌훌 벗고 떠나셨다. 두현의 가슴은 갈가리 찢어지는 듯했지만 그나마 한 가지 위안은 돌아가신 할머니의 얼굴 위에 감돈 평온한 미소였다. 그는 그 미소가 자신에게 보내는 할머니의 이 세상에서의 마지막 위안으로 여겨졌다.

그런데 아름다운 지옥의 뒤뜰에 왜 하필 갈매나무가 서 있었을까? 윤정이와 한창 열애를 하던 시절 그는 그 사실을 그닥 의식하지 못했었다. 원래 너무도 친숙해서 그랬던 것일까, 아니면 풋사랑에 눈이 멀어서 그랬을까? 오히려 그걸 물어본 쪽은 윤정이었다.

"두현 씨, 이거 무슨 나문지 알아?"

---

[9] 우듬지 나무의 꼭대기 줄기.

"바보. 그건 바로 갈매나무라는 거야. 언제 같이 가볼 기회가 있겠지만 우리 할머니집 앞에 오래 전부터 있던 나무지. 꽃은 그저 질박하게[10] 피는 편인데 그 열매는 할머니가 말려서 다락에 모아두셨다가 가끔 우리들이 된똥을 누거나 할 때 설사 내리라고 약으로 달여 먹이기도 했었어. 가까이 가지 마. 가시가 숨어 있는 나무니깐."

"두현씬 이렇게 가시가 돋힌 나무를 좋아해?"

"좋아한다기보다는 친숙하지. 그리고 친숙하다보니 정겹게 느껴져."

"난 가시 있는 나무는 딱 질색이야."

할머니에게 윤정이를 처음 인사시키기 위해 하동으로 내려갔을 때였다. 옛날 한복을 꺼내 손을 보신 다음 정갈하게 차려 입으신 할머니는 당신께서 손수 국수를 삶아 손자며느리가 될 이에게 차려주었다.

"이 할미가 둔한 손으로 말아서 맛은 없겠지만 많이 자시게나."

말씀을 낮추라고 계속 권했지만 할머니는 끝내 하댓말[11]을 쓰지 않으셨다. 윤정이에게는 그것조차 불편했던 모양이었다. 긴장한 표정으로 집안 어른들한테 두루 인사를 드리고 무릎을 꿇고 앉아 드문드문 이어지는 말을 주고받으며 흘러보내야 했던 시간이 그녀에게는 고역임에 틀림없었다. 두현도 그것을 모르는 바 아니었다. 동네 친지들이 다 돌아가고 방 안에 할머니 혼자서 곰방대를 무실 무렵 두현은 눈치껏 윤정의 손을 이끌고 갈매나무 앞에 다가가 섰다.

"힘들었지? 이게 내가 말한 그 갈매나무야."

"그래……."

10) 질박하다 꾸밈이 없이 수수하다.
11) 하댓말(下待-) 낮춤말.

"할머니가 특히 좋아하시는 나무이기도 해. 한번 이파리를 만져도 보고 꽃내음도 맡아 봐. 보통 초여름이면 이렇게 한 번 꽃을 피우거든. 화려한 꽃은 아니지만 보면 볼수록 은근한 맛이 있어."

"됐어……."

"에이, 그래두."

윤정이는 피곤해서 그런지 밖에 나오자마자 두현에게 갑자기 시큰둥해진 표정을 지었다. 두현이의 권유에 마지못한 듯 건성으로 늘어진 가지를 잡아당겨보는 시늉을 했다. 두현은 평상에 엉덩이를 걸치고 앉아 손깍지를 하고 무릎을 감싸안았다. 윤정이가 더운지 윗도리를 벗었다. 소매 없는 블라우스를 걸친 그녀의 희디흰 두 팔이 어깨 위까지 드러났다. 두현은 얼른 옷을 받았다. 바람이 턱밑으로 시원하게 스쳐가자 기분이 좀 풀렸는지 그녀가 두현을 보고 생긋 웃어주었다. 가지를 휘어잡느라 팔을 위로 치켜들자 윤정의 겨드랑이 옆으로 작지만 봉긋한 젖가슴이 솟아올랐다. 두현은 바람에 실려오는 꽃내음을 맡느라 콧방울을 굼실거렸다.

그때 윤정이가 아얏 하는 비명을 지르며 주저앉았다. 아마 가시에 찔린 모양이었다. 두현은 평상에서 용수철처럼 튕겨올랐다. 그녀는 가시에 찔린 손가락을 짧은 스커트 치마폭으로 감싸안은 채 쩔쩔매고 있었다.

"어? 어디 봐!"

두현은 옆에 앉아 가시에 찔린 손가락을 보자며 어깨를 다독거려 주었지만 윤정이는 한사코 치마폭 안으로 집어넣은 손가락을 꺼내 보여주지 않으려 했다. 두현은 억지로 윤정이의 팔을 빼내 보았다. 피가 몰려 새카매진 검지손가락 끝에서 바늘에 찔린 것처럼 동그란 핏방울이 삐쳐

나왔다. 두현은 자신도 모르는 새에 그 손가락에 입을 갖다대고 피를 빨아냈다.
"독이나 균이 들어갈 수도 있거든. 빨아내면 괜찮댔어, 할머니가!"
순간 윤정의 뺨에 홍조가 스치는가 싶더니 손가락을 빼낸 그녀가 두현의 가슴을 거칠게 밀어냈다.
"내가 뭐랬어! 가시는 딱 질색이라고 했잖아!"
두현은 얼떨결에 뒤를 돌아보았다. 열린 방문으로 고개를 갸웃이 빼고 마당 쪽을 내다보시던 할머니의 얼굴이 곰방대에서 막 빨아올린 담배 연기로 자우룩이 흐려졌다.
아름다운 지옥을 찾는 것은 그리 어려운 일이 아니었다. 마을 어귀에서 옆으로 비껴난 샛길로 빠져 낮은 둔덕[12]을 한 굽이 끼고 돌자 좀 퇴락했지만 옛 모습을 그대로 지닌 그 집의 검은 지붕이 눈에 들어왔다. 그는 왼손으로 미끄러져내린 안경을 추스려 올리며 양미간에 힘을 주어 찡그렸다. 아지랑이가 피어오르는 듯 눈앞의 정경이 약간 흔들렸다.
두현은 숨을 멈추고 그 자리에 우뚝 섰다. 서둘러 안주머니를 뒤져 신촌역 앞 자판기에 지폐를 넣고 뽑아 한 개비를 태운 다음 넣어두었던 담뱃갑을 꺼내 이빨로 담배를 뽑아 물었다. 그리곤 바람을 피해 돌아서서 라이터 불을 댕겼다. 허파 깊숙이 빨아들인 첫 모금의 담배 연기가 좀 독했는지 사레가 들린 것처럼 밭은기침이 서너 번 터져나왔다. 그는 다시 발짝을 떼기 시작했다. 걸을 때마다 단화 뒤축에 들러붙었던 걸쭉한 진흙덩이가 수수떡처럼 뭉텅뭉텅 떨어져 나갔다.

[12] 둔덕 두두룩하게 언덕진 곳.

그러나 뒤뜰로 난 둔탁한[13] 문은 안에서 잠갔는지 열리지 않았다. 문 바로 위 문설주에 불에 달군 쇠막대로 써내린 '아름다운 지옥'이란 나무 간판이 걸려 있던 자리는 허전했다. 문을 몇 번 두드려보았지만 안에서는 기척이 없었다. 이마에 손갓[14]을 올려붙인 다음 먼지가 켜켜이 앉은 옆창문 안을 들여다보았지만 너무 어두컴컴해서 아무것도 보이지 않았다. 그는 처마 밑에서 비그이[15]를 하며 그 갈매나무를 우두커니 바라보았다. 왠지 모르게 뒤통수가 근질근질해서 몇 번인가 뒤돌아서 창문 안을 들여다보려 했지만 실패했다. 꼭 누군가가 자신의 뒤에서 눈길을 쏘아붙이고 있는 것 같았다.

두현은 갈매나무 앞으로 저벅저벅 다가가 우뚝 섰다. 가슴팍 높이에서 두 갈래로 갈라져 올라간 그 갈매나무는 변함이 없었다. 빗물에 젖어 약간 색깔이 짙어진 이파리들은 바람 따라 살랑살랑 손을 흔들었고, 나무 둥치는 예전보다 얼추 엄지손가락만큼은 더 굵어진 듯했다. 그는 예진에 윤성이와 어깨를 기댄 채 사진을 찍었음직한 자리에 서서 손을 뻗어 갈매나무를 쓰다듬었다. 그리곤 그 자리에 쭈그리고 앉았다. 무슨 흔적을 찾으려는 듯 질척한 땅바닥을 뚫어지게 내려다보았다.

어디선가 응애응애 아이 우는 듯한 들고양이 울음이 들려 소리나는 쪽으로 무심코 고개를 돌렸다. 거기엔 무릎께가 풍덩 빠진 헐렁한 하늘색 면바지에다 몸에 착 달라붙는 반팔 검정 티셔츠를 입은 30대 중반의 여자가 부스스한 파머머리를 이고 서 있었다.

---

[13] 둔탁하다(鈍濁―) 소리가 굵고 거칠며 웅숭깊다.
[14] 손갓 손을 갓모양처럼 조금 구부려서 이마에 대는 행위.
[15] 비그이 비를 잠시 피하여 그치기를 기다리는 일.

"아직 장사 허기는 좀 이른데…….."

"장사를 하나요?"

장사라는 말에 귀가 번쩍 트인 두현은 반갑게 되물었다.

"오후 3시는 돼야 애아범도 오고 그럭저럭 준비가 되는데요."

"무슨 장산데요?"

"들어오시면서 간판 못 봤어요? 우린 오리탕 전문집인데."

"아, 예……!"

그제야 주모 같아 보이는 아낙은 전후 사정을 알았다는 듯 배시시 웃었다. 볼우물[16]이 가지런히 파이면서 고른 치열이 하얗게 드러났다.

"혹시 여기서 전에 하던 까페인가 뭔가가 아직도 하는 줄로 아시고 찾아오신 양반 아니에요? 작년만 해도 그런 사람이 한 달에 두엇은 있었는데 올해는 거기가 처음이네요? 주인이 바뀐 지 벌써 3년 됐으니까요. 근데 기왕에 오셨으니깐 뭐 간단한 요기나 마실 거라도 드시구 가셔야지 이 우중에…… 근데 혼자세요?"

두현이 그토록 열려고 애썼지만 열리지 않았던 그 둔탁한 문이 주모가 슬쩍 밀치자 스르륵 소리없이 열렸다. 그는 주춤주춤 어두운 집 안으로 들어서려다 말고 멈칫 문턱을 밟고 섰다. 그리고는 잠시 숨을 멈췄다가 문 안쪽의 공기를 한껏 들이마셨다.

"어머니도 차암, 불 좀 켜실 일이지……."

아낙이 어둠 속에 대고 말했다. 스위치를 딸깍 올리는 소리가 들리자 어둠 속에 도사리고 있던 탁자 대여섯 개가 드러났다. 그는 나지막이 찬

---

16) 볼우물 보조개.

탄17)의 소리를 질렀다. 언뜻 보기에도 아름다운 지옥 시절과 내부 구조가 크게 달라지지 않았던 것이다. 우선 창가 쪽 벽에 기대어 서 있는 커다란 물레방아가 반갑게 눈에 띄었다. 그 앞자리가 바로 윤정이와 그가 단골로 앉던 자리였다.

"또 나와 있으세요? 날도 궂은데."

구석빼기에서 부연 먼지를 뒤집어쓴 한 탁자 뒤에 반백의 할머니가 창문 쪽으로 시선을 고정시킨 채 그림처럼 앉아 있었다. 머리카락 한 올의 흐트러짐도 없을 성싶게 쪽을 지른 머리에 솜배자를 걸친 한복 차림이었다. 두현은 양미간을 좁혔다. 할머니…… 그는 아낙이 조심조심 안으로 부축해 모셔가는 그 할머니의 뒷모습을 멍하니 바라보았다. 그는 갈매나무 앞에 서 있을 때 왜 뒤통수가 근질근질했는가를 그제야 깨달을 수 있었다.

"앉으세요. 직업 사진산가 봐요?"

곧 돌아온 여자가 사진기 가방을 가리키며 알은체를 했다.

"아, 예…… 그건 아니고요. 가끔씩 찍는 정도죠."

주모는 잠깐 안에 들어갔다 나온 사이에 옷을 갈아입었다. 그가 어릴 적에 어머니가 자주 입었던 것으로 기억하는 얇은 깨끼18) 한복 차림에다 앞치마를 두르고 있었다.

"뭐 하실래요?"

"술 있다고 그러셨죠?"

"술은 새로 거르면 되지만 지금은 안주가 별로 신통치 않아서……."

---

17) 찬탄 칭찬하고 감탄함.
18) 깨끼 깨끼옷의 준말. 깨끼옷은 안팎 솔기를 곱솔로 박아 지은 사(紗)붙이의 겹옷.

"안주는 뭐 간단한 걸로 아무거나······."

"파전 같은 건 어때요? 손님도 출출할 때가 됐을 텐데 실팍한[19] 파전으로 요기[20]도 삼을 겸해서······."

"빨리 되나요?"

"그건 일두 아니에요. 마침 아침에 녹두 갈아서 한 양푼 풀어놓은 거 있으니깐 번철[21]에다 두툼하게 금세 부치면 되지요."

"일단 술은 동동주 한 동이 먼저 내주시구요. 그러면 되겠네요."

"그러실래요?"

주모가 술을 거르러 간 사이 그는 먼지가 부옇게 앉은 커다란 물레방아를 손가락 끝으로 찍어보았다. 어른 키를 훌쩍 넘어 보이는 그 물레방아는 예전에 연인들이 소식을 주고받는 메모판 구실을 하던 물건이었다. 바큇살 옆에 압핀으로 메모지를 꽂거나 층계처럼 돌아가면서 시냇물을 받아내던 물레방아의 칸 위에 조약돌을 지질러 얹어두기도 했을 터였다.

표주박을 띄운 술동이가 나왔다. 열무김치와 깍두기 보시기[22]가 깔렸다.

"파전은 곧 지질 테니 우선 목부터 축이시고······ 이건 집에서 담근 거라서 달지 않고 톱톱하고 담백한 게 다들 맛 좋다고 합디다."

주모가 젓가락을 떨궈주면서 말했다. 두현은 고개를 들지 않고 생각

19) 실팍하다 사람이나 물건이 보기에 옹골차고 다부지다.
20) 요기(療飢) 시장기를 면할 정도로 음식을 조금 먹음.
21) 번철(燔鐵) 지짐질에 쓰는 솥뚜껑을 젖힌 모양의 무쇠 그릇.
22) 보시기 김치나 깍두기 따위를 담는 작은 사발.

보다 팽팽한 주모의 손등을 가만히 내려다보았다. 그걸 눈치 챘는지 그녀가 앞치마 안으로 손을 슬쩍 가져가버렸다.

"이거 잘 마시겠습니다."

"한잔 쳐주고 갈까 봐요? 그래도 오늘 첫 손님에다 첫 잔인데."

"괜찮습니다. 제가 떠마실…… 게 아니라 그럼 한잔 쳐주세요."

"그러실래요?"

주모가 가득 따라주고 돌아서자마자 그는 잔을 들어 입술을 댔다. 집에서 담근 술이라는 그녀의 말은 허풍이 아니었다. 억지로 이것저것 치고 넣어서 달짝지근하게 맛을 낸 술과는 달랐다. 시골 양조장에서 물을 전혀 타지 않고 걸러 내온 전내기[23]인 양 진국이었다.

두현은 식도를 쩌르르 훑으며 내려갔다가 명치 끝에서 탄산가스와 함께 다시 역류해 올라오는 술기운 때문에 간잔지런해진[24] 눈길로 물레방아를 쓰다듬었다. 그러자 무슨 소리가 들리는 듯했다. 어느 때였을까, 그 맑고 시원한 계곡물에 온몸이 젖어 빙글빙글 돌아가며 사람들이 정성 들여 걷어온 알곡들의 옷을 하나하나 벗기던 때가. 그래서 오랜만에 남의 눈을 피해 치맛자락을 걷어올린 젊은 아낙의 알토란 같은 종아리를 넘겨다보면서, 혹은 흡족한 마음에 목소리가 걸걸해진 남정네의 구성진[25] 풍년가 노랫소리를 들으며 돌고 돌던 때가 있었을 것이다. 또한 길을 잘못 들어 자신한테로 휩쓸려 내려온 날피리[26]나 쇠리[27]들의 싱

---

23) 전내기(全―) 물을 조금도 타지 않은 술.
24) 간잔지런하다 졸리거나 술에 취해 눈시울이 가늘게 처지다.
25) 구성지다 천연덕스럽고 구수하다.
26) 날피리 급히 쫓길 때 물 위로 뛰어오르며 도망가는 피라미.
27) 쇠리 물고기 쉬리의 사투리.

그런 푸드덕거림 때문에 삐걱삐걱 간지럽다는 소리를 내던 때도 있었을 것이다. 그렇다. 지금은 아무런 감정 없이 메말라 먼지만 켜켜이 뒤집어 쓰고 있지만 아마 저 물레방아 역시 한때 잘나가던 시절의 추억을 꿈꾸고 있는지도 모를 것이다. 자기 옆에서 이렇듯 동동주에 취해가는 사내처럼.

윤정이는 그 물레방아를 역사의 수레바퀴에 비유했다. 얼핏 보면 그 물레방아는 거대한 수레바퀴를 자연스레 연상시키기도 했던 것이다.

"역사는 결국 진보하게 돼 있잖아. 그게 절대 진리이니깐…… 우리는 역사의 수레바퀴가 좀더 원활하게 굴러가도록 밑거름이 되려는 신념을 바탕으로 만난 사람들이고. 이 물레방아를 보니깐 왠지 그런 생각이 실감나게 들어. 그 어떤 보수 반동 세력들이 역사의 수레바퀴를 거꾸로 돌리려 기를 쓰고 덤벼도 결국은 그 준엄한 역사의 수레바퀴 밑에 깔려 죽을 것 같다는 생각 말이야."

"물론 맞는 말이야. 아무튼 진보든 반동이든 그 역사의 수레바퀴에 깔리는 사람 수가 되도록 적어야지. 그러면 얼마나 좋겠어."

"두현씬 보기보담 좀 나약한 데가 있어."

그때 둘은 『자본론』을 공부하는 그룹에 나란히 속해 있었다. 그날은 아마 윤정이가 발제를 한 것 같았다.

"이것 봐. 그러니깐 아일랜드에서는 1846년에 대기근이 일어나 백만 명 이상의 인간이 죽었다는 거야. 엄청난 재앙이지. 그리고 나서 계속적으로 이민이 생겨서, 사람들이 살기 힘드니깐 딴 데로 한번 가보려는 건 당연한 일 아냐? 그래서 인구가 절대적으로 감소했는데도 불구하고 노동자들의 상태는 전혀 개선되지 않았다고 하거든. 그 이유를 어떻게 볼 수 있을까? 여기 878에서 94쪽에 걸쳐 나와 있는 게 바로 그것에 대한 내용이야. 국부[28]는 증가하지만 아무 소용 없는 게 말이지, 노동자는 여전히 쪼들리게 되는 궁핍화 경향의 모순이 해결되지 않거든. 자본주의 아래서는 말이야."

윤정이가 낭랑한 목소리로 발제를 하는 걸 들으며 두현은 스물다섯이라는 나이는 도대체 무엇일까를 생각했다. 스물다섯, 스물다섯…… 술 때문에 위장병을 얻기에 딱 알맞은 나이, 한번쯤 자유가 현기증 나는 것은 아닌지 의심해볼 나이, 명쾌한 것보다 애매모호한 게 가끔씩은 저도 모르게 끌리는 나이…….

"생산수단을 독점한 자본가들은 임금의 형태로는 생계에 필요한 최저한 이하로 지불하고 나머지 부지불 노동이 창출해낸 잉여가치[29]를 배타적으로 소유하는 관계를 강제적으로 지속함으로써 자본 축적을 이어나가며……."

아, 또 있다. 악어처럼 아가리를 쩍 벌리고 있는 저 도저한[30] 허무의 심연 앞에서도 아랑곳없이 고개를 들이밀려는 자멸적 열정에 부대껴야 하는 그 나이란! 스스로 거역할 수 없다는 사실을 알고 있는 삶의 부패 앞에서 그것이 두려워 발버둥치는 스물다섯의 초상이 바로 우리일 것이다. 아, 오늘따라 왜 이렇게 아름다운 지옥으로 가고 싶을까? 목이 컬컬하다.

두현은 술잔을 들어 입술을 댄 채로 눈을 치떠 창밖의 갈매나무를 바

---

28) 국부(國富) 한 나라의 부(富). 한 나라의 경제력.
29) 잉여가치(剩餘價値) 노동자가 생산하는 생산물의 가치와 노동자에게 지급되는 임금과의 차액.
30) 도저하다 학식이나 생각, 기술 따위가 아주 깊다.

라보았다. 찬 술이 코끝에 차란차란31) 와 닿았다. 씨익 웃음이 새나왔다. 자신도 모르게 남이 읊은 시가 주저리주저리 엮어져나왔다.

어느 사이에 아내도 없고, 또,
아내와 같이 살던 집도 없어지고,
그리고 살뜰한 부모며 동생들과도 멀리 떨어져서,
그 어느 바람 세인 쓸쓸한 거리 끝에 헤매이었다.

평안북도 정주 출신의 가객 백석(白石)의 시「南新義州 柳洞 朴時逢方(남신의주 유동 박시봉방)」이 아니었더라면 두현 자신이 먼저 썼음직한 시구였다. 좀전에 입가에 머물렀던 웃음이 채 가시기도 전에 울음기가 숨을 턱 가로막고 왈칵 밀려들었다. 두현은 당황스러웠다. 쿨럭쿨럭 기침이 새나왔다. 그 바람에 입과 코로 밀려나온 숨바람 때문에 술방울이 사발 밖으로 마구 튀어나갔다. 입 주변을 비롯해 온 얼굴로 술이 끼얹어졌다. 두현은 숨을 한 번 고른 다음 사발 안에 있는 술을 단숨에 빨아들였다. 그가 탁자 위에 술잔을 소리나게 탁 내려놓자 옆에서 주모가 기다리고 있었다는 듯 차가운 물수건을 내밀었다.
"에구, 천천히 마시지……."
"저한테도 수건 있어요."
"마른 수건보다 젖은 수건이 안 나아요?"
"고맙습니다, 아주머니. 갑자기……."

---

31) **차란차란** 그릇에 가득 담긴 액체가 넘칠 듯 말 듯한 모양.

그는 입가보다는 눈가를 먼저 훔쳤다. 그런 다음 입가를 틀어막고 얼굴 전체를 수건에 파묻었다. 얼굴을 닦고 나니 개운한 느낌이 들었다. 그는 눈을 커다랗게 뜨며 창밖의 갈매나무를 다시 응시했다. 갈매나무 너머로 집 한 채가 눈에 어른거렸다. 신혼살림을 차렸던 산기슭 바로 아래 그린벨트 안의 허름한 양옥 이층방이었다. 보일러가 자주 고장나서 가끔은 습내도 나고 누긋한32) 바로 그 방바닥 위에서 둘은 얼마나 서로에게 코를 박고 뒹굴었던가. 아아, 그때를 기억하며 시를 짓고 싶다. 저 백석의 절망을 뛰어넘는 시를. 두현은 숨이 찬 듯 헐떡거렸다. 그러나 ······.

기다리는 사람이 없는 집은 집이 아니로구나, 집이 없는 사내여, 스산한 바람 가득 찬, 텅 빈 집을 굽은 등에 지고 가는 사내여

달팽이처럼 느린 사내여······ 아, 이 이미지는 내 꺼가 아냐! 진부해! 두현은 눈을 감고 고개를 저었다. 그의 시는 거기서 한 자도 더 이상 나가지 못했다. 두현은 아랫입술을 윗니로 지그시 깨물었다. 주모가 슬그머니 앞자리에 앉는 모습이 보였다. 두현은 아무 말도 하지 않고 목덜미를 닦아낸 물수건을 탁자 위에 던져놓았다.

"몇 살이세요 그래?"
주모는 두현과 시선을 나란히 해 창밖을 보면서 말을 꺼냈다.
"얼마로 보이세요?"

32) **누긋하다** 물건이나 성질이 메마르지 않고 여유 있게 부드럽다.

"그저 한 서른 남짓?"

"비슷해요. 오늘로 딱 삼십 년 하고도 사십이 일을 더 살았습니다."

"호호호…… 적당한 나이구료!"

입을 가리고 웃는 주모의 손가락 틈새로 하얀 치열이 비쳤다.

"적당하다니요?"

"아니 그저…… 왠지 세상 물정을 알 만큼은 아는 나이 같아서요. 신경쓰지 마세요."

"세상 물정은요? 아직 멀었죠 뭐. 한잔 드릴까요? 이거 혼자 마시려니……"

"그야 주시면 마셔야죠."

손님이 없는 술청에 단 둘이 마주앉은 주모는 보기보다는 붙임성이 있었다. 그녀는 두현의 앞에 앉기 전에 이미 눈자위가 불콰해지도록[33] 동동주를 몇 잔 마셔서 그런지도 몰랐다. 주모에게 줄 잔을 간신히 채우고 나니 동이 바닥을 표주박이 다그락다그락 긁어대는 소리가 들렸다.

"이번 동동주 한 동이는 지가 낼 거구만요."

"장사 준비는 어떻게 허실려구요?"

"흥, 장사? 장사는 무슨 오뉴월에 얼어죽을 장사…… 하루에 한 번 손님이 들까 말까 한데."

"아깐 바깥양반이 장보러 가셨다면서요?"

"그럼 기껏 찾아온 손님한테 파리만 날리고 있다고 할 텐가요?"

주모가 눈을 곱게 흘겼다. 두현은 불쑥 관자놀이께를 엄습한 취기 때

---

33) **불콰하다** 술기운을 띠거나 혈기가 좋아 얼굴이 불그레하다.

문에 고개를 흐느적거렸다.

"……!"

"손님이 저 갈매나무를 처연히 살펴보는 깐을 보고는 감을 척 잡았드랬지요. 뭔 사연이 있어도 속절 깊게 있는 양반이다 이렇게. 내 말이 틀렸나요? 이래 봬두 사내 눈빛만 척 봐두 속에서 무슨 생각 하고 있는 줄 짐작하고두 남는다 이거죠. 우리 어머닌 치매가 있어서요. 시엄만데 이년 전부터 그 증상이 도져가지고설랑…… 오핸 마세요. 난 효부는 아녜요. 그저 울 엄마가 불쌍해서 돌아가시는 날까지만 그럭저럭 뫼시자, 그런 생각이죠 뭐. 정 때문에. 울 엄마가 왜 치매가 들려 저 갈매나무만 들입다[34] 쳐다보는 줄 아세요?"

그는 술잔을 급히 뒤집어 입 안으로 털어넣었다. 여자가 얼른 일어나 주방 쪽으로 들어가더니 술동이 위에 표주박을 새로 띄워 내왔다. 그리고는 두현의 잔을 가득 채웠다.

"왜죠?"

"돌아올 둘째아들을 기다려야 하니깐…… 우리 되련님인데 지금 이태째 징역살이를 허고 있지요. 도합 7년을 받았으니깐 앞으로두 다섯 해는 콩밥을 더 먹어야 하니 울 엄니 살아생전엔 어려울지도 모르지요. 그놈의 신도시 보상금 때문에…… 다들 눈이 뒤집혀서. 남들은 여기 땅 좀 있는 사람들이 보상금 나와서 돈다발이나 만진 줄 알지만 천만에요. 그저 땅이나 파먹고 살아야 할 사람들이 고향은 뺏겼지, 뜬금없이 생긴 눈먼 돈 앞에선 어쩔 줄 몰랐지, 해서 결국 거덜나서 뿔뿔이 흩어진 이

---

[34] 들입다 마구 무리하게.

들이 적지 않다구요. 젊은 되련님이 보상금으로 그 아름다운 지옥인지 뭔지 하는 재수없는 집을 인수한 게 화근이었다구요. 우리 되련님은 그 카페를 혼전만전하는 술집으로 만들어버렸어요. 장사란 하던 사람이 해야 하는 법인데…… 처음엔 되는 듯하다가 영…… 게다가 계집까지 잘못 들어오는 바람에 아주 망조가 들었지요. 주방일을 해야 할 년이 갈매나무 앞에서 찾아오는 뭇사내를 맞아 눈웃음치며 헤실바실 헤픈 정이나 퍼주고 있었으니 되련님이 눈이 뒤집힐 만도 했지요. 실제로 눈이 맞은 사내가 생겼구. 그래서 하루는 순진한 우리 되련님이 저 갈매나무 앞에서 그 기생오라비 같은 사내에게 장작개비로 병신이 되도록 매타작을 날렸지 뭡니까? 우리 되련님이 발목을 상해서 오래 전에 오른 다리에 절음이 나긴 했지만 허우대가 좋아서 그깟 팔랑개비 같은 사내 하나쯤은 아주 우습게 다루거든요. 아무튼 계집은 그 길로 도망가고…… 후우, 지가 저 갈매나무를 뽑아버리려 해도 어무이가 우리 근식이 되련님이 그러면 집을 못 찾아올 거라며 그러셔서. 참, 손님 술맛 떨어지게 지가 너무 주책없이 떠들었죠?"

"무슨 말씀을요……."

"아참, 근데 원래 이 집의 먼젓번 이름이 그 뭣이냐, 아름다운 지옥이라는 무시무시한 거였다며요? 그 간판 때문에 손님도 추적추적한 빗속을 더듬어 오신 듯한데 무슨 내력으로 이름을 그렇게 지었다고 합디까?"

"모르죠. 저도 그 집 다닐 때 집주인 코빼기 한번 못 봐서요, 사실은 잘 몰라요."

"지옥이라는 글씨를 스스럼없이 척 넣은 걸 보면 교회 다니는 사람이 아닌 건 틀림없는 것 같고……."

"글쎄요…… 그런데 그건 어떻게 생각하세요? 비웠어요? 한 잔 더 하셔야죠. 무엇이냐 하면 아름다운 지옥이라는 게 말이나 되는 것 같아요?"

"힝, 말도 안 되는 싱거운 간판 아녜요? 그러니깐 그 집도 아마 장사하는 데 망조가 들어서 우리한테 넘겼다가 우리까지도……."

"그렇겠지요…… 지옥이 아름답다는 건 거짓말이겠죠? 지옥은 괴롭고, 끔찍하고, 추하고, 불결한 것 아닙니까? 이건 누구나 다 아는 평범한 사실이죠. 안 그래요? 저도 사실은 5년 전만 해도 그런 상식을 붙들고 늘어졌던 사람입니다. 예, 그랬지요. 그때는 내가 지옥을 분명히 볼 줄 안다고 굳게 믿었던 거니까요. 그래서 지옥을 두고 아름답다고 누군가 말했을 때는 말이죠, 이렇게 쉽게 생각을 먹었어요. 이 땅의 이 숨막히는 현실을 받아들이자! 그래서 지옥과 같은 이 현실을 아름답게 바꾸도록 가열차게, 예 가열차게요, 그렇게 노력하고 실천하자. 세계를 좋게 바꾸자! 좋게! 이랬죠, 하하하!"

"알 듯 말 듯 쪼끔은 이해가 될 것도 같구…… 그런데 지금 와서는요?"

주모는 사뭇 진지한 표정이었다. 그녀는 술기운이 설핏 개인 말간 눈동자로 그를 쳐다보고 있었다. 두현은 순간 그 눈동자, 그 눈빛을 박제로 만들어두면 좋겠다는 이상한 충동이 명치께에 부젓가락[35]처럼 스치는 걸 느꼈다. 그는 술이 번진 입가를 훔쳐낸 손등을 털며 고개를 가로저었다.

"아, 지금요? 여기 우리가 서로 얼굴을 마주보고 있는 현 시점을 묻는

---

35) **부젓가락** 불덩이를 집는 데 쓰는 쇠젓가락.

겁니까? 그런데 지금은 말이죠. 그게 말이죠. 어떻게 된 거냐 하면 말이죠. 말하자면 말이죠…… 이런 게 아닐까요? 이제 지옥이니 낙원이니 하는 것 자체가 보이지 않는다 이 말이지요. 지금은 그런 생각이 주욱 들어요. 지옥이나 낙원이 있다면 그게 도대체 무엇일까……? 정녕 그게 무엇이란 말인가. 있으면 한번 나와 봐라! 더군다나 그 가혹한 지옥을 두고 아름답다, 아름다운 지옥이다 했을 땐…… 거기에 한때 현혹되었을 내가 결코 장난일 수 없다면 그 지옥이란 게 진짜로 뭔지 또 가짜로는 뭔지…… 그것이 알고 싶어 토옹 견딜 수가 없어졌단 말이죠. 그렇다면 지옥이라도 좋으니 그곳에서라도 기다리는 사람이 있는 집이 있어서 진저리가 나도록 지지고 볶으며 다시 살고 싶다는 생각이 간절히 들어요."

"애써 휘저어논 술 다 가라앉기 전에 마시며 한숨 돌리고……."

"예, 그건 중요한 게 아녜요. 제 말 아시겠어요? 기껏 나이 서른 문턱에 벌써부터 집이 없어진 이 사내의 길고 긴 절망과 한숨의 그림자를 끌고 가는 무엇인가를 묻고픈 겁니다. 저 지푸라기인들, 먼지인들 그리고 티끌들이라도 황혼녘에는 휩쓸려 들어가 박히는 집구석이, 하다못해 썩어가는 마구간 구석이라도 있는 법인데 하물며 나이 서른의 사내가 말이죠…… 왜 헐헐헐, 제가 좀 취한 것 같아요? 아니라구요? 그러니깐 이 지옥이라는 말은 함정인 겁니다. 함정!"

"빠져버리는 거 말예요?"

"그렇죠! 빠져버리게 되는 거죠. 그러니까 앞이 보이지 않는 겁니다. 한시바삐 지옥에서 벗어나 아름다운 쪽으로 가고픈 욕망만 헐떡거리고 있고…… 물론 가야 하는 거지만…… 하지만 지옥이 있으니까 아름다움이 있어 그 둘이 본래는 하나이듯이…… 왜냐하면 아름다운 건, 그리고 어떤 걸 아름답다고 부르기도 한다면 그건 애진작부터 지옥이 아니었지요. 물론 그걸 낙원이라고 부르기도 어렵고…… 하지만 어떤 꿈을 가리키는 것만큼은 분명해요. 그 꿈은 뭘까요? 그것은 아득한 기억뿐일지도 모르죠. 사실인지 착각인지도 잘 모르겠고…… 아무튼 흔적없이 지나간 시간을 붙드는 유일한 육체처럼 흔들림 없이 버티고 섰는 그 기억의 집 말예요. 바로 저 갈매나무 같은 것!"

두현은 팔을 들어 손가락으로 찌를 듯이 창밖의 나무를 가리켰다. 주모의 눈길이 국수가락처럼 손가락 끝에 걸렸다. 그는 손을 내리자마자 뻐근해진 방광을 풀어주기 위해 자리에서 비척비척 일어났다.

는개비는 여전했다. 좀더 칙칙하고 끈끈해졌을 따름이었다. 뜨뜻하게 달아오른 목덜미께가 간지러웠다. 뒤뜰 오른쪽 구석에 있는 화장실로 가다가 말고 그는 갈매나무를 돌아다보았다. 그리고는 갈매나무 아래로 휘적휘적 팔을 흔들며 걸어가 바지의 지퍼를 내렸다. 딱딱하고 검붉은 색으로 변한 한 움큼의 살덩이를 꺼내 쥐고 다른 한 손으로는 갈매나무를 짚은 채 오줌발을 세웠다. 그는 눈까풀을 내린 채 옆이마를 차가운 갈매나무의 까칠한 몸뚱이에 기댔다. 그러자 서늘한 기운에 눈까풀이 도로 걷히며 풀숲에 가려진 새 오솔길처럼 희미하게 시가 한 구절 떠오르는 게 눈앞에 보였다.

    이리하여 사내는 자신이 지고 가는 회억[36]의 집 속에 갇힌 채
    지나온 열사[37]의 나날을 곱씹고 있는 것이리라

---

36) 회억(回憶) 지나간 일을 돌이켜 생각함.
37) 열사(熱沙) 여름 햇볕에 뜨거워진 모래. 뜨거운 사막.

자신의 몸조차 누일 수 없는 그 속 좁은 회억의 집 속에서
손깍지 베개를 한 채 슬픔의 무게와 어리석음의 무게를 재고 있는 것이리라
슬픔과 어리석음의 무게를 어쩌지 못하는 병신 같은 꼬락서니의 사내여

아아, 병신 같은 사내, 병신 같은 사내여! 지퍼를 올린 다음 안경 속으로 새끼손가락을 집어넣어 눈두덩을 꾹꾹 누르던 두현은 혼잣말처럼 나지막이 주절거렸다.
"나 영국 유학 가기로 했어. 동의해줄 거지?"
헤어지기 두 달 전부터 친정에 가 있어 사실상 별거 상태에 있던 윤정이는 그 집에 돌아와 그렇게 말했었다. 두현은 그게 무슨 뜻인지 알고도 남았다. 아, 결국 이렇게 되는 것인가? 내가 무슨 말을 꺼내야 한단 말인가. 두현은 등허리께에서 배어나오는 후끈한 땀기가 목덜미 쪽으로 뻗지 못하도록 애써 억누르며 말없이 고개를 끄덕였다. 어차피 그가 동의하고 말고 할 여지는 사라진 터였다.
"그래…… 아무 걱정 하지 마."
별거 직전 우연히 임신한 사실을 안 윤정이는 두현이를 거칠게 닦아세웠다.
"지금 내가 얼마나 중대한 고비에 있는 줄 알아? 일분 일초를 아껴 한창 논문을 준비해야 할 땐데 말이야. 이렇게 무책임하게 일을 덜컥 저질러놓으면 도대체 어쩌자는 거야. 두현씬 정신이 있는 남자야 없는 남자야! 난 도저히 이해할 수도, 그리고 묵과할 수도 없어."

"우리 멀리 생각해보자구. 기왕에 연이 닿은 생명인데 그 아이를 기르면 안 될까?"

"그따위 소리는 다신 입 밖에 내지도 말아! 누가 애를 키우냐고? 그게 쉬운 일인 것 같아? 자기 시 쓴답시고 거의 룸펜[38])처럼 생활한 게 벌써 언제부턴데, 그럴 능력이나 제대로 있어서 하는 말이냐구? 결국 나보고 애나 키우며 집 안에 주저앉으라는 얘긴데, 비열해 넌! 정말이지 그동안 치른 맘고생만 해도 남세스러워[39]) 죽을 지경인데! 우린 이것으로 끝장이야! 더 이상 나도 참을 수가 없어! 정말이야, 흑흑."

"경제적 무능력이 애를 못 키우는 온당한[40]) 이유가 된다고 믿니 넌?"

두현도 자신이 하고 있는 말이 얼마나 설득력이 없고 어리석은가를 잘 알고 있었다. 그는 다음 날 윤정이가 아무 일도 없었다는 듯이 매끈한 낯으로 애를 떼고 들어왔을 때 분노보다는 수치감이 앞섰다. 내가 내 아이 하나 내 손으로 받을 권리가 없단 말인가. 그래서 당장 필요한 옷가지만 보자기에 주섬주섬 구겨박고 친정집으로 돌아가는 윤정이를 붙잡을 수 없었다.

아내가 가고 없는 그 신혼방에서 두현은 한사코 자신에게서 달아나려는 어떤 아이에 대한 꿈을 서너 번 꾸었다. 힐끗 뒤를 돌아다보는 꿈속의 작은 아이는 그를 닮아 보일 때도 있었고 얼굴이 하얗게 지워져서 나타날 때도 있었다. 아주 무서운 꿈이었다. 꿈자리에서 깨어날 때마다 그

---

38) 룸펜(Lumpen) 실업자. 부랑자.
39) 남세스럽다 남우세스럽다의 준말. 남우세는 남에게서 비웃음과 조롱을 받게 됨, 또는 그 조롱이나 비웃음의 뜻.
40) 온당하다(穩當―) 사리에 맞고 무리가 없다.
41) 설깨다 잠이 아직 완전히 깨지 못하다.

는 눈물이 핑 돌아 낯선 곳에서 잠이 설갠[41] 아이처럼 훌쩍거리곤 했다.

"그래서요?"

"그래서 그렇다는 말이죠."

"에이, 시시해. 그럼 전 부인은 진짜 유학을 갔어요?"

"아직까지 한 번도 못 만났으니 그럴 가능성도 있을 겝니다."

"그럼 요즘도 아이 꿈을 꾸세요?"

"아뇨. 요즘은 한 나무에 대한 꿈을 꾸는 편이죠."

"나무요?"

"나뭅니다. 아주 헌걸차고[42] 씩씩한 녀석이죠. 바로 수칼매나무입니다. 갈매나무가 암수딴그루 나무인 건 아시죠?"

"암수딴그루라뇨?"

"왜, 은행나무처럼 암수가 따로 있다 이겁니다. 제가 여태껏 보아온 건 모두 암크루였죠. 아직 수크루를 한 번도 보지 못했죠. 아마 어느 깊은 계곡 어디에선가 뿌리를 박고 홀로 눈보라와 찬비와 거친 바람을 맞으며 추운 계절을 꿋꿋이 견디며 힘차게 수액[43]을 높은 우듬지 위로 뽑아올리는 자태를 간직한 수크루를 알아보게 될 겁니다. 그럴 날이 꼭 올 겁니다. 제 꿈이 그렇거든요. 그놈을 봤어요. 한 번도 아니고, 두 번도 아니고…… 몹시 앓을 땐 내가 직접 그 수칼매나무가 되는 꿈을 꿔요. 아주 편안한 나무가 되는 꿈을 꿔요."

오후 3시가 다 돼갔지만 주모가 말하는 애아범은 예상대로 나타나지 않았다. 그사이에 주모는 젓가락으로 탁자 모서리를 가볍게 두드리며

---

[42] 헌걸차다 매우 풍채가 좋고 의기가 당당한 듯하다.
[43] 수액(樹液) 땅속에서 빨아올려 잎으로 향하는, 나무의 양분이 되는 액. 나무에서 분비하는 액.

철 지난 유행가를 두곡이나 불러주었다.

"행주치마도 못 벗고 보낸 님 소식에~ 전선의 향기 품어 그대의 향기 품어~ 군사우편 전해주는 전선 편지에~ 배달부가 사립문도 못 가서~ 나는 그만 울어었쏘오~."

두현은 노래를 마친 주모가 식은 파전을 데우겠다고 쟁반을 가지고 나가자 탁자 위에 지폐를 몇 장 꺼내 놓고는 일어섰다.

문밖 한쪽 처마 밑에는 웬 건장한 사내가 낡은 삿자리[44])를 깔고 앉아 있다 문을 열고 나오는 두현을 향해 턱을 비죽 내민 다음 눈을 내리떠 보았다. 바람은 여전했지만 비는 그쳐 있었다. 구레나룻을 길러서 그런지 강인한 인상에다 덩치깨나 있어 보였다. 두현은 자신을 쏘아보는 사내의 눈길이 심상치 않음을 느꼈지만 서둘지 않고 그 앞을 천천히 지나갔다. 사내가 자리에서 일어나 엉덩이의 먼지를 툭툭 터는 시늉을 했다. 두현은 뒤돌아서서 갈매나무를 향해 사진기를 들이댔다. 셔터를 누르려다가 사내가 다리를 저는 모습을 보고는 사진기에서 눈을 뗐다. 역시 오른쪽 다리였다.

"······!"

"그, 근식아······."

어느새 갈매나무 옆에 나와 선 할머니가 퀭한 눈으로 그 사내를 맞이하고 있었다. 앉아 있을 땐 몰랐지만 일어선 사내의 한 손에는 부식[45]) 거리가 담긴 까만 비닐 봉투가, 그리고 다른 한 손엔 짤막한 등산용 손도끼가 들려 있었다. 사내가 움직이기 시작했다. 다행히 두현을 향한

---

44) 삿자리 갈대를 엮어서 만든 자리.
45) 부식 주식에 곁들여서 먹는 음식. 반찬. 부식품.

발걸음은 아니었다. 갈매나무 앞으로 다가선 사내는 도끼를 쥔 손을 허공으로 쳐들었다.
"근, 근식아 어서 온⋯⋯."
사내가 힐끗 뒤를 돌아보았다. 그러더니 장난하다 들킨 아이처럼 수줍은 웃음을 지으며 순순히 도끼를 내던졌다. 그의 손을 떠난 도끼는 물러진 땅바닥에 내리박혔다.
두현은 사내와 문설주에 빨래처럼 축 늘어져 달라붙어 있는 노인을 번갈아 봤다. 그렇다면 그 사내는 앞서 주모가 감방에서 5년을 더 썩어야 한다는 도련님 근식이가 틀림없을 터였다. 그런 사내가 어떻게 버젓이 나타난단 말인가. 두현은 순간 다리 저는 남편을 두고 갈매나무 앞에서 술손님한테 헤픈 정을 팔면서 기생오라비 같은 남정네와 통정을 하다 결국은 쫓겨 달아났다는 젊은 여인이 바로 그 주모일지도 모른다는 느낌이 스쳤다.
그는 돌아서서 뭐라고 주절거리고 싶었지만 말문이 열리지 않아 허둥지둥 마당을 가로질러 빠져나왔다. 들판 끝에서 다시 변덕스런 먹구름이 빠른 속도로 아름다운 지옥을 향해 꾸역꾸역 몰려드는 모습이 보였다. 아무래도 큰비가 질 모양이었다. 두현은 마구 달려가기 시작했다. 길을 막아서기라도 하듯 들판 저 멀리에서 부연 비안개가 피어올랐다. 그러자 때늦은 시어들이 일렬종대로 몰려와 그의 어깨를 툭툭 건드리고 있었다.

그것은 갈매나무, 한 그루 갈매나무였다
늦봄이면 꽃을 피우고야 만다는 갈매나무

굳고 정한 갈매나무, 외로운 갈매나무, 눈을 맞고 있는 갈매나무
사내는 슬픔과 어리석음과 부끄러움과 절망감, 그 너머 먼 산에 외로이 서 있는
갈매나무를 생각하는 것인데
사내는 너무 쉽게 슬픔과 어리석음과 부끄러움과 절망감에서 빠져 나오려 하는데……

(안찬수 시인의 「갈매나무」에서 인용)

생각해볼거리

1 다음 상황에서 갈매나무와 관련된 내용들을 정리해봅시다.

유년 시절 집 앞의 갈매나무 어릴 적 한때 할머니 손에서 자란 두현은 집 앞 갈매나무와 함께 컸습니다. 어른 키의 갑절만큼 자라 있던 그 늙은 나무는 노년 들어 홀로 계신 할머니의 무언의 친구이기도 합니다. 두현은 어린 시절 갈매나무 열매를 먹기도 하고, 기어오르다가 가시에 찔린 적도 있습니다.

젊은 시절 윤정과의 추억 속 갈매나무 윤정과 연애 시절 '아름다운 지옥' 앞 갈매나무 앞에서 사진을 찍고 첫 입맞춤을 합니다. 또한 할머니께 인사드리러 내려가서 집 앞 갈매나무를 윤정에게 보여주지만, 갈매나무 가시에 찔린 윤정은 오히려 나를 타박합니다.

현재 '아름다운 지옥' 앞의 갈매나무 현재 두현은 윤정과 이혼하고 홀로 '아름다운 지옥'에 와서 옛 기억을 되살리며 술을 마시며 갈매나무 밑에서 오줌을 누고, 갈매나무를 떠올리며 사색에 잠깁니다.

2 두현이 '아름다운 지옥'을 찾아간 이유는 무엇일까요?

두현은 현재 사랑했던 아내(윤정)와 이혼한 상태입니다. 우연히 책 정리를 하다가 지난 사진을 발견하게 되는데 그 사진은 '아름다운 지옥'이라는 카페의 갈매나무 앞에서 윤정과 정답게 어깨를 두르고 찍은 사진입니다. 두현은 그 사진의 기억을 떠올리며 불현듯 회사에 지독한 몸살이라고 거짓말을 하고 5년 전 '아름다운 지옥'의 그 갈매나무를 찾아갑니다. 한마디로 패배한 현실에서 벗어나 과거와 미래로의 만남을 위해 갈매나무를 찾아 떠나게 됩니다.

3 다음의 본문을 읽고, '갈매나무'를 찾아 떠난 두현이 깨달은 바가 무엇이었을지 정리해봅시다.

> 지옥이 있으니까 아름다움이 있어 그 둘이 본래는 하나이듯이……. 왜냐하면 아름다운 건, 그리고 어떤 걸 아름답다고 부르기로 한다면 그건 애진작부터 지옥이 아니었지요. 물론 그걸 낙원이라고 부르기도 어렵고……. 하지만 어떤 꿈을 가리키는 것만큼은 분명해요. 그 꿈은 뭘까요? 그것은 아득한 기억뿐일지도 모르죠. 사실인지 착각인지도 잘 모르겠고……. 아무튼 흔적없이 지나간 시간을 붙드는 유일한 육체처럼 흔들림없이 버티고 섰는 그 기억의 집 말예요. 바로 저 갈매나무 같은 것!
>
> ―본문 중에서

세상과의 불화도, 꿈꾸기도 불가능한 현재(두현은 현재 윤정과 이혼하여 상처를 가지고 있다)는 지옥도 천당도 보이지 않는 허무와 비관, 삶의 권태와 절망, 상처와 슬픔의 시간입니다. 유년의 갈매나무가 열매와 함께 독한 가시를 지녔던 것처럼, 갈매나무는 사랑의 기쁨과 이별의 고통을 간직한 기억의 집입니다. 갈매나무를 찾는 여행은 현재를 넘어 과거나 미래에 닿으려는 욕망(잃어버린 생명의 힘을 찾으려는 욕망)이지만 그것을 초월하려는 것은 아닙니다. 바로 지금 여기에 굳게 뿌리내린 갈매나무처럼, 삶을 불화와 화해의 꿈이 뒤섞인 역설로 이해하고자 합니다. 이런 역설을 알아차리지 못할 때, 젊음은 지옥 같은 현실을 아름다운 세상으로만 변화시키려는 열정의 함정에 빠지게 됩니다. 즉 변화시키려는 욕망에만 지배됨으로써 정작 자기 앞의 삶이 지닌 역설(불화와 화해의 꿈이 뒤섞여 있다는 역설)을 꿰뚫어 보지 못한다는 뜻입니다. 지옥과 아름다움이 원래 하나 듯이, 지금 여기에서 지지고 볶으며 사는 삶의 역설성에 세상의 독한 가시를 이기는 단서가 있는 것입니다.

4 마지막에 두현이 수칼매나무를 찾으려고 하는 이유와 그것이 갖는 의미는 무엇일까요?

두현은 아직 수칼매나무를 보지 못했으나 언젠가 꼭 보게 될 것이라 확신합니다. 그 수칼매나무는 어느 깊은 계곡 어디에선가 뿌리를 박고 홀로 눈보라와 찬비와 거친 바람을 맞으며 추운 계절을 꿋꿋이 견디며 힘차게 수액을 높은 우듬지 위로 뽑아 올리고 있을 것이라는 상상을 하게 됩니다. 결국 이 수칼매나무는 두현 자신의 모습일 것입니다. 지옥 같은 현실 앞에서도 꿋꿋하게 부딪혀 사는, 생명의 힘을 갖는 현실 속의 수칼매나무로 살고자 하는 두현의 다짐입니다.

깊이 생각해보기

아래의 시를 읽어보고 이 시에 나오는 '갈매나무'의 의미를 이 작품의 '갈매나무'의 의미와 비교해봅시다.

남신의주 유동 박시봉방

백석

어느 사이에 나는 아내도 없고, 또,
아내와 같이 살던 집도 없어지고,
그리고 살뜰한 부모며 동생들과도 멀리 떨어져서,
그 어느 바람 세인 쓸쓸한 거리 끝에 헤매이었다.
바로 날도 저물어서,
바람은 더욱 세게 불고, 추위는 점점 더해 오는데,
나는 어느 목수(木手)네 집 헌 삿을 깐,
한 방에 들어서 쥔을 붙이었다.
이리하여 나는 이 습내 나는 춥고, 누긋한 방에서,
낮이나 밤이나 나는 나 혼자도 너무 많은 것같이 생각하며,
딜옹배기에 북덕불이라도 담겨 오면,
이것을 안고 손을 쬐며 재 위에 뜻없이 글자를 쓰기도 하며,
또 문 밖에 나가지두 않구 자리에 누워서,
머리에 손깍지베개를 하고 굴기도 하면서,
나는 내 슬픔이며 어리석음이며를 소처럼 연하여 쌔김질하는 것이었다.
내 가슴이 꽉 메어 올 적이며,
내 눈에 뜨거운 것이 핑 괴일 적이며,
또 내 스스로 화끈 낯이 붉도록 부끄러울 적이며,
나는 내 슬픔과 어리석음에 눌리어 죽을 수밖에 없는 것을 느끼는 것이었다.

그러나 잠시 뒤에 나는 고개를 들어,
허연 문창을 바라보든가 또 눈을 떠서 높은 천정을 쳐다보는 것인데,
이때 나는 내 뜻이며 힘으로, 나를 이끌어가는 것이 힘든 일인 것을 생각
하고,
이것들보다 더 크고, 높은 것이 있어서, 나를 마음대로 굴려가는 것을 생
각하는 것인데,
이렇게 하여 여러 날이 지나는 동안에,
내 어지러운 마음에는 슬픔이며, 한탄이며, 가라앉을 것은 차츰 앙금이
되어 가라앉고,
외로운 생각만이 드는 때쯤 해서는,
더러 나줏손에 쌀랑쌀랑 싸락눈이 와서 문창을 치기도 하는 때도 있는데,
나는 이런 저녁에는 화로를 더욱 다가 끼며, 무릎을 꿇어보며,
어느 먼 산 뒷옆에 바우섶에 따로 외로이 서서,
어두워 오는데 하이야니 눈을 맞을, 그 마른 잎새에는,
쌀랑쌀랑 소리도 나며 눈을 맞을,
그 드물다는 **굳고 정한 갈매나무**라는 나무를 생각하는 것이었다.

이 시의 화자는 고향을 떠나 홀로 유랑하는 떠돌이입니다. 어느 집에 더부살이로 세 들어 살면서 무기력하게 세월을 지내다가 '굳고 정한 갈매나무'를 떠올리며 자신의 삶을 반성하게 됩니다. 어리석었던 지난 날에 대한 자책과 회한으로 괴로워하지만, 곧 굳고 정한 갈매나무처럼 어려운 현실에 당당히 맞설 것을 다짐하는 모습에서 본문의 두현의 모습을 떠올리게 합니다.

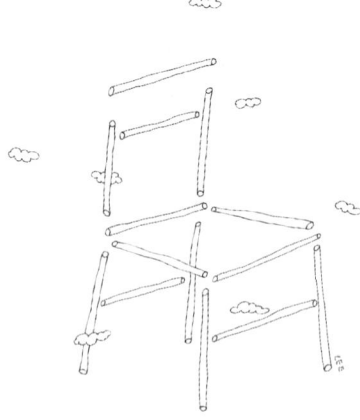

두 장의 사진으로 남은 아버지

일생에 단 한 번이라도
당신의 운명과 어떤 식으로든지 피하지 않고
정직하게 맞닥뜨려 대결하려는 아버지를 그린 작품.

 감상의 길잡이

"뭐? 아, 예. 마지막으로 기호 십이 번 김홍수 후보의 유세가 있겠습니다"
단 한 번 운명과 정면대결한 아버지

작가 김소진은 그의 데뷔작 「쥐잡기」에서 소설이기에 앞서 아버지께 드리는 제문(祭文)이라고 밝히고 있습니다. 그리고 "나의 문학의 첫발은 아버지와 문학을 통해서나마 화해하기 위함이었다"(『아버지의 미소』)고 덧붙입니다. 살아생전 풍성한 물질적 능력이 있었던 것도 아니고, 무궁무진한 세상살이 비법을 전수해주는 것도 아니었으며 힘과 권력이 있던 아버지도 아니었기에, 작가는 아버지를 "사랑(愛)과 미움(憎), 또는 자부심과 콤플렉스라는 두 가지 상반된 정서가 한데 뒤섞인, 모순된 감정을 만들어준 장본인"이라고 말하기도 했습니다. 작가의 소설 속에는 늘 무기력하고 힘없는 아버지와 뒤늦게 화해하는 아들의 모습을 보여주는 작품들이 많이 있습니다.(「쥐잡기」,「자전거 도둑」,「개흘레꾼」 등)

그러나 이 작품에 나오는 아버지의 모습은 작가의 다른 작품 속에 등장하는 아버지와는 사뭇 다르게 보입니다. 이는 이전의 작품 속에 등장하는 구멍가게를 지키고, 개들을 흘레붙이며 무력하게 지내는 그런 아버지가 아니라, 선거에 입후보하여 끝까지 열심을 다하는 모습을 보여주기 때문입니다. 물론 처음부터 입후보하려고 했던 것도 아니고, 선거기간 중 자신을 추천한 이전 후보자에게 오히려 사퇴를 종용당하기도 하고, 아내 철원네에게 지청구를 듣기도 하지만, 아버지는 나름대로의 신념과 의지를 갖고 누구의 도움도 받지 못했지만 선거를 무사히 마무리 짓습니다. 물론 당선에는 턱없이 부족한 표를 얻었지만, 그리고 그 순간이 불꽃처럼 짧았고 이뤄진 것은 아무것도 없다고 하지만, '나'의 머릿속에는 그때 그 선거포스터에 붙어 있던 아버지의 모습이 지워지지 않고 기억의 중심에 자리 잡고 있습니다.

 늘 무기력하고 힘없어 보이던 아버지가 왜 그 승산 없는 선거 판에서만큼은 물러서려고 하지 않았을까요? 그것은 아버지의 지나온 삶에서 의미를 찾을 수 있습니다. 아버지는 6·25전쟁 당시 처자식을 북에 두고도 남한을 택한 분입니다. 그리고 그것이 그저 자신의 운명이거니 믿고 살았고, 한 번도 운명(세상)과 맞서보려고 하지 않았던, 그래서 스스로 '비겁한 애비'라고 자책하며 살았던 분입니다. 그래서 일생에 단 한 번이라도 당신의 운명과 어떤 식으로든지 피하지 않고 정직하게 맞닥뜨려 대결하고 싶었던 것입니다. 그것이 어떠한 결과가 있다고 하더라도 말입니다. 그렇기 때문에 어떤 외압과 지청구에도 꿋꿋하게 선거를 마무리 지을 수 있었던 것입니다. 그래서 아들인 '나'는 그런 아버지의 일생일대 단 한 번 운명에 맞서던 아버지를 생각하면서 삶이 버거워질 때마다 벽보 속의 아버지를 떠올리며 힘을 얻고자 할 것입니다.

아버지의 삶은 힘겨운 삶이었습니다. 비록 늘 운명에 휘둘려 살고 무기력하게 살았지만, 그 이면에는 우리의 비극적인 역사가 아버지의 삶을 그렇게 강요했던 것입니다. 이런 아버지의 모습은 소설 속에서만, 또는 작가에게만 한정되는 아버지의 모습은 아닐 것입니다. 이는 전쟁 중에 북에 처자식을 놓고 남하(南下)한 이산의 아픔을 가진 모든 아버지이고, 더 나아가서는 그 아픔을 함께 겪었던 우리 모두의 아버지이고, 바로 우리 민족의 아픔이라고 생각해야 할 것입니다.

이 작품은 1995년에 연작 장편소설 『장석조네 사람들』에 실린 작품입니다. 이 장편소설은 작가가 유년 시절을 보냈던 미아리 산동네를 배경으로 장석조네 세 들어 살던 소외된 변두리인들의 삶을 하나하나 소개한 연작소설의 형식을 취하고 있습니다.

두 장의 사진으로 남은 아버지

여기 아버지의 대조적인 모습을 극명하게 보여주는 사진이 둘 남아 있다. 하나는 아버지가 돌아가셨을 때 영정으로 쓸 사진이 없어 주민등록증의 증명사진을 떼어 확대해 만든 틀사진이다. 내가 그 틀사진을 두고 이렇게 묘사했을 때는 다분히 의도적이었다. 즉 선택적이었다는 얘기가 된다.

그 틀사진은 주민등록증에 붙어 있던 흑백 증명사진을 부랴사랴[1] 확대하여 마련한지라 전체적으로 우중충한 느낌을 줄 뿐 아니라 윤곽마저 희미하게 어룽거려[2] 마치 급조된 몽타주[3] 속의 인물을 연상시켰다. 조

---

[1] 부랴사랴 몹시 급하고 부산하게 서두르는 모양.
[2] 어룽거리다 눈앞에 흐릿하게 어른거리다 어룽대다.
[3] 몽타주 여기서는 몽타주 사진(montage 寫眞). 여러 사람의 사진에서 코·입·눈매 등 부분적으로 어떤 사람의 용모와 비슷한 부분만 오려서 하나로 맞춘 사진. 흔히, 범죄 수사에서 용의자의 특징을 잡아서 그린 대용 사진으로 이용함. 합성사진.

붓한⁴⁾ 공간 속에 갇혀 건성드뭇한⁵⁾ 대머리를 인 채 움펑 꺼져 데꾼한⁶⁾ 눈자위로 방 안을 내려다보고 있는 아버지는 무엇에 놀랐는지 잔뜩 겁에 질린 표정이었다. 어깨까지 한껏 곱송그리고 있어 방금 염병⁷⁾을 앓고 난 이 같았다.

여기서 느낄 수 있는 아버지는 세상살이에 지치고 짓눌린 삶의 표정을 지닌 사람이다. 경제적으로 거의 무능했으며 당신의 운명을 휘감아 돈 그 바람의 정체가 무엇인지 알 수도 그리고 알려고 하지도 않은 자의 모습을 고스란히 담은 사진이었다. 나는 이것이 아버지의 참모습이라고 생각했던 것이다. 하지만 여기 아버지의 또 다른 모습을 담은 사진이 있지 않은가. 엄밀히 말하자면 그건 사진은 아닐 것이다. 누렇게 바랜 선거 벽보였으니깐. 그 안의 아버지는 유권자를 향해 환히 웃고 있었다. 그 표정은 온화했고 사명감에 차 있었으며, 벗겨진 대머리는 어떤 의지에 찬 자신감의 표현인 듯싶었다. 아버지의 이 두 모습은 도무지 하나로 겹쳐질 수 없는 불가해⁸⁾성을 지닌 것들이었다. 곧이라도 바스러질 것만 같은 얼굴 표정과 단호한 권력의지를 지닌 표정 사이에는 손톱만큼의 연관성도 찾아볼 수 없었다. 나는 아버지의 이런 두 모습 가운데 어느 쪽을 선택해야 할까 하고 생각하면 할수록 몹시 혼돈스러웠다. 틀사진 안의 아버지는 내 기억 속에 압도적인 부분으로 살아 있는 모습이었고 벽보 안의 모습은 거의 예외적으로 스치고 지나간 한순간의 기억일 뿐

4) 조붓하다 조금 좁은 듯하다.
5) 건성드뭇한 많은 수효가 듬성듬성 흩어져 있다.
6) 데꾼하다 몹시 지쳐 눈이 쑥 들어가고 정기가 없다.
7) 염병(染病) 전염병의 준말. 장티푸스를 흔히 이르는 말.
8) 불가해(不可解) 이해할 수 없음. 알 수 없음.

이었다. 그러나 난 어느새 자꾸만 벽보 속의 아버지를 내 기억의 중심에
다 꾸역꾸역 가져다놓으려고 애쓰고 있는 나를 발견해내곤 했다. 권력
의지가 있었던 아버지, 물론 아버지가 그런 의지를 지니고 있던 시기는
불꽃처럼 짧았고 그리고 아무것도 이뤄진 것은 없었다. 그럼에도 불구
하고 잠시 권력의 화신[9] 역할을 했던 아버지의 모습을 턱없이 그려보려
는 내 의식은 어떻게 설명될 수 있을까? 아버지는 혹시 나의 다른 모습
이 아니었을까? 아버지는 아들의 거울이다 라는 명제가 있듯이, 싫지만
들여다보아야 할 나의 거울인 것이다. 아버지는……

아버지는 원래 차기대 씨의 대역으로 급작스레 발탁이 되었다. 유권
자한테서 추천도장을 받는 일에서부터 시작하여 선거관리위원회를 드
나들고 하는 일을 차씨가 다 해낼 무렵 문제가 발생한 모양이었다. 그때
까지만 해도 아버지는 차씨와의 알음알이[10] 때문에 매정하게 거절을 하
지 못하고 무보수로 자원봉사를 해주는 차씨의 선거운동원에 지나지 않
았다. 주로 인쇄소에서 차씨가 맡긴 전단을 찾아오고 집집마다 돌리는
게 아버지의 주된 일이었다. 그리고는 은근히 감청색 솜잠바 안주머니에
사람들한테 돌리다 만 하얀 목양말 두어 켤레를 슬쩍 빼돌려 집으로 돌
아오는 맛에 재미를 붙이던, 어찌 보면 한심한 운동원이었을 뿐이다.

"차씨 아저씨는 호응이 좀 있나요?"

"틀렸어, 어드러케 허우대는 있어갰구 기걸루다 버틸 요량이긴 헌데,
길치만 뭐 선거라는 게 인물로 하게 돼 있지가 않아. 처음부터 돈이 탁
틀어쥐고 설치고, 막걸리, 비눗갑이 꼬실리는 게지. 돌아댕겨보믄 참으

---

[9] 화신(化身) 추상적인 특질이 구체적인 것으로 바뀌는 일.
[10] 알음알이 개인끼리 서로 아는 관계. 제각각 가진 친분.

로 한심하다우. 말로는 민주선거라곤 하지만 다 쇼다, 쇼. 진짜 민주주의 헐려면 안즉 멀어서."

차씨 역시 도장을 파는 조카네 집 문간방 하나에 겨우 깃들어 사는 영감탱이일 뿐이었다. 동두천에서 양갈보[11]짓을 한다는 둘째 딸이 애비가 누군지도 모르는 손녀를 떠맡긴 대가로 근근이 대주는 생활비로 끼니를 에우는[12] 그가 대통령 선거인단 선거에 야당 입후보자로 나선다며 설레발[13]을 놓자 동네 사람들은 모두 고개를 갸웃거렸다. 선거라면 곧 정치고, 정치라면 돈 많고 백 든든한 사람들이나 하고 자신들은 굿이나 보고 떡이나 얻어먹는 줄로만 여기고 있던 동네 사람들은 무슨 큰 변고[14]라도 일어난 듯이 한동안 술렁거렸다.

"젠장, 과부 꽁무니나 쫓아다닐 일이지 늙마[15]에 뭔 주책이람."

"그래도 참신하지 뭘 그래?"

"망둥이가 뛰니 꼴뚜기도 뛴다고 차씨가 제 주제도 모르고 저렇게 발등에도 안 차는 물에서 절버덩거리는 꼴을 보니 맥소롱이나 한 병 사먹어야지 속이 메슥거려 죽겠네."

주위의 여론은 대충 이러했다. 그러나 평소 입바른 소리를 잘하기로 소문난 차씨이기에 사람들은 한편으론 호기심 어린 눈길을 보내기도 했다.

한번은 차씨가 평소 '장수무대'를 애청하던 낡은 미제 진공관 라디오

---

11) 양갈보(洋―) 서양 사람을 상대로 하는 갈보. 갈보란 웃음과 몸을 팔며 천하게 행동하는 여자를 속되게 이르는 말.
12) 에우다 다른 음식으로 끼니를 때우다.
13) 설레발 지나치게 서둘러대며 부산을 피우다.
14) 변고(變故) 재변(災變)이나 사고.
15) 늙마 늘그막의 준말.

를 도둑맞자 길길이 부아를 터뜨리다 때마침 그 다음 날 영문도 모르고 야경비16)를 받으러 온 방범대원에게 터무니없는 된경을 치고야 말았다.

"썩었어두 마 아주 고약시리 썩었다꼬. 이렇게 힘없고 가진 것 없는 불쌍한 백성의 재산권조차 살살이 보장해주지 못허는 정권이 도대체 무슨 낯을 들고 나라를 다스린다 카노. 하나를 보믄 열을 안다구, 국내 치안이 이 정돈데 으떠케 믿고 이 무도한 정권에 휴전선까지 떡허니 맡기고 발 뻗고 잘 수 있단 말인가. 마 내사 목을 따주믄 따줬지 야경비는 죽어도 몬 준다꼬."

야경비를 받으러 온 사내는 영감의 얘기는 아예 못 들은 걸로 치겠다며 뒤도 안 돌아보며 내뺐다. 유신정권17)의 대를 이어 권좌18)에 오른 장성들의 서슬19)이 사회 곳곳에서 서릿발을 곤두세우던20) 때였다. 한낱 파출소의 야경꾼으로는 도무지 감당할 수 없는 말을 쏟아놓은 차씨는 직성이 덜 풀렸는지 의기양양한 표정으로 숨죽이고 있는 동네를 한바탕 들었다 놓았다.

'전통 야당의 맥을 살리자! 평생 노동으로 잔뼈가 굵은 차기대 선생에게 한 표를!'

"허허, 김선생 이번에 이 차기대 좀 도와줘야겠소. 주위에서 자꾸 권유를 해오니 사양키도 어렵고 캐서 마, 출마를 결심했심더, 이 썩은 정

---

16) 야경비 밤에 공공건물·회사·동네 등을 돌며 화재나 범죄 따위를 경계하는 일의 대가.
17) 유신정권 장기 독재집권을 위해 만든 유신헌법을 바탕으로 한 박정희 정권.
18) 권좌(權座) 권력, 특히 통치권을 가진 자리.
19) 서슬 칼날 따위의 날카로운 끝 부분. 언행의 날카로운 기세.
20) 서릿발을 곤두세우다 서릿발처럼 준엄하고 매서운 기운이 있다.

치현실을 뿌리뽑아야겠시다. 내가 돈이 있소, 아니믄 빽이 있소? 어렵더라도 임자처럼 뜻있는 분이 허심탄회[21]하게 이 사람을 돕지 않는다면 말이 되겠습니까?"

아버지는 예예 하면서 두 손으로 차씨의 손을 부여잡고 굽실거렸다. 차씨를 도와주겠다고 그의 주변에 모인 면면을 살펴보면 참으로 가관이었다.

마누라가 미국에서 재봉사를 하며 부쳐주는 돈으로 술독에 빠져 지내는 오씨는 자신의 집 부엌에서 때려잡아 끓인 개장국을 한 사발 받쳐들고 혓바닥으로 입술을 잔뜩 축인 뒤 훌훌 들이마시더니 턱을 내복 바람인 가슴에 바투 붙인 채 트림을 꺽꺽 게워냈다.

"내가 보기에도 이번엔 차선생이 잡아도 아주 든든한 동아줄을 잡았시다. 툭 까놓고 말해서 누가 이런 엄동설한에 야당 후보로 나서서 구색을 맞춰준답니까? 안 그라요? 다 그만한 대가가 있어부러. 관 쪽하구두 다 야그가 돼뿌랐고. 김선생은 아무 걱정 없어부러."

조산원에 다니는 반주그레한[22] 여편네가 못 미더워 의처증에 걸린 뒤 매일 밤 주먹질로 우려낸 밑천으로 오씨를 술친구 삼아 너나들이[23]로 지내는 박씨가 이빨로 소주병 뚜껑을 물어뜯으며 뜨거운 입김을 아버지 얼굴에 훅훅 끼얹었다.

"누가 압니꺼? 설사 눈면 표가 몰려 당선이라도 되는 날이면 평화통일자문위원이요, 떨어져도 마 심십육통 통장 자리는 따놓은 당상 아입니꺼? 그러믄 우야든 김선생이 벌이려고 하는 구멍가게 판로는 신작로

---

[21] 허심탄회(虛心坦懷) 마음에 거리낌이 없이 솔직함.
[22] 반주그레하다 생김새가 겉으로 보기에 반반하다.
[23] 너나들이 너니 나니 하고 부르며 서로 무간하게 지냄. 또는 그러한 사이.

처럼 쫙 뚫리고 마, 누가 불량식품 검사 나왔다꼬, 또 마 내부터도 외상 값 띠어묵겠다꼬 지분거릴라예?[24] 어림두 없지러. 그게 다 줄 아입니꺼, 주울."

베갯잇 박아내는 소규모 공장을 하는 학봉이 엄마를 물주로 꼬드긴 차씨는 미리 전단을 찍고 벽보에 넣을 자신의 이력과 공약 등을 작성하는 등 치밀한 선거운동 작업을 벌여나갔다. 그러나 잘나가던 선거운동이 후보자 등록단계에 가서부터 갑자기 삐그덕거리기 시작했다. 차씨가 외부 압력을 받는다는 거였다. 처음에 기세등등하던 차씨가 눈에 띄게 풀죽어가던 어느 날 그는 아버지에게 자기 대신으로 입후보를 해달라는 부탁을 해왔다. 아버지는 너무 놀라 두 손으로 손사래를 치며 거절했지만 차씨의 권유가 하도 진지해서 한번쯤 생각해보겠다며 한 발짝 물러섰던 것이다. 그러나 차씨는 아버지의 다음 대답을 기다리지 않고 그대로 아버지의 도장을 새겨 일방적으로 아버지를 입후보시키고 말았다. 아버지의 얼굴이 박힌 벽보 밑부분 이력란엔 큼지막한 글씨로 '노동'이라고만 씌어 있었다.

장석조 씨네 집 셋방 가운데 유독 우리집만 방이 두 개인 구조였다. 물론 방 하나는 0.7평쯤 되는 아주 협소한 골방이긴 했지만, 그 골방은 애초부터 아궁이에서 불길이 들지 않는 냉골[25]이었다. 하지만 그 골방은 다른 어느 집 아랫목보다 뜨듯했다. 그것은 도전[26] 때문이었다. 겐짱 박씨가 남들 몰래 그 골방 밑에다 열선을 깔아줬는데, 그것이 말하자면

---
24) 지분거리다 자꾸 지분지분하다. 지분대다.
25) 냉골(冷―) 불을 넣지 않아 몹시 찬 방구들.
26) 도전(盜電) 요금을 지불하지 않고 전력을 몰래 씀.

두꺼비집을 거치지 않고 들어오는 전기였던 것이다. 아버지는 처음에 전단을 돌리다 추워지면 슬그머니 그 골방으로 숨어들었다.

"내다, 애비다."

아버지는 항상 들릴락말락한 목소리로 속살거렸다.

"민세야, 자니? 얘, 얘 내다. 문, 문 좀 까라 야."

나는 고무공처럼 반동을 주어 빨딱 일어나면서 까내린 팬티를 추슬렀다. 그리고는 사타구니께서 손아귀에 잡혀 올라온 종이때기를 되는 대로 구겨 황황히 책장 밑구녁에 쑤셔넣었다. 다음엔 손바닥으로 벌겋게 달아오른 얼굴을 위아래로 쓰다듬으며 배꼽 아래에 힘을 주어 일부러 뚱한[27] 표정을 빠르게 길어올렸다.

"히힝, 춥다. 아이쿠, 여기가 바로 내 넋 놓을 곳이구나."

아버지는 두 손을 싹싹 비벼 코앞으로 가져가 닭똥 냄새를 맡으며 방문을 열고 들어섰다. 뒤꿈치가 너덜해진 털신을 아무렇게나 벗어버리는 바람에 낡은 책과 신문지를 넣어두는 고리짝[28]을 맞고 제멋대로 나동그라지는 소리가 가랑이 새로 뒤따라 들어왔다. 어깨 위에 비듬처럼 이고 들어온 눈이 방 안 운김[29]에 자글자글 녹아내렸다. 나는 아버지에게 눈길을 한 번 주고는 그대로 책갈피 사이로 고개를 쑤셔박았다. 아버지는 한동안 우두커니 서서 오줌을 흠뻑 지린 사람처럼 쭈뼛쭈뼛 오금께를 어루만지더니 구덕구덕 말라버린 방걸레 옆의 둥글넓적한 전기화로 쪽으로 퍼렇게 곱은 손길을 뻗쳤다. 개폐기 옆의 콘센트 구멍을 찾아 몇

---

27) 뚱하다 말수가 적고 붙임성이 없다. 못마땅하여 시무룩하다.
28) 고리짝 상자 모양으로 만든 고리의 낱개.
29) 운김 여러 사람이 함께 일할 때 우러나는 힘.

번이나 허탕을 친 끝에 코드를 꽂자 물뱀처럼 숨을 죽이고 있던 시커먼 용수철 열선이 금세라도 미궁처럼 얽히고설킨 틈새기에서 퉁겨나올 듯 퍼덕거렸다. 그 앞에 쪼그리고 앉아 손바닥을 쫙 펴 곁불30)을 쬐는 자세를 잡은 아버지는 눈이 새들어가 축축해진 양말을 벗어 화로 위로 건들건들 흔들었다. 이내 김이 모락모락 피어올랐다.

"선늙은이 얼려 죽이려고 하나……. 눈까지 끝꺼정 나를 얕보고 등쌀을 붙여볼 양이야, 으잉. 민세 공부하니 기래? 바깥은 영 젬병31)인데 여긴 기래두 딴 세상이다 야. 구들32)도 운운하고. 이번 겨울은 기래두 전기쟁이 겐짱 박씨 덕 좀 봤다 야, 길찮니?"

들들들 드르르륵 끼익 덜컹. 옆방에선 하루에 색동 베갯잇 50개를 깨물어내는 재봉틀이 어머니의 손아귀에 고삐를 잡혀 계속 헐떡헐떡 돌아가고 있었다.

그때 나는 대학을 합격해놓은 상태였지만 얼마 전에 달리는 열차에서 자살을 해버린 같은 반 친구 철기의 죽음 때문에 몹시 싱숭생숭해 있었다. 그는 좋은 친구였다.

"우린 모두 빙점하33)의 쥐새끼라구."

녀석은 아마도 몇 권의 책을 읽고 염세주의자34)가 된 모양이었다. 애초부터 대학 갈 생각이 없던 놈이었으니 낙방한 것 때문에 자살을 할 녀

---

30) **곁불** 얻어 쬐는 불.
31) **젬병** 형편없는 것을 속되게 이르는 말.
32) **구들** 방구들. 밑으로 고래를 켜서 방을 덥히게 만든 방바닥. 온돌.
33) **빙점하** 물의 빙점 이하의 온도. 곧 섭씨 0° 이하. 영하.
34) **염세주의(**厭世主義**)** 세상이나 인생에 실망하여 이를 싫어하는 생각. 곧 세상이나 인생에는 살아갈 만한 값어치가 없다고 하는 생각. 염세관. ↔낙천주의(樂天主義).

석은 아니었다. 철기는 시장에서 선술집을 하는 자기 어머니 평택네의 기둥서방으로 근래에 들어앉은 고물 장수 방씨와 한바탕 대거리를 한 다음 따로 나와 자취방을 얻어 살고 있었다. 그는 최신 포르노 잡지를 구색 맞춰 구입해놓고 애들한테 장사까지 해서 제법 쏠쏠한 수입을 올리는 중이기도 했다.

그는 자기 집 옥상에 물이 담긴 사기그릇을 얼려놓고 그 안을 뚫어져라 들여다보곤 했었다. 그 그릇 안의 얼음 속에는 반 뼘짜리 은빛 붕어 한 마리가 갇혀 있었다. 배를 위로 뒤집지 않은 것으로 미루어 산 채로 언 듯했다.

"클클, 민세야, 너두 이녀석 좀 봐. 이것이 우리의 자화상이야. 빙점하의 붕어 새끼."

"쓰발, 넌 정말 어쩔 수 없는 놈이구나."

"이번 겨울엔 경춘선 한번 같이 타보자. 푸른 호수를 만날 수 있을 거야. 설마 얼지는 않았겠지. 답답하지 않니?"

그 길이 철기와는 마지막 길이 되었다.

"그만, 나가야겠어."

여린 박하향이 풍겨왔다. 철기는 박하껌을 잘근잘근 씹고 있었다.

"뭐라고?"

철기는 낮게 읊조린 다음 입술을 쫑그려 기차 천장에 씹던 껌을 세우뱉고 내가 말릴 틈도 없이 달리는 기차의 출입문을 열었다. 그리고는 놀러 나가는 아이처럼 또박또박 밖으로 걸어나갔다. 나는 나중에 철기의 유품을 정리해주면서 그의 서랍에서 무수히 많은 춘화 잡지를 발견했다. 그것을 몰래 가져다가 이따금 자위행위를 할 때마다 한 장씩 뜯어

내 쓰곤 했다.

"우리집이 한 달에 내는 전기세가 얼마나 되죠?"

"솔찮지[35]. 먼젓달에는 우수리[36] 없이 삼천 원을 냈으니까. 이거, 응, 이거 말이다. 그냥 두꺼비에 달면 감당 못 한다 말이다. 택두 없다고 하더라, 삼천 원 가지구는. 우리가 저 개폐기만 쓰니? 봐라, 이 전기화로도 을매나 돈을 잡아묵는데 그러니. 곱절두 한 서너 곱절을 내야 할 거다만……."

아버지는 마지막 남은 담배 한 대를 꺼내 문 다음 방문을 열고 꾸깃꾸깃 뭉친 새마을 담뱃갑을 부엌 토방[37] 머리 한구석에 아무렇게나 내팽개쳤다.

"겐짱 박씨랑 같이 다니는 뒷집 안씨가 뭔가를 알고 있는 것 같기도 허구 말이야. 그러면 그거 참 큰일 아니겠니? 그 작잔 술을 워낙 좋아하다보니 항시 맘이 놓이질 못하구서리 깜짝깜짝 가슴을 졸이잖니. 술 먹으면 개나 마찬가진데 언제 피새[38]를 놓고 말지 뉘 알간? 맨날 그놈의 감전사고 얘기고 눈물타령이니……."

아버지는 가슴께를 치쏠며[39] 밭은기침을 터뜨렸다.

나도 안씨가 헤프게 떠벌리는 걸 바로 며칠 전에 직접 보았다. 윗동네 제일상회로 설날 차례상에 깔 화선지를 사러 갔더니 안씨가 무슨 대회 회장처럼 전선줄 타래를 어깨에 줄래줄래 걸친 채 가게 안 진열대에 몇

---

[35] 솔찮다 꽤, 상당히 많다의 전라도 사투리.
[36] 우수리 물건 값을 제하고 거슬러 받는 잔돈. 거스름돈. 단수(端數). 잔돈.
[37] 토방(土房) 마루를 놓을 수 있게 된 처마 밑의 땅.
[38] 피새 조급하고 날카로워 걸핏하면 화를 내는 성질.
[39] 치쏠다 아래로부터 위로 향하여 쏠다.

몇 술꾼들과 에둘러 서서 건주정⁴⁰⁾을 부리고 있었다.
"전깃줄 타는 데는 그저 서로들 형님 먼저 아우 먼저야. 왜냐구? 아, 그게 바로 까땍하다간 황천길 먼저 가는 순서거든. 농심이 저거해서가 아니지. 그런데 영철이하구 나하구 어디 그런 사이야. 내가 먼저 올라갔어야 했어, 연장자잖아. 그게 바루 의린데 말이야. 애초부터 이렇게 전봇대 밑에 까치 한 마리가 완전히 통구이가 되어 나가자빠져 있더라구. 알쪼지⁴¹⁾ 뭐. 내가 올라가겠다고 그렇게 말했는데도 이놈이 부득부득 행님, 지발 그러지 마슈 하면서 기둥에 지늠 벨트를 묶고 올라가더니 새하얗게 굳어버리는 거야. 지늠이 장가든 지 몇 달이나 됐다구 말이야……. 제수씨는 뭔 낯짝으로 보구, 응? 피 한톨 없이 족 빨리고 나서야 끓는 냄비탕 속의 개구락지처럼 땅바닥에 떨어졌는데……. 놈들이 도전을 했어. 쥑일 놈덜. 전기를 훔쳐 쓰느라구 전선 피복을 마구 벗긴 거구, 그게 사람을 잡은 거야. 도전? 그게 쌔고 쌨다구. 우리 동네두 천장 확 뜯어보면 몇 집은 좋이 나온다구. 민세구나, 아부지 잘 기시지? 그래 내가 안부 전하더라구 해라."
나는 대답을 하는 둥 마는 둥 안씨의 짓무른 눈자위를 피해 허위허위 돈을 치르고는 가게를 빠져나왔다.
"즌기 훔치는 게야 메 그리 큰 죄가 되겠니? 눈에 뵈기를 허나 거저 줄 타구서리 마구 돌아댕기는 게 바로 기건데 말이다. 이건 죄가 된다구 해두 고불통⁴²⁾으로 하나두 안 될 거이지. 우리가 쓰지 않아두 누군가는

---

40) 건주정(乾酒酊) 일부러 술에 취한 체하며 부리는 주정. 강주정.
41) 알쪼 알조〔―兆〕. 알 만한 일. 알 만한 낌새.
42) 고불통 흙을 구워서 만든 담배통.

빼 쓰게 돼 있어. 그러니 켕길 게 메가? 그보다 더헌 걸 천연덕스럽게 훔치구두 입 한번 싹 씻으면 그만인 게 바루 이 세상이야."

아버지는 담배 연기에 눈가를 잔뜩 우그러뜨리면서도 필터가 없는 새마을 담배를 손가락 새가 뜨끔뜨끔하도록 다 태우더니 자리에서 일어났다. 아버지는 문고리를 잡고는 그대로 똥 누는 사람처럼 엉거주춤한 자세를 잡았다.

"나이를 먹으니 왜 이리 엉치가 시려운지 모르지? 아흐, 십 년 묵은 암치질이 다 녹아내리는 것 같네. 흐흥."

아버지는 계면쩍은 웃음을 희미하게 지어 보였다. 그러더니 거슴츠레 뜬 두 눈을 스르르 감는 것이었다.

"다, 다 탔니, 모두 탔어?"

아버지는 졸다가 엉덩이께가 후끈한지 손바닥으로 몇 번 풀썩거리며 말을 더듬었다. 그러잖아도 헝겊 타는 냄새 비슷한 누린내가 코끝을 스친다 싶어 나는 얼른 아버지의 바짓가랑이를 보았다. 천이 좀 누글누글해진 듯도 했지만 타지는 않은 것 같았다.

"아니요, 안 탔어요……."

나는 기어들어가는 목소리로 대꾸했다. 열어젖힌 방문 밖에는 입초리[43]가 빳빳이 찢겨올라간 어머니가 철사처럼 억세게 뒤엉킨 머리 위로 실밥더미를 잔뜩 올려붙인 채 버티고 서 있었기 때문이었다.

"아니, 인두겁[44]을 뒤집어쓰고 뭣들 하는 거야? 사람이 왔으면 기척이라도 하고 좀 내다볼 줄 알아야지. 웬 집 강아지가 짖냐는 심뽀하고는

---
43) 입초리 입꼬리.
44) 인두겁(人一) 사람의 탈이나 겉모양.

……아 뭐 해, 그래두 얼른 받지 않구설랑."

네모진 큰 쟁반 위에는 설 지난 턱찌끼[45]로 개개풀어진[46] 떡국 두 그릇과 숭늉 한 대접, 그리고 보기만 해도 혀끝이 뾰족해질 만큼 시금털털한 동치미 보시기가 올라 있었다. 어머니가 각기증[47] 때문에 부어오른 다리가 저린지 발목을 접질린 사람처럼 뒤뚱거리자 쟁반 위의 그릇들이 와그르르 한쪽으로 쏠렸다. 나는 뒤통수를 긁으며 몽그작몽그작[48] 일어섰다.

하루 13시간씩 재봉틀 발판을 밟고 난 어머니는 다리가 통나무처럼 부어올라 밤이면 간간 신음 소리 토해내며 곁엣사람의 숙면을 방해했다. 폐경기[49]를 험하게 보내느라 그런지 새벽녘이면 하혈한[50] 핏덩이를 받아낸 기저귀를 요강 속에 담그곤 했다. 아침부터 실눈을 한 나는 고개를 뒤로 젖혀 뚜껑을 가만히 열어보다가도 볼그족족한[51] 기저귀가 요강에 익사체 모양 걸떠[52] 있는 걸 보면 얼른 오줌보를 움켜쥐고 변소로 뛰어갔다.

"각기란 다 몸 안에 울혈[53]이 생겨서 그런 게다. 그게 인차 빠지느라니 에미가 하혈을 쏟는 게야, 아마."

아버지는 목을 길게 늘어뜨리고 앉아 기어들어가는 소리로 쫑덜댔다[54].

45) 턱찌끼 먹다 남은 음식.
46) 개개풀어지다 끈끈하던 것이 녹아서 다 풀어지다.
47) 각기증 각기(脚氣). 비타민 B1의 부족에서 오는 영양실조 증세의 한 가지로, 다리가 붓고 마비되어 걸음을 제대로 걷지 못하게 되는 병증. 각기병.
48) 몽그작몽그작 제자리에서 조금 작은 동작으로 게으르게 행동하는 모양.
49) 폐경기 여성의 월경이 없게 되는 갱년기.
50) 하혈(下血) 항문이나 하문(下門)에서 피가 나옴. 또는 그 피.
51) 볼그족족하다 고르지 못하고 좀 칙칙하게 볼그스름하다.
52) 걸뜨다 가라앉지도 않고, 물위에 뜨지도 않고 중간에 뜨다.
53) 울혈(鬱血) 몸 안의 장기나 조직에 정맥의 피가 몰려 있는 증상.

"꼭 내 이 손으로 상을 봐야지만 처먹을 생각을 해? 내가 재봉틀 돌리면서 이것 하랴 저것 하랴 몸을 세 동가리로 갈가리 나눠도 모자랄 판인데, 언제부터 그렇게 떡허니 대령해주는 밥상을 받는 고급 주둥이가 됐어 응? 어이구, 그저 공짜 전기라구 마구 써재끼는구먼. 아, 뭐 해, 그 잘난 선거운동 하러 행차 안 하시구, 허 참. 망쪼55)가 들면 무슨 일을 못 허려고 들겠어, 같잖은 종자들. 그러잖아두 방금 최통장이 찾아왔더구먼. 통장직을 내놓겠다구 하면서 날 붙잡구 당신더러 제발 뜨거운 양 보지 말고 일찌감치 사퇴하라면서 그짓 허지 말라고 신신당부 허더구만. 아, 우리가 허나사나 서울 와서 당신 병나고 애들 데리고 아는 사람은 귀하지, 곤궁은 허지, 동회에서 구메구메56) 밀가루 포대라두 날라다 주며 내 파출부 자리라도 알아본 영감이 뉘기야? 최통장 아니냐구? 날 뛰더라도 누울 자리나 보구 환장을 해야 남 보기 덜 우세스럽지. 어서 처먹고 나가 눈을 쳐놓든지 연탄재를 깨부셔놓든지 하라구."

집안에서는 이렇게 형편없이 구겨지는 아버지였지만 바깥으로는 아주 의연한 태도를 견지하고 있었다. 어떤 이들은 진정으로 남 우스갯거리가 되느니 물러나는 게 어떻겠느냐고 충고를 해왔다. 그러나 아버지는 단호하게 고개를 흔들었다. 한번 유권자와 맺어진 약속이기에 어떻게든 아퀴57)를 지어야 한다는 말이었다. 아버지는 만나는 사람마다 수줍은 표정으로 속삭이듯 말했다.

"기호 십이 번입니다."

---

54) 쭝덜대다 못마땅하다는 말투로 중얼중얼하는 모양의 센말.
55) 망쪼 망조(亡兆). 망하거나 결딴날 징조의 준말.
56) 구메구메 남모르게 틈틈이. 새새틈틈.
57) 아퀴 일의 갈피를 잡아 마무르는 끝매듭.

내 기억으로는 아버지를 알아보는 사람을 거의 만난 적이 없었다. 혹간 아, 12번이요 하고 알은체를 해오는 사람들도 있었으나 거개는 차씨가 예전에 공들여 했던 선거운동 덕분에 아버지를 차씨로 오인하는 경우였다. 아버지는 정작 당신을 승낙도 없이 입후보시킨 차씨 쪽한테서도 사퇴 종용[58]을 받았다. 차씨는 처음부터 자신의 입후보를 정략적[59]으로 이용하려 했음이 분명했다. 그러나 뭔가 거래가 이뤄질 듯한데 아버지가 저렇게 버티고 있으니 문제가 꼬였다는 것이다.

"김선생! 내가 김선생 섭해 하시고 있다는 건 잘 압니다. 그러나 그렇다고 이러시면 안 돼요. 어디까지나 냉철하게 현실을 살피셔야 안 합니꺼. 제가 어디 일만 잘되면 가만히야 있겠어요? 그러지 말고 한번 잘해봅시다."

아버지가 입술을 굳게 다물고 대꾸를 않자 차씨는 더욱 험악하게 들이댔다.

"이 사람이 보자보자 하니깐. 세상 무서운 줄 모르고 말이야 응? 이봐요. 당신 주제에 어디 입후보할 능력이라도 있었겠어? 유권자 추천받고 이곳저곳 찾아댕기면서 서류 꾸미고 뭐 이런 걸 아무나 하는 줄로 아는 모양이지, 홍. 중이 고기 맛을 알면 절간에 빈대가 안 남아난다더니 벽보에 나붙고 어쩌고 하니깐 없던 재미가 솔솔 난다 이거지? 홍, 재미나는 골에 범 나는 법이라구."

나도 어지간하면 아버지에게 그만두시죠 하고 얘기해볼까 했지만 선거운동원 하나 변변히 없이 거의 혼자서 구도의 길을 걷는 사람처럼 유인물을 돌리고 다니는 아버지를 보면 차마 그런 말이 입 밖으로 나오질

58) 종용(慫慂) 달래어 권함. 꾀어서 하게 함.
59) 정략적(政略的) 정치상의 책략을 목적으로 삼는 (것).

않았다. 오히려 자식 된 도리로서 발 벗고 나서서 뛰어주지 못하는 게 송구하다는 생각이 들었다.

아버지가 딱 한 번 내게 도와달라는 말을 한 적이 있었으나 난 도리질을 치고 말았다.

"전 아버지를 이해하기가 어려워요."

"길캤디."

아버지는 오련한[60] 눈빛으로 날 한동안 말없이 바라봤다.

"내는 한 번두 이 세상과 정직하게 맞서본 적이 없드랬다. 거제도 포로수용소에서 이북에 두 양주와 처자를 모두 두고 왔으면서도 끝내 이곳에 남겠다고 한 사람이 바로 이 비겁한 애비다. 몸뚱이가 산산이 부서지는 한이 있더래두 한 번쯤 피하지 않고 운명이라는 것하고 말이지, 부닥쳐보는 게 필요했을지도 모르는데 말이다."

난 아버지가 이러저러한 사정으로 딱 한 번 치렀던 합동연설회장의 모습을 기억할 수 있다. 그것은 국민학교 운동장에서였다. 방학 중이라 눈을 제대로 치우지 않은 탓인지 연설회장은 진흙탕이 되어 질펀거렸다. 그런데다가 원래 인기가 없는 선거다 보니 청중이 그리 많을 리도 없는 노릇이었다. 한 중간쯤 지나서 그나마 있던 몇십 명 청중 가운데 동원된 사람들이 자기들 후보자가 연단을 내려올 때마다 차례로 줄줄이 빠지고 나니 반짝 대목[61]을 보려고 모인 즉석 커피 장수나 번데기 장수, 그리고 담배로 야바위[62]놀이를 하는 뺑뺑이꾼들이 청중보다 더 많아 보

---

[60] 오련하다 보일 듯 말 듯 희미하다.
[61] 대목 설이나 추석 따위의 명절을 앞두고 경기가 가장 활발한 시기.
[62] 야바위 속임수로 돈을 따는 중국 노름의 하나. 협잡의 수단으로 그럴듯하게 꾸미는 일.

였다. 그나마 맨 마지막 차례인 아버지가 열두 번째로 단상에 오를 때쯤에는 청중이 말 그대로 단 한 사람도 없었다. 학교 뒤쪽 피라미드 놀이기구 위에 올라간 어린애 몇 명만 재잘거리고 있었고 다행히 한구석에 젊은 번데기 장수가 김이 모락모락 나는 번데기가 그대로 남자 어떻게 처리해야 할지 몰라 벙거지를 쓴 채 망연히 서 있을 따름이었다.

나는 국민학교 운동장 한쪽의 가교사[63] 입구에 몸을 반쯤 기대고 아버지를 바라보았다. 아버지가 평생 살아오면서 마이크나 한번 잡아본 적이 있었을까, 하는 의문이 머리에 떠올랐다. 내가 왜 아버지를 강제로라도 주저앉히지 못했을꼬 하는 후회가 물밀듯이 가슴으로 밀려왔다. 나는 연사 한 사람의 열변[64]이 끝날 때마다 변소엘 다녀왔다. 후보자 한 사람이 한 번 끝날 때마다 열 사람 정도의 지지자들이 어슬렁어슬렁 빠져나갔다.

"에, 이것으로."
"아냐, 하나 남았다구!"

마침내 아버지 차례가 되었다. 나는 막 눈물이 쏟아지려 했다.

"뭐? 아, 예. 마지막으로 기호 12번 김홍수 후보의 유세가 있겠습니다."

아버지는 단상에 가려 잘 보이지 않았다. 마이크에서는 잡음이 울려왔다. 유세가 다 끝난 걸로 친 진행요원들이 책상을 끄는 소리, 서로 소리쳐 부르는 소리 등이 한데 뒤섞여 가느다랗게 들려왔다. 대목을 놓친 젊은 번데기 장수가 갑자기 허탈하게 하늘을 보고 웃더니 공친 화풀이를 아버지에게 하려는 듯 손나발을 입가에 붙이고 야유를 하기 시작했다.

63) 가교사(假校舍) 임시로 쓰는 학교 건물.
64) 열변(熱辯) 열의에 찬 변설(辯舌).

"우우우 에에에에."

아버지가 단 한마디, "여러분" 하는 말조차 제대로 끝맺지 못하고 고개를 뚝 떨군 채 연단을 내려오는 모습이 얼른 비쳤다. 나는 진흙탕밭을 가로질러 아버지에게 마구 달려가고 싶었다. 그리곤 뜀박질을 시작했다. 그러나 아버지에게가 아니었다. 나는 번데기 장수에게 달려가고 있었다.

"야, 이 씨팔!"

"뭐 씨팔? 어디서 굴러온 개뼈다귀야!"

나는 럭비 선수처럼 몸을 던져 그의 허리를 휘감아 쓰러뜨렸다.

"너 잘 만났다. 그러잖아도 몸이 구석구석 근질거리던 참이었는데, 어디서 비리비리한 놈이 맷감을 자처하고 달겨드니 오죽이나 잘됐냐."

번데기 장수와 난 진흙탕에서 개처럼 끌어안고 뒹굴었다. 아버지가 달려오고 사람들이 뒤따라와 뜯어말리는 바람에 싸움은 좀 싱겁게 끝났다. 그러나 그 짧은 시간에도 내 얼굴은 엉망진창으로 부풀어올랐다. 그러나 내가 하도 악을 쓰며 달려들어서 그런지 그 번데기 장수도 어지간히 맞았던 모양이었다.

개표날이 다가왔다.

나는 개표장에서 참담한 심정으로 꼬다케[65] 밤을 새우며 아버지의 표수를 점검했다. 그리고는 새벽녘에 집으로 돌아왔다. 아버지는 모두 375표를 얻었다. 내 골방에는 아버지가 이불을 푹 뒤집어쓰고 누워 있었다. 나는 아버지를 깨우지 않고 이불자락을 살며시 떠들친 다음 고양

---

65) 꼬다케 불길이 세지도 않고 그렇다고 꺼지지도 않은 채 붙어 있는 모양.

이처럼 기어들어갔다. 그리고 둘은 점심 무렵까지 죽은 듯이 곯아떨어졌다.

그 다음 날 아버지와 난 까뀌[66]와 풀끼알[67] 따위를 들고 이 동네 저 동네 헤매고 다녔다. 선거 벽보가 붙은 골목마다 찾아다니며 기호 12번 포스터를 긁어내는 작업 때문이었다. 오랜만에 숙면을 취한 아버지의 눈두덩은 퉁퉁 부어 있었다. 아버지는 당신의 득표수를 알려 하지 않았다. 나도 굳이 알려주고 싶지 않았다. 우리 두 부자는 중간에 호빵을 두 개씩 깨물어가며 아주 열심히 그 일을 했다.

"아버지, 속이 후련하세요? 왜 두고두고 벽보가 저절로 닳아없어질 때까지 보시지 그러세요?"

"무스거 소리네? 끔찍하게스리, 말도 안 되지."

아버지는 말을 멈추고 아주 숫저운[68] 표정을 지어 보였다. 그러더니 내게 당신 몫의 호빵을 하나 불쑥 내미는 거였다.

"여전히 알 수가 없구만, 쩝쩝, 민세야 어제 아주 좋은 꿈이래 꿨잖겠니?"

"어떤 거요?"

"귀인을 만났더랬어."

"뭐라던가요? 귀인이?"

"이곳 남쪽엔 없는 사람이야. 헤어진 지 30년이 넘었지. 겨울바람 불어오는 쪽에 살아 있갔지 아마? 얼굴이 많이두 변했더구나. 근데 왜 날

---

[66] **까뀌** 한 손으로 쥐고 나무를 깎거나 찍거나 하는 연장.
[67] **풀끼알** 풀 귀얄. 솔의 한 가지. 풀칠이나 옻칠 따위를 할 때에 씀.
[68] **숫접다** 순박하고 진실한 데가 있다.

더러 그리로 오라고 허질 않았을까? 이쪽 인연이 다하거든 만나자고 허는 걸 보믄 이미 혼백이 다 된 사람인가 어쩐가? 죽어서나 만나자는 거겠지."

난 그 귀인이 누굴 말하는지 곧 눈치를 챌 수 있었다. 바로 아버지가 북에 두고 내려온 사람들일 터였다. 아버지는 계속 혼잣소리로 중얼거렸다.

그날 나는 벽보 벗기기 작업을 하는 순간만큼은 아버지에 대해서 뭔가를 어렴풋이나마 알 수 있을 것 같은 느낌이 들었다. 당신은 아마도 정체를 알 수 없는 블랙홀처럼 주변을 휘감아온 당신의 운명과 어떤 식으로든 피하지 않고 정직하게 맞닥뜨려 대결하고 싶었던 건지도 몰랐다. 아울러 그런 애비의 모습을 아들인 내게 단 한 번이나마 보여주고 싶었던 것일까? 아무튼 그 대결의 끝이 아무리 참담할지라도 그것은 오로지 아버지의 몫이었다. 그래서 그런가, 나는 언제부턴가 모르게 삶이 자꾸 버거워질 때마다 그 벽보 속의 아버지를 들여다보는 버릇이 생겼다.

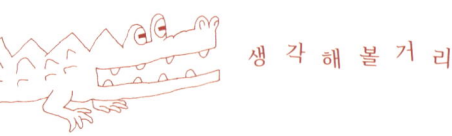

생각해볼거리

1 '두 장의 사진' 속에 남아 있는 아버지의 모습을 비교해봅시다.

영정 사진으로 쓴 주민등록증 증명사진   흑백사진이며 전체적으로 우중충한 느낌입니다. 건성드뭇한 대머리를 인 채 움푹 꺼져 데꾼한 눈자위로 방 안을 내려다보고 있는, 무엇인가에 잔뜩 겁에 질린 얼굴입니다.

선거 벽보용 사진   환하게 웃고 있는, 온화하고 사명감에 차 있으며, 벗겨진 대머리는 어떤 의지에 찬 자신감의 표현인 듯한 얼굴입니다.

2 아버지가 선거에 입후보하기까지의 과정을 이야기해봅시다.

아버지는 매정하게 거절하지 못하고 야당 후보로 나온 '차기대'의 무보수 자원봉사 선거운동원으로 활동하게 됩니다. 그러던 중 후보자 등록단계에서 차기대가 발을 빼며, 아버지를 대신 입후보시킵니다. 그래서 결국 기호 12번으로 입후보하게 되고, 입후보 자체를 정략적으로 이용하려 했던 차기대가 사퇴를 종용하지만 끝까지 선거를 치릅니다.

3 아버지와 관련된 사실들을 찾아서 정리해봅시다.

— 거제도 포로수용소에서 북한에 두 양주와 처자를 모두 두고 남한을 선택함.

— 남한에서 철원댁을 만나 '나'를 낳고 노동을 하며 살아가고 있음.

— 한 번도 운명에 맞서본 적이 없었음.

— '차기대' 씨의 대역으로 선거에 입후보하게 됨.

4 아버지가 불리한 선거를 마지막까지 포기하지 않은 이유는 결국 무엇 때문이었을까요?

아버지는 6·25전쟁 중 거제도 포로수용소에서 이북에 두 양주와 처자를 두고 왔으면서도 결국 남한을 선택하였습니다. 그것이 그저 자신의 운명이거니 믿고 살았고, 한 번도 운명(세상)과 맞서보려고 하지 않았던, 그래서 스스로 '비겁한 애비'라고 자책합니다. 그래서 패배하더라도 당신의 운명과 어떤 식으로든지 피하지 않고 정직하게 맞닥뜨려 대결하고 싶었던 이유에서 이 선거를 끝까지 포기하지 않았다고 볼 수 있습니다.

깊이 생각해보기

다음은 작품의 일부분입니다. 밑줄 친 부분의 의미는 무엇일까요? '나'와 '아버지'의 관계를 통해 설명해봅시다.

> 틀사진 안의 아버지는 내 기억 속에서 압도적인 부분으로 살아 있는 모습이었고 벽보 안의 모습은 거의 예외적인 것으로 스치고 지나간 한순간의 기억일 뿐이다. 그러나 난 어느새 자꾸만 벽보 속의 아버지를 내 기억의 중심에다 꾸역꾸역 가져다놓으려고 애쓰고 있는 나를 발견해 내곤 했다.
> ─ 본문 중에서

늘 '운명'에 끌려 다니는 삶을 살았던 아버지의 모습(영정 사진 속의 아버지)과는 다른 선거 벽보용 사진 속의 아버지의 모습을 통해 '나'는 새로운 아버지의 모습을 만나게 됩니다. 패배가 뻔한 선거를 끝까지 포기하지 않았던, 그래서 단 한 번이라도 자신을 지배하던 '운명'에 맞서려고 했던 아버지를 아들은 기억의 중심에 놓고 싶었던 것입니다. 그리고 삶이 자꾸 버거워질 때마다 그 벽보 속의 아버지를 들여다보며 아버지와 자신의 삶을 연결시켜 살펴보게 됩니다.

고아떤 뺑덕어멈

비록 전쟁으로 인해 운명에 휩쓸려 무기력한 삶을 살지만
마음씨만은 맑고 고운 아버지의 심리를 통해
이산의 아픔을 진솔하게 들여다본 작품.

 감상의 길잡이

"이 땅에는 남편 잘못 만나 고생만 죽도록 한 니 에미가 있잖니"
뺑덕어멈을 좋아하는 아버지의 마음을 통해 느끼는 이산가족의 아픔

 6·25는 많은 이들에게 아픔을 안겨 준 우리 민족의 비극적 사건입니다. 전쟁으로 많은 이들이 집과 재산을 잃기도 했고, 많은 건물들이 파괴되기도 했지만, 그것보다도 더 아픈 사실은 많은 사람들이 무고하게 죽었으며, 또 그 아픔이 아직까지 현재 진행형이라는 사실입니다. 수많은 이산가족들은 남에서 북에서 아직도 서로를 그리워하며 슬퍼하고 있고, 통일만을 염원하며 이산의 아픔을 달래고 있습니다.
 이 작품은 1995년 발간된 작가의 두 번째 창작집 『고아떤 뺑덕어멈』의 표제작입니다. 거동도 온전치 못해 그저 소일하며 지내던 아버지는 언제부터인가 동네에 들어선 약장수 극단의 공연을 매일같이 빼먹지 않고 구경을 갑니다. 그 이유를 알아보니 극단의 '뺑덕어멈' 역을 하는 여자를 보러 가기 위함이었습니다. 왜냐하면 '뺑덕어멈' 역을 하던 여자가

6·25 당시 원산 대철수 때 헤어지고 만 아내 '최옥분'을 닮았기 때문이었습니다. 아버지는 6·25 당시 처자식을 북에 두고도 남한을 선택했었습니다. 그 선택은 본인의 선택이었고, 부득이한 선택이었으며, 누구 하나 그 선택에 대해 질책할 수 없지만 아버지에게는 평생의 한(恨)이 되었을 것입니다. 북에 두고 온 아내 '최옥분'에게 미안한 마음을 갚을 길이 없었을 것입니다. 그리고 그 옥분의 얼굴을 평생 잊지 못하고 살았을 것입니다. 그렇기에 나이가 들었어도 약장수 극단의 젊은 여배우를 보고 주책 맞게 마음이 동한 것 아니었을까요?

아버지의 아픔은 곧 우리 민족 모두가 겪는 이산의 아픔입니다. "글쎄, 능력이 없어 처자식 고생은 꽤나 시킨 양반이었지만, 맵씨만 갖고 따진다면야 아주 맑고 고운 양반이라고나 할까"라고 말하는 어머니의 말에서 알 수 있듯, 비록 전쟁으로 인해 운명에 휩쓸려 무기력한 삶을 살지만 마음씨만은 맑고 고운 아버지, 바로 우리 민족은 남에서도 북에서도 아직 이산의 아픔을 해결하지 못하고 괴로워하며 살고 있습니다. 그 아픔을 생각하며 작품을 읽어보기 바랍니다.

고아떤 뺑덕어멈

집에는 예전부터 식구들이 '큰책'이라고 부르던 낡고 두툼한 장부가 있었다. 거죽에는 푸른 헝겊이 둘러쳐져 있고 8절지보다 세로가 뼘 가웃쯤 더 자란 크기였는데, 어머니 철원네가 시집올 때 당숙뻘 되는 만모루골 아저씨의 지게 위에 지운 고리짝 안에 넣어왔다고 한다. 외할아버지가 수원서 피난생활을 할 때 미군부대에 노역[1]을 나갔다가 몰래 갖고 나온 것이라는데 내게는 암만 생각해봐도 그게 온당한 혼수감 같아 보이지는 않았다. 모든 물자가 귀하던 시절이어서 그 정도만 해도 혼수품 대우를 받고 그랬던 것일까.

돌아가신 아버지가 구멍가게를 막 열었을 때는 외상 기록 장부로도 한동안 요긴하게 쓰이던 물건이었다. 그때 아버지가 외상을 터준 사람

---

[1] 노역 몹시 괴롭고 힘든 일.

의 이름을 엉뚱하게 적어놓는 바람에 어머니와 시답잖은 말다툼을 벌인 기억이 어렴풋이 떠오른다. 예를 들면 뽐뿌 옆 수다쟁이, 깨소금네 집, 홀애비 이씨 하는 우스꽝스러운 별칭을 붙여놔서 식구들 사이에 적잖은 혼선이 빚어졌던 것이다.

"당신도 참, 사람이 보다보다 어찌 그렇게 딱두 허우. 뽐뿌 옆에 살면서 수다 떠는 여편네가 어디 한둘입디까?"

"아부지, 그 아줌마가 자기보고 깨소금네라 써놨다고 기분이 왕창 나빠가지고 한참 구시렁거리다 샀던 물건도 내팽개치고는 뒤돌아갔단 말예요!"

그 큰책은 어쩐 일인지 잠깐 동안만 외상 장부 노릇을 하다가 도로 싸릿대로 견 다래끼²⁾ 속으로 슬그머니 안치되었다. 아무래도 그런 허드레³⁾ 장부로 쓰기에는 격이 안 어울렸던 듯싶다. 하지만 그럴듯한 이유는 딴 데서 찾아볼 수 있을 터였다. 결국 그놈의 일진 탓이 아니고 무엇이었겠는가! 아버지가 우둘투둘한 표지에 거창하게 '김씨치부책'이라고 정성 들여 제목을 달고 그 큰책을 개시한 날이, 하고많은 날을 놔두고 무슨 일이든 벌여만 놓으면 운세가 꺾이고 만다는 단성일인가 하는 금기일이었다. 그러니 앞으로 그 장부가 눈에 띌 때마다 따라붙을 어머니의 지청구를 생각하니 당신으로서도 아찔했던 게 아닌가 싶다.

한데 내가 머리에 거미줄하며 먼지답쌔기를 온통 뒤집어쓰면서 가게 진열대 밑으로 고개를 쑤셔넣고 다래끼를 끌어내 그 큰책을 찾아낸 것은 어릴 적 사진을 정리하기 위해서였다.

²⁾ 다래끼 아가리가 좁고 바닥이 넓은 바구니. 대, 싸리, 칡덩굴 따위로 만든다.
³⁾ 허드레 그다지 중요하지 아니하고 허름하여 함부로 쓸 수 있는 물건.

"네 물건은 스스로 알아서 잘 챙겨서 갖고 가라구. 특히나 사진 같은 건……."

"한 일년만 고생하세요. 그 다음엔 우리가……."

"아유, 귀찮아. 난 혼자 살아도 돼. 아직까지는 밥 끓여 먹을 근력은 남았으니깐."

일년 뒤 일산으로 입주를 하게 되면 그때 가서 모시겠다는 입에 발린 말을 귓등으로 들으며 어머니는 유난히 내게 까탈스레 굴었다.

내게는 고추를 표나게 드러내놓고 포대기 위에서 찍은 백일 사진이 없었다. 그것에 대해서는 어머니도 두고두고 내게 미안함을 감추지 못했다. 남바위[4]를 곱다시[5] 뒤집어쓰고 대갓집 도령들 차림으로 찍은 돌 사진도 없었으니. 가장 어릴 적의 모습을 담은 사진이래야 서울에 갓 올라와서 찍은 여섯 살 때의 것이 고작이었다. 지금은 길음국민학교의 후문쯤 되는 곳일 텐데 브로크[6]를 찍는 널찍한 공터를 배경으로 손바닥을 쫙 편 차려 자세에다 털신을 바꿔 신은 모습으로 아침 햇살이 눈부신 듯 이맛살을 잔뜩 찌푸린 얼굴이다.

네가 태어날 땐 이미 가세가 다 기울 대로 기울었지. 오일륙 직후라 군수품 거래도 끊기고. 네 아비가 딴 일 벌인다고 그나마 읍사무소 앞 텃밭 판 돈마저 훌렁 들어먹고…….

그 큰책에 어릴 적 사진이 몇 장 파묻혀 있음 직해서 기를 쓰고 다래

---

[4] 남바위 추위를 막기 위하여 머리에 쓰는 쓰개. 겉의 아래 가장자리에 털가죽을 둘러 붙였고 앞은 이마를 덮고 뒤는 목과 등을 덮는다.
[5] 곱다시 곱다랗게.
[6] 브로크(block) 벽돌.

끼를 끄집어내려 애를 썼던 것이다. 그런데 거기 어느 갈피에서도 나의 사진은 나오지 않았다. 기억이 나는 대로 넘겨짚자면, 각종 영수증 나부랭이나 차례를 지낼 때 모시던 지방[7]을 쓰다가 남긴 화선지 쪼가리, 누렇게 바랜 편지봉투들, 그리고 떠돌이 사진사의 조잡한 바다 풍경 화폭을 배경으로 찍은 내 사진이 몇 장 있을 터였다. 하지만 습기를 머금어 찌들 대로 찌든 큰책의 갈피에서는 썩은 종잇장에서 내뿜는 그 고유의 매캐한 내음만 풀풀 풍겨왔다. 예전에 아버지가 외상 물품을 적어놨던 곳으로 보이는 부분은 거칠게 물어뜯긴 흔적만 남아 있어 은근히 섭섭함을 안겨주었다.

큰책을 다시 다래끼 안으로 집어넣기 위한 예비 동작으로 하릴없이 책장을 카드놀이 하듯 드르륵 훑어넘기던 내 눈에 희끄무레한 게 걸려들었다. 그 갈피를 다시 찾는 건 별로 어렵지 않았다. 웬 여인의 스냅사진이었다. 물론 빳빳한 인화지 사진이 아니라 모조지로 된 전단 따위를 오려낸 사진이었다. 월매 어미처럼 이마 위로 매듭이 오도록 하얀 무명 수건을 처매고 더께더께 화장으로 떡칠을 한 얼굴의 왼쪽 뺨에는 좀 과장된 사마귀점이 붙어 있었다. 사진의 아래쪽에는 형광등 불빛에 비춰서야 간신히 알아볼 수 있는 아주 희미한 글씨로 '고아떤 최옥분'이라는 글씨가 써 있어 처음에는 사진에 나온 여인의 이름이 아닌가 싶었다.

최옥분!? 나는 그 이름을 입 속으로 몇 번인가 되뇌보았다. 왜냐하면 그 필체는 아버지의 것이기 때문이었다. 아버지의 필체는 얼른 알아볼 수 있을 만큼 독특했다. 약간의 수전증 때문에 선이 고르지 않고 흔들리

---

[7] 지방(紙榜) 종잇조각에 지방문을 써서 만든 신주(神主).

며 끄트머리를 파충류의 꼬리처럼 길게 늘어뜨렸다. 난 사진 속의 여인의 얼굴을 뚫어져라 바라봤다. 왠지 낯이 무척이나 익다는 생각이 들었던 거다.

이 점은 가짜다. 그러다가 속으로 이렇게 외쳐봤다. 어디 한번 점을 떼보자. 점을 떼고 나니 누군가를 향해 소리를 지르느라 길쭉하게 내밀어진 입매에서 장난스러운 기운이 싹 걷히면서 그 여인의 본래 윤곽이 떠올랐다. 나는 조건반사에 걸린 사람처럼 무르팍을 손바닥으로 내리쳤다. 그 여인은 바로 뺑덕어멈이었다.

"뭐니?"

"아니, 별거 아녜요. 옛날에 끼워둔 삐라[8]인가 본데……"

나는 비죽이 고개를 내밀고 들어오는 철원네의 옆이마를 어깻죽지로 슬쩍 밀치며 갈피를 황급히 덮었다.

"뭐, 에미가 보믄 안 될 거라도 나왔냐? 왜 사람을 떠다박지르고 그 난리를 치니 응? 사람 무시하냐."

"떠밀긴 누가 떠밀었다고 타박이세요? 차암, 엄마두."

"늙으면 도루 애 된단다."

"좋아요. 그럼, 최옥분이라고 알기나 하세요?"

"최옥분? 거 뭐 하던 여자냐?"

"됐어요. 모르시면 알 거 하나도 없어요. 실은 나도 한 번도 본 적이 없는 여자니까요, 낄낄."

"아유, 얘가 원 싱겁긴. 늙은 에밀 공깃돌 다루듯 놀리자는 겐가."

---

[8] 삐라 전단(傳單). 선전이나 광고 또는 선동하는 글이 담긴 종이의 잘못된 표기.

하지만 그건 사실이었다. 난 최옥분이라는 여인을 한 번도 만난 적이 없었다. 그러나 그 여인이 대충 어떻게 생겼는지는 익히 알고 있었다. 아니, 알고 있는 정도가 아니라 마치 옆에서 한 5, 6년 동안을 같이 살아 봐서 그 성깔이나 습성이 어떤지 훤히 꿰고 있는 듯한 착각이 다시금 들기 시작하는 거였다. 단지 7, 8년 전에 약장수단이 쳐놓은 가설9) 천막의 무대 위에 선, 그네를 닮았다는 뺑덕어멈을 멀찌감치서 그저 서너 번 봤을 뿐인데 말이다.

아버지는 밥숟가락만 놓으면 약장수 공연을 보러 돌산 쪽으로 뛰어갔다. 그리고는 끼니때가 되어도 집으로 내려오지 않기가 일쑤였다. 약장수 천막은 국민학교 지을 터를 닦다가 예산집행이 더뎌진다는 이유에서 공사가 잠시 중단된 곳에 설치됐다. 관객은 주로 소일거리가 없어 허덕이던 노인네들이나 일자리가 끊겨 실업 상태에 빠진 장년층으로 구성됐다.

그때 나는 마침 우울한 휴학기를 보내고 있던 참이었다. 교문 앞 투석전에서 어이없게 입은 화상을 치료하고 난 뒤 다시 학교로 돌아갔으나 정신적으로 몹시 움츠러들어 잔뜩 심신을 사리고 다녔다. 휴학계를 내면서 서클 활동도 그만두고 사람 만나는 것도 한사코 피하며 지냈는데 그게 오히려 더 나쁜 영향을 끼친 것 같았다.

"민세야, 이제 운동은 그만두는 거냐?"

"좀 쉬고 싶어."

"이 엄중한 시기에 말이야? 저 깊은 곳에서 역사가 부르는 가열찬 소리가 들리지도 않아? 한평생 나가자며 도림천변에서 밤새 술마시고 해

---

9) 가설(假設) 임시로 설치함.

방춤 추며 다짐한 맹세는 다 어디 갔냐고."

"여기 몸뚱어리는 물론이고 마음까지도 다쳐버린 한 인간이 있어. 그 인간에게 지금 제일 필요한 건 가느다랗고 축축한 목소리야. 굵은 목소리는 이젠 너무 뜨거워. 너 사람이 뜨거워지면 어떻게 되는지 알아? 돌 아버린다고."

"그래, 민세 너는 지금 쉬면서 재충전할 시간이 필요할지도 몰라. 그런데 가만히 있는다고 휴식이 되는 게 아니니깐, 어때? 요즈음 많이 나오는 원전이나 차분히 독파하면서 지내는 게? 사람이 필요하면 내가 소개시켜줄게."

"우선 비켜서 줄래? 니가 내 앞으로 오는 바람을 막고 있잖아."

아버지가 앉는 곳은 항상 일정했다. 무대 쪽을 향해서 난 통로의 오른쪽 기둥이 박힌 바로 앞자리였다. 오랫동안 묵새기고[10] 앉아 구경을 하자니 등을 기대기가 좋아서 그랬을지도 몰랐다. 나는 아버지의 점심이 영 늦어지면 아예 어머니 몰래 빵이며 요구르트 따위를 담아서 챙겨둔 비닐 봉지를 품속에 넣고 천막 안을 기웃기웃 찾아나섰다. 어머니는 남우세스럽다며 내가 그렇게 동네 사람들이 들끓는 곳을 나대지 않도록 될수록 말리는 쪽이었기 때문이다.

천막 근처에는 여러 노점상들이 쭉들 자리 잡고 앉아 쏠쏠한 대목을 보고 있었다. 팥빙수나 아이스케이크 장수를 필두로 간이 포장마차, 번데기, 주사위로 장난질을 하는 야바위꾼들이 꾀어들었다. 심지어는 지네 몇 꾸러미나, 신경통이나 정력에 즉효라는 정체를 알 수 없는 시커먼

---

10) **묵새기다** 별로 하는 일 없이 한곳에서 오래 묵으며 날을 보내다. 마음의 고충이나 흥분 따위를 애써 참으며 넘겨버리다.

덩어리들을 좌판에 늘어놓고 기왕에 벌어진 약장수판에 더부살이를 하는 사람들도 많았다.

"안녕하세요?"

천막 입구 근처에서 가끔씩 만나는 용수아저씨는 내가 깍듯한 인사를 해도 어색한 표정으로 받는 둥 마는 둥 하고는 먼산바라기에다 헛기침을 하며 비껴갔다. 아버지와는 얼마 전까지만 해도 서로 규각[11]이 나서 소 닭 보듯 지내왔지만 최근에는 화해도 하고 잘 지내는 모양이었는데. 나는 내가 두 양반의 불화에 빌미를 제공한 장본인이기도 했던지라 뒤통수를 벅벅 긁으며 고개를 숙였다.

아버지와 용수아저씨는 같은 이북 출신이라서 그런지 한동네에 살게 되면서부터 대번에 친해졌는데 한때나마 두 사람의 불화가 불거진 건 지난해 가을의 일이었다.

"어드러케 자네두 말이야, 이번 관광에 절대적으루다 나서는 거디? 왜 저기 작년 가을에 갔던 임진각 말이야."

"글쎄…… 이번엔."

"홍수, 이 사람아, 기러케 에멜무지루[12]다 어물쩍하디 말구 속심을 터놓으라우, 까짓것. 아, 당신 돈 몽창 들어가는 것두 아닌데 까닭이 뭐야? 거 협회에서 차빌랑 반부담해, 응 음식서껀해서는 이곳저곳 귀띔해 놨으니 다 알아서 협조들을 헐 테고 말이야……. 거진 몸만 빠스에 실기만 허믄 되는 형편인데 어째 사람이 이렇게 단체 정신이 흐리마리해?"

---

[11] 규각(圭角) 모나 귀퉁이의 뾰족한 곳. 물건이 서로 들어맞지 아니함. 말이나 뜻, 행동이 서로 맞지 아니함.
[12] 에멜무지로 물건을 단단하게 묶지 않은 모양. 헛일하는 셈 치고 시험 삼아 하는 모양.

응, 단체 정신이."

용수아저씨는 아버지만 보면 단체 정신이 부족하다고 닦달을 해댔다. 그러다가 끝내는 멱살잡이까지 하는 싸움으로 번지고야 말았다.

그 전해 가을이었다. 여당 쪽 지구당 위원장의 주선으로 몇몇 지역 노인회가 합쳐서 임진각 관광을 갔던 모양이었다. 당시 노인정 총무이던 용수아저씨는 왕년의 관록을 과시라도 하듯 태극 표지가 선명한 머리끈을 질끈 동여매고는 분위기를 잡았다. 또 나들이를 할 때마다 왼쪽 가슴팍에 달고 다니는 그 양철을 오려 만든 듯한 얄팍한 무공훈장을 잊지 않고 있었다. 그에 따르면 그것은 6·25전쟁 때 베티고지 전투에서 세운 공으로 받은 거였다. 밤낮으로 주인이 뒤바뀌는 상황에서 훨씬 적은 병력으로 끝내 고지를 지켜냈다는 그의 무용담은 이미 동네에서도 하나의 살아 있는 신화로 오르내렸다. 그래서 동네 사람들 중에는 용수아저씨를 베티고지의 영웅이라고 추켜세워 부르는 이들도 꽤 있었다.

관광버스가 출발하자마자 용수아저씨가 운전석 옆에서 마이크를 붙잡고 진두지휘를 하는 것까지는 좋았는데 거나해져서 돌아오는 길에 그만 동티가 나고 말았다.

"자식 똑똑허다구 대학까지 보내믄 뭘 하겄니? 데모나 하다가 신세 망치고 집안만 거덜내고 말 짓을 말이야 응? 안 그렇네? 정신 바짝 채려서 자식 농사를 지어야 한다구 아암."

"기래서 니눔이 내게 쌀 한 톨이라도 거저 앵겨준 일이 있어서 그따우로 주둥이례 놀리니 그래?"

"뭘 공짜로 줘어줘서 그러는 게 아니란 말이다. 내 말은. 어이, 내가 술 한잔 했다구 내 말을 주정으로 알아듣질 말라우. 술 췌도 할 말은 다

250

허는 성질이니. 난 대한민국이 위기에 빠졌을 때 목숨을 초개같이 버리려 했던 사람이니까 그런 말 할 수도 있잖아? 뿔갱이들이 줴치는 주장에 동조하는 데모를 하는 대학생들을 보니 거저 속에서 열불이 나서 말이야."

"기대두 대학물 먹은 아이들이 뭘 좀 아니깐 그 지랄 떠는 거 아닐까 하는 이치도 짐작해봐야지……."

"이친 무스거 얼어 죽을 이치입매? 뇌동자, 농민을 선동해서리 북쪽의 적화통일 노선에 적극 찬동하고, 꺼떡하믄 미군 물러가라는 게 뿔갱이들 짝 똑같이 나는 기지 뭐겠어?"

"뇌동자, 농민만 입에 올리믄 다 뿔갱이로 몰아치남? 어째 그래 답답하게서리. 니 아들이나 내 아들이나 앞으로 뇌동 안 허믄 입에 풀칠허구 살겠나 따져보믄 알조지, 뭘 그걸 갖고서리……."

"아뭇소리 말라우. 이 땅에서 살기 싫으면 어쩌겠니, 절이 싫어지믄 중이 떠나는 벱이라구. 용납이 안 되는 생각을 가진 사람이 그런 생각 보따리를 꿍쳐개지구 나라 밖으로 나가는 수밖에."

그런 다툼이 있은 뒤부터 두 사람의 사이가 급격히 악화됐는데 우연찮은 일을 계기로 예전의 친분을 다시 돌이켜놓게 되었다. 용수아저씨의 아들인 병호형은 나보다 대여섯 살이나 위였다. 배관 기술자였는데 이리저리 돈 좀 찔러넣고 손을 쓴 덕에 리비아 건설 현장의 노동자로 나간 지가 한 1년 가까이 되었다. 그해 봄에 일어난 국제 폭탄 테러 사건을 둘러싸고 미국과 리비아가 티격태격하느라 외교관계가 급격히 식어버려 미공군의 공습 소문이 떠돌다가 현지 공항이 폐쇄된 듯하다는 외신이 신문에 보도되었다. 나중에는 아무것도 아닌 해프닝으로 드러나긴 했지만 부모된 처지에서는 그게 아닌 모양이었다. 그러나 애달게 달아하는 용수아저씨의 심정과는 달리 정작 며느리 되는 사람은 그런 일이 어디 한두 번이냐 하면서 직접 중동에서 폭음 소리 났다는 말이 들리기 전에는 신경쓸 일 없다는 투였다.

국제전화를 걸 줄도 몰랐거니와 설령 알았다손 치더라도 싸늘한 며느리의 눈치를 보며 엄지손톱만 한 자물쇠가 채워진 다이얼을 풀고 안부전화 좀 넣어보자는 말이 차마 입 밖으로 터지지 않아 전전긍긍하던 차였는데, 그걸 옆에서 지켜보던 아버지가 그런 용수아저씨의 손목을 덥석 쥐고 집으로 끌고 왔던 거다. 물론 나는 꼬깃꼬깃한 신문지 쪼가리에 적힌 번호대로 통화를 시도했으나 결국은 이루어지지 않았던 기억이 났다.

"어쨌든 고맙다우, 기거이 참."

"그따위 긴치 않은 말 괜시리 말구 집어치우라."

"중동이라는 데가 말도 많고 탈도 많은 동네라 놔서 시두 때두 없이 가슴이 거저 벌렁벌렁 용춤을 출 때가 많아서리……."

"기게 애비 맴 아니겠니? 기 대신 돈 많이 벌잖니?"

"벌긴 뭘, 긴데 미국이라는 큰 나라가 덩칫값두 못 하고서리 떼구러기모양 어찌 자꾸만 작은 나라를 툭툭 건드려서리 그리루다 일 나간 아들 둔 애비들의 애를 이리 끓게 하는지 모르갔어……."

"원래 세상 이치가 그렇지. 때때로 내 좀 보란 듯이 안 건들면 누가 뭐 힘 있다고 알아나 주나 뭐."

두 사람한테 등을 돌리고 앉아 다이얼을 돌려대던 나는 왠지 뜨거운 기운이 가슴속을 치밀고 올라와 헛손질을 자꾸 하면서 몇 번이고 다이얼을 다시 처음부터 되돌리곤 했다.

"아부지, 재밌으세요?"

아버지는 내가 가져온 봉투 속으로 손을 넣어 빵조각을 뜯어서 입으로 힘없이 가져가며 고개를 끄덕여 보였다.

약장수단이 만병통치약으로 선전하며 팔고 있던 약에는 '역비'라는 이름이 붙어 있었다. 그러나 설명서에 써 있는 액면 그대로 믿어줘도 그것은 최소한 의약품이라고 볼 수 없는 조잡한 거였다. 당근이나 양파를 비롯해 각종 채소를 갈아 만든 야채즙의 일종인데, 효능을 보더라도 병명을 꼭 집어서 가리킨 것은 없었다. 그저 허약 체질을 현저히 개선시키고…… 스태미나를 보강시키고…… 피로 회복과 혈액 순환에 좋아 몸 안의 신진대사[13]를 촉진시켜 질병에 대한 저항력을 증강시킨다 하는 애매모호한 글귀만 써 있을 뿐이었다.

하지만 아버지는 역비의 효능을 철썩같이 믿고 있었고 그래서 네댓새에 한 번은 꼭 역비를 사들고 들어왔다. 그리고는 식사 때마다 빠짐없이 조그만 계량컵에 따라 마셨다. 복용을 시작한 지 열흘쯤 뒤부터는 진짜로 몸이 가뿐해지고 힘이 솟는 것 같다는 말을 자주 했다.

"이게 무슨 개똥에나 쓸 약이란 말이야 흥! 얼빠진 늙은이들이나 불러놓고 떠벌려 호주머니 속의 쉬어터진 쇠푼깨나 알겨먹으려는[14] 수작들이지. 모르지, 몸이 그렇게들 가뿐하다니깐 그 안에다 아편 쪼가리나 참새 눈물만큼 찢어발겨 넣었는지. 효능은 무슨 얼어 죽을……."

---

[13] 신진대사(新陳代謝) 생물체가 몸 밖으로부터 섭취한 영양 물질을 몸 안에서 분해하고, 합성하여 생체 성분이나 생명 활동에 쓰는 물질이나 에너지를 생성하고 필요하지 않은 물질을 몸 밖으로 내보내는 작용.
[14] 알겨먹다 약한 사람이 가진 적은 물건을 꾀어서 빼앗다.

어머니는 뜨내기 약장수가 파는 약들이 다 그렇지 하고 콧방귀를 뀌면서도 아버지가 역비를 사들고 오는 걸 굳이 말리지는 않았다.

약장수들의 레퍼토리에선 어설픈 서커스 흉내보다는 차라리 극 공연이 인기를 끌었다. 그중에서도 가장 사람들의 인기를 끈 것이 〈심청전〉 공연이었다. 주로 저녁 느지막이 공연을 하는데 나도 저녁때에 천막 안에 들어갔다가 몇 번 구경을 한 적이 있었다. 그리고 비로소 먼발치서나마 진한 분장을 한 뺑덕어멈을 볼 수 있었다.

그 여자에 대한 동네 평판은 완전히 파이였다. 한마디로 요약하자면 행실머리가 글러먹었다는 거였다. 약을 팔아 버는 수입 말고도 몸을 팔아서 얻는 부수입이 여간 짭짤한 게 아니라는 소문이 돌았다. 공연이 시작되기 전의 한가한 오후나 공연이 파한 늦은 밤에 가끔씩 동네 남정네랑 술자리에서 어울린 그네를 이따금씩 발견했다. 겨우 풋낯 정도를 익혔음 직한 사내를 서넛 앞에 두고도 그네는 스스럼을 타는 기색일랑 전혀 없이 호탕한 웃음과 걸쭉한 입담으로 좌중을 밀가루 반죽처럼 휘주물러놓곤 했다.

〈심청전〉 중에서도 뺑덕어멈이 나오는 대목에서 약이 가장 잘 팔렸다. 그네는 언제나 각본대로 하는 법이라곤 없었다. 즉흥적으로 대사와 몸짓을 꾸며내었다. 심청이가 공양미 3백 석에 팔려가는 대목을 어떤 날은 역비 3백 병으로 뒤바꾸어놓았다. 그리고는 약병을 잔뜩 태운 가마를 객석의 통로를 따라 쭉 회람 돌게 하면서 이 약을 팔아 마련한 돈으로 심청의 저승 가는 노잣돈을 삼아야 한다며 구슬픈 노래를 불러제껴 사람들의 애간장을 녹인 뒤 너나없이 허리춤을 뒤지도록 만들었다. 뺑덕어멈이 등장하는 대목에서 약이 제일 잘 팔리니깐 단장이라는 사람도 뺑덕어멈이 대사를 바꾸든 시간을 초과하든 아무런 관여를 하지 않았다. 물론 아버지도 바지주머니를 뒤져 꼬깃꼬깃 접어두었던 3천 원을 꺼내 가마 위에 얹고는 역비 한 병을 끄집어내리곤 했다.

가마가 객석을 한 바퀴 돌고 나면 뺑덕어멈은 또다시 음담패설로 이번에는 사람들이 배꼽을 잡게 만들었다.

"아, 그래서 그날 밤 심봉사와 뺑덕어멈이 함께 방사[15]를 치르는데, 심봉사를 애달게 만들려고 한참이나 빼던 뺑덕어멈이 갑자기 이부자리를 차고 일어나 앉아 타박을 주는데, 한번 들어나봅시다그려."

"어따, 이 양반이 눈은 멀어갖고 앞이 안 보인다더니 그게 말짱 헛소리여 응. 매일 밤마다 이렇게 딱따구리맨치로 있는 구멍, 없는 구멍을 다 찾아쌓는디 뭘 눈이 멀었다는 게여?"

"여보게 임자, 그 구멍이야 어차피 눈 성한 사람도 깜깜한 밤에 찾게 마련이거늘 그럴 바에야 낮에도 깜깜한 가운데 더듬는데 이골이 난 이 몸이 아무래도 뭐가 나아도 낫겠제."

"말이나 못하면 밉지나 않제. 에라 모르겠다, 새신랑맨치로 콧궁기가 벌렁벌렁 하도록 용이나 힘껏 써보소 잉."

왼쪽 뺨 위에다 일부러 크게 갖다붙인 사마귀점을 실룩거리며 뺑덕어멈이 치마를 걷어붙이는 시늉을 하며 벌렁 눕는 연기를 하자 사람들이 히물거리는[16] 웃음을 쏟아냈다. 두 팔로 무르팍을 가슴에 쓸어담은 채 입을 반쯤 벌리고 구경을 하던 아버지도 허파에서 김이 빠지는 듯한 헐거운 웃음소리를 냈다.

---
15) **방사** 남녀가 교합하는 일. 성교.
16) **히물거리다** 입술을 조금 실그러뜨리며 소리 없이 능청스럽게 자꾸 웃다.

"민세야, 내 좀 보라우."

오줌을 누기 위해 천막 휘장을 제치고 나오는 나를 보고 용수아저씨가 손짓을 했다. 나는 피시시 웃으며 뒤를 따라갔다. 그는 어둠이 짙게 깔린 공사장터를 허청허청 가로질러 전에 공사장 함바집[17]으로 쓰던 건물 옆으로 날 데리고 갔다. 공사가 중단된 뒤로 인기척이 끊겼나 싶었는데 그렇지도 않은 모양이었다. 잘 닦여진 보안등 불빛을 되쏘고 있는 항아리들이 사람의 손길이 제때 닿았던 흔적을 보여줬다. 커튼이 반쯤 쳐진 함바집 창가에선 백열등 불빛이 새나오고 간간이 누군가 투전판을 벌인 소리가 낭자하게 번져 나왔다. 그 함바집은 약장수 단원들의 숙소로 이용되고 있었다.

"요즘 그래, 넌 니 애비에 대해서 뭐 좀 느끼고 있니?"

"예에?"

약장수단이 첫날에 선두에 내세워 동네를 누비고 다녔던 울긋불긋한 깃발이 뒤죽박죽 함부로 널브러져 있는 장독대 옆에다 나를 세워둔 용수아저씨는 다짜고짜 이렇게 물어왔다.

"니 애비에 대해서리 정녕 뭐인가를 느끼지 못한단 말임?"

나는 그 말뜻을 헤아리지 못해 적이 당황해지기 시작했다.

"좀 풀어서 말씀해주시면 제가 알아듣기가 한결 수월하겠는데요."

찌그러진 양동이를 엎어놓고 앉아 담배를 빼문 용수아저씨는 느럭느럭 말문을 열었다.

"그래 아무리 부모 자식 간이라지만 그런 사정을 어떠케 속속들이 알

---

[17] 함바집 함바(はんば)는 토목 공사장, 광산의 현장에 있는 노무자 합숙소라는 의미의 일본어. 주로 가건물로 지어 놓은 현장 식당을 가리키는 말로 널리 쓰고 있음.

겠는가? 그러니 자네는 아들이니깐 늙은 애비의 속사정을 알고 이해를 해줘야 되겠길래 허는 말이니 곰곰 잘 생각해보라구."

"……."

"자네 아부지가 아무래도 상사증을 앓는 듯싶으이."

"아니, 아저씨 무슨 말씀인지……."

"이건 틀림없어. 이미 내가 홍수의 흉중[18]을 떠봤네그려."

"아니 어떻게 아버지께서……."

일찍이 중풍을 맞은 몸이라 성하지도 못하고, 벌써 어머니와 내가 알기로도 십수 년간 잠자리를 함께한 적이 없는 아버지가 갑자기 어느 여인에게 색념을 두고 있다는 말이 도무지 믿기질 않았다. 그러나 나는 그 사실을 사실대로 믿을 수밖에 없었다. 아버지는 분명 구체적으로 어느 여인의 살품을 그리워하고 있었던 것이다. 나는 왠지 착잡한 감정을 누르기 어려웠다. 그 여인이란 다름 아닌 바로 뺑덕어멈이었기 때문이었다. 왜 하필이면, 하는 의문부호가 머릿속에 틈입해온 말벌처럼 떠나지 않고 왱왱거리며 맴돌았다. 움직일 줄 모르고 멍하니 서 있는 내게 용수 아저씨가 엉덩이를 털고 일어서며 한마디 보태주었다.

"남자란 무릇 코 풀 힘만 남아 있어도 사내 구실을 하려고 들어야 되는 법일세. 회춘[19]이란 게 뭐 별건가? 기리구 자네 아버지가 이제 얼마나 더 살겠는가? 풀어드려야지."

나는 뒤에 남아 하릴없이 넘쳐오는 눈물을 주체하느라 발끝으로 흙을 파내다 물먹은 병아리처럼 별이 희미하게 빛나는 하늘을 올려다봤다. 히

18) 흉중 가슴속. 마음. 생각.
19) 회춘(回春) 도로 젊어짐.

득히득, 허파에서 헛바람이 새기라도 하듯 웃음이 자꾸만 비어져나왔다.
"그 일일랑 내가 갈무리[20]해드려야 한다."
나는 이를 꼭 앙다물었다. 다만 얼마라도 보탤까 싶어 2,582쪽짜리 『더 노턴 앤솔러지 오브 잉글리시 리터래처』 두 권을 갖고 청계천 고서점가를 가니 권당 1,500원씩 쳐서 3천 원을 주겠다고 해서 그냥 들고 집으로 와버렸다. 2학년 전공과정으로 올라가면서 한 권에 1만 3천 원씩 에누리 없이 주고 샀던 책이었다. 나는 쭈뼛쭈뼛 대학원 선배에게 전화를 걸어 그동안 한 번도 하지 않았던 과외지도를 하겠으니 알아봐달라고 부탁했다. 그리고는 선불을 받자마자 5만 원을 떼어 용수아저씨에게 드렸다. 화대였다. 그리고는 그 길로 나 역시 여자를 사기 위해 길음천변으로 경중경중 달려갔다.
"그쪽이 김씨 아들내미 돼부리는 양반인가 보이."
며칠 뒤 뻥덕어멈을 어둑어둑한 가설 무대 뒤에서 아주 짧게 만났다. 용수아저씨를 통해서 전해준 말을 듣자니 뻥덕어멈이 나를 만나보지 않고는 아버지를 받을 수가 없다고 고집을 부린다는 거였다. 용수아저씨도 그게 무슨 괘장[21]인지 모르겠다고 고개를 갸우뚱거리면서 좌우당간 께름칙하더라도 만나주는 편이 좋을 것 같다고 했다. 나는 소주 한 병을 사서 돌산에 올라가 혼자서 다 비운 뒤 비트적거리며 일러준 장소로 나갔다. 나는 운동화 속의 발가락이 아리도록 땅 위의 짱돌들을 툭툭 걷어차며 서 있었다.
"그렇수다만······."

20) 갈무리 물건 따위를 잘 정리하거나 간수함. 일을 처리하여 마무리함.
21) 괘장 처음에는 할 듯하다가 갑자기 딴전을 부리고 하지 않음.

나이는 사십줄에 들어 나보다 십수 년은 위였지만 나는 어느덧 반말 지거리로 대하고 있었다. 그렇게 돌부리라도 걷어차며 자신을 제어하지 않는다면 내 몸뚱어리는 땅을 박차고 나가 상대를 받아버릴지도 몰랐다.
"갸륵혀서. 내 증말루 갸륵혀서……."
나는 속에서 뭔가가 울컥 솟구치는 걸 느꼈다. 갑자기 폭력적이 되고 싶은 강렬한 충동을 느낀 것이다. 또 한 번 발끝의 짱돌을 엄지발가락이 얼얼해지도록 힘껏 걷어찼다. 호주머니에 두 손을 푹 찔러넣고는 일부러 불량스러운 말투로 쏘아붙여주었다. 순전히 술기운 때문이었다.
"그렇게 갸륵하다믄 화대라도 깎아주실라우?"
"내 츤하디츤하게 몸을 파는 계집이지만 댁네겉이 갸륵하고 참한 총각은 츰이라우. 증말이어라."
무대 위에서 대사를 읊조리던 말투와는 영판 달랐다. 삶의 겪음이 많은 듯한 차분한 목소리였다. 밤바람이 건듯 불자 분장을 채 지우지 않은 듯한 여인의 분냄새가 솔솔 풍겨왔다. 아주 자극적인 냄새였다. 그럴수록 나는 더욱 신경질적이 되어갔다.
"그래서 허구 싶은 말이 뭐유? 애비와 그 아들과 차례루다 돌림빵으로 붙어먹고 싶다는 게유 뭐유?"
그 말에 뺑덕어멈은 몸을 홱 돌려 어둠 속으로 묻혀가버렸다. 나는 스스로도 놀랄 만큼 여유를 부리고 있었다.
"그러지 말고 우리 영감한테 써비스 잘 좀 해주소. 부탁드리우다."
며칠 뒤 심청전 공연이 한창이던 천막을 빠져나온 나는 함바집이 훤히 내려다보이는 야트막한 둔덕에 쭈그리고 앉아 있었다. 오늘은 뺑덕어멈이 나오지 않는다고 했지만 심봉사가 왕후가 된 효녀 심청이를 만

나는 장면을 제대로 꾸며놓고 하는 바람에 사람들은 뻥덕어멈을 잠시 잊어버렸다. 멀리서 보아 희끄무레할 뿐인 그림자 둘이 텅 빈 듯한 함바집으로 다가서는 게 보였다. 어두워서 누구 행색인지 분명히 알아볼 순 없었지만 직감적으로 난 그들이 누군지 알 것만 같았다. 잠시 뒤 함바집 창문의 불이 꺼지는 걸 물끄러미 지켜본 나는 천천히 담배를 한 대 빼물었다. 덤덤한 표정으로 뭔가 큰 빚을 다 갚고 난 사람처럼 후련해진 가슴에 손을 얹어 잔잔히 물결치고 있는 심장의 파동을 손끝으로 감지하면서. 어둠 속으로 빨려드는 오줌발이 무척이나 드셌다.

　나는 아버지가 잠시잠깐 회춘을 했던 까닭을 나중에야 분명히 알게 되었다. 그것은 아버지의 북쪽 사람과 연결이 된 것이었다.

　아버지가 먼저 털어놓은 원산 대철수 때의 정황은 대충 이러했다.

　서둘러 패주[22]하던 인민군은 조직과 정비를 제대로 챙기질 못했다는 것이다. 핵심 전력의 보존에 급급해 소리 없이 빠져나갔기 때문에 많은 사람들은 캐리바 50 기관포를 장착한 미제 스리쿼터 제무시(GMC)가 원산 시가지를 내달리는 걸 보고야 국방군이 원산을 접수한 줄 알았다는 것이다. 송도의원에서 약품 담당 서무원으로 일하며 밀려드는 인민군 부상병 뒤치다꺼리에 눈코 뜰 새가 없던 아버지도 인민군 주력 부대의 철수 사실을 하루가 지난 다음에야 알았다. 함경도 성진에서 두 양주께서 인편으로 전한 기별에는 모두 일을 즉시 걷어치우고 성진으로 들어와 앞날을 함께 도모하라는 간곡한 타이름이 적혀 있었다. 뒤늦게 부랴부랴 짐을 간동그려[23] 북행길에 오르려 했지만 이미 때를 놓쳤다. 갓 결

---

[22] 패주(敗走) 싸움에 져서 달아남.
[23] 간동그리다 하나도 흩어지지 않게 말끔히 잘 가다듬어 수습하다.

혼한 아내 최옥분은 산달에 접어든 만삭의 배로 먼 길을 떠날 처지가 못 되었다.

"피양에서 홍남 위선으로는 그 폭탄 하나믄 한 방에 날려버리는 수가 있다잖우. 가지 맙서."

그대로 주질러앉은 아버지는 부역자로 몰리지 않기 위해서라도 우익 대한청년단에 가입해야 했다. 그러나 두 달 뒤.

"내일 새벽 네 시까지 제이부두 에이블록으로 집합 완료하기요. 아무것도 필요없으니까니 거저 간편한 단독 복장에 홀로 나오기요. 그리고 이건 비표요. 소중히 간직해야 할 기요."

"조직부장님, 어째 비표가 한 장뿐⋯⋯ 가족들은 어케 함둥?"

"아, 걱정 마우다. 남는 가족들은 다른 선으로 동원을 헐 테니 우선⋯⋯ 이 지침대로 따르시오."

아버지는 엘에스티선으로 구축함에 바짝 다가서서 줄사다리를 타고 오르며 곧이어 포탄 세례를 받고 사라질 원산 시가지를 흘끗흘끗 바라보았다.

"옥분이, 당신은 아이를 포대기에 싸서 방직공장 옆 임부택 동지네 집으로 얼른 가기요. 그러면 한청에서 알아서 선을 댈 기요."

"여보⋯⋯ 어케 이 경황에 핏덩일 안고 떨어져서리⋯⋯."

아버지는 아내가 붙잡는 옷자락을 박정하게[24] 뿌리치며 부러 크게 역정을 냈다.

"아낙이 이 무스거 방정이요, 제깍 걷어치우지 못하겠소?"

---

24) 박정하다 인정이 박하다.

까마귀 떼처럼 수만 발의 로켓 포탄이 시가지로 날아들고 다이너마이트가 터져 저 멀리 정유공장의 기다란 탑이 자우룩이 사라져가는 모습을 무덤덤히 바라보았다.
"어릴 적에 동네 어귀의 장승 목을 왜놈 순사가 밧줄로 휘감아 저렇게 쓰러뜨렸지. 끌끌."
누군가가 옆에서 제법 여유가 생기는지 말문을 텄다. 배가 부두를 미끄러져나와 한가로이 나는 갈매기를 네댓 마리쯤 만날 때가 돼서야 비로소 그들은 가족들이 그 연안 부두에 그대로 방치돼 있다는 사실을 알았다. 모두들 얼이 나간 밀랍인형[25]들처럼 서로의 창백해진 얼굴을 멍하니 쳐다볼 뿐이었다.
"야, 이 쌍간나 새끼덜아. 뱃머리를 돌려 내 아내, 내 새끼럴 당장 일루 델로 오라우. 길티 않으면 다들 쏴 둑이갔어."
아버지는 품안에서 소련제 장교용 권총을 빼들고는 고래고래 악을 썼다. 몇몇이서 미군의 눈치를 보며 달라붙어 말리며 권총을 빼앗자 그때까지 실실 웃으며 멀찍이서 구경하던 흑인 싸즌 하나가 질겅질겅 씹던 껌을 갑판에 퉤 뱉고는 달겨들었다. 그는 아버지에게 딴죽[26]을 걸어 넘어뜨린 뒤 엠원 소총 개머리판으로 얼굴을 찍으며 욕설을 퍼부었다.
"싸나버비치(개자식)!"

"그분 이름이 최자 옥자 분자였나요?"

---
[25] 밀랍(蜜蠟)인형 밀랍, 꿀벌이 벌집을 만들기 위하여 분비하는 물질. '밀'로 순화된 물질로 만든 인형.
[26] 딴죽 씨름이나 태껸에서, 발로 상대편의 다리를 옆으로 치거나 끌어당겨 넘어뜨리는 기술.

"길치. 최옥분……."

"북쪽 생각이 나는 거지요."

"안 난다믄 거짓부렁이잖구. 그 아이가 살아 있다믄야……. 내이가 이름도 채 못 지어주고 나온 거 니 아니? 산다는 게 내한테는 너무 구차했디. 이곳에서 꾸역꾸역 명을 보존하믄서 살긴 살아왔는데……."

"지금도 생각나세요?"

"뭐이가?"

"그분요."

"그분? 어엉, 옥분이 그 사람 말이디? 그동안은 그런대로 괜찮았는데 말이야. 이 땅에는 남편 잘못 만나 고생만 죽도록 한 니 에미가 있잖니, 뻣세긴 해두 말이야 그거이 아니지."

"그분 어떠셨어요?"

"별걸 다 묻지 않니, 니가 지금? 눈에 안 뵈니깐 더 그리웠던 게지. 근데 아닌 게 아니라 참 고운 사람이었디. 그래, 그건 인정해야 될 기야. 참 고왔디. 저, 저 뺑덕어멈 구실을 했던 양반이 있었잖니? 그 양반하고 태27)가 아주 비슷했다구. 쯧쯧, 내가 괜한 소릴 줴치고 있구나."

아버지의 눈동자를 가만가만 들여다보던 나는 그 눈빛에서 어떤 환영28)이 둥지를 뜨는 새처럼 불쑥 튀어오르는 걸 보았다. 순간 나는 으스스를 쳐대며 그 환영을 잡으려는 듯 두 손을 움찔 내밀려는 자세를 발작적으로 취했다. 그 눈빛, 아, 당신은 올가미에 치인 멧비둘기였군요.

나는 큰책의 갈피에서 나온 그 오래된 전단의 사진을 뚫어져라 바라

---

27) 태(態) 맵시. 겉에 나타나는 모양새.
28) 환영(幻影) 눈앞에 없는 것이 있는 것처럼 보이는 것.

고아떤 뺑덕어멈 263

보고 있었다. 부엌에서 들어온 어머니는 이상하다는 눈길로 나와 사진을 번갈아 쳐다보더니 텔레비전 앞에 풀썩 앉았다.
"어머니가 보기엔 도대체 아버진 어떤 사람이었어요?"
"글쎄, 능력이 없어 처자식 고생은 꽤나 시킨 양반이었지만, 맴씨만 갖고 따진다면야 아주 맑고 고운 양반이라고나 할까."
나는 곱다라는 말이 마음에 걸렸지만 아무 소리 않고 고개를 크게 끄덕여 동의를 보냈다. 그렇다면 뺑덕어멈과 '고아떤 최옥분' 사이에는 어떤 관련이 놓여 있는 걸까. 나는 곧바로 복잡해지려는 머리를 설렁설렁 흔들었다. 결론은 간단히 내려질 수 있을 것 같았다. 심성이 고운 사람만이 또한 사람을 곱게 볼 수 있는 것 아니겠는가 하고.
나는 큰책 갈피 속으로 팔을 집어넣어 오래된 사진을 손아귀에 우악스레 감아쥐고는 젖은 걸레가 놓여 있는 방구석으로 가볍게 튕겨보냈다.
"큰책에는 아무것도 없네요, 어머니."
"그렇겠지."

생각해 볼 거리

1 종철이 아버지와 뺑덕어멈의 지난 일을 떠올리게 된 발단은 무엇일까요?

종철은 어린 시절 사진을 정리하기 위해 예전부터 식구들이 '큰책'이라고 부르던 낡고 두툼한 장부를 찾아 뒤적입니다. 그런데 그 장부 어느 갈피에서도 찾으려던 나의 사진은 나오지 않고 웬 여인의 사진이 들어 있습니다. 그리고 그 아래쪽에 '고아떤 최옥분'이라는 글씨를 발견하게 되고, 그 사진의 주인공 '뺑덕어멈'과 북에 두고 온 아버지의 아내 '최옥분'에 대한 지난 기억들을 회상하게 됩니다.

2 아버지가 유독 약장수단의 뺑덕어멈 역할을 하는 여인에게 관심을 가진 이유는 무엇일까요?

'뺑덕어멈'이 아버지가 북에 남겨 두고 월남한 '최옥분'이라는 아내를 닮았기 때문입니다. 아버지는 월남 대철수 당시 가족이 뒤따라올 것이라는 대한 청년단의 말만 믿고 혼자 남으로 향하는 배에 올랐고 그것으로 가족과는 영영 이별하게 됩니다. 아버지는 북에 가족을 두고 혼자 내려와 재혼을 하여 새 가정을 꾸리게 된 자신의 삶에 대해 구차함을 느끼고, 북에 두고 온 아내 '최옥분'에게 평생 미안한 마음을 안고 살아갑니다. 그런 아버지에게 '최옥분'을 닮은 '뺑덕어멈'은 관심의 대상일 수밖에 없었을 것입니다.

3 본문의 내용 중 아래 '올가미에 치인 멧비둘기'의 의미는 무엇일까요?

아버지의 눈동자를 가만가만 들여다보던 나는 그 눈빛에서 어떤 환영이 둥지를 뜨는 새처럼 불쑥 튀어 오르는 걸 보았다. 순간 나는 <u>으스스</u>를 쳐대며 그 환영을 잡으려는 듯 두 손을 움찔 내밀려는 자세를 발작적으로 취했다. 그 눈빛, 아 당신은 <u>올가미에 치인 멧비둘기였군요.</u>

아무에게도 말하지 못했던 아버지의 지난 상처를 듣게 된 종철은 아버지를 '올가미에 치인 멧비둘기'에 비유합니다. 이는 상처로 인해 자유롭지 못한 아버지의 삶의 모습을 비유한 것입니다. 종철에게 언제나 힘없고 무기력한 모습으로만 느껴지던 아버지였지만, 이 일이 있고 난 후 아버지는 굴곡 많은 삶을 가슴에 품고 살아가는 가여운 '인간'으로 되살아납니다. 그리고 종철은 아버지의 아픔을 조금이나마 깨닫습니다.

 **깊이 생각해보기**

아래는 한 영화의 줄거리다. 아래 글을 읽어보고 영화에 나오는 인물들과 본문의 '아버지 — 뺑덕어멈 — 종철(아들)'을 비교해봅시다.

수십 년을 함께 살아온 마누라 앞에서 북에 두고 온 마누라 타령만 해대는 간 큰 남편 김노인은 오매불망 북에 두고 온 아내와 딸을 만나는 게 소원인 실향민이다. 여느 때처럼 통일부에 북한주민접촉 신청서를 내고 돌아오던 김노인은 그만 발을 헛딛고 계단에서 굴러 병원에 입원하게 되고, 가족들은 김노인이 간암 말기라는 뜻밖의 사실을 알게 된다. 게다가 간암 말기 아버지에게 50억 유산이 있었다는 사실을 알게 된 가족들! 하지만 이 유산은 '통일이 되었을 경우에만 상속받을 수 있다'는 기이한 조항을 달고 있다. 아버지의 마지막 소원과 자칫 통일부로 전액 기부돼 버릴 뻔한 50억 유산을 사수하기 위해 가족들은 '통일이 되었다'는 담화문을 담은 가짜 뉴스 프로그램을 제작해 임종 전 아버지께 보여드리고 감쪽같이 가짜 통일 상황을 믿게 만드는 데 성공하는데…… 하지만 아버지의 기뻐하는 모습을 보며 가족들이 다같이 행복해하는 순간!
금방이라도 돌아가실 것처럼 심해지던 김노인의 병세가 '통일이 되었다'는 거짓말에 기적처럼 호전되어 가는 것이 아닌가? 게다가 엎친 데 덮친 격으로 아버지는 '남북 단일팀 탁구 대회'와 '평양 교예단' 공연을 보고 싶어한다. 결국 거짓말을 감추기 위해 이 모든 행사를 자작극으로 꾸미기 시작하지만 결국, 자작극은 들통나게 된다. 그리고 그 충격과 슬픔으로 아버지의 병세는 다시 악화되는데…….
우여곡절 끝에 김노인이 아프기 전에 접수했던 북한주민접촉 신청서가 뽑히게 되고, 아버지의 통일에 대한 안타까운 마음을 이해하기 시작한 아들들은 병세가 악화된 아버지를 모시고 이산가족 행사장에 도착한다. 그리고 그곳에서 북의 딸 대신 나온 다른 친척을 먼저 만난 자식들은 그 친척을 딸이라고 거짓으로 아버지께 말하고 마지막으로 아버지의 슬픔을 조금이나마 덜어드린다.

—영화 〈간 큰 가족〉 줄거리

영화에 나오는 '통일조작 사건'은 물론 아버지를 위해 벌인 해프닝입니다. 물론 처음에는 유산 50억 때문에 벌인 일이지만, 통일이 되었다는 거짓말에 속는 아버지의 해맑은 웃음과 기뻐하는 모습을 통해 자식들은 차츰 아버지의 통일에의 바람을 이해하게 됩니다. 북의 처자식을 꼭 한 번만이라도 보고 싶어하는 영화 속 아버지의 간절함은 본문의 '아버지'가 북의 아내 '최옥분'에 대한 미안함과 그리움을 잊지 못해 그녀와 닮은 '뺑덕어멈'의 사진을 간직하는 마음과 같습니다. 그리고 그런 사연을 모르고 오로지 아버지의 성적 욕망을 해결해주겠다는 생각으로 과외를 한 돈으로 '뺑덕어멈'을 아버지께 소개하는 아들의 모습은 유산 50억에 눈이 멀어 '통일조작극'을 벌인 영화 속 아들들의 모습처럼 아버지의 마음을 헤아리지 못하는 무지(無知)라는 점에서 닮아 있습니다. 그리고 마지막에는 자신들의 무지를 깨닫고 이산의 아픔 속에서 슬퍼하는 아버지를 이해하는 모습 또한 닮은 점이 있습니다.

처용단장(處容斷章)

처용설화를 새로운 시각으로 변용한 「처용이야기」 속에 지식인과 권력의 상관관계라는 사회성 짙은 이야기를 결합시키면서 지식인의 전향과 변절에 대한 뼈아픈 일침을 놓는 작품.

📖 **감상의 길잡이**

"풍자가 아니면 해탈이다"
새로운 처용이야기를 통해 지식인에게 가하는 일침

젊은 시절 1970·80년대를 치열하게 관통하고 살아온 사람들을 우리는 흔히 '386세대'(30대, 80년대 학번, 60년대 태생)라고 합니다. 이 세대에는 박정희, 전두환, 노태우로 이어지는 군사집권 시절, 젊음이라는 도구 하나만을 가지고 목숨까지 내놓으며 군홧발과 최루탄을 온몸으로 막아내며 조국의 민주화를 위해 치열하게 살아온 사람들이 많이 있습니다. 그들의 희생이 있었기에 우리는 지금의 민주주의를 뿌리내릴 수 있었을 것입니다. 그러나 세월이 흐르고 시대의 변화 속에 살다 보면, 어느새 자신도 모르는 사이 젊은 시절의 그 열정과 용기는 사라지고 현실의 변화에만 민감해지고 눈앞의 이익만 생각하고, 주변을 둘러보던 눈은 자기 자신에게만 한정되어 버리기도 합니다. 그래서 많은 이들이 '범을 잡기 위해서는 범이 있는 굴에 들어가야 한다'는 자기 합리화를 앞세우며 고시 공부에 열을 올리는 모습도 보게 됩니다. 작가는 "90년대 들어 고시원이 많이 늘어나고 운동권 전력이 있던 이들도 대거 고시 공부에 몰입하거나 합격했다는 소식을 듣고, 운동권에서 제도권으로 전환한 이들의 내면적 갈등 내지 자기 합리화에 관한 이야기를 해보고 싶었다"(『아버지의 미소』)며 창작 이유를 밝혔습니다.

이 작품의 주인공인 '나(서영태)'는 젊은 시절, 사회의 변혁을 꿈꾸며 부정한 정권에 저항하다 시국사범이 되기도 한 치열한 삶을 살던 사람이었습니다. 그리고 지금은 사법고시를 통과하여 곧 판검사가 될 사람입니다. 어느 날, 대학 친구 '권희조'를 만나 그가 새롭게 창작해 낸 「처용이야기」를 듣게 되면서 자기의 부인(라은미)과 '권희조'의 불륜 관계의 확신을 갖게 되는 한편, 자신의 지금의 현실이 처용의 현실과 닮았다는 점을 발견하게 됩니다. 즉, 젊은 시절 부정한 권력에 치열하게 저항하고 살았던 그가 이제는 그 권력의 하수인이 될지도 모르는 판검사가 되어 남 좋은 일만 시키는 '뻐조새'의 운명이 될 자신의 모습을 재발견하게 됩니다.

작가는 처용설화를 새로운 시각으로 변용하여 '권희조'의 「처용이야기」를 만들어냅니다. 그리고 그 이야기 속에 지식인과 권력의 상관관계라는 사회성 짙은 이야기를 심어놓습니다. 그리고 그 이야기에 비춰지는 지식인 '서영태'의 변절과 그의 아내 '라은미'와 '권희조'의 '불륜'(불륜도 결국에는 변절의 일종일 것입니다)을 통해 "변절한 사람이 남의 변절에 의해 막바로 배신당하는 출세주의자들을 야유"하고 지식인의 전향과 변절에 대한 뼈아픈 일침을 놓습니다.

이 작품은 1993년 『문예중앙』에 발표된 단편으로, 이야기 안에 또 하나의 이야기가 들어 있는 형태의 독특한 소설입니다. 서영태(나)—라은미(아내)—권희조(친구)로 이어지는 전체적인 이야기 안에, 신라의 향가 「처용가」에서 영감을 얻은 「처용이야기」를 집어넣어서, 내부 이야기가 전체 이야기와 밀접한 연관성을 가지게 하는 재미난 형태의 소설입니다.

처용설화

제49대 헌강대왕(憲康大王) 대에는 서울로부터 동해 어귀에 이르기까지 집들이 즐비하게 늘어서 있고 담장이 서로 맞닿았는데, 초가집은 한 채도 없었다. 길에는 음악과 노랫소리가 끊이질 않았으며 바람과 비는 사철 순조로웠다. 이때 대왕이 개운포(開雲浦: 학성(鶴城) 서남쪽에 위치하므로 지금의 울주(蔚州)이다)로 놀러 갔다 돌아오려 하였다. 낮에 물가에서 쉬고 있는데 갑자기 구름과 안개가 캄캄하게 덮여 길을 잃게 되었다. 왕이 괴이하게 여겨 주위 사람들에게 물으니, 일관이 아뢰었다.

"이는 동해에 있는 용의 변괴이니, 마땅히 좋은 일을 하여 풀어야 합니다."

그리하여 용을 위해 근처에 절을 짓도록 유사(有司)에게 명령하였다. 명령을 내리자마자 구름이 걷히고 안개가 흩어졌다. 이 때문에 그곳의 이름을 구름이 걷힌 포구라는 뜻의 개운포라 한 것이다.

동해의 용은 기뻐하여 곧 일곱 아들을 거느리고 왕의 수레 앞에 나타나 덕을 찬양하며 춤을 추고 음악을 연주하였다. 그중 한 아들이 왕의 수레를 따라 서울로 들어와 왕의 정사를 보필했는데, 이름을 처용(處容)이라 하였다. 왕은 미녀를 주어 아내로 삼게 하고 그의 마음을 잡아 머물도록 하면서 급간(級干)이란 직책을 주었다. 그의 아내가 매우 아름다웠으므로 역신(疫神)이 흠모하여 사람으로 변해 밤이 되면 그 집에 와 몰래 자곤 하였다.
처용이 밖에서 집에 돌아와 두 사람이 자고 있는 것을 보고는 노래를 지어 부르고 춤을 추다가 물러났는데, 그 노래는 다음과 같다.

    동경(東京) 밝은 달에 밤새도록 노닐다가
    들어와 자리를 보니 다리가 넷이구나.
    둘은 내 것이지만 둘은 누구의 것인가.
    본래 내 것이지만 빼앗긴 것을 어찌 하리.

그때 역신이 형체를 드러내 처용 앞에 꿇어앉아 말하였다.
"제가 공의 처를 탐내어 지금 범했는데도 공이 노여워하지 않으니 감탄스럽고 아름답게 생각됩니다. 맹세코 오늘 이후로는 공의 형상을 그린 그림만 보아도 그 문에는 절대로 들어가지 않겠습니다."
이로 인해 나라 사람들이 문에 처용의 형상을 붙여 사악함을 물리치고 경사스런 일을 맞이하려고 하였다.
왕은 돌아오자 곧 영취산(靈鷲山) 동쪽 기슭의 좋은 땅을 가려 절을 세우고 망해사(望海寺)라 하였다. 망해사를 신방사(新房寺)라고도 했으니, 이는 처용을 위해 세운 절이다.

—『삼국유사』 기이 편 「처용랑과 망해사」

처용단장(處容斷章)

"토껴!"
　지하철 2호선 동대문운동장역에서 내려 4호선으로 갈아타기 위해 내리막 층계참을 막 돌아서려는 순간 득돌같이 내 귀청을 후빈 외마디 소리였다. 어금니가 새곰새곰 시려오도록 앙칼지게 불어젖히는 호루라기 소리에 뒷덜미가 휘감긴 사내 서넛이 큼직한 가방과 귀퉁이만 간신히 움켜쥔 보따리를 감싸안은 채 아금받게[1] 층계를 치받아 오르고 있었다. 그 뒤를 지하철 구내 청원경찰[2]이 삿대질을 해대며 따라붙는 시늉을 했다. 지퍼가 열린 가방과 귀가 벌어진 보따리 틈새에서는 남자용 지갑이나 여자용 액세서리 등속이 헤실바실 떨어져나와 바닥에 함부로 나뒹굴

---

1) 아금받다 야무지고 다부지다.
2) 청원경찰(請願警察) 어떤 시설이나 기관의 요청에 따라, 수익자가 비용을 부담하는 것을 조건으로 경비 업무를 담당하는 경찰.

고 있었다.
　나는 층계를 내려오던 발걸음을 멈추고 추격을 당하는 사내들처럼 뒤돌아서서 등을 곱송그리며 겅중겅중 내달렸다. 그러나 곧이어 물밀듯 쏟아져내려오는 사람들에게 떠밀려 옆구리로부터 시작해서 허벅지서껀 어깻죽지께며 가릴 것 없이 늘씬하게 쥐어박히는 처지가 되었다.
　"조것 싸게 잡아뿌러. 놓쳐뿔믄 낭패 봉께로."
　한 사내가 매몰차게 닫히려는 전동차를 손가락 끝으로 가리킨 채 숨이 바짝 차오른 턱을 흐느끼듯 까부르며 외쳤다. 그러자 파키스탄 불법체류자모양 검은 가죽옷에 거무뎅뎅한 콧수염을 반지빠르게[3] 기른 이가 자신의 보따리를 머리 위로 치켜들고 엉덩이께가 한껏 부푼 청바지가 미어져라 뛰어가더니 문 틈새로 보따리를 던져넣었다. 닫히던 문이 주춤하면서 다시 열리는 순간 사내들은 어빡자빡[4] 굴비 두름 포개지듯 몸을 일제히 전동차 안으로 쑤셔넣었다. 그 와중에서 엉거주춤하던 나의 옷지락을 잡아채 밀어넣어준 사내가 내 귀에다 대고 나지막히 그르렁거렸다.
　"형씨, 칠 년 묵은 굼벵일랑 회 쳐 먹었수? 따라지[5] 신세끼리 민폐[6]는 서로 끼치지 말아야 도리잖겠수 이거."
　고개를 돌려보니 하관[7]이 두루뭉술한 게 막걸리깨나 축냄직한 넉넉한 구멍새를 지닌 사내가 희고 고른 잇바디를 고스란히 내밀고 있었다.

3) 반지빠르다 말이나 행동 따위가 어수룩한 맛이 없이 얄미울 정도로 민첩하고 약삭빠르다.
4) 어빡자빡 여럿이 서로 고르지 아니하게 포개져 있거나 자빠져 있는 모양.
5) 따라지 보잘것없거나 하찮은 처지에 놓인 사람이나 물건을 속되게 이르는 말.
6) 민폐(民弊) 민간에 끼치는 폐해.
7) 하관(下觀) 광대뼈를 중심으로 얼굴의 아래쪽 턱 부분.

나는 말없이 일어나 손을 툭툭 털며 겸연쩍은 웃음을 지어 보였다.

앞뒤로 옷매무새를 고치는 내내 나는 나의 이 예상찮은 행동이 못마땅해 견딜 수가 없었다. 이 무슨 어처구니없는 짓이란 말인가. 나는 입속에서 자꾸 빠져나가려는 단어를 붙들어 "토껴, 토껴" 하고 짧게 끊어쳐 되뇌보았다. 그러자 온몸에서 맥이 쑥 풀려 오금을 추스를 수가 없었다. 그 말 한마디에 그토록 허랑하게 휩쓸려 무너지다니. 가령, '토껴'가 아니고 '도망쳐' 라든가 아니면 속된 말로 '튀어라' 나 '발라' 같은 말이었다면 사정은 영판 달라졌을 게다. 나는 아마도 추적자와 도망자의 스릴 넘치는 추격전의 한 장면을 기왕이면 육박전까지 기대하면서 팔짱 끼고 느긋하게 구경했을 것이다. 그런데 하필 '토껴' 라니…….

대학 3학년, 5월의 가리봉 오거리가 불현듯 떠올랐다. 가투[8]가 시작된 지 5분도 안 돼 시위대는 포위를 당하고, 뒤늦게 찾아낸 좁은 샛길은 포장마차가 가로막고 있었다. 선배가 먼저 통과할 수는 없었다. 질서, 질서를 외치며 후배와 여학생들을 먼저 보내다가 코앞에 들이닥친 전경들과 각목을 휘두르며 대치했다. 열차 강도처럼 입가를 뒤로 처맨 손수건 사이로 최루가스가 마구 헤집고 들었다. 그 와중에서 뭔가가 발목을 잡아채는 바람에 넉장거리[9]로 나가떨어졌다. 내 밑에는 겁에 질려 퇴로를 찾아 밀려든 학생들이 실지렁이처럼 한데 뒤엉킨 채 넘어져 아비규환[10]의 연옥[11]을 이루고 있었다.

---

8) **가투(街鬪)** 거리에서 벌어지는 투쟁, 데모 등을 줄여 부르는 말.
9) **넉장거리** 네 활개를 벌리고 뒤로 벌떡 자빠짐.
10) **아비규환** 여러 사람이 비참한 지경에 빠져 울부짖는 참상을 비유적으로 이르는 말.
11) **연옥** 천국과 지옥의 사이.

"한 놈도 남김없이 작살내!"
 고참인 듯한 전경 하나가 짧게 부르짖었다. 머리 위로 방패가 쉭쉭 칼바람 소리를 내며 스쳐지나갔다. 나는 뒤통수를 두 손으로 감싸며 깐을 보기 위해 고개를 살며시 쳐들었다. 그 순간 잘 구워진 식빵 덩어리처럼 뭉툭한 전투화코가 크게 확대돼 보이는 듯하더니 내 의식 속으로 무수한 불꽃놀이 파편이 쏟아져 박히는 느낌이 들었다. 전투화 끝이 내 안경 쓴 오른쪽 눈두덩을 파고든 것이다.
 "야, 저 짜식 뻗는 거 봐라. 안 되겠다. 이쯤하고 2분대 전원 토껴라, 토껴."
 그때 입은 안구파열로 난 오른쪽 눈이 실명까지는 가지 않았지만 고도 약시로 떨어졌다.
 "그깟것 가지고 식은땀 줄줄 뽑는 걸 봉께 형씨도 속으로 은절은 에지간히 먹은 모양인게벼? 쯧쯧, 한잔 헐라우?"
 전동차칸 연결통로에서 마주보고 선 사내는 가슴팍에서 종이팩 소주를 꺼내 귀때기를 물어뜯고 한모금 쭉 빨아올린 다음 종주먹을 들이대듯 손을 불쑥 내밀었다. 내가 고개를 가로젓는 걸 기다리기나 했다는 듯 사내는 고개를 빨딱 젖히고 편도선을 심하게 요동치며 팩을 말끔히 짜냈다. 커어, 하며 목젖에 묻은 소주를 털고 나더니 왼쪽 호주머니에서 아오리 사과를 하나 꺼내들었다.
 "이거 죄송함다. 아까짐에 형씨 안주머니에서 칼을 소인이 잠시 허락 없이 실례했음다."
 사내가 호주머니에서 꺼낸 칼은 내 것임이 분명했다. 아직 한 번도 쓰지 않아 가죽 칼집에 곱다시 넣어갖고 다니던 칼이었다. 그는 칼을 빼들어 두 눈동자가 가운데로 몰리도록 코앞까지 바짝 치켜든 다음 먼지 알갱이라도 불어내려는 듯 칼날에 '호' 하고 입김을 쐬었다. 그러더니 사과를 찔러 한 쪽을 내게 권했다. 나는 군말 없이 사과를 받아들었다.

"칼을 품고 다닐 만한 사연이라도 있는게벼? 이녘 얼굴이 허여 멀쑥한 걸 보니 내 어림짐작에 형법 제331조나 334조를 어길 사람 같지는 않아 보이고……."

"331조나 334조가 무엇인데요?"

나는 일부러 내숭을 한번 떨어봤다.

"허, 내가 시답잖은 전문용어를 씨부렀나. 고것이 바로 유전무죄 무전유죄라는 말을 싸질러뺀진 절도와 강도죄에 해당하는 법조문이라우. 이러믄 나 이력이 다 뽀록나는디 말이여……. 고건 고렇고 이녘은 도나캐나 지집 문제 쪽이로구먼? 지집은 개구락지나 용수철과 같아서 당최 어디로 튈지 모르는 뻡이라우. 댁이나 나나 그놈의 신세가 알쪼외다."

뜨거운 한숨을 뿜어내던 그의 눈동자가 실성한 사람처럼 희끗희끗 흰자위 쪽으로 치우쳐 돌아갔다.

"고년이 내가 큰집에 잠시잠깐 다니러 간 새를 못 참고 또 으떤 쇳가루 풍기는 개아덜놈이랑 배때기가 맞아 떨어졌다더구먼 잉. 고년이 아무튼 쇳가루 냄새 맡는 데는 인자 아조 도사 다 돼뻔졌어라. 허나 지가 뛰어봤자 베룩이지. 내가 도부꾼¹²⁾ 행색으로 댕기지만 말을 냄새는 다 맡음시롱 댕긴단 말씨. 이젠 머잖아부렀어. 요맛적 들어선 이년의 냄새가 근방에서 폴폴 나부러 아암. 이번엔 아조 결딴을 내뿌리고 말랑께."

---

12) 도부꾼 이리저리 돌아다니며 물건을 파는 일을 하는 사람을 낮잡아 이르는 말.

후유, 내가 왜 초면인 형씨 앞에서 그 돼먹지 않은 지집을 들먹거리며 넉장뽑은 소리를 줴치고 있는 건지……"

그는 벌써 도망친 마누라의 깨깨 마른 멱살을 한모숨에 틀어쥔 듯 힘이 들어간 손아귀를 바르르 떨었다.

그 사내가 왜 내게 자신의 가방을 내던지듯 떠맡기고 갔는지 알 수 없는 노릇이다. 그는 차창 밖을 멍하니 바라보다 문득 "저이 씨앙" 하면서 가방을 황허케[13] 내게 안기며 전동차 밖으로 쏜살같이 뛰쳐나가는 것이었다. 혹시 사람들 속에 뒤섞여 지나가는 도망친 마누라의 뒷모습이라도 눈에 띈 것일까.

결과적으로 내 칼을 갖는 대신 물려준 가방을 열어보니 그 안에는 만원짜리 지폐를 컬러로 확대복사해 코팅까지 한 복돈다발이 그득히 들어 있어 한참 동안이나 실소를 자아내게 했다.

'그년이 쇳가루를 맡는 데는 아조 도사거든……'

그가 내뱉은 말을 되새기던 나는 그가 자신의 마누라와 흥감스런[14] 재회를 열렬히 꿈꾸고 있는 것은 아닐까 하는 생뚱맞은 생각을 퍼뜩 떠올렸다. 애증(愛憎)! 집으로 향하는 내 가슴이 몹시 답답해졌다.

언제부턴가 아내가 블렌딩을 하는 날이 부쩍 잦아졌다. 삘릴리리릭……, 자지러지며 뒤채는 아내의 전화벨 소리가 울리면 웅덩이에 고여 있는 듯 나른한 오후가 보자기처럼 얌전히 펼쳐진 네모진 방 안의 한 귀퉁이를, 누군가 홱 낚아채 뒤흔들어놓는 느낌이 들곤 했다.

---
13) 황허케 지체하지 않고 매우 빨리 가는 모양.
14) 흥감스럽다 넌덕스러운 말로 실지보다 지나치게 떠벌리는 태도가 있다.

"영태 씨 미안해요, 느닷없이 스케줄이 내려와서……, 저녁일랑 거르지 말고 꼭 챙겨드세요."

그녀는 마치 철부지 생떼꾸러기라도 앞에 세워놓고 존조리[15] 타이르듯 사근사근한 목소리를 갑자기 낯설어진 귓속으로 떠넣었다.

"알았어. 근데 그 블렌딩은 낮근무엔 하면 안 되는 거야?"

"정말, 영태씨 왜 그러세요, 오늘따라. 지금이 바로 우리 회사에서 1년간 공들인 각고의 노력 끝에 탐스러운 옥동자 탄생을 눈앞에 둔 중요한 시기 아녜요?"

그때쯤이면 난 벌써 수화기를 들고 있지 않았다. 아마 수화기 저편에서 느닷없이 통화가 끊겨 무안해진 아내는 동료들에게 우셋거리[16]가 되지 않기 위해서라도, "그럼 알았죠? 후후, 순순히 그렇게 나와야지요, 전화 끊어요." 어쩌구 하는 정도의 귀머거리 말을 그럴싸하게 수화기에 대고 욱여넣고는 뒤돌아섰을 게다.

아내는 내로라 하는 술 회사의 주류연구실에 근무하는 주류연구원이다. 그곳에서는 신제품 개발이나 기존 제품의 개선 따위를 주업무로 삼는다고 했다. 식품영양학과를 나온 아내로서는 더할 나위 없는 직장일지도 모른다. 또 원래 그녀는 소주 한 병인 내 주량의 두 배가 넘는 술꾼이기도 했으니깐 도랑 치고 가재 잡는 격이기도 할 터였다.

아내가 요즘 죽자꾸나 하고 맡아서 씨름하는 분야는 기타 재제주[17]였다. 1년간 그것도 연구랍시고(혀끝으로 술타령이나 하며 오사바사[18]하는 연

15) 존조리 잘 타이르듯이 조리 있고 친절하게.
16) 우셋거리 비웃음을 살 만한 거리.
17) 재제주(再製酒) 양조주나 증류주를 원료로 알코올, 당분, 향료 따위를 혼합하여 빚은 술.
18) 오사바사 굳은 주견 없이 마음이 부드럽고 사근사근하다. 잔재미가 있다.

구라면 나라고 못 할 게 무어 있겠는가) 매달린 끝에 12도짜리 매실주를 내놓으려는 막바지 작업에 들어간 단계다.

"보다 순하고 자극이 적으며 숙취는 되도록 없는 술이어야 된다니까……. 그게 까다로운 요즘 사람들의 취향이라는군요. 그것에 맞추다 보니 독특한 향과 부드러운 뒷맛이 특징인 술을 연구과제로 잡은 거예요. 이번 제품은 당신도 진짜 한번 기대해도 좋을 거예요."

아내는 자신이 손수 개발하는 술에 대한 자부심이 대단히 높았다. 벌써부터 술 이름 사내 공모를 염두에 두고 있는지 나보고도 한번 좋은 이름 있으면 톺아보라고[19] 은근히 닦달을 해올 정도였다.

나는 아내가 블렌딩을 한 다음 날 이른 아침이면 아무 불평 없이 홍약국으로 숙취 깨는 약을 사러 가는 보람을 놓치고 싶지 않은 착한 남편이기도 했다. 밤새 술에 보깨[20] 뒤척이던 아내가 입가에 는지렁이[21]처럼 끈끈한 침을 매달고 잠이 든 그 시각에 까치발을 제겨디디며 아내의 머리맡을 조용히 지나다녔다. 원액과 첨가물의 배합 비율에 따라 술맛은 천차만별이기 때문에 블렌딩을 하는 날이면 종일 술맛을 봐야 하는 아내를 위해서. 물론 아내가 블렌딩한 술을 목구멍 안으로 넘기는 건 아니다. 취하면 감각이 둔해져 정확한 술맛을 알 수 없기 때문에 혀끝으로 도르르 굴리다가 삼킬 듯 삼킬 듯 그대로 비커에 뱉어내야 한다. 그러니 블렌딩 때문에 아내가 취할 일은 전혀 없는 것이다. 그러나 블렌딩을 하는 날이면 아내는 이따금 맨정신으로 귀가를 하지 않는다.

---

[19] **톺아보다** 샅샅이 톺아 나가면서 살피다.
[20] **보깨다** 먹은 것이 소화가 잘 안 되어 속이 답답하고 거북하게 느껴지다.
[21] **는지렁이** 끈끈하고 는질거리는 액체.

억병[22)]으로 취해 물먹은 솜처럼 흐느적거리면서도 용케도 집까지 찾아와서는 눈꼬리가 말려올라간 채 현관문을 따주는 내 품에 새끼줄 풀린 짚단처럼 넉살좋게 풀썩 쓰러지곤 했다. 당신도 한번 어디서 혼자 취해 가지고 술냄새를 풍덩풍덩 끼얹으며 들어온 아내를 품에 안고 서 있어봐라, 기분이 어떨지. 나는 번번이 한구석이 하릴없이 싸늘히 식어가는 가슴을 썩썩 부비며 따스한 체온을 돋워내려고 무던히도 애썼다. 그런 내 심정은 아랑곳없이 아내는 건주정까지 들이대 나를 영 소갈머리[23)] 없는 남편으로 만들곤 했다.

"하이고, 우리 영태 서방님이 잠두 안 주무시고 소첩을 이렇게 기대려 주셨네요. 허헝, 눈물겹고 황송하기도 해라. ……근데 나는요, 나는 말예요……. 당신도 알죠? 삐조새예요.(내가 알기로는 그 새는 민물가마우지이다.) 왜 당신도 알 거예요. 중국인가 일본인가 어디선가는 왜, 그런다 잖아요 끄윽. 어부가 배 타고 나가서 적당히 굶겨논 그 새의 목에 노끈을 숨 막히지 않을 정도로 동여매서 풀어놓으면 그 새는 호수를 떠다니다 자맥질[24)]치면서 고기를 마구 잡아 먹는 거예요. 마구마구 바보처럼…… 근데 목을 노끈으로 죄어놨으니 그게 위장까지 들어갈 리가 없지…… 팔짱만 끼고 있던 어부의 손이 목덜미를 싸늘하게 쥐어짜면 삼킨 물고기를 도루 다 그대로 게워놓는 불쌍한 새 알죠 당신두? 당신은 사법고시도 2차까지 문제 없이 패스한 수재니깐 알 수 있을 거예요 암. 우린 결국 그런 새의 운명을 타고난 건지도 몰라요. 난 게 두려워. 그래서 오늘도

---

22) 억병 술을 한량없이 마시는 모양. 또는 그런 상태.
23) 소갈머리 마음이나 속생각을 낮잡아 이르는 말. 마음보를 낮잡아 이르는 말.
24) 자맥질 물속에서 팔다리를 놀리며 떴다 잠겼다 하는 짓.

또 깡술을 마셨어요. 집에 오는 길에……. 뼈조새가 되기 싫어서."
"예끼, 불효막심한 사람아, 자네 모친 살았을 때 그렇게 애공알이를 말려 돌아가시게 하지 말고 진작부터 철들어 이런 장한 모습 보여줬으면 여북 좋아."
"됐네, 젊었을 때의 방황은 누구나 다 한 번씩 해보는 거 아냐? 이젠 세상살이에 대해 어섯눈[25]이 좀 뜨이는 게지. 아, 막말로 똑똑헌 눔치고 젊어서 맑시스트 한번 안 해보면 그것도 병신이래잖아요."
"아, 그런데 혹 면접에서 말이야 동티가 나 공든 탑이 도로아미타불 되뿔면 으짜지?"
"동티가 나다니?"
"아, 영태가 거 뭐시냐 나라밥 신세를 진 적이 있잖남, 그것도 시국사범으루다."
"에헤, 염려를 꽉 잡아 붙들어매 놓으라니깐두루."
"뭐 질긴한 악이벡줄이라노 잡았남?"
"그게 아니고 요즘 돌아가는 분위기가 한번 거시키 해본 친구들이 전향[26]하고 나서는 더한다는 거 아녀."
"무얼 더해?"
"각설하면, 예전에는 죽일 눔 살릴 눔으로 싸잡아 매도하며 타도의 대상으로 넘겨짚던 축들의 사타구니에 코를 쑤셔박곤 그곳이 조청[27]이

---

25) 어섯눈 사물의 한 부분 정도를 볼 수 있는 눈이라는 뜻으로, 지능이 생겨 사물의 대강을 이해하게 된 눈을 이르는 말.
26) 전향(轉向) 종래의 사상이나 이념을 바꾸어서 그와 배치되는 사상이나 이념으로 돌림.
27) 조청 엿 따위를 고는 과정에서 묽게 고아서 굳지 않은 엿.

라도 처바른 절편28)인 양 알랑알랑 핥고 빨 기세라는 거 아냐."

"에잉 그런감."

"저쪽도 그런 저간의 사정을 아니깐 여보란 듯이 생색을 내며 좀 천한 표현으루다 개씹에 보리알 끼듯 구색 맞춰 방을 붙이는 것 아니겠어?"

나의 사법고시 2차 합격 소식을 듣고 친지들이 홍감에 겨워 등을 퍽퍽 두드려주며 한마디씩 보탠 말들이었다. 물론 그들에게는 나의 고시 합격이 권력의 곁불을 쬐러 들어가는 행위쯤으로 비치는 게 어쩌면 당연한 일일 터였다. 나는 까닭 모를 모멸감으로 얼굴이 벌겋게 달아올랐지만 잠자코 데면데면29) 고개만 주억거려 주었다.

블렌딩을 한 다음날이면 아내는 오후 출근을 한다. 느지막이 일어나 오랫동안 뜨거운 물로 샤워를 한 뒤 냉장고에서 포장된 어묵을 꺼내고 냄비에 무와 대파를 쑹덩쑹덩 썰어 마른 북어 부스러기를 한 움큼 넣은 밍밍한 해장국을 끓인다. 식품영양학과를 나왔다는 여자의 손끝 재간이 겨우 그 정도였다. 물론 난 결혼 뒤 아내에게서 용트림30)을 꺽꺽 쏟아놓을 정도로 변변한 해장국 한번 얻어먹은 기억이 없다. 딴 사내들도 다 그럴 것인가. 하긴 다른 음식을 버무려내는 데도 아내는 타고난 손방31)이니 새삼 엉성한 해장국 솜씨를 버르집고32) 나올 까닭은 없을 터였다. 하지만 아내는 콧잔등에 송글송글 땀방울이 나앉도록 한 대접을 게걸스레 다 비우곤 했다. 그런 모습을 지켜볼 때의 내 참을성은 가장 취약해

28) 절편 둥글거나 모나게 꽃판으로 눌러 만든 흰 떡.
29) 데면데면 사람을 대하는 태도가 친밀감이 없이 예사로운 모양.
30) 용트림 거드름을 피우며 일부러 크게 힘을 들여 하는 트림.
31) 손방 아주 할 줄 모르는 솜씨.
32) 버르집다 숨은 일을 들추어내다. 작은 일을 크게 떠벌리다.

진다. 때로는 식탁 위로 숟가락을 거칠게 내던지곤 했다.

그러나 아내는 언제나 당당했다.

"집안에 들어앉으라니요? 고시에 된 사람은 영태씨지 내가 아니잖아요."

"뭐야, 이 여자가 보자보자 하니깐."

"당신이란 사람 원래 그렇게 이기적이지 않았잖아요."

"분명히 알아둬. 원래 어땠는지는 몰라도 사정이 변했으니깐 지금부터라도 달라져야겠어."

아내는 숫제 한심하다는 표정을 지었다.

"몇 년간 애오라지[33] 당신 뒷바라지만으로 한세월 보냈어요. 그것으로도 모자라요?"

"지금 오기라도 부리겠다는 거야, 뭐야."

"내 직장생활은 순전히 밥벌이 수단이었다고요!"

"근데? 시금은 그게 거꾸로 유일한 목적이라도 됐어?"

"목적도 아니고 수단도 아니고 그저 내 삶의 한 부분이 됐지요. 당신이 정 그렇게 내 삶의 본질적인 부분까지 다시 손대겠다고 나온다면 우린 불가피한 선택의 기로에 직면할 뿐이에요."

"선택의 기로?"

혁명운동가가 될 것인가. 아니면 혁명운동가의 아내가 될 것인가. 아내는 학생운동 시절 술자리에서 햄릿의 절체절명의 독백체를 흉내내던 말투를 그대로 재연해내고 있었다. 그때는 그게 아내의 놓칠 수 없는 매

---

33) 애오라지 '겨우', '오로지'를 강조하여 이르는 말.

력이었는데 지금은 왜 그리 역겹게 비치는지 알 수 없는 노릇이었다.

　나는 갑자기 전의[34])를 상실했다. 이런 식의 말싸움이 돼서는 곤란했다. 사실 내가 하고 싶은 말은 그게 아니었다. 단 둘이 사는 집 안에 무슨 일이 그리 많이 쌓이겠는가. 빨래나 설거지 같으면 차라리 스트레스 해소용으로 해치울 수도 있는 문제였다. 사태의 핵심은 부부관계였다. 그동안은 내가 고시 준비를 위해 극도의 절제된 생활을 하느라 다른 부부처럼 일정한 수준과 원만한 횟수를 채울 수 없었다손 치더라도 이제는 상황이 달라졌지 않은가. 닫힌 화덕[35])처럼 억눌려온 아내의 내연하는 욕구의 출구를 활활 열어젖히고 힘찬 풀무질을 해줄 의무가 내겐 있다고 느껴졌던 것이다. 그런데 현실은 생각 먹은 대로 잘 돌아가주질 않았다. 우린 뭔가 주파수가 서로 맞지 않았다. 나사산[36])이 헤먹은 볼트와 너트처럼 겉돌았다. 아내가 신호를 보내오는 날엔 까닭 없이 내 몸이 착 가라앉아 말을 듣지 않았고, 그리고 난 그것을 만회하기 위한 신호를 보낼 기회조차 점차 박탈당하고 있었다. 왠지 몸이 가볍고 속에서 뭔가가 쿨렁거리는, 말하자면 끼가 도는 날이면 난 새벽바람부터 아내에게 넌지시 이태리 때수건을 달래서는 대중사우나탕에 가서 구석구석을 정성껏 쓰다듬어냈다. 냉탕 온탕 번갈아 들락거리며. 그리곤 아침 식탁머리에서 아내를 향해 어색한 웃음을 실실 흘렸다. 하지만 오후에 아내에게 귀가를 서두르면 영락없이 그날은 황당하게도 블렌딩 스케줄이 맞춰진 날이어서 꼼짝없는 거절을 당하곤 했다. 아내한테서 서너 번 그런 통

---

34) 전의(戰意) 싸우고자 하는 의욕.
35) 화덕 숯불을 피워 쓰게 만든 큰 화로.
36) 나사산(螺絲山) 나사의 솟아 나온 부분.

바리[37]를 맞고 나니 우연의 일치치고는 아닌 게 아니라 정말 공교롭다는 느낌이 들지 않을 수 없었다.

  아내와의 관계는 점점 심각해지고 있었지만 나는 진정 파경[38]을 원치 않았다. 꼬인 상황이 잘 풀릴 때까지는 자칫 무책임한 파국을 부를 수도 있을 만큼 웃자란[39] 감정이 곳곳에 파놓은 함정을 잘 걸터듬어[40] 나가야 한다는 생각을 똘똘 뭉쳐 수전노[41] 손아귀의 엽전처럼 그러쥐고 있었다. 그러기 위해서라도 난 탈에 자주 가야만 했다. 아내의 블렌딩 횟수에 비례해서.

  탈은 그저 흔해빠진 맥주집이다. 녹두거리 맞은편 289번 버스 종점에서 서울대학 쪽으로 한 백여 걸음쯤 걷다가 문득 주위를 둘러보면 얼추 예닐곱 걸음 지나친 곳에 멀쩡히 서 있을 것이다. 그 술집은 온통 시커멓다. 문짝이나 겉벽이 콜타르[42]를 진하게 먹인 널빤지를 촘촘히 엮어 놓은 것이어서 첫 느낌부터가 우중충했다. 안도 밖과 별다를 게 없었다. 새뮤얼 베케트의 〈고도를 기다리며〉 무대풍의 식어빠진 사진 판넬이 몇 점 걸려 있는 사이로 듬성듬성 탈바가지가 네댓 개 걸려 있는 게 바깥하고 다르다면 다를까. 마치 탈바가지 안에 들어선 듯 갑갑하면서도 한편으로는 아늑한 느낌을 주는 곳이었다.

---

37) 퉁바리 퉁명스러운 편잔.
38) 파경(破鏡) 사이가 나빠서 부부가 헤어지는 것을 비유적으로 이르는 말. 옛날 어느 부부가 이별할 때 거울을 둘로 쪼개어 한쪽씩 나누어 가지고 뒷날 다시 만날 증표로 삼았으나, 아내가 불의를 저질러 거울의 한쪽이 까치로 변하여 남편에게 날아와 부부의 인연이 끊어졌다는 데에서 유래.
39) 웃자라다 쓸데없이 보통 이상으로 많이 자라 연약하게 되다.
40) 걸터듬다 이것 저것을 되는 대로 더듬어 찾다.
41) 수전노(守錢奴) 돈을 모을 줄만 아는 인색한 사람의 낮춤말.
42) 콜타르(coal-tar) 석탄을 건류할 때 생기는 흑색의 끈끈한 액체.

1학년 때 잠깐 서클을 같이 하던 권희조(權熺祚)를 다시 만난 건 바로 그 술집에서였다. 그는 입학하던 해 2학기 초에 반정부 유인물 소지 혐의로 경찰서에 끌려가 29일간 구류를 산 일이 있었다. 일본의 역사교과서 왜곡 사건이 뜨거운 이슈로 떠올라 학내가 들끓던 때였다. 그날 나는 1시 5분 전을 향해 초침이 움직이는 걸 초조하게 곁눈질하며 5동과 7동 사이의 사회대 잔디밭에 앉아 있었다.

시위는 주동자가 한 치의 오차도 없이 5동 교수연구실의 창문을 깨고 나와 예정대로 이루어지는 듯했다. 유인물이 뿌려지려는 순간 등산모를 쓰고 교내에 상주해 있던 짭새들도 눈치를 채고 우르르 떼지어 몰려들고 있었다. 9월의 짱짱한 하늘로 노란 색종이가 흩날려졌다. 학우여, 학우여. 창문틀에 올라선 선배는 호루라기를 빽빽 불며 어서 스크럼[43]을 짜라고 독려했다. 그때였다. 부조리 연극의 한 장면처럼 희조가 괴성을 지르며 나타나 품안에서 황급히 꺼내 뿌리느라 둘둘 말린 채 바닥에 떨어진 유인물 뭉치를 향해 달려들었다.

"돈다발이다! 이힉, 돈다발!"

나는 순간 먹먹해진 내 귀를 의심했으나 희조는 분명히 그렇게 외치고 있었다. 경찰들이 몰려들기 전에 스크럼을 짜고 대오[44]를 형성해야 될 마당에 모두들 갑자기 맥이 쭉들 빠져 어리둥절해 있었다. 뒤미처 들이닥친 경찰 사복조는 희조를 주동자로 잘못 알고 뒤쫓았다. 우리는 스크럼 한 번 짜보지 못한 채 흩어져 시위는 흐지부지되고, 그해 처음으로 주동을 뜨고도 잡히지 않는 희귀한 사례를 남겼다. 붙들린 희조를 경찰

[43] 스크럼(scrum) 여럿이 팔을 꽉 끼고 횡대를 이루는 일.
[44] 대오(隊伍) 편성된 대열.

쪽에서 아무리 조사해봐도 1학년인데다 시위나 서클 활동 경력도 드러나지 않은지라 구속은 하지 않고 구류[45] 29일을 때렸고, 학교 쪽에서는 1학기 유기정학 처분을 내렸다.

내가 희조가 사는 곳을 찾아간 것은 그가 구류에서 풀려나온 뒤 일주일쯤 지나서였다. 그간 면회 한 번 가지 못한 게 미안해서인지도 몰랐다. 그는 청량리 근처의 전농동 달동네에서 자신의 고향 출신인 어느 독지가[46]가 자기의 아호[47]를 따서 이름 지은 청암의숙이라는 데 머물고 있었다. 묻고 또 물어 겨드랑이에 땀이 뽀독거릴 정도로 헤맨 다음 찾아간 청암의숙은 뒷골목 전당포로 썼으면 맞춤할 정도로 낡고 좁은 쇠창살 창문이 썩은 이처럼 듬성듬성 뚫린 붉은 2층 벽돌건물이었다. 페인트물이 다 빠진 나왕목 간판에는 '青岩義塾'이라고 돋을새김[48]돼 있었다. 그 고장 출신의 근로청소년이나 고학생들에게 잠자리만 제공해주는 노릇을 하는 곳이었다.

208호라는 호수가 찍힌 푯말 앞에 섰다.

'두드려라, 그러면 열릴 것이다.'

문짝에는 흰 도화지에 굵은 매직으로 명토[49]를 박듯 또박또박 쓴 검정 글씨가 흔뎅거리고[50] 있었다. 문을 두드리기도 전에 틈새가 빼꼼 열려 있는 게 보였다. 희조의 방에는 한켠에 2층 침대가 있고 맞은편 구석

---

45) 구류(拘留) 죄인을 1일 이상 30일 미만의 기간 동안 교도소나 경찰서 유치장에 가두어 자유를 속박하는 일. 또는 그런 형벌.
46) 독지가(篤志家) 남을 위한 자선사업이나 사회사업에 물심양면으로 참여하여 지원하는 사람.
47) 아호(雅號) 문인이나 예술가 따위의 호나 별호를 높여 이르는 말.
48) 돋을새김 조각에서, 평평한 면에 글자나 그림 따위를 도드라지게 새기는 일.
49) 명토를 박다 누구 또는 무엇이라고 이름을 대거나 지목하다.
50) 흔뎅거리다 큰 물체가 위태롭게 매달려 자꾸 흔들리다. 또는 그렇게 되게 하다.

에는 책상이 하나 놓여 있었다. 마침 희조는 2층 침대칸에 담요를 뒤쓰고 옆구리께에 구멍이 뻥 뚫린 낡은 런닝구 바람으로 누워 무슨 책인가를 읽다가 내가 들어서는 걸 보더니 몹시 놀라는 표정을 지었다.

"놀랐지?"

그는 우물쭈물 대답을 하지 않았다. 그 대신 갑자기 목에 사레)라도 들었는지 갈갈거리며 암탉이 알겯는[51] 소리를 냈다.

"몸이 안 좋은 모양이구나. 감기 들었니?"

그는 고개를 세차게 가로저었다. 그러더니 변비 걸린 사람처럼 얼굴이 빨개지고 관자놀이께 힘줄이 도드라지도록 간힘[52]을 쓰더니 물 위로 솟구쳐 태왁[53]을 껴안은 해녀처럼 가쁜 숨을 몰아쉬었다.

"도대체 왜 그러는 게야?"

"정말 아무 소리도 못 들었니?"

"소린, 무슨 소리?"

그의 눈에 실망한 기색이 역력했다.

"그래……, 그럴 거야 아아."

그는 2층 침대칸에서 내려와 책상에 한쪽 엉덩이를 걸치고 앉으며 창문을 마저 활짝 연 뒤 담배를 한 개비 꺼내 나에게도 권했다.

"그새 기독교에 귀의했남? 문짝에 웬 성경 구절이야?"

"아, 그거……, 유치장으로 교화설교 나온 새파란 전도사의 말이 어찌나 눈물겹던지."

---

[51] **알견다** 암탉이 발정한 때에 수탉을 부르느라고 골골 소리를 내다.
[52] **간힘** 숨 쉬는 것을 억지로 참으며 고통을 견디려고 애쓰는 힘.
[53] **태왁** 바다 작업을 할 때 몸을 의지하는 용기.

"그랬어?"

"그런 데선 사람들이 단순해지더구만. 아마 설교 전에 나눠준 단팥빵 때문이었을 거야. 당분간 붙여둘 거야."

"여기 머무는 데 얼마니?"

"하루에 150원 꼴이야."

"밥은?"

"매식으로 때우고."

"영태야, 나 방금 뭐 하고 있었는지 아니?"

"글쎄."

"너 들어올 때까지 복화술[54] 연습하고 있었다. 나는 기껏 복화술로 인사를 한다고 했는데 네가 한마디도 알아듣지 못하는 것 같아 좀 실망했는걸."

"복화술? 그게 뭔데."

"왜 있잖아. 입을 벌리지도 않고 뱃속으로 말하는 거 말이야."

"그게 가능해?"

"그럼 얼마든지."

"그걸 왜 배우지?"

"내겐 현실적으로 필요해."

"현실적으로?"

"아암, 바로 익명성이지. 말이라는 게 부담스러워졌어. 말이란 곧 굴레야. 복화술을 익히면 난 존재의 굴레에서도 완전히 놓여날 수 있을 거야."

---

[54] 복화술(腹話術) 입을 움직이지 않고 말하는 기술.

그의 표정은 더할 수 없이 진지했고 표독스럽기까지 했다. 창문으로 비껴드는 햇살을 받아 그의 눈동자는 투명한 수정체를 눈 밖으로 와락 쏟아놓을 만큼 형형한 빛을 띠고 있었다. 나는 등줄기를 훑고 지나가는 한줄기 서늘한 한기를 느꼈다.

그가 공동취사장에 가 안주로 삼을 인스턴트 자장면을 끓이는 동안 난 책상 앞으로 다가가 손바닥만 한 사진틀에 갇힌 오종종한 여인을 들여다보았다. 어머니인가? 사진사가 가필[55]을 한 듯한 흔적이 엿보였는데 포동포동한 입술이 한눈에 보아도 색기가 흘러넘쳤다.

"이만하면 성찬이다."

"그는 뒷발로 방문을 꽝 닫으며 소리쳤다. 곧이어 2층 침대칸 위에 올라 4홉들이 진로 소주 한 병을 권커니 잣거니 다 비우면서 희조는 자신의 지난 내력을 조금씩 털어놓기 시작했다.

그의 아버지 권가(權哥)는 우시장의 쇠살쭈[56]였다. 소를 사고파는 흥정마당에 뛰어들어 얼르고 뺨치며 될 흥정 안 될 흥정 싸잡아 붙여주는 게 그의 일이었다.

"어따, 어금니가 뭉개진 걸 보니 다된 소구만 뭘 그려 잉?"

"이눔이 어금니 뿌랭이는 이래도 뼈대허구 털의 윤기를 한번 찬찬히 보더라고."

그러다가 좀 헐하게 흥정이 이루어졌다 싶은 쪽에서 얼마간의 구문[57]을 받고, 암만해도 박하게 됐다 싶은 쪽에서는 탁배기[58] 값이나 챙기면

---

[55] 가필(加筆) 글이나 그림 따위에 붓을 대어 보태거나 지워서 고침. '고쳐 씀'으로 순화.
[56] 쇠살쭈 장에서 소를 팔고 사는 것을 흥정 붙이는 사람.
[57] 구문(口文) 흥정을 붙여 주고 그 보수로 받는 돈.
[58] 탁배기 막걸리의 방언.

그만이었다.

그런데 그에게는 천형(天刑)⁵⁹⁾의 습벽이 있었으니 바로 노름벽이었다. 어렵사리 호주머니에 돈푼깨나 모였다 싶으면 고무신 뒤축을 꺾어 신고 노름방으로 달려갔다. 물론 번번이 털리고 새벽녘에야 노름방 샅 짝문을 열치고 나와 희멀건 달빛 아래 애꿎은 오줌발이나 들입다 세우며 아침 해장국값으로 얻은 개평⁶⁰⁾이나 속절없이 만지작거리는 게 고작이었다. 게다가 희조의 어머니는 근동⁶¹⁾에서 호가 난 화냥년이었다. 오죽하면 뭇사내들 사이에서 '권가년 치맛끈 말아쥐듯' 이라는 말이 무슨 일이든 겉시늉으로만 처리함을 비유하는 유행어로 떠돌 정도였다. 그러나 아버지 권가는 마누라를 몰아붙이지 않았다. 그의 노름판 판돈이 그녀의 치마 말기에서 나오기 때문이었다. 그녀의 비릿한 홑단속곳이 그에게는 마르고 닳지 않는 화수분⁶²⁾ 구실을 해주고 있는 셈이었다.

희조는 외간남자들이 시도 때도 없이 들락거리는 집이 싫어 권가 쪽을 택했다. 장터와 노름방을 쫓아다니는 게 그래도 먹을알⁶³⁾이 붙고 심심찮아 좋았다. 원체 노름에는 재간이 없는 권가인지라 판돈을 꼬나박다 못해 언제부턴가 노름방에서 눈속임을 쓰기 시작했다. 처음에는 그게 먹혀들어가 어쩔 때는 가보낭청⁶⁴⁾을 연달아 외치며 쏠쏠한 판돈을 긁어갖고 나오는 적도 있었다. 권가는 속임수에 점점 재미를 붙여갔다.

---

59) 천형(天刑) 천벌(天罰).
60) 개평 노름이나 내기 따위에서 남이 가지게 된 몫에서 조금 얻어 가지는 공것.
61) 근동 가까운 이웃 동네.
62) 화수분 재물이 계속 나오는 보물단지. 그 안에 온갖 물건을 담아두면 끝없이 새끼를 쳐 그 내용물이 줄어들지 않는다는 설화상의 단지.
63) 먹을알 그다지 힘들이지 아니하고 생기거나 차지하게 되는 소득.
64) 가보낭청 노름에서 가보 쪽을 내놓으며 외치는 말[가보: 노름에서 아홉 끗을 이르는 말].

희조는 그 속임수 놀음의 조연급 노릇을 했다. 그는 어린애였지만 특별히 노름방 출입이 허용됐다. 권가의 등에 업혀사는 아이임이 인정됐기 때문이었다. 더군다나 술심부름 같은 잔심부름이나 망보는 아이로 세워두기도 좋아 모두들 군말이 없었다. 눈썰미가 남달랐던 희조는 아버지 권가의 어깨너머로 노름판이 돌아가는 판수를 어느덧 익히고야 만 것이다. 그가 아버지의 등 위로 우뚝 서면 판세가 일목요연하게 잡혔다. 그는 이따금 아버지의 눈짓에 따라서 권가의 등 뒤에 찰싹 붙어 있다가 결정적일 때 남몰래 허리춤에 화투짝을 한 짝씩 찔러주곤 했다.

그러나 그게 그렇게 오래갈 리가 없었다. 소 한 마리값 판돈이 걸릴 정도로 판이 커졌다. 노름이라면 이골이 났다는 노름방의 도꼭지[65]격인 짝눈도 육통이 터질[66] 노릇이라며 손을 턴 뒤 뒷손을 짚고는 물러나 앉았다. 어린 희조 자신도 노름판에 너무 정신이 팔린 나머지 아버지가 끝까지 남은 상대방을 한 끗 차이로 누를 만한 패를 허리춤에 찔러주는 데는 성공했으나 그새 터질 듯한 오줌보를 끌어안고 나갔다가 들어온 험상궂은 짝눈이 그의 등 뒤에 다가와 서 있는 것은 전혀 눈치 채지 못했던 것이다.

"이런 쥐알봉수 같은 눔덜 보겠나."

눈앞에서는 불통이 튀었다. 노름판의 불문율은 엄했다. 희조는 핏발 선 눈에 살기가 번득이는 먹장승 같은 노름꾼들에게 둘러싸였다. 개중 한 사람이 양손가락으로 희조의 입아귀를 꿰고는 바른 대로 말하지 않

---

65) 도꼭지 어떤 방면에서 가장 으뜸이 되는 사람.
66) 육통(六通)이 터지다 강경과에서 칠서 중 여섯 가지는 외고, 한 가지를 못 외어 낙방했다는 데서 육통터지다라는 말이 생겨남.

으면 평생 말 못 할 언청이로 만들어버리겠다고 으름장을 놓았다. 새파랗게 질린 희조는 아버지 권가가 시켜서 한 일이라고 토설했고 그 즉시 짝눈의 눈짓에 따라 방 안에 작두가 차려졌다. 권가의 입에 재갈이 물려지고 엄지와 검지 두 손가락이 잘려나갈 때 그의 한껏 부풀어오른 흰자위가 뒤집어질 듯 희번덕거리는[67] 게 보였다. 희조는 비명을 내지르며 눈을 질끈 감았다.

그가 끝끝내 닫아두느라 촉촉해진 눈까풀을 천천히 열였다.

"그때 내 어린 영혼은 돌이킬 수 없는 상처를 받은 거였어. 아버지의 잘린 손가락이 튀어간 방석 위에는 선연한 핏방울이 아슴아슴[68] 스며들고 그리고 아버지는 피투성이가 된 손으로도 그들이 부정탔다고 놔두고 간 뇌리끼리한 돈다발을 움켜쥐고는 희열에 들뜬 신음을 내지르고 있었던 거지, 후훗."

소주잔을 집어든 그의 손가락이 와들와들 떠는 바람에 차란차란하던 소주가 잔 밖으로 움찔움찔 넘쳐흘렀다. 팔랑거리는 유인물 속을 가로지르며 짐승처럼 뛰어들던 그의 모습이 눈 속으로 아리게 밟혀왔다. 그의 과거와 그 행동 사이에는 석연하지는 않지만 아스라한 줄이 연결돼 있을 것만 같았다.

"몰라. 어떤 긴장감 때문에 그렇게라도 하지 않고는 배길 수가 없었어. 아무튼 그 자리에선 희생자가 나 하나밖엔 나오지 않았잖아. 그럼 됐어."

나는 두 번이나 깨어나 토악질을 쥐어짜며 속을 말끔히 헹궈낸 끝에

---

[67] 희번덕거리다 눈을 크게 뜨고 흰자위를 자꾸 번득이며 움직이다. 또는 그렇게 되게 하다.
[68] 아슴아슴 정신이 흐릿하고 몽롱한 모양.

그 208호 2층 침대칸에서 희조와 땀범벅이가 돼 뒤엉킨 채 생시인지 꿈인지 모르게 뒷들린 하룻밤을 묵고야 말았다.

"전공이 뭐야?"

나는 갑자기 생각났다는 듯 희조에게 다그쳐 물었다. 그는 국문과 대학원을 진학해 박사과정을 밟는 중이었다.

"문학이야, 고전문학."

"그래, 좋은 일이야."

"좋긴?"

"거기도 분야가 있을 거 아냐?"

"있지, 향가를 전공해."

"아아, 향가! 향가라면 나도 몇 수 외우지. 선화공주님은 남그스기 얼어두고, 맛둥방을 밤에 몰래 안고 가다. 어때, 쓸 만해?"

그러자 그는 심각한 표정을 지었다.

"그런데 아무래도 잘못 짚은 거 같아."

"뭔 소리야. 얼마나 뜻 깊은 분야인데 그런 말을 해. 우리 고대문학의 엑기스가 담긴 것들 아냐."

"그래서 그런지 내가 그 길에 들어섰을 땐 앞선 연구자들이 이미 물 어뜯고 살을 발리고 뼈를 추리고 요리를 다 해놔서 후학이 건드릴 곳이 없는 거야. 너 알다시피 우리나라에 현전하는 향가는 25수밖에 안 되잖아. 그것도 『균여전』에 전하는 11수는 주제로 보나 형식으로 보나 한 수라고 봐도 될 정도고. 그러니 어디 한군데 오롯이[69] 우려먹을 데가

---

[69] 오롯이 온전히.

있겠냐고? 문헌도 한정돼 있고."

"야, 들고 보니 그것도 아닌 게 아니라 문제긴 문제다 응? 그래 어쩔 셈이야? 이제 와서 다른 우물 파기도 뭣한 일 아냐?"

그는 힘없이 고개를 끄덕였다.

"……여보 나예요."

저녁 무렵 거냉[70](去冷)이 되지 않아 서늘한 집에 들어가 자동응답전화기의 예약된 비밀번호를 누르자마자 불쑥 튀어나오는 아내의 갈라진 듯한 목소리를 듣는 일이 제일 섬쩍지근했다.[71] 아내라는 존재의 실체가 거처하는 유일한 공간이 바로 자동응답전화기가 아닐까 하는 착각이 들 정도였다. ·

"……미안하지만, 다름이 아니라 저……, 블렌딩 때문예요. 제가 없더라도…… 잊지 마세요."

잊지 말라구, 낄낄낄. 아아, 블렌딩이여, 나는 찬 벽에 이마를 붙인 자세로 가만히 서 있곤 했다.

아내가 블렌딩을 하는 날 저녁이면 자연스레 발걸음이 탈로 향했다. 한번은 학원에서 막 돌아와 몸살기 때문에 쉬고 싶다는 희조를 억지로 탈로 불러낸 적이 있었다. 그는 생계수단으로 일찌감치 입시학원 강사로 뛰고 있었다.

"오늘은 맥주 대신 블렌딩한 칵테일을 한잔 마시고 싶은걸."

"어, 뭐? 너 지금 뭐라고 했냐?"

"마, 이 촌놈아, 블렌딩이라고 했다, 왜?"

---

70) 거냉(去冷) 찬 기운을 없앨 정도로만 조금 데움.
71) 섬쩍지근하다 무섭고 꺼림칙한 느낌이 오래 사라지지 않다.

"블렌딩?"

"그랴."

희조는 내가 블렌딩이라고 말하는 순간 표정을 묘하게 일그러뜨렸다. 그러더니 뭔가를 골똘히 생각하는 품이 역력했다.

"내가 요즘 사련[72]에 빠져 있는 거 너 아니?"

"뭐라고, 사련? 사련 좋아하고 자빠졌네. 처녀 총각이 만나는 데 사련이고 자시고가 어딨어."

"쉬운 말로 불륜의 관계지."

"희조 니가 정말로?"

"응."

"그럼 유부녀랑 말이지? 하긴 너란 놈은 일찍부터 여복이 있었던 놈이지. 상대는 누군데?"

"고향 후밴데 남편하고는 일이 잘 안 되나봐."

"누구는 좋겠다."

나는 조금 빈정거리는 말투로 대꾸했다.

"영태 니가 블렌딩을 주문하니깐 떠올랐는데, 우리가 서로 거시키를 하자고 할 때 쓰는 암호가 뭔지 알아?"

"암호?"

"응, 그렇지."

"여러 가지로 놀고 있네, 그래 뭔데?"

"그게 바로 블렌딩이지."

---

[72] 사련(邪戀) 도덕이나 도리에 벗어나거나 떳떳하지 못한 연애.

"하하, 블렌딩 합시다, 이렇게 말이지."

"말하자면 그런 식이지."

"거 되게 세련됐네."

"블렌딩이 아마 영어로 치면, 물론 슬랭(속어)일 텐데, 흘레붙는다는 뜻도 지니고 있는 모양이야."

"그래? 어디 보자. 술을 술수리술술, 설서리설설 섞다보면 살사리살살 살을 섞는 쪽으로 가게 된단 말이지? 호호호, 거 말 되네."

나는 겉으로는 아무렇지도 않은 듯 엉너리[73]치는 말을 뿌리고 있었으나 온몸에 거머리가 들러붙은 듯한 칙칙한 예감에 사로잡혀 굵은 소름 알갱이를 부르르 돋워올리는 중이었다. '오늘……, 블렌딩을 하는 날이에요……' 불길한 예감은 서늘한 기운이 되어 내 이마빡을 갈라치고 있었다. 그날 밤 내가 어떻게 집에 돌아왔는지 기억이 잘 나지 않았다. 다만 블렌딩이라던 아내가 생각보다 일찍 집에 돌아와 다소곳이 날 기다리고 있는 것마저도 칙칙한 뼈대에 살만 더 보태줄 뿐이었다.

"영태 너, 이 술집에 걸린 탈바가지 중에 처용탈이 있는데 알아맞춰 볼래?"

"글쎄, 어디 한번 코빼기라도 구경해본 적이 있어야 말이지. 귀신조차 넌더리[74]를 내고 물러갔다니깐 좀 우락부락한 모습이 아닐까."

"처용이 우락부락하다고? 왜 그렇게 생각하지? 그는 당대의 가객 아냐, 가객."

"신화 속의 인물인데 가객은 또 무슨 얼어죽을 가객이야?"

---

[73] 엉너리 남의 환심을 사려고 어벌쩡하게 서두르는 짓.
[74] 넌더리 소름이 끼치도록 싫은 생각.

"영태 네가 그 신화의 껍데기를 한풀 벗겨내보면 흥미로운 점을 발견할 수도 있을 텐데 말이야."

"어디 국문학을 했다는 희조 네가 한번 벗겨보렴."

"바로 저 치야."

희조는 개중 반반한 탈바가지를 가리켰다.

"마누라 때문에 오쟁이를 탄[75] 작자치고는 제법 걸때[76]가 있어 뵈는 친군데. 역신을 물리쳤다는 친구가 왜 저리 역병을 앓은 듯이 얼금뱅이[77] 상을 뒤쓰고 있지?"

"역설이지. 근데 너도 알다시피 입시학원이란 데는 제도권 학교와는 달라. 물론 다들 지식을 팔고 사는 시장이라는 점에선 본질적으로 같지만 학원이 그런 점을 좀더 노골화하고 있는 셈이지. 그날그날의 강의에 대한 품평회가 이루어지고 그건 직접적으로 권희조라는 상품의 가치를 결정하는 잣대야. 이거하고 여축없이[78] 연결되지."

그는 엄지와 검지를 둥그렇게 맞대 아래위로 흔들어 보였다.

"매번 강의 연단 아래가 낭떠러지라는 절박한 심정으로 마이크를 잡지."

"어디 간들 다 마찬가지지 뭐 별달라?"

"그렇겠지. 그런데 가끔가다 학생들한테 미안해져. 그들에게 갑자기 값싼 지식의 거래가 아닌 다른 대화를 하고 싶은 생각이 들 때가 있거든."

"그런 환상일랑 애진작에 집어치워."

---

75) **오쟁이 타다(지다)** 자기의 아내가 다른 남자와 간통하다.
76) **걸때** 사람의 몸 피의 크기.
77) **얼금뱅이** 얼굴이 얼금얼금 얽은 사람을 낮잡아 이르는 말.
78) **여축없다** 깔축없다의 잘못된 표기. 조금도 축나거나 버릴 것이 없다.

"아니야. 가능성이 없진 않아. 남한테는 뭣 팔려서 여태껏 말은 안 해 왔다만 나 저기, 〈겨레문학〉이라는 삼류 문학계간지에 희곡 부문 신인상을 받고 재작년 가을호에 데뷔를 한 적이 있거든. 비록 원고료로 책만 30권 팔아오라는 어처구니없는 봉욕[79]을 당하긴 했지만."

"그랬어……?"

"희곡으로 요즘 쓰고 있는 게 하나 있는데 그 실마리를 어떤 수강생에게서 얻었다니깐."

"그래? 그 수강생이 어떻게 했길래?"

"들어 봐. 아, 이 녀석이 고전문학 부문 향가에 대해서 예상문제를 죽 훑어보려는 참인데,「처용가」, 주제는 불교적 체념으로 승화된 세계, 이것이 정답입니다 하는 식으로 말이야. 난데없이 선생님 질문 하나 해도 돼요, 하지 않겠어? 뭔고, 물었더니.「처용가」에 대한 설화를 보면 역사상의 사실과 틀리는 점이 많습니다, 하더라고. 고 녀석의 얘기의 요점은 이거야.『삼국유사』의 제이권「처용랑과 망해사」조의 첫머리를 한번 보라고. 이렇게 시작하지. 제49대 헌강대왕대는 서울에서 동해변까지 집들이 맞닿았으며 담장이 서로 이어졌고 초가는 한 채도 없었다. 길가에 음악이 끊이지 않고 풍우가 사철 순조로웠다. 여기서 서울이란 당시의 경주를 말함인데 아무튼 더할 나위 없는 태성평대를 구가하고 있는 걸로 묘사돼 있는데 이건 완전히 생구라[80]가 아니냐, 이렇게 나오는거야."

"생구라?"

---

79) 봉욕 욕된 일을 당함.
80) 구라 거짓말의 속된 표현.

"아무렴. 당시는 신라시대의 말기로서 골품제도의 모순과 왕권의 몰락, 대권쟁탈전으로 말미암은 지배층의 분열과 상쟁 그리고 육두품과 도당유학생과 지방호족들의 발호, 또 지식인들은 두 손을 놓고 노장사상과 같은 허무주의에 빠진 상황이었거든. 게다가 농민은 수탈을 당하다 못해 농토를 잃고 유민화하거나 도적 떼로 변하고 있던 아주 극도로 혼란한 사회였단 말이야. 그 똘똘한 녀석이 어찌나 깐깐하던지 아주 역사적 문헌기록까지 들이대면서 조목조목 따지는데 오랜만에 호적수를 만난 듯 짜릿해지는 거 있지."
"듣고 보니 기특하게 여길 만하네."
"그 녀석이 글쎄 이래요.

헌강왕의 바로 전대인 경문왕대만 하더라도 역병이 두 번, 흉년이 네 번, 모반[81] 두 번, 천재지변 다섯 번, 불길한 징조가 네 번 나타난 걸로 삼국사기엔 기록돼 있는데요. 그리고 처용설화가 꾸며지던 헌강왕 5년 879년만 해도 일길찬(一吉湌) 신홍(信弘)이 쿠데타를 일으켰다가 실패해 주살[82]됐으나 민심이 크게 동요하고 있었다는 기록이 문헌에 버젓이 나와있거들랑요.

그러면서 자기가 보기엔 처용이 말하자면 지금의 대중가수와 비슷한 존재가 아니냐는 거야. 비근한 예로 조용필이나 서태지 같은."
"서태지? 우하하, 기발한 생각이네."
"예나제나 대중에게 가무의 위력이란 대단하잖아. 더군다나 신라 당

---

81) 모반(謀反) 국가나 군주의 전복을 꾀함.
82) 주살(誅殺) 죄를 물어 죽임.

대에는 달리 즐길 만한 매체가 없는 형편이니 더욱 그러했을 테고."

희조는 열을 올려가며 자기 얘기에 스스로 도취한 듯한 표정을 지었다. 그러면서 자신이 처용의 생애를 다룬 희곡을 쓰는데 제목을 '처용단장'으로 붙였다고 일러주었다. 내친 김에 그 처용단장이라는 희곡 작품의 말미에 들어갈 향가 하나를 자기가 손수 지었다며 디미는 것이었다. 뭐야? 향가를 네가 지어내? 그 말에 나는 약간 흥미가 당겼다. 어디 한번 보자. 별 희한한 얘기를 다 듣네. 극중 리얼리티를 높이기 위한 장치지 뭐. 그가 보여준 향가는 격식만큼은 제대로 갖추고 있었다.

望海居士의 處

腹飢烏隱達阿羅之叱食乙置	비골ᄑ온 ᄃᄅᄅᄅ윗 바블두
奪叱去乙	아ᅀᅡ거놀
物北所音叱國朕有叱下	믓솜 나라히 잇시리
智理是多亦都波加尼	智理이 하히 都波더니
阿邪郞也伊底亦所只毛冬乎	아으 郞ᄋ 이데서뎡 모ᄃᆞ온뎌
月良尸明期隱深隱夜矣	돌 기픈 불근ᄋ
哀反社鵑	셜븐 졉동새
去隱圭滕追良器乃行伊叱等邪	간 님흘 좃초아 우니다닛 다라

언뜻 보기에 8구체 향가 같은데 이게 도대체 무슨 내용이야? 나는 맨 끄트머리 부분만 무슨 뜻인지 짐작이 갈 듯하고 나머지는 도무지 맹문일 수밖에 없었다. 그리고 망해거사의 처는 또 어떤 인물인고.「공무도하가」를 지은 백수광부의 처는 알아먹겠는데 말이야. 희조는 알기 쉽게

처용단장(處容斷章) 303

뜻풀이를 해줬다.

　　배고픈 중생의 밥마저 / 빼앗거늘 / 무슨 나라가 이런고 / 지혜로운 자들이 많이 떠나 도성이 깨지더니 / 아아 낭이시여 아직껏 모르는가 / 달 밝은 깊은 밤에 / 서러운 접동새 / 떠난 님을 좇아 울며 다니는구료

"님타령으로 봐도 되나?"
"글쎄…… 지은이로 돼 있는 망해거사의 처는 처용설화에 나오는 망해사 건립 부분과 연결이 되고 지리다도파, 즉 지혜로울 지, 다스릴 리니깐 지혜로써 다스리는 사람들이란 뜻인데 누구겠어? 당시 6두품들을 중심으로 한 지식인 계층이지."
"6두품이란 게 대관절 뭐야?"
"신라 골품제도 때문에 원천적으로 정치적 신분상승의 길이 막힌 사람들 아냐. 때문에 개인의 능력을 인정받을 수 없는 사회에서 출중한 능력의 소유자들인 이들은 처음엔 학문적인 식견에 의해 정치적인 참여의 길을 걷지만 좌절을 겪고 그래서 당연한 귀결이지만 당대 사회의 가장 비판적인 집단으로 떠오른 것 아니겠어? 다도파란, 많을 다, 도성 도, 물결 파인데 결국 많이 도망들을 가니깐 껍데기만 남은 왕성이 깨지리라 하는 말인데 당시 항간에서 불렸던 정치풍자의 도참요(圖讖謠)[83]라고 봐도 무방하지."
"그럼 처용이 6두품 출신이란 말이야?"

---

[83] 도참요(圖讖謠) 앞날의 길흉을 예언하는 내용의 노래.

"웬걸, 내가 보기엔 진골 출신이었던 것 같아. 설화에도 동해용의 일곱 아들 중 막내로 나와 있거든. 용이란 존재는 당시 매우 숭앙되던 대상인데다 신라 제30대 왕인 문무왕이 죽어 경북 월성군 앞바다의 수중릉인 대왕암에 묻히면서 동해대룡이 됐다는 데서도 알 수 있듯이 동해용의 아들인 처용은 왕족의 피가 섞인 진골 출신으로 추정해볼 수도 있는 거 아니겠어?"

어쩌면 황당하기 그지없이 꾸며낸 애기일 수도 있었다. 나는 문득 그의 이야기가 나를 겨냥하고 있을 수도 있음을 깨달았다. 그는 그 뒤로 몇 번 만날 때마다 자신이 거의 탈고해간다는 처용단장의 줄거리를 귀띔해주었다.

처용은 진골 출신 왕족의 후예로 본래 이름은 자윤(慈允)이었다. 일찍이 풍운의 뜻을 품고 화랑에 입문한다. 그는 화랑에 입문하면서 흔들리는 계림(鷄林)[84]의 국풍을 바로잡는 동량[85]으로 자라날 것을 굳게 맹세한다. 그러나 화랑 입문 전에 우연히 당진 근처를 유람하다 만난 고운(孤雲) 최치원(崔致遠)이라는 동갑내기 소년의 말이 가슴에 가시처럼 와서 박혀 언제나 개운찮은 기분을 가질 수밖에 없었다. 소년 최치원은 당나라로 유학을 떠나기 위해 당진에서 나당무역선이 뜨기를 기다리는 중이었는데 처용과 객사에서 만나 첫눈에 서로 보통이 넘는 인물됨됨이를 알아보고는 밤새 세상사를 토론하며 하룻밤을 지샌 것이다.

---

[84] 계림(鷄林) 신라의 다른 이름. 숲 속에서 이상한 닭 울음소리가 들리기에 가 보니, 나뭇가지에 흰 닭과 금빛 궤 속에 신라 김씨 왕조의 시조가 되는 김알지가 있었다는 설화에서 유래.
[85] 동량 한 집이나 한 나라를 맡아 다스릴 만한 인재.

"그렇게 써서 잘도 팔리겠다. 암만 처용과 최치원이 동시대 사람이라고는 하지만 아무런 필연성도 없이 둘의 만남을 가정하는 게 과연 현실성이 있을까? 너무 비약된 상상력 아니냐구?"

그러자 희조는 점직하게[86] 생각하는 눈치였다. 그러나 곧, 현실은 우리의 상상보다 더 어처구니가 없고 기괴기할 수도 있는 법이야 하며 얼버무렸다.

"아닌 말로 너와 내가 이런 몰골로 만나게 될 줄이야 누가 처음부터 상상이나 했겠니?"

"우리 몰골이 지금 어디가 어때서?"

"아냐, 그게 아니고……, 넌 몰라."

희조는 갑자기 연거푸 술잔을 비워댔다.

"녀석, 참 싱겁긴……."

나는 술잔을 연달아 채워주며 끌탕을 했다. 아무튼 희조의 역사적 상상력에 따르면 최치원과 처용은 다음과 같은 대화를 나누었을 가능성이 있다는 거였다.

"진골인 자윤 앞에서 이런 말을 하는 게 어떨지 모르겠지만 난 골품제도 때문에 출세의 길이 막혔기 때문에 당나라로 유학을 가서 그곳 빈공과 과거에 급제하고 문명을 떨친 뒤 돌아오겠어. 아버님은 내게 십 년 안에 급제하지 못하면 아들로 여기지 않을 테니 열심히 공부하라고 하셨거든."

---

[86] 점직하다 부끄럽고 미안하다.

"계림이 변해야 한다는 것은 두말할 나위가 없겠지. 나는 곧 화랑에 입문하게 돼. 고운은 당에서 열심히 학문수양을 하고 난 이곳에서 절차탁마하여 실력을 기른 다음 훗날 계림을 위해서 할 수 있는 일을 함께 찾아보자고. 우린 반드시 다시 만날 수 있을 게야. 목숨보다 소중한 다짐을 두세."

그러나 처용이 발을 들여놓은 화랑은 이미 예전의 화랑이 아니었다. 기강은 문드러질 대로 문드러졌고 삼국통일기의 그 늠름하던 기품은 눈을 씻고 찾아보려야 말짱 도루묵이었다. 도덕수련과 정서함양에 힘쓰고 명산대천[87]을 찾아다니며 신체단련에 여념이 없어야 할 화랑들이 주색잡기[88]와 자리 다툼 그리고 민폐 끼치는 걸 예삿일로 삼았다. 화랑 중에서도 특히 타의 모범이 되어야 할 우두머리 화랑인 화판(花判)들의 행패는 한결 심했다. 심지어는 화랑들 사이에 입에 담기 어려운 남색(男色) 관계를 맺는 일이 허다하다는 말도 공공연히 나도는 판이었다. 처용은 그게 실망한 나머지 마음 둘 곳을 찾지 못해 그저 명산대천을 떠돌며 심신을 단련하고 허한 가슴을 달래기 위해 시가(詩歌)에 열중했다. 그러나 목구멍에서 각혈이 나오도록 단련을 해도 완성된 목소리를 얻기란 좀체 쉽지 않았다. 전국 방방곡곡을 돌아다니다보니 서라벌에서 주지육림[89]에 빠진 귀족들이 벌이는 호화판 향연과는 달리 백성들은 초근목피[90]로

---

87) 명산대천(名山大川) 이름난 산과 큰 내.
88) 주색잡기(酒色雜技) 술과 여자와 노름을 아울러 이르는 말.
89) 주지육림(酒池肉林) 술로 연못을 이루고 고기로 숲을 이룬다는 뜻으로, 호사스러운 잔치를 이르는 말. 중국 은나라 주왕이 못을 파 술을 채우고 숲의 나뭇가지에 고기를 걸어 잔치를 즐겼던 일에서 유래.
90) 초근목피(草根木皮) 풀뿌리와 나무껍질이라는 뜻으로, 맛이나 영양 가치가 없는 거친 음식을 비유적으로 이르는 말.

연명하면서도 갖은 부역에 시달리는 등 그 참상이 이루 형언할 수 없었다. 처용의 가슴속에는 백성들에 대한 연민으로 묵직한 응어리가 굵직한 똬리를 틀어갔다.

"밑으로부터 변화의 기운이 뻗치지 않으면 절망이야."

한번은 날이 이슥할 무렵 금강산 경계를 지나 남하할 때였다. 어느 마을 어귀를 지나려는데 다 쓰러져가는 초가집에서 두 양주의 구슬픈 곡성이 나지막이 새어나오고 있었다. 처용은 그 집의 다 헝크러져가는 울바자 앞에서 발걸음을 멈췄다.

"주인장, 주인장 계시오?"

처용이 주인을 청하는 소리를 넣자 울음소리가 뚝 그쳤다.

"지나가는 길손인데 하룻밤 유하도록 허하시면 고맙겠습니다."

"길손도 보시다시피 방바닥은 파이고 벽은 바람이 제 집처럼 마음대로 들락거리며 천장으로는 흘러가는 구름이 방 안을 들여다보는 처지니 손을 들이기가 매우 어려울까 합니다. 집안에 남세스런 춘사[91](椿事)도 겹치고 하였은즉……."

처용이 속으로 혀를 끌끌 차면서도 벅벅이 우겨 자리를 잡은 뒤 알아본 사정은 더욱 기가 막힐 노릇이었다. 절량[92]이 된 지 이미 오래 전인 두 양주는 부황기가 골수에 미치게 되자 할 수 없이 열 살 난 딸을 백리 상거인 파진찬 김홍댁에 노비로 팔기로 하고 마지막 밤을 서로 부둥켜안고 울며 보내는 중이었다.

"그게 뭡니까?"

---

[91] 춘사(椿事) 뜻밖에 일어나는 불행한 일.
[92] 절량(絶糧) 양식이 떨어짐.

처용은 젊은 남정네가 들어왔는데도 등허리를 까들추고 맨살을 내놓은 채 죽은 듯 엎어져 있는 계집아이를 가리키며 물었다. 그 어미 되는 이는 나무꼬챙이를 젓가락 쥐듯 들고 앉아 있었기 때문이었다. 처용은 주인장에게서 아이의 등허리에 핀 부스럼에서 구더기를 파내고 있는 중이라는 말을 듣고 땀구멍이란 땀구멍은 모조리 열리는 듯한 기분에 와락 휩싸였다. 아아, 이 현실이 도대체 뭐란 말인가. 계림의 창맹93)들이 이런 처참한 생활을 하는데 일신상94)의 벼슬은 뭐고, 영예와 부 그리고 아름다운 아내란 다 무에 소용이 있더란 말이냐. 처용은 자리를 박차고 나왔다. 어느덧 서산에는 시리도록 푸르고 둥근 달이 덩두렷이 떠올라 가난한 산하를 고즈넉이 비추고 있었다.

　"어쭈, 희조 너 그동안 완전히 노가리만 늘었구나."
　"만날 때마다 신물이 나도록 들으니 이젠 처용이라면 귀에 못이 박이겠다."
　"아냐, 아직 단대목95)은 나오지 않았어."
　"야아, 이제 그만 때려치우고 딴 얘기 하자. 글쎄, 지멸이 있게96) 앉아서 더 들어봐. 우리 시대에 바로 처용 같은 이들이 많이 나오고 있잖아. 너도 그중 한 사람이라는 생각이 안 드니?"
　"어떤 의미에서?"

---

93) 창맹(蒼氓) 세상의 모든 사람. 창생(蒼生).
94) 일신상(一身上) 한 개인의 형편.
95) 단대목 어떤 일이나 고비에 가까워져서 매우 중요하게 된 기회나 자리.
96) 지멸이 있다 꾸준하고 성실하다. 또는 직심스럽고 참을성이 있다.

"아, 얼굴 붉히지 말고. 내 말의 방점은 처용이 팔불출이어서 마누라로 말미암아 오쟁이를 탔다는 데 찍혀 있지 않단 말이야. 당시에는 지식인이 오늘날처럼 중간계층이 아니라 바로 지배계급 쪽에서 나올 수밖에 없는 상황이잖니? 문자 이꼴[97] 권력이었으니깐. 그럴 때 당대의 모순에 온몸으로 고민했던 처용이라는 한 지식인의 고뇌와 결단 그리고 좌절과 변절의 역정을 살펴보는 것도 나름대로 의미가 있다는 생각이 안 들어? 나는 처용단장이라는 희곡에서 그걸 더듬고 싶었어."
"흐흠, 지식인 처용이라…… 좋아, 계속해 봐."
나는 턱주가리를 어루만지며 귀를 쫑긋거렸다.

당시 신라인들은 향가에 열광적으로 미쳐 있었다. 말하자면 향가는 요즘의 대중가요인 셈이었다. 경주 지방을 일컫는 사뇌야(詞腦野)에서 불리는 잘 정제된 19체 향가는 특별히 사뇌가라고 이름했고 귀족 사이에서 유행했다. 지방에서는 4구체나 8구체로 된 향가가 나타나 백성들 사이에서 크게 풍미했다. 그 와중에서 많은 가객들이 나타났다 사라졌다. 그중에서도 계림 전체를 통틀어 제일 인기 있는 가객은 처용이었다. 우리나라 역사상 최초의 전국적 대중가객의 출현이 이루어진 것이다. 그는 고혹[98]적인 미성과 사람들의 고달픈 삶을 어루만지고 서리서리 맺힌 곳을 찾아 그 응어리의 뿌리를 움켜쥐고 풀어주는 노래로 대번에 전국적 명성을 획득했다. 그가 미성을 유지하기 위해서 거세까지 했다는 소문과 함께 진골 출신 가객이라는 점이 세간의 흥미를 배가시켰다.

[97] 이꼴 equal. =. 등호.
[98] 고혹 아름다움이나 매력 같은 것에 홀려 정신을 못 차림.

물론 처용은 그의 가문에서 지체 없이 출문[99](黜門) 조처를 당했다. 그러나 백성들의 변덕은 끓는 팥죽처럼 들이가 없었다. 대중가객으로 온 백성의 사랑을 한몸에 받던 그도 언제부턴지 인기가 시름시름 잦아들기 시작했다. 대중은 좀더 자극적인 남녀상열지사(男女相悅之詞)풍의 향가나 현실을 잊고자 내세 지향적인 피안[100]의 향가세계 속으로 빨려들어갔다. 사회성 짙은 처용의 향가세계는 그닥 큰 주목을 받지 못할 처지에 빠졌다. 그게 바로 대중가객의 일반적인 운명이기도 했다. 많은 사람들의 머릿속에서 처용이라는 이름은 잊혀져가고 있었다. 백성들 속으로 뛰어들어 그들의 한 맺힌 가슴을 어루만져주며 살자고 다짐했던 처용은 크게 흔들리지 않을 수 없었다. 처용의 방황은 그때부터 비롯되었다. 주색을 함부로 가까이 하는 날이 많아짐은 물론 자신의 결단이 잘못된 것은 아닌지 하는 회의마저 슬그머니 마음 한구석에 고개를 쳐들기 시작한 것이다. 그렇게 비틀대는 처용에게 회복 불능의 일격[101]을 가하는 소식이 날아들었다.

나당무역선이 뜨기를 기다리던 당진의 한 객사에서 만나 의기투합하였던 6두품 출신 소년 최치원이 학문에 용맹정진한 끝에 드디어 당나라 과거인 빈공과에서 장원급제를 해 이름을 금방[102]에 걸어 계림의 위의[103]를 선양했을 뿐 아니라 탄탄대로의 벼슬길을 시원스레 열어젖혔다는 것이다. 처용의 삶은 걷잡을 수 없이 무너져내렸다. 백성의 아린 가슴을 노

---

99) 출문(黜門) 가문에서 쫓겨남.
100) 피안 이승의 번뇌를 해탈하여 열반의 세계에 도달하는 일. 또는 그 경지.
101) 일격(一擊) 한 번 침. 또는 그런 공격.
102) 금방(金榜) 과거에 급제한 사람의 이름을 써서 거리에 붙이던 글.
103) 위의(威儀) 위엄이 있고 엄숙한 태도나 차림새. 예법에 맞는 몸가짐.

래로써 쓰다듬어주겠다던 나의 생각은 잘못된 것이 아니었을까. 그는 번민을 거듭했다. 비록 거친 입성과 음식일망정 마다 않고 짚북더미 속에서 새우잠을 잔대도 이 땅과 그 불쌍한 백성을 위해 목구멍에서 피를 쏟도록 노래를 부르고 다니는 걸로 만족해왔다. 계림은 아래로부터 별할 것이었다. 한 번도 사내곡댁(思內曲宅)이라고 일컫는, 사녀가 곡으로 불리는 귀족들의 집에서 산해진미를 갖추고 두둑한 행하[104]를 내걸고 그를 불러도 들르지 않는 절개를 지켜왔었다. 백성들을 위한 대중가객이라는 이름 하나만을 부여안게 된 것만도 고마울 따름이었다. 그러나 지금 그 한때 열광했던 백성들이 이제는 날 잊어가고 계림의 국풍[105]을 다시 일으켜 세우자고 하냥다짐[106]을 두었던 고운은 지금 드넓은 중국대륙에서 갈수록 문명을 떨치고 있으니 처용의 가슴은 갈가리 찢기는 아픔에 미어지는 듯했다. 자신의 어느 한구석에 한 방울이라도 남아 있을지 모를 기득권[107] 의식을 털어내기 위해 자청했던 거세 때의 고통이 헛되지나 않을까 생각하매 눈앞이 캄캄했다.

이때 나름대로 영민했던 헌강왕은 진작부터 처용의 효용가치를 눈여겨보고 있었다. 왕권을 노리는 세력들의 불온한 기운은 표면상으로는 잠잠해진 것도 같지만 언제 무슨 일이 일어날지 모를 일이었다. 민심은 점점 이반[108]되고 있었다. 헌강왕으로서는 처용의 뛰어난 가무가 통치술의 하나로 필요했다. 올여름만 하여도 믿었던 신하인 신홍의 모반을

104) 행하(行下) 집안에 경사가 있을 때 주인이 부리는 사람에게 주는 돈이나 물건.
105) 국풍(國風) 그 나라 특유의 풍속.
106) 하냥다짐 일이 잘되지 못했을 때는 목을 베는 형벌을 받겠다고 하는 다짐.
107) 기득권(既得權) 특정한 자연인, 법인, 국가가 정당한 절차를 밟아 이미 차지한 권리.
108) 이반 인심이 떠나서 배반함.

가까스로 진압하지 않았던가. 이러한 체제 위기를 해소하고 왕권을 강화하며 불만에 찬 백성들을 순치[109]시키기 위해서는 처용과 같은 절세의 대중가객의 협조가 필요했다. 그의 가무를 통해 은근히 왕권의 절대적 신성함을 유포하고 각박한 현실로부터 사람들의 인식을 멀찌감치 떨어뜨려놓을 필요가 있었다. 그 일에 처용은 하늘이 내린 적임자였다. 헌강왕은 재빨리 손을 썼다. 처용이 은거하고 있다는 영취산으로 밀사를 파견했다. 그동안 절개를 지킨답시고 목꼬대가 뻣뻣했던 처용도 권력의 일부를 손에 쥐어주겠다는 데는 거미줄의 나비처럼 빨려들었다. 후후 그러면 그렇지. 왕은 손바닥으로 무릎을 치며 허공을 향해 너털웃음을 뿌렸다.

"처용이 왜 맘을 돌려먹었을까?"
"결국은 권력의 양짓녘이 그리워져 변절을 한 게지."
"변절이라고까지 말할 수는 없어. 영태 너처럼 현실적인 자기 영역을 찾은 거라고 봐야지. 물질적인 고달픔을 피하는 개인적 이유말고도 왕실의 권능을 등에 업고 대규모 연회를 가질 수 있었을 게야. 야인 시절에는 그게 어디 언감생심[110] 꿈이라도 꿔봤을 일이겠어? 정교하게 장치된 무대에 올라 수많은 동원된 대중 앞에서 훨씬 효과적으로 가무를 보여줄 수 있었겠지. 이미 한 사람의 예인(藝人)이 돼버린 처용에게는 그게 아마 참을 수 없는 유혹이 되었을 테지. 상상할 수 있잖아."
"그런 배려 뒤에는 헌강왕의 계산된 의도가 숨겨져 있었다며? 대중조

---

[109] 순치(馴致) 짐승을 길들임. '길들이기'로 순화.
[110] 언감생심(焉敢生心) 감히 그런 마음을 품을 수 없음.

작을 통해 대항 세력을 진무하고 백성들의 현실감각을 무디게 만들려는."
"그것은 어디까지나 처용이 제 하기 나름 아니겠어? 어차피 현실적 타협을 한 만큼 그 정도는 감수해야지. 안 그래?"
"글쎄 듣고 보니…… 헌강왕 밑에 들어간 처용은 문헌에서 보더라도 급간이라는, 비록 높은 벼슬은 아니지만, 관직도 제수받고 산호궁이라는 대저택은 물론 아름다운 미인을 아내로 맞이했다는 거 아냐. 희조 네 말에 따르면 처용이 기득권을 포기하기 위해 거세까지 했다고 미리 복선을 깔아놨으니 비극적 결말이 예정돼 있는 거로구나?"
"역시 서당집 개가 대장간집 개보단 뭐가 달라도 다르구나 응?"
처용단장은 결말을 향해서 점점 나아가고 있었다.

왕이 처용에게 내려준 교선(喬善)이라는 여인은 그야말로 경주 제일의 절세미인이었다. 처음에 처용은 극구 사양하려 했으나 왕의 뜻이 너무 완강해 그대로 받아들이기로 했다. 그러나 자신의 거세된 남성 때문에 처용은 부인과 잠자리를 한 번도 같이 해본 적이 없었다. 오직 밖으로 나돌면서 피 토하듯 펼쳐지는 연희에만 몰두했다. 처용의 헌신적 노력 덕에 왕권은 점점 안정돼가는 것처럼 비쳐졌다. 백성들은 대중가객 처용의 재등장에 두 손을 들어 환호작약[111]했다. 화려한 무대 위에서 백성들의 당장의 입맛에 맞는 향가를 써서 불러젖혔다. 도탄에 빠진 백성의 가슴에 응어리진 고통의 뿌리를 어루만지겠다는 처음의 맹세는 어디 갔는가 하는 자책이 일지 않는 건 아니었다. 하지만 세상이 변했으니 이

---

111) 환호작약(歡呼雀躍) 기뻐서 크게 소리를 치며 날뜀.

런 식으로라도 백성을 일단 무대 앞으로 불러모으는 일부터 해야 한다. 처용은 이렇게 자신을 합리화해나갔다. 처용이 대규모 연희의 열기에 휩싸여 깜빡 정신을 잃을 정도로 대중 인기의 최면에 탐닉하는 나날이 흘러갔다. 아, 이게 바로 권력의 맛이로구나. 처용은 자신이 일찍이 혀끝을 대보지 못했던 권력의 감미로운 단물을 경계하려 의식하면서도 제정신을 가누기가 무척이나 어려웠다. 그러던 어느 날 평소보다 연희를 서둘러 끝내고 집으로 돌아온 처용은 무심코 오늘도 적적한 하루를 보냈을 부인에게 위안의 말이나 던질까 싶어 규방의 방문을 열어보았다. 그런데 아, 이게 무슨 일인가. 아내는 웬 외간 남자와 벌거숭이가 된 채 남편이 들어온 줄도 모르고 비단금침 위에서 운우지정¹¹²⁾의 경계를 오락가락하느라 열락¹¹³⁾의 신음 소리만 거칠게 토해내는 중이었다. 당신이 암만 거세된 남자라 하더라도 이 순간 어찌했을 것인가. 연놈을 단매에 처죽이기 위해 두 주먹을 불끈 쥐고 방 안으로 뛰어드는 게 인지상정 아니겠는가. 그러나 처용은 도저히 그럴 수가 없었다. 그가 널리 알려진 대로 가슴이 남달리 넓은 사내라서 그런 것이 아니었다. 자기 아내의 벌거숭이 몸뚱이 위에 엎어져 뜨거운 숨결을 내뿜고 있는 사내는 다름 아닌 권력의 화신 헌강왕이었다. 처용에게 권력의 단맛을 빼준 왕이었단 말이다. 처용은 등짝이 땀으로 번질번질해져서 여자의 몸에서 내려오는 사내와 눈길이 딱 마주쳤다.

"처용단장의 절정은 이 대목이야."

112) 운우지정(雲雨之情) 남녀 사이에 육체적으로 관계하는 정.
113) 열락(悅樂) 기뻐하고 즐거워함.

희조는 입술을 침으로 축이며 말했다.
"이때의 처용의 마음을 적절하게 읽은 60년대의 시인이 있었지."
"그게 누군데?"
"두말할 것도 없이 시인 김수영이지."
"그래?"
"그가 시론을 논하면서 응축해놓은 비수[114] 같은 말을 처용의 입을 통해 되풀이한다면 이렇게 될걸. 아아, 향가여 침을 뱉어라, 풍자가 아니면 해탈이다. 이 비극적 상황, 자신의 변절로 이미 돌이킬 수 없는 권력의 늪에 깊숙이 휘둘린 걸 안 처용은 분노의 주먹 대신 체념의 춤을 출 수밖에 없었을 테지. 이 노래처럼 인간의 희로애락을 극적으로 표현한 시가란 동서고금을 막론하고 세계 시사(詩史) 어느 갈피에서건 찾아보기가 쉽지 않을 거야."
희조의 목소리가 사뭇 떨리고 있었다.

    서라벌 밝은 달 아래
    밤새도록 노닐다가
    들어와 자리를 보니
    가랑이가 넷이로구나
    둘은 내 사람 것이 분명한데
    둘은 도대체 누구 것인가
    원래 내 사람이던 이를

---

[114] 비수(匕首) 날이 예리하고 짧은 칼.

빼앗아가니 낸들 어쩔 것인가

　여자를 사이에 둔 질투심에는 세간의 필부와 군왕이 다를 바가 무엇이겠는가. 정작 처용은 체념을 하고 모른 척하려 했으나 헌강왕은 불안했다. 그의 연희에는 보통 기천 명 많으면 일만을 헤아리는 숫자가 모인다고 했다. 만약 왕궁 근처에서 그런 연희가 열린다고 가정을 해보자. 왕은 고개를 절레절레 흔들었다. 처용이 언제 앙심을 먹고 자신의 대중적 인기를 이용해 민란을 선동할지도 모를 일이었고 또 어느 지방호족이나 육두품 출신의 반중앙정부적 불만세력과 짝짜꿍이 돼 붙어날지 모를 판국이었다. 그동안 정국안정에 진력한 결과 왕이 보기에도 왕권은 많이 안정된 듯이 보였다. 그러면 어차피 처용의 효용가치도 수명이 다한 셈이며 효용가치가 사라진 대상은 쥐도 새도 모르게 하루빨리 처치하는 게 후환을 없애는 지름길이라는 걸 그간의 궁중암투[115] 생활은 웅변으로 보여주고 있는 것 아닌가. 게다가 그래야지민 님몰래 내연의 관계를 맺고 있던 처용의 처 교선도 버젓이 궁 안으로 불러 놀아날 수 있지 않겠는가. 후원을 가로지르는 자객의 쩔렁거리는 패검 소리를 듣자 신변의 안전에 위험을 느낀 처용은 몸만 빠져나와 밤도망질을 놓았다. 왕궁에서 도처에 비밀군사를 풀어놔 처용의 도망길은 각다분하기[116] 이를 데 없었다.
　이리저리 떠돌아 다닌 끝에 닿은 곳이 지금의 경상남도 양산(梁山) 근처의 영취산(靈鷲山)이었다. 그가 처음 헌강왕이 보낸 밀사와 만나 담판을 짓고 끝내 변신을 결심한 곳이었다. 그는 왠지 그곳에 가서 자신

---
115) 암투(暗鬪) 서로 적의를 품고 드러나지 아니하게 다툼.
116) 각다분하다 일을 해나가기가 힘들고 고되다.

의 영욕[117]으로 뒤엉킨 일생을 되돌아보고 싶은 생각이 든 것이다. 바다가 훤히 바라다 보이는 동쪽 기슭에 망해거사라고 불리는 사람이 꾸리는 주막집이 있었다. 드문드문 찾는 길손에게 국밥이나 말아주고 탁배기나 얹어주는 허름한 주막집이었다. 그 집 주인 내외는 찾는 이가 없으면 바위에 올라 아스라한 바다만 바라보다 구성진 노랫가락을 뽑아올리기에 사람들은 남자 주인장을 망해거사라고 불렀다. 사흘 밤 사흘 낮을 잠 못 이룬 채 그 집 주막 앞에 다다른 처용은 가물거리는 의식 속에서 앞마당에 쓰러졌다. 망해거사가 얼른 대궁밥[118]을 내다 대접했다. 꿀맛이었다. 지금까지 먹어본 그 어느 산해진미보다 더 달았다. 어느새 한 그릇을 다 비워냈다. 그때 문을 열고 처용을 측은한 눈길로 바라보던 망해거사의 처가 쌀바가지에 국밥을 또다시 이드거니[119] 말아가지고 나오면서 노래를 불렀다. 그 노래를 듣고 난 처용은 목구멍에서 선짓빛 피를 토하며 수챗구멍에 얼굴을 꼬나박았다. 자신의 존재를 대번에 날려버리고도 남을 회한이 폭풍처럼 밀려온 것이다.

굶주린 백성의 밥마저
빼앗거늘
무슨 나라가 이런고
지혜로운 자들이 많이 떠나 도성이 깨지더니
아아, 낭이시여 아직껏 모르는가

[117] **영욕** 영예와 치욕.
[118] **대궁밥** 먹다가 그릇에 남긴 밥.
[119] **이드거니** 충분한 분량으로 만족스러운 모양.

달 밝은 깊은 밤에
서러운 접동새
떠난 님을 좇아 울며 다니는구료

이상하게도 아내의 블렌딩 작업이 얼마 전부터 뚝 끊기고 말았다. 그와 더불어 그토록 엉망이던 아내와의 주파수도 예전과는 달리 잘 맞아 돌아가는 편이었다. 양주를 한 잔씩 걸치고 하룻밤에 5번의 격정에 휩싸이고 나서도 우리는 장딴지 근육이 팽팽한 채 그대로였다. 그것은 어쩌면 섹스가 아닌지도 몰랐다. 뭐가 달라진 것인가. 갑자기 고분고분해진 아내가 사실은 두렵게 느껴진 것이다. 블렌딩을 하며 돌아다니던 아내였을망정 어쨌든 풋풋함만큼은 꾸준히 내 곁에 두고 지켜봐온 게 사실이었다. 그런 풋풋함마저 사라진 지금의 아내는 잘 빚어진 밀랍인형의 파삭파삭한 껍데기처럼 점점 얇아져만 가고 있었다.

그렇다면 나는 과연 이 고요해진 생활을 계속 그대로 수용할 참인가. 내가 스스로를 용납할 수 없는데도 말인가. 나는 지금도 자동응답전화기의 비밀번호를 눌러 예전에 녹음된 아내의 목소리를 되풀이해서 듣곤 한다.

"영태씨 저예요. ······미안해요. 다름이 아니라 또 그 스케줄이 잡혀서요. 블렌딩 말예요. 내가 없더라도······ 꼭 거르지 말고······ 잊지 마세요. 아셨죠?"

주체 못 할 눈물이 쑤욱 빠져나오려 했다. 아암, 어떻게 잊을 수가 있단 말인가. 아아, 산산이 부서진 이름이여. 부르다가 내가 죽을 이름이여, 블렌딩이여. 또 헛웃음이 키들키들 터져나왔다. 라 · 윤 · 미. 아내의 이름을 나지막이 불러보았다. 참으로 오랜만에 새겨보는 이름이었다. 나는 그 이름을 설움에 겹도록 불러보고 싶은 충동에 휩싸였다. '그래 우리는, 우리는 이젠 더 이상은 안 돼.' 나는 내 목소리를 의심했다. 하지만 분명 내 입에서 흘러나온 목소리였다.

나는 처음에 희조가 처용단장을 떠벌릴 때부터 어떤 직관에서 한 발짝도 벗어나질 못했다. 희조가 사련의 관계를 맺고 있다는 여인이 혹시 아내가 아닐까. 물론 나는 이 직관이 사실이 아니길 바라며 골백번도 더 부정해왔다. 하지만 그 한 통의 전화는 나를 깊고 깊은 수렁으로 밀어넣기에 충분한 것이었다. 처음엔 한 옥타브 고조된 사내의 목소리가 들렸다.

"여보세요······."

그것은 흡사 컴퓨터 같은 기계로 합성을 해낸 목소리처럼 오싹하게 들렸다. 소름이 화라락 목덜미에 달라붙는 것이었다.

"예, 누구를 찾으세요."

한동안 잠잠하던 저쪽 너머에서 당황한 낌새가 느껴지더니, 거기 혹시 동률이네 집 아닙니까 하고 되묻는 거였다. 그쯤에서 나는 전화를 끊었어야 옳았다. 왜 내 입에서는 예, 맞습니다만 하는 데퉁맞은[120] 말이 불쑥 튀어나왔을까. 그러자 수화기를 든 사내는 갑자기 떠듬거리는 목소리로 돌아가 그, 그럴 리가 이, 있습니······, 하며 수화기를 놓친 모양이었다. 바로 그 목소리의 장본인을 난 잘 알 수 있었다. 사실 그후부터 나와 희조는 어떤 게임을 하고 있는 것이나 다름없었다. 난 그저 게임의 룰을 깨뜨리지 않기 위해서 짐짓 모르쇠를 잡아떼며 언구럭[121]을 부리

---

[120] 데퉁맞다 데퉁스럽다. 말과 행동이 거칠고 미련한 데가 있다.
[121] 언구럭 교묘한 말로 떠벌리며 남을 농락하는 짓.

고 있었던 건지도 몰랐다.

　희조는 저 남도 끝 여수 어딘가에 있는 수산전문대에 전임 자리가 나서 내려가게 됐다며 떠나기 바로 전날 한번 만나자고 했다. 그러더니 날 보자마자 두 손을 부여잡고 눈물부터 펑펑 쏟는 거였다.

　"야, 임마 권교수, 울긴 왜 울어? 너무 잘 풀려서 그런 거냐?"

　그는 무조건 미안하다는 말만 되풀이하며 고개를 떨궜다. 대충 눈자위를 추스르고 난 희조는 굳은 결심이라도 한 듯 아랫입술을 지그시 깨물며 입술을 달싹였다. 그가 무슨 말을 하려고 입술을 떼는 순간 나는 저돌적으로 손을 뻗어 그의 입을 틀어막으며 힘줘 말했다.

　"말하지 마. 다 알어 임마, 알고 있었다고. 그러니 암말 말고 처용단장 마무리나 잘해."

　희조는 눈만 휘둥그레 뜨며 날 망연히 바라볼 뿐이었다.

　가짜 돈다발이 그들먹한[122] 어느 이름 모를 사내의 가방을 떠메고 터덜터덜 집으로 돌아오는 오늘따라, 난 나를 천년 세월 저편의 처용으로 만들어놓고 남도 땅끝으로 꽁꽁 숨어버린 친구의 얼굴이 불현듯 보고 싶어 건몸[123]이 달아올랐다. 희조, 네가 먼저 이 세상에서 물러설 이유는 없었다. 이상하게도 그가 밉다는 생각이 전혀 들지 않았다. 오히려 뭔지 알 수 없는 느꺼운 감정이 명치 끝으로 막 밀려드는 거였다. 그러자 이제 산다는 것의 서러움을 조금은 알 듯한 나이를 먹어버렸다는 생각이 뜬금없이 들었다. 그래, 나는 서른 살 나이의 처용이다, 쓰발.

122) 그들먹하다 거의 그득하다.
123) 건몸 공연히 혼자서만 애쓰며 안달하는 일.

하지만 오늘 밤을 넘겨서까지 질질 끌어서는 안 될 일이었다. 나는 아내에게 한 가지 분명한 소식을 전해줘야겠다고 맘먹었다. 삐조새의 목에 감긴 줄을 비로소 풀어주겠노라고. 우리는 더이상은 안 돼, 정말이지 …… 암만 애써도.

집으로 돌아가면 아내는 정성 들인 저녁 밥상을 차려놓고 날 기다리고 있을 것이다. 흰 앞치마 속으로 두 손을 파묻은 아내는 청실홍실주를 눈짓으로 가리키며 헤설피 웃을 테지. 아내가 이번에 새로 개발해낸 뒷맛이 부드러운 매실주의 이름은 청실홍실이었다. 부부 금실의 상징이었다. 아내는 그 술 이름을 제안한 덕으로 거금 50만 원의 상금을 거머쥐었다. 금실 좋은 부부들만이 마셔야 할 그 청실홍실주가 우리의 밥상에 오른다는 것은 왠지 어색한 일이긴 했으나 그것은 아내의 신호이기도 했다. 그 병마개를 비틀어 따느냐 마느냐는 전적으로 나의 소관이었다. 나는 병마개를 비틀면서 매번 아내가 삐조새라고 부른 민물가마우지에 대해 생각했다. 아주 짧은 순간이었지만.

내가 청실홍실병을 거머쥐고 슬그머니 식탁 아래로 내려놓으면 아내는 무거운 표정을 지을 것이다. 나는 대문이 보이는 길목으로 접어들자 우뚝 발걸음을 멈췄다. 풍자냐, 해탈이냐. 나는 그 숨막히는 길목에 오늘도 우두커니 서 있는 셈이었다.

그래, 나는 서른 살의 처용이다. 하루에 한 번쯤은 해탈을 할 나이다. 그런데 해탈은 어떻게 하는 거지. 나는 짐짓 힘차게 대문을 주먹으로 쾅쾅 두드리며 소리 내어 아내의 이름을 길목이 떠나갈 듯 크게 불러젖혔다.

"라 · 윤 · 미, 나오라! 서 · 영 · 태 왔다!"

생각해 볼 거리

1 주인공의 친구인 권희조가 쓴 「처용이야기」의 줄거리를 정리해봅시다.
처용은 진골 출신 왕족의 후예로 흔들리는 계림(鷄林)의 국풍을 바로 잡겠다는 풍운의 꿈을 안고 화랑이 되려고 합니다. 그러나 화랑에 입문하기 전 우연히 당진 근처를 유람하다 고운(孤雲) 최치원을 만나 서로의 비범함을 알고 밤새 세상사를 토론하며 하룻밤을 보내게 됩니다. 고운은 당에 유학을 가서 열심히 수양하고 돌아올 것과, 처용 자신은 계림에서 절차탁마(切磋琢磨)하여 실력을 기른 후에 함께 만나 계림을 위해 큰일을 할 것을 다짐하고 헤어지게 됩니다. 그러나 처용이 몸담고자 했던 화랑은 예전의 삼국 통일의 기틀을 마련하던 화려했던 화랑의 모습이 아니었으며, 계림도 폭압과 가난에 백성들이 도탄에 빠져 있는 현실을 처용은 깨닫게 됩니다. 처용은 도탄에 빠진 백성들을 위로하기 위해 당시 유행하던 향가(사뇌가)를 대중화시키는 대중가객이 됩니다. 처용은 미성을 위해 거세까지 하며 대중가객으로 인기를 끌었으나 차츰 대중들은 사회성 짙은 처용의 노래보다 자극적이고 내세지향적인 노래를 요구하게 되면서 처용의 인기도 시들어버립니다. 더욱이 나당유학생이 된 최치원은 당에서 장원급제하였다는 소식을 접하게 됩니다. 한편 헌강황은 처용의 효용가치를 눈여겨보고, 그를 궁궐로 끌어들여 그의 가무를 통치술에 이용하려 합니다. 결국 헌강왕의 제안을 받아들인 처용은 헌강왕과 결탁하여 그의 가무를 통해 왕권의 절대적 신성함과 각박한 현실로부터 사람들의 인식을 멀찌감치 떨어뜨리는 역할을 하게 됩니다. 그리고 그 대가로 권력과 교선이라는 여인을 얻게 됩니다. 그러나 처용은 이미 거세한 남자로 교선과 잠자리를 같이 할 수도 없었습니다. 그러던 어느 날 연희를 서둘러 끝내고 집으로 돌아온 처용은 교선과 한 사내가 벌거숭이가 되어 뒹구는 것을 목격하게 됩니다. 그러나 그 남자는 바로 헌강왕이었습니다. 결국 이때의 심정을 노래한 것이 '처용가'입니다. 그 뒤 헌강왕은 효용가치가 떨어진 처용을 죽이려 하지만, 처용은 목숨을 부지하고 탈출하여 결국 영취산 망해거사의 주막에서 망해거사의 노래를 들으며 지난 일을 회한합니다.

2 권희조의 「처용이야기」의 주인공 '처용'과 이 작품 주인공 사이의 공통점은 무엇일까요?

　　권희조의 「처용이야기」에서 처용은 도탄에 빠진 계림을 구하고 변혁하기 위해 화랑이 되고, 그것이 여의치 않자 거세까지 하며 사회성 짙은 대중가객이 되는 고뇌하는 지식인의 모습을 보여줍니다. 그리고 이 작품의 주인공 '나'도 대학시절 열심히 학생운동을 하며 사회의 변혁을 꿈꾸며 그 길에 앞장을 섭니다. 그러나 '처용'은 결국 헌강왕과 결탁하여 권력의 유혹에 넘어가 파멸하게 되고, 이 작품의 주인공도 결국 사법고시를 통과하면서 곧 판검사가 되어 권력의 양지(陽地)로 투항하게 될지도 모른다는 점에서 두 인물은 공통점을 갖는다고 볼 수 있습니다.

3 술 취한 아내가 말한 '삐조새'의 의미는 무엇일까요?

적당히 굶긴 '삐조새'의 목에 노끈을 숨 막히지 않을 만큼 묶어 두고 풀어놓으면, 호수를 떠다니며 마구 고기를 잡아먹습니다. 그러나 목을 조인 노끈 때문에 고기가 위장까지 들어가지 않고 결국 어부에게 돌아와 다 토합니다. 결국 어부는 손 하나 쓰지 않고 고기를 얻게 됩니다. 결국 '삐조새'는 어부의 고기 잡는 도구로 전락하고 마는, 결국 권력의 하수인을 의미합니다. 여기에서 아내가 말한 '삐조새'는 젊은 날 진보 운동을 하며 세상의 변혁을 꿈꾸었지만, 결국 지금은 사법고시를 통과하여 권력의 하수인으로 전락할지 모르는 남편과 자기 자신을 비유적으로 말하는 것입니다.

김 소 진 의 생 애 와 문 학

역사와 운명 앞에 휘둘린 아버지의 삶

―그 소외된 민중들의 해학과 인간미

작가 자신의 가족사와 성장기의 체험을 통해 비극적 현대사가 강요한 평범한 이들의 아픈 기억들을 살가운 이야기로 풀어내다.

김소진은 1963년 강원도 철원에서 태어났다. 1988년 서울대 영어영문학과를 졸업한 뒤 1990년부터 한겨레신문사 기자로 지내며 1991년 〈경향신문〉 신춘문예에 단편 「쥐잡기」가 당선되어 등단하였다. 격동의 70년대에 청소년기를 보내고, 폭압의 80년대에 대학을 거쳐 90년대에 등단한 작가지만 비슷한 시대를 관통하며 살아온 다른 작가들과 달리 이데올로기의 과잉을 보이거나 그것에 대한 반성보다는 도시 주변부 서민들의 삶을 토대로 민중들의 해학과 인간미를 주제로 하는 한국적 사실주의의 전통을 잇고 있다. 1991년 「쥐잡기」로 등단한 이후 여러 단편과 장편을 꾸준히 쓰며 『열린 사회와 그 적들』(1993), 『장석조네 사람들』(1995), 『고아떤 뺑덕어멈』(1995) 등을 연달아 간행하여 같은 세대 작가들 사이에서도 일약 주목받는 위치에 올라섰다. 이후에도 전업작가를 선언하며 『자전거 도둑』(1996), 『양파』(1996) 등을 출간하고 「신풍근 베이커리 약사(略史)」, 「눈사람 속의 검은 항아리」 등 단편을 꾸준히 발표하며 필력을 과시했지만 1997년 3월 췌장암 판정을 받고 결국 다음 달인 4월 22일 임종하였다.

김소진 소설의 원천은 그의 성장기 가족사적 체험이다. 그것은 어느 날 문득 떠오르며 미소 짓는 과거의 삶에 대한 일시적인 향수가 아니다. 그 체험은 6·25라는 우리 현대사의 강요로 인해 가족을 북에 두고 내려온 아버지의 삶을 통해, 그리고 70년대의 산업화·도시화에 밀려 달동네로 밀려간 가난한 이웃들의 삶의 모습을 통해 잊혀지지 않는 강렬한 의식으로 김소진 소설에 살아 있다. 그래서 김소진에게 유년기의 가족사적 체험과 이웃들의 삶의 이야기는 일회적 소재가 아닌 김소진 소설 전체를 관통하는 이야기의 원천이 된다.

김소진의 가족사적 체험을 바탕으로 한 이야기에서 가장 주목되는 것은 '아버지의 존재'다. 우리 문학에서 아버지를 소재로 하는 작품은 많다. 그러한 작품들 속의 아버지는 아들이 극복해야 할 대상이거나 또는 아들이 찾아야 할 목표로 존재하는 경우가 대부분이었다. 그러나 김소진 소설에서의 아버지는 극복의 대상도, 찾아야 할 목표나 대상도 아니다. 김소진 소설 속의 아버지는 반공포로 출신으로 경제적으로 무능하여 어머니에게 구박을 당하고(「쥐잡기」), 좀도둑질이 들통날까 봐 죄 없는 아들의 뺨을 때리면서 위기를 극복하기도 하며(「자전거 도둑」), 동네 개들을 흘레붙이는 일(「개흘레꾼」)을 할 뿐이다. 그래서 '차라리 죽는 한이 있더라도 애비라는 존재는 되지 말자'(「자전거 도둑」)라는 다짐을 아들의 가슴에 새기게 하는 너무나 무력한 아버지다. 이런 아버지는 존경할 만한 삶의 모델로 삼을 수도 없고, 그렇다고 왜곡된 가부장으로 여기고 저항하기도 힘든, 다만 아버지로서의 남성다움이 결여된 채 현실에 무능하게 존재할 뿐이다. 그래서 작가는 자신의 산문집에서 "나는 아버지 살아생전에 별로 효도라는 걸 해보지 못했다. 효도는커녕 난 도무지 아버지라는 존재를 승복할 수가 없었다. 철없던 한때는 아버지의 무능력이라는 게 일종의 재앙으로까지 여겨졌다."(「나의 가족사」,『아버지의 미소』)라고까지 고백한다. 그러나 무능한 아버지의 이면에는 우리 근대사의 문제가 숨어 있었다. 원치 않았던 이념의 문제에서 시작된 전쟁과 분단은 아버지를 운명 앞에 무기력하게 만들었고 자신의 의지와 무관한 역사의 횡포와 운명 앞에 아버지의 삶은 휘둘릴 수밖에 없었다.

"이 미닫이문을 열면 곧바로 0.7평짜리 가게 진열장이 나오는데, 그 좁다란 가게 안에서 우리의 비극적 현대사가 강요한, 그래서 당신의 삶의 속살을 깊숙이 할퀴고 간 그 흔적을 붙안고 아버지는 조금씩 조금씩 닳아져갔다."

—『아버지의 미소』「나의 가족사」 중에서

그러나 김소진은 그 문제의 원인을 다른 소설가들과 달리 특정한 이념이나 계급의 시각에서 분석하거나 해결하려고 하지 않았다. 다만 그 거대한 역사의 횡포와 운명이 아버지의 삶과 가족의 삶에 어떤 식으로 영향을 미쳤는가를 담담하게 기록할 뿐이다. 그리고 자신의 의지와 무관하게 역사와 운명 앞에 휘둘린 아버지의 삶을 연민어린 시선으로 받아들이게 된다. 그래서 김소진은 문학을 통해 아버지와의 화해를 시도하게 된다. 김소진의 데뷔작 「쥐잡기」를 작가 자신은 '소설이기에 앞서 애틋했던 아버지께 부치는 제문(祭文)'이라고 표현한 이유도 이 때문이다. 이처럼 운명의 거대한 힘에 휩쓸린 억울한 응어리를 풀어주고 달래주는 것이 김소진이 글을 쓰는 이유였고, 소설은 아버지의 가슴속 응어리를 풀어주는 제문일 수밖에 없었던 것이다.

그러나 역사와 운명에 휘둘린 사람이 어찌 김소진의 아버지뿐이었겠는가? 김소진의 다른 소설 속에는 김소진의 아버지와 닮은 역사와 운명에 휘둘리고 현실의 변두리로 밀려난 많은 이들이 등장한다. 그리고 그들은 바로 우리 주변에, 그리고 김소진의 주변에 있는 사람들이다.

"내가 사는 집은 서울에서 이제 몇 군데 남지 않은 달동네로 알려진 미아리 산등성이에 얹혀 있다.(중략) 어린 시절은 누구에게나 아련한 풍경으로만 새겨지는 법이겠지만 나 또한 그렇다. 그 무대에 나와 함께 등장했던 사람들은 모두 다 퇴장해 지금은 돌이켜 세울 수 없게 되었고, 그럴 수 없게 된 때문인지 그들 때문에 내가 받았을 괴로움 같은 건 도무지 떠오르지 않고 왠지 애틋하고 끈끈했던 기억만 몇 토막씩 머리 속에 환하게 켜지곤 한다."

―『아버지의 미소』「밥풀떼기가 살고 있었네」 중에서

김소진의 소설은 미아리에서 시작하여 미아리에서 끝난다. 그의 데뷔

작은 1991년 발표된 「쥐잡기」이고 마지막 작품은 1997년 발표된 「눈사람 속의 검은 항아리」이다. 둘 모두, 미아리 산동네를 배경으로 한 이야기며 동일하게 민홍이라는 화자가 등장한다. 단순한 우연만은 아니었을 것이다. 34세의 일기로 짧은 생애를 마감하기까지 김소진은 6년 여의 작가 생활을 하면서 동화와 콩트집을 포함하여 8권의 책을 썼다. 『열린 사회와 그 적들』에서부터 연작소설집 『장석조네 사람들』을 거쳐 『눈사람 속의 검은 항아리』에 이르기까지, 그의 세계를 관통하고 있는 핵심적인 줄거리가 바로 그 미아리 산동네이기 때문이다. 물론 반드시 미아리이거나 산동네일 필요는 없다. 전기 기술자로 변신한 왕년의 무정부주의자가 꺽실한 아내와 함께 살아가는 서울의 모모한 산동네일 수도 있고, 기차 기관사 조수와 신발 행상, 막걸리집 주인 노파 등의 고만고만한 허릅숭이들이 공동체를 이루어 살아가는 신도시 외곽의 원주민촌일 수도 있다. 김소진은 집요하게도 그런 삶의 시시콜콜한 모습들을 소설로 담아냈다.

김소진 문학의 또 다른 숨은 화두의 하나는 통일이다. 부모 형제와 처자들을 고향 남겨두고 홀로 내려와 살다 간 '아버지'의 한스런 평생 뒤에 감춰진 것이 바로 그것이다. 「쥐잡기」 「고아떤 뺑덕어멈」 「두 장의 사진으로 남은 아버지」 「아버지의 자리」 등을 지나 중편인 「목마른 뿌리」에 이르는 일련의 작품에 주목해보면 그는 일종의 분단문학에 접근하는데, 이 점에서 그는 매우 특별한 존재임에 틀림없다. 그의 작품은 이념의 선택이 아니라 일종의 체험을 매개로 한다. 월남한 아버지, 고향의 처자를 그리워하면서도 남쪽에 새로운 가족을 꾸며야 했던 아버지,

많은 월남민의 예와는 달리 철저히 가난하고 무기력한 삶을 살아가야 했던 아버지의 존재가 있었기 때문에 김소진의 분단문학은 가능했다. 앞서 서술했듯 김소진 소설의 아버지는 자신의 의지와 무관하게 거대한 역사와 운명 앞에 휘둘려 현실에 무기력하게 살아갈 뿐인 존재다. 그러한 아버지의 존재로 말미암아 우리 현대소설의 중요한 주제를 형성해야 마땅할 분단과 냉전의 문제를 이념과 대립 차원이 아닌 개인적 실존의 차원에서 새롭게, 구체적인 실감을 동반하면서 다루어낼 수 있었다.

마지막으로 김소진의 문체적 특징을 살펴볼 필요가 있다.

民홍은 딱히 때꾸할 말이 궁해져 책갈피로 눈길을 묻었다. 결정적인 유도신문을 성공시킨 수사관처럼 고개를 뻣뻣이 치켜세운 철원네는 어느새 그 부유스름한 백태가 걷히고 초롱초롱한 기운을 뿜어내고 있는 눈동자로 민홍을 쏘아본다.
"개 칠 몽둥이도 없는 집구석에서 무슨 넘나게스리 나랏일에 간섭을 하고 찡기고 한다는 건지…… 털도 없는 강아지 풍성풍성한 격이야."
아아, 저 유려한 풍자! 민홍은 고개를 외로 꼬았다. 툽툽한 된장국 냄새가 습기처럼 피어올랐다.

—「쥐잡기」 중에서

김윤식 교수는 김소진의 문체적 특징을 '속담스런 민중어와 개성적인 묘사를 동시에 구사하고 있었다'고 지적했다. 사실 그의 소설 언어는 당시 문단의 일반적 현상에 비해 너무나 이채로운 것이었다. 그러나 그런

'속담스런 민중어와 개성적인 묘사'가 가능했던 이유는 바로 그의 삶과 관련이 있다. 즉 함경도 출신의 아버지와 철원 출신의 어머니를 둔 탓에, 또 그들과 함께 힘든 삶을 살아가는 미아리 산동네의 그 다양한 지방에서 몰려든 교육적 소양이 결여된 사람들 속에서 성장한 탓에, 그리고 마지막으로 그의 수학과정(서울대 입학)이 보여주듯 세련된 지식계층에 편입되었던 탓에 그는 아마도 매우 일찍부터 다양한 지역과 계층의 독특한 언어적 차이들에 눈뜰 수 있었다. 그래서 그의 민중언어 혹은 구어에 대한 각별한 관심은 1970년대 이래 우리 소설의 한 전통을 이루고 있다.[1)]

김소진은 전쟁과 분단이라는 현대사의 아픔을 간직한 가족사와 유년 시절 미아리 산동네 체험을 바탕으로 역사와 운명에 휘둘리고 현실의 변두리로 밀려난 사람들의 삶에 주된 관심을 보였다. 그리고 그 이야기들은 '원숭이 엉덩이는 빨개, 빨가면 사과, 사과는 맛있어, 맛있으면 바나나'와 같은 모습으로 사슬처럼 서로 이어져 있다. 그 사슬은 아버지로부터 시작하여 아버지로 끝나기도 하고, 미아리에서 시작하여 미아리로 끝나기도 한다. 이는 곧 민중에서 시작해서 민중으로 끝난다는 말과도 같다. 이렇듯 당대 민중들의 고단한 삶에 드리운 김소진 문학의 사실주의 정신은 풍부한 토속어의 문장에 실린 따뜻하면서도 아픈 해학으로 표현되면서 90년대 한국소설 문학의 소중한 자리를 차지하고 있다.

[1)] 박경리, 이문구, 송기숙, 현기영, 조정래 등 몇몇 작가들에 의해 이어져온 이 같은 전통은 1980년대 소설의 한계의 하나로서 우리 소설적 전통에 대한 인식의 부재를 꿈기에 이른 1990년대에 와서 한창훈, 전성태, 김형수 등 신진 작가들의 작업으로 연결되고 있는데, 김소진의 소설들은 그러한 노력과 궤를 같이하면서도 매우 두드러진 성과물이라는 점에 큰 가치가 있다.

| 논술 | 바람직한 사회는 가능할까?

1. 주제 파악

우리가 살고 있는 현실 사회는 너무나 많은 문제들을 안고 있다. 이러한 문제가 많은 사회에 대해 불만을 가진 사람들은 "과연 우리는 건전한 사회에서 살 수 없는 것일까?"라는 바람을 갖게 된다. 또한 "바람직한 사회는 어떤 사회인가"라는 의문을 제기하기도 하고 더 나아가 "바람직한 사회는 사회제도가 중요한가, 구성원인 사람이 중요한가?"라는 물음을 가져보기도 한다. 그리고 그렇기 때문에 비판적으로 생각하고 행동하고자 한다. 그러나 중요한 문제는 '비판적으로 생각하고 행동함'에 있어서 또 다른 기준(계급, 종족, 이데올로기 등)을 정하여 소외된 자는 없는지 생각해보아야 한다는 점이다.

2. 논술 문제

다음 (가)와 (나)를 읽고, '열린 사회'가 바람직한 사회인가를 비판해 보고, 이를 바탕으로 (다)의 '밥풀떼기'들이 함께 살아갈 수 있는 바람직한 사회는 어떻게 가능한가를 서술하시오.

(가) 『열린 사회와 그 적들』은 1945년 영국에서 출판된 사회철학서이다. 저자인 칼 포퍼(Karl R. Popper)는 오스트리아 출신 유대인으로 뉴질랜드 망명시절인 1938년 A.히틀러(Adolf Hitler)가 오스트리아를 침공했다는 소식을 듣고 이 책을 집필하기 시작해 5년 뒤인 1943년 집필을 마치고 1945년에 출판했다.

이 책의 요지는 인류의 역사는 '열린 사회'와 '닫힌 사회'의 투쟁에 의해서 이루어져왔으며, 바람직한 사회로 나아가기 위해서는 '열린 사회'를 지향해야 한다는 것이다. 그렇다면 '열린 사회'와 '닫힌 사회'는 어떤 사회인가?

이 책에서 저자는 '열린 사회'야말로 인류가 살아남을 수 있는 유일한 사회라고 주장한다. 포퍼는 자신이 말하는 열린 사회를 전체주의의 대립 개념인 개인주의 사회이자 부분적인 개혁을 시도하는 점진주의적 사회라고 정의하였다. 열린 사회는 국가에 의해 통제되고 결정되는 사회가 아니라 사회 구성원 개인의 자발적인 판단과 결정에 의해 이루어지는 사회이다. 따라서 사회 문제를 해결하는 데 있어서도 구성원들의 토론과 비판을 통해 구성원들의 합의하에 문제점을 수정해나가는 사회다. 따라서 폭력이나 혁명에 의해 한순간에 모든 것을 바꾸어 버릴 듯한 급진적 개혁이 아닌 부분적 수정에 의해 조금씩 완화되어가는 점진적 개혁이 이루어지는 사회다. 포퍼는 이를 '점진적 사회공학(piecemeal social-engineering)'이라고 말하기도 했다.

포퍼는 이러한 '열린 사회 이론'을 펼치며 전체주의, 유토피아주의와 독재를 열린 사회의 최대의 적(敵)으로 규정하고 그 이론적 바탕을 제공한 플라톤(Platon)과 마르크스(Karl Marx) 등을 '닫힌 사회'로 이끈 '열린 사회의 적(敵)들'이라고 명명하였다. 포퍼는 플라톤이 『국가』에서 말한 이상 국가는 모든 문제를 해결할 수 있는 탁월한 지혜와 능력을 지닌 철학자가 통치하는 국가로서 이는 오히려 가장 선하고 지혜로운 자가 통치해야 한다는 독재에 대한 옹호 이론이며, 마르크스가 말한 공산국가 또한 비판과 토론을 통한 문제 해결이 아닌 혁명에 의한 이상적 사회 건설이라는 점에서 '열린 사회'에 반하는 '닫힌 사회'가 될 수밖에 없다고 비판한다.

포퍼는 결국 단번에 이루어지는 완전한 사회란 있을 수 없으며 바람직한 사회로 나아가기 위해서는 비판과 토론을 통한 점진적 개혁이 이루어지는 '열린 사회'를 지향해야 한다는 점을 역설하고 있는 것이다.

이 책은 한때 마르크스주의자로서 사회주의운동에 참여했던 저자가 나치즘과 파시즘, 러시아혁명 등을 목격한 뒤 전체주의 이데올로기의 비인간성에 환멸을 느끼고 자유주의 이데올로기의 대변자로 변화하면서 내놓은 결과물로서, 저자가 20세기 철학사에서 비판적 합리주의의 대표로서 자리 잡는 데 큰 역할을 한 명저로 평가받고 있다.

―『열린 사회와 그 적들』(칼 포퍼)에 대해

(나) "당신들 밥풀떼기들 때문에 민주화 시위가 일반 시민들한테 얼마나 욕을 먹는 줄이나 아쇼? 당신들 도대체 누구, 아니 어느 기관의 조종을 받고 이런 망나니짓을 하는 거요?"

병원 현관 쪽에서 볼멘소리가 들렸다. 외팔이 강종천 씨가 웬 사내와 드잡이를 하고 있었다. 병원 마당의 모든 시선이 그리로 쏠렸다.

"그래 우리는 밥풀떼기다. 근데 당신이 뭐 보태준거 있냐고 썅."

"당신들이 뭔데 초대되지도 않은 곳에 끼어들어서 감 놔라 배 놔라 판 깨는 짓거리를 하냔 말이오."

서로 단단히 멱살을 거세게 틀어쥐는 바람에 단추 두엇이 바닥에 떨어지며 곧이라도 종주먹을 들이댈 기세였다. 강씨의 멱살을 거머쥔 사내는 뜯어말리는 주변 사람들에게 서부투자금융 홍보실 대리라는 신분증을 제시했다.

"아, 그러잖아도 병원 관계자들로부터 강력한 항의를 받아 조심조심하는 판국에 왜 갑자기 병원을 향해 돌을 던지고 침을 뱉는 행위를 하느냔 말이죠 난. 이건 분명 우리 학생들과 대책위의 위상을 떨어뜨리려는 저의가 있는 고의적 행동임이 틀림없다 이겁니다. 이제는 우리 시민들이 나서서 저런 밥풀떼기에 대해 분명한 선을 긋고 마침 검찰에서도 수사 의지를 밝힌 만큼 적극 수사에 협조해서라도 정화를 하든지 해야지 여론도 계속 우리 쪽으로 끌어들일 수 있는 거 아닙니까?"(중략)

"애초에 왜 병원에다 대고 돌을 던진감? 이 안동답답이야."

"그건 제가 잘못했지라. 근디 저그 오줌 좀 싸려고 백인제 선생인가 뭔가 하는 동상 앞을 지나려는데 현관 벽에 뭔 동판이 붙어 있어서 보니, 거시기 '산업재해보상보험 지정 의료기관'이라는 글이 써 있더라구요. 그게 눈에 띄는 순간 가슴에서 불꽃이 파바박 일어납디다."

흰자위가 많아진 강씨의 눈에서는 수온등 불빛이 퍼렇게 되비쳐 나왔다.

그의 표현을 빌리자면 '프레스 밥'이 된 왼쪽 손목을 멋도 모르고 회사 관리직원의 사탕발림과 은근한 협박에 녹아 알지도 못하는 종이 짝에 오른손 엄지를 꽉 눌러주곤 돈 5백만 원에 팔아먹었다. 그 통에 산업재해 지정을 받지도 못했고 받은 돈은 치료비 빼고 나니 기껏 길거리 완구노점상 차릴 밑천만 달랑 남았다. 그나마 시작한 지 일년도 되지 않아 일제 단속 정책 때문에 밑천마저 홀랑 날렸다. 그때 강씨가 노점 손수레에 쇠사슬로 목을 연결하고는 처연하게 버티는 사진이 몇몇 신문에 나기도 했지만 허사였다. 자연히 술로 보내는 시간이 많아졌고 삶의 의지를 잃은 그를 두고 아직 애도 없고 혼인신고도 생략한 채 동거를 하던 마누라가 밤봇짐을 쌌다. (중략)

메기처럼 커다란 입을 가진 사내는 답답한지 그 자리에서 쿵쿵 발을 구르며 한 발짝 성큼 사람들 앞으로 다가섰다.

"세계가 돌아가는 것을 봐도 그렇고 그간 우리가 쌓아온 경제·사회적인 역량을 보더라도 우리 사회가 열린 사회의 구조로 접근해가고 있는 것은 아무리 부인할 수 없는 흐름이잖소. 이제 그 흐름의 물꼬를 정치 쪽으로 돌리려는 과도기적 진통을 겪는 것으로 보면 될 것이오."

"무슨 비 맞은 중 염불 소리런가 잉. 사회가 무슨 대문짝이어라? 열리고 닫히게?"

"여기서 열린 사회라는 건 계급이나 종족 그리고 이데올로기라는 신화가 더 이상 개인에게 굴레가 되지 않고 개개인이 사회의 진정한 주인으로 질적으로 더 많은 자유와 민주주의, 물질적 풍요와 평등을 이룰 수 있는 마당이며 소수에 의한 지배가 아니라 이성적으로 눈 뜬 다수에 의한 착실하고도 양심적인 사회 운영이 기본 원리로 받아들여지는 사회를 가리키는 것이오."

"당신네들 지금 자꾸 어려운 말을 씀시롱 머릿속을 헷갈리게 하는데 한번 물어나 봅시다. 우리, 우리 하는데 도대체 거기에 낄 수 있는 축은 누가 되는거요? 이데올로기의 신화니 이성적 원리니 하며 거창하게 빚어내는 사회라면 우리 같은 못 배우고 빽줄 없는 떨거지들은 여전히 찬밥 신세를 면치 못하게 불 보듯 뻔한데 뭐가 진정한 사회란 거요?"

(중략)

"그만들 두지 못해! 이게 뭐하는 짓거리야. 더 이상 두고 볼 수가 없다구. 이따위로 나오면 우리는 당신들을 적으로 규정할 수밖에 없어. 어서 그 각목을 바닥에 놓고서 순순히 물러서라구. 아니면 이후로 당신들이 어떻게 되든 우리 책임이 아냐."

―「열린 사회와 그 적들」 중에서

(다) 어린 시절은 누구에게나 아련한 풍경으로만 새겨지는 법이겠지만 나 또한 그렇다. 그 무대에 나와 함께 등장했던 사람들은 모두 다 퇴장해 지금은 돌이켜 세울 수 없게 되었고, 그럴 수 없게 된 때문인지 그들 때문에 내가 받았을 괴로움 같은 건 도무지 떠오르지 않고 왠지 애틋하고 끈끈했던 기억만 몇 토막씩 머릿속에 환하게 켜지곤 한다. 곁엣 사람들이 틀림없이 성격파탄자나 알코올중독자라고 손가락질했

을 아저씨들, 그리고 양아치 취급을 당했을 동네 형들 밑에서 우리 또래들은 그들을 본떠 연습하며 모르는 새에 그들을 닮아가고 있었다.
(중략)
　그러나 그들만큼 내게 잘 대해준 사람을 찾기란 아마 쉽지 않을 성싶다. 그중에서 얼금뱅이 상호 형은 내 이마의 종기를 정성껏 치료해주었고, 병호형 같은 이는 딴 동네 아이들의 주먹질에서 나를 보호해주는 울타리 노릇을 했다. 또 나중에 돌다리 건너 선술집 앞에서 술에 취해 바지에 오줌인지 오물인지를 잔뜩 지린 채 뻗어 있어 내게 실망을 안겨주기도 했어도 성경에 나오는 인물들의 이야기를 굵은 침 튀기며 실감나게 해주던 만복이 형은 도대체 어디로 사라져갔단 말인가?
(중략)
　나는 '밥풀떼기'라는 말이 신문과 방송에서 그리고 사람들의 입에 게거품을 물리며 떠돌 때 그 호칭이 내 어릴 적의 바로 그 사람들을 가리키는 말임을 단박에 깨달았다. 뿔뿔이 사라져버린 줄로만 알았던 그들이 어느덧 매스컴에 집중적인 조명(?)을 받으며 화려하게 등장하는 것을 덤덤히 목격해야 했다. 비록 힐난과 지탄의 대상이긴 했지만. 못 먹게 돼 쓸모가 없어진 밥알 부스러기 밥풀떼기로 싸잡혀서 말이다. 그런데 서로 몸을 비벼대며 삶의 애환을 뒤섞고 살았던 그들에 대해 내가 어떻게 부채 의식을 갖지 않을 수 있을까. 나는 자꾸만 완전한 사회, 이상적인 사회에 대해 자문하지 않을 수 없었다. 누구 말대로, 개개인의 사회의 진정한 주인으로 질적으로 더 많은 자유와 민주주의, 그리고 물질적 풍요와 평등을 이룰 수 있는 사회에 대해서 되지는 않는 상상을 덧칠하면서.

그들 밥풀떼기는 아직 우리 사회가 완전하지 않음을 극명하게 증거하는 물증들이었다. 한데 과연 우리는 정말로 이상적인 세상을 이 땅에 세울 수 있을까? 밥풀떼기들만 깨끗이 쓸어내면 그런 세상이 오고야 말까? 결론부터 얘기하자면 나는 감히 회의적이다. 그들은 우리 앞에 어떤 세상이 열리든 간에 소외에서 벗어나지 못할 군상일 뿐이다. (중략)
「열린 사회와 그 적들」은 이런 바탕 위에서 밥풀떼기들의 삶의 무늬를 희미하게나마 더듬어봐야 한다는 부채 의식에서 출발한 작품이었다. 그들은 배척한다고 해서 없어질 그런 존재가 결코 아니며, 그들을 함께 끌어안고 가는 노력이 우러나는 사회의 진정한 가치를 상기시키고자 한 서툰 시도였다.

—『아버지의 미소』「밥풀떼기들이 살고 있었네」 중에서

3. 논술의 길잡이

(1) 주제 설명
칼 포퍼의 『열린 사회와 그 적들』

이 글은 '비판적 합리주의'로 잘 알려진 철학자 칼 포퍼가 1938년 히틀러의 오스트리아 침공 소식을 듣고 1943년에 쓴 글입니다. 이 글에서 포퍼가 주장하는 핵심 요지는 바람직한 사회로 나아가기 위해서는 '열린 사회'를 지향해야 하며, 이러한 열린 사회는 '점진적인 사회공학'을 통해서 건설할 수 있다는 것입니다. 또한 역사를 '열린 사회'와 '닫힌 사회'의 투쟁으로 볼 수 있다고 말하면서, 독재국가나 전체주의 국가 등 '닫힌 사회'로 인류를 이끌었다고 판단한 사상가들을 '열린 사회의 적(敵)'으로 지목하고 비판합니다.

그렇다면 포퍼가 말하는 '열린 사회'와 '닫힌 사회'의 의미는 무엇일까요?

포퍼가 말하는 열린 사회는 비판을 허용하는 사회입니다. 어느 사회에나 계층 간의 갈등, 부정부패, 경제적 불평등 등 많은 문제점들을 갖고 있습니다. 이러한 문제점을 해결하는 데 있어 포퍼는 점진적으로 각각의 문제를 해결해 나가야 한다고 주장합니다. 그리고 그러기 위한 조건으로 사회 구성원들의 토론과 비판이 무척 중요하다고 주장합니다. 예를 들어 경제적 불평등이라는 사회 문제가 있다고 한다면, 먼저 현재 상태의 심각성에 대한 비판이 있을 것입니다. 그리고 기존의 제도로는 그것을 개선하기 힘들다는 비판이 이루어지게 됩니다. 물론 그 반대의 입장도 있을 수 있습니다. 이에 따라 경제적 불평등에 대한 논의가 시작되고 그 논의를 통해 합의를 끌어내며, 그 합의에 따라 기존의 제도나 법률을 수정하게 됩니다. 그리고 경제적 불평등 문제를 조금이라도 해소할 수 있는 새로운 제도와 법률을 마련할 수 있게 됩니다. 물론 완전히 문제를 해결하지는 못하겠지만 이러한 과정 속에서 조금이나마 문제를 완화시키고 사회를 발전시킬 수 있게 됩니다. 포퍼가 말하는 '열린 사회'는 바로 위와 같은 과정을 통해 사회 문제를 해결해 나가는 사회입니다. 즉, 열린 사회란 일반적인 사회 문제에서부터 모든 이론, 제도, 법류, 주장 등의 문제에 대한 비판과 반증, 그리고 그 속에서의 토론을 통해 개선될 수 있는 사회를 말합니다.

그렇다면 '닫힌 사회'는 어떤 사회일까요? 닫힌 사회는 비판과 토론이 아닌 금기와 독단이 지배하는 사회, 즉 독재와 전체주의로 대표되는 사회입니다. 위와 마찬가지로 경제적 불평등 문제를 예를 들어보겠습니다. 과거 대부분의 독재국가나 전체주의를 표방한 국가들은 자신들의 사회에서 경제적 불평등이란 존재하지 않는다고 주장했습니다. 따라서 경제적 불평등에 대한 비판 자체가 허용되지 않았습니다. 더구나 소수의 지배층이 권력을 가지고 있으며, 국가가 시민생활의 전체를 규제하고 있기 때문에 자유로운 비판과 토론이 불가능하게 됩니다. 따라서 사회 문제가 개선될 가능성을 기대할 수 없게 됩니다. 이런 사회는 결국 사회가 안고 있는 문제를 개선해 나아갈 수 없고, 사회의 모든 규범이 자연의 법칙과 같은 고정불변의 진리처럼 되어버리고 말게 됩니다. 포퍼는 이런 사회를 '닫힌 사회'로 보고 인류사회를 '닫힌 사회'로 이끌었다고 판단한 사상가들—플라톤, 마르크스[1] 등을 '열린 사회의 적'으로 규정하게 됩니다.

포퍼가 이 글을 통해서 가장 강조한 것은, 완전한 사회란 없으며 좀더 나은 사회를 위해 점진적으로 노력해야 한다는 것이었습니다. 즉 혁명과 같은 폭력적 수단을 통해 이룩하려는 꿈을 버리고 마치 고장난 기계를

---

[1] 플라톤이 『국가』에서 말하는 이상국가는 모든 문제를 해결할 수 있는 탁월한 지혜와 능력을 지닌 철학자가 통치하는 국가이다. 이는 오히려 가장 선하고 지혜로운 자가 통치해야 한다는 독재에 대한 옹호 이론으로 작용하게 된다. 마르크스가 말한 공산국가 또한 비판과 토론을 통한 문제 해결이 아닌 혁명에 의한 이상적 사회 건설이라는 점에서 포퍼의 '열린 사회'에 반하는 '닫힌 사회'가 될 수밖에 없다.

기술자가 조금씩 손보고 좀더 나은 기계를 만들어내듯이 사회가 안고 있는 문제점들을 자유로운 토론과 비판을 통해 조금씩 개선해나가는 것이 바람직하다는 것입니다. 이것이 그가 말한 '점진적 사회공학' 입니다. 포퍼는 전체주의 사회같이 모든 시민생활을 국가가 규제하려 들고, 사회의 모든 규범을 고정불변의 진리로 간주하는 사회를 닫힌 사회로 정의합니다. 그리고 이와 달리 개인들이 스스로 판단을 내리고 독자적 결단을 내릴 수 있는 사회, 비판과 토론 등을 통해 규범과 제도 등을 점진적으로 변화시킬 수 있는 사회를 열린 사회라고 하였습니다. 그리고 바로 이러한 닫힌 사회와 열린 사회의 투쟁이 곧 역사이며, 열린 사회로의 지향이 바람직한 사회로 가는 길이라고 주장하고 있는 것입니다.

그렇다면 포퍼의 주장대로 점진적 사회공학을 바탕으로 비판과 토론을 통한 열린 사회는 바람직한 사회가 될 수 있을까요?
첫 번째 의문은 포퍼가 '열린 사회의 적'으로 규정했던 전체주의가 민주화된 현재 사회에도 존재하고 있다는 사실입니다. 지난 월드컵 당시 온 세계를 떠들썩하게 했던 붉은 악마의 모습을 비롯해서 각종 운동경기에서 보여주는 국가적 애국심이나 민족애 등이 이러한 예일 수 있습니다. 그런데 과연 이러한 전체주의적 모습들이 단순히 '열린 사회의 적'으로 규정되고 거부되어야만 할까요? 선진국 중 하나라고 하는 미국과 같은 국가에서도 위와 같은 전체주의적 현상이 종종 강조되기까지 하는 상황을 과연 어떻게 보아야 할까요?
두 번째 의문은 열린 사회 이론에서 강조하는 '점진적 사회공학'이 '과연 어느 정도까지의 사회 문제를 해결할 수 있는가' 하는 의문입니다.

다. 포퍼는 폭력과 유혈을 수반하는 혁명에 반대하였습니다. 그러나 만약 혁명이나 폭력을 동원하지 않으면 도저히 변화할 것 같지 않은 사회가 있다면 과연 점진적 사회공학으로 그 사회가 안고 있는 심각한 문제점들을 해결할 수 있을까요? 이러한 사회는 우리 역사에서도 쉽게 찾아볼 수 있습니다. 바로 70~80년대 우리나라 국민들은 서슬 퍼런 군사독재 밑에서 자유로운 토론과 비판을 전혀 꿈꿀 수 없는 삶을 살았습니다. 결국 억압당하던 민중들이 독재에 항거하고 자유를 찾기 위해서 사용한 방법은 폭력과 시위 같은 물리적 힘밖에 없었습니다. 이러한 예를 통해 볼 때 포퍼의 열린 사회 이론은 그만한 사회적 기반이 되어 자유로운 토론, 비판이 가능한 사회에서나 가능할 수 있는 이론이 아닐까요?

세 번째 의문은 열린 사회에서 사회 발전의 방법으로 강조하는 비판과 토론이 각 개인의 이익보다는 힘 있는 특정계급과 집단에 의해 조정될 수 있지 않을까하는 점입니다. 열린 사회는 개인이 스스로 판단하고 독자적으로 결정할 수 있는 개인주의 사회입니다. 그렇기 때문에 개인이 책임질 수 있다면 언제라도 비판과 토론이 가능합니다. 하지만 모든 개인이 직접 모든 문제에 참여하는 직접 민주주의는 현실적으로 불가능합니다. 그렇기 때문에 대표들을 뽑아 개개인의 목소리를 대변하게 하는 대의제(代議制)가 존재합니다. 그렇지만 이러한 대의제가 제 역할을 못하고 대표들의 이익만을 위해 개개인의 목소리를 제대로 반영하지 못한다면 제대로 된 비판과 토론은 불가능해질 것입니다. 이러한 예는 국민들의 지지로 얻은 국회의원들이 국민들을 위한 정치가 아닌 자신들의 사리사욕을 위해 처신하는 모습들을 통해서 너무나 쉽게 찾아볼 수 있습니다. 이런 점에서 열린 사회 이론 또한 허울 좋은 이상적 이론에 가

깝다고 비판받을 수 있습니다.
　이러한 문제점들을 종합해보면, 결국 포퍼의 열린 사회 이론이 사회 전반의 문제를 모두 해결할 수 있는 이론이 될 수 없다는 점을 알 수가 있습니다. 이 이론은 현재 사회의 부분적 문제점을 수정하고 개선해나 갈 수 있을지 모르지만 궁극적으로 함께 사는 세상을 위한 근본적 대안이 될 수는 없는 이론이라는 것입니다. 물론 포퍼의 말대로 그러한 완전한 이론은 존재하지 않을지 모르지만, 포퍼의 이론 또한 한계가 있다는 사실은 명백한 것 같습니다.

(2) 작품과 연결짓기
　그렇다면 김소진의 소설「열린 사회와 그 적들」과 포퍼의「열린 사회와 그 적들」을 비교해볼까요?
　김소진의「열린 사회와 그 적들」과 포퍼의「열린 사회와 그 적들」은 전체주의를 비판하고 민주주의를 옹호한다는 점에서 비슷한 관점을 내포하고 있습니다. 그런데 여기서 작가가 소설의 제목을 왜 '열린 사회와 그 적들'이라고 했는지 의문을 갖지 않을 수 없습니다. 작가는 학생시절 운동권에서 민주주의를 갈망하고 외치던 청년이었습니다. 이 작가에게 전체주의와 독재를 비판하던 포퍼의 사상은 당연히 인상 깊었을 것입니다. 앞서 설명했듯이 포퍼는 '열린 사회'를 '전체주의에 대립되는 개인주의 사회이며, 사회 전체의 급진적 개혁보다는 점차적이고 부분적인 개혁을 시도하는 점진주의적 사회이다'라고 주장합니다. 그리고 그러한 열린 사회의 '적(敵)'으로 전체주의와 독재사회를 규정하고 있습니다.
　그러나 김소진의 소설 속의 '적'은 다른 것 같습니다. 등장인물인 대책위원장 '현대영'은 "여기서 열린 사회라는 것은 계급이나 종족 그리고 이데올로기라는 신화가 더 이상 개인에게 굴레가 되지 않고 개개인이 진정한 사회주인으로서……"라고 외치면서도 오히려 거칠고, 무식하고, 보잘것없는 존재로, 그래서 투쟁에 불필요하게 느껴지는 소위 '밥풀떼기'들을 '적'으로 규정해버리고 맙니다. 그렇다면 작가가 말하려는 적이 바로 소외된 민중인 '밥풀떼기'일까요? 그러나 그렇지 않습니다. 오히려 작가가 말하려고 했던 적은 바로 우리들 안에 숨겨져 있는 적을 의미한다고 볼 수 있습니다. 즉, 겉으로는 열린 사회를 외치지만 진정 본인들은 밥풀떼기 같은 소외된 이들을 향해 문을 굳게 닫고 있는 우리 내면의 이중성을 '적(敵)'으로 규정하고 있는 것입니다. 결국 이것은 열린 사회가 오히려 특정계급에게만 열려 있으며 소외된 이들에게는 닫혀 있는 사회가 될 수 있다는 '열린 사회 속에 내재된 닫힘성'을 말하는 것입니다.

포퍼는 이상적인 사회, 완전한 이론은 없다고 말을 합니다. 하지만 작가 김소진은 자신의 산문집에서 이렇게 말을 합니다. "나는 자꾸만 완전한 사회, 이상적인 사회에 대해 자문하지 않을 수 없었다. 누구 말대로, 개개인이 사회의 진정한 주인으로 질적으로 더 많은 자유와 민주주의 그리고 물질적 풍요와 평등을 이룰 수 있는 사회에 대해서 되지도 않는 상상을 덧칠하면서.(중략) 그들은 우리 앞에 어떤 세상이 열리든 간에 소외에서 벗어나지 못할 군상일 뿐이다"라고 말입니다.

그렇다면 소외된 이들도 함께 잘 살 수 있는 열린 사회는 불가능할까요? 바람직한 사회는 과연 어떠한 모습일까요?

일단 포퍼가 말했듯 바람직한 사회로 나아가기 위해서는 열린 사회를 지향해야 할 것입니다. 사회를 경직되게 만드는 전체주의와 독재를 적으로 두고 비판과 토론을 통해 문제점들을 수정해 나가는 민주적인 사회가 필요할 것입니다. 그러나 앞서 보았듯 열린 사회 이론은 사회의 부분적 문제를 치료하는 하나의 방법이 될 수는 있지만 사회의 모든 문제를 해결할 수 있는 이론은 아닙니다. 그렇기 때문에 열린 사회 이론에 대한 비판도 필요할 것입니다. 뿐만 아니라 더욱 우리가 염려해야 할 것은 이러한 열린 사회가 특정계급에게만 열려 있는 사회가 되어서는 안 된다는 점입니다. '밥풀떼기' 같은 소외된 이들에게도 열린 사회는 동일하게 열려 있어야 합니다. 그러기 위해서는 지나친 개인주의, 즉 자신만 잘 살면 된다는 이기주의를 버리고 공동체적 사회의식을 가질 필요가 있습니다. 점점 파편화되어 가고 양극화되어 가는 사회에서 함께 누리고 살기 위한 사회 통합의 대안은 바로 이러한 공동체적 사회의식에서 비롯될 것입니다. 또한 소외된 이들이 평범한 열린 사회의 구성원이 될 수 있도록 그들을 보호할 장치가 필요합니다. 소외 계층이란 것이 개인의 노력 여하에 따라 정해진 것이 아닌 사회의 구조적 결함으로 정해진 것이라는 것을 인식하고 그들도 국가적 차원에서 열린 사회의 평범한 한 구성원으로 살 수 있도록 최소한의 보장이 우선되어야 할 것입니다. 그리고 마지막으로 김소진이 염려했던 우리 내면의 적, 열린 사회에서 소외된 이들을 자꾸만 배제하려는 모순된 내면의 적을 물리치며 사는 것이 바람직한 사회를 만들기 위해 무엇보다도 필요한 마음가짐일 것입니다.

열림원 논술한국문학 6

눈사람 속의 검은 항아리

1판 1쇄 발행 2006년 7월 24일
1판 4쇄 발행 2020년 6월 20일

지은이 김소진
펴낸이 정중모
펴낸곳 도서출판 열림원
출판등록 1980년 5월 19일(제406-2000-000204호)
주소 경기도 파주시 회동길 152
전화 031-955-0700
팩스 031-955-0661
홈페이지 www.yolimwon.com
이메일 editor@yolimwon.com
인스타그램 @yolimwon

ⓒ 김태형, 2006

* 책값은 뒤표지에 있습니다.

ISBN 978-89-7063-516-3 04810
ISBN 978-89-7063-510-1 (세트)